Jørgen Gunnerud

DIE STADT
mit dem großen
HERZEN

Jørgen Gunnerud

DIE STADT
mit dem großen
HERZEN

Kriminalroman

Aus dem Norwegischen von
Andreas Brunstermann und Gabriele Haefs

Rotbuch Verlag

Die Übersetzung wurde gefördert durch NORLA.

Von Jørgen Gunnerud liegt bei Rotbuch außerdem vor:
Hatz (2009)

ISBN 978-3-86789-101-1

Deutsche Erstveröffentlichung, 1. Auflage

Titel der Originalausgabe: »Byen med det store hjertet«

Druck und Bindung: CPI Moravia Books GmbH

Ein Verlagsverzeichnis schicken wir Ihnen gern:
Rotbuch Verlag GmbH
Neue Grünstraße 18
10179 Berlin
Tel. 01805/30 99 99
(0,14 Euro/Min., Mobil abweichend)

www.rotbuch.de

1

Kommissar Moen saß in der Vermisstenabteilung der Osloer Polizei. Die Abteilungschefin legte ihm einen Ordner auf den Tisch.

»Wir möchten, dass Sie sich das mal ansehen«, sagte sie und ging hinaus.

Er öffnete den Ordner und las: »Linn Fostervoll. 37 Jahre. 1,67 Meter groß. Schlank. Kurzes und fülliges, mittelblondes Haar. Kleidung: enge Jeans, geblümte Tunika, kurze dunkle Lederjacke. Flache braune, halbhohe Stiefel.«

Moen studierte eine Reihe von Familienfotos, die eine schlanke, fast magere Frau zeigten, wobei er sie in Gedanken als sportlich, athletisch und eigentlich etwas jungenhaft charakterisierte.

Er konzentrierte sich auf die grundlegenden Tatbestände. Ihre zwölfjährige Tochter war die Letzte, die Linn Fostervoll gesehen hatte. Die Mutter hatte sie am Dienstag, dem 28. Mai um 8.45 Uhr an der Ruseløkka Schule abgesetzt. Nach Aussage Linns engster Angehöriger hatte sie die Angewohnheit, sich jeden Monat einen Tag freizunehmen, gern einen Dienstag, um Lebensmittel im Nachbarland einzukaufen. Sie war sparsam.

Am 30. Mai hatte ein älteres Ehepaar den Lensmann in Bjørkelangen angerufen und einen roten Opel Corsa gemeldet, der seit drei Tagen auf einem Parkplatz an der Landstraße 21 stand, gleich neben seinem Ferienhaus. Der Lensmann hatte angekündigt, sich bei nächster Gelegenheit um die Sache kümmern zu wollen, doch hatten seine Alarmglocken geläutet, als er hörte, dass der Wagen nicht abgeschlossen war und eine Damenhandtasche auf dem Vordersitz lag.

Als die Polizei zum Fundort gekommen war, hatte es so ausgesehen, als hätte die Autobesitzerin nur mal eben den Wagen verlassen. Die Autoschlüssel hatten gefehlt, doch die Handtasche war da gewesen, und im Portemonnaie hatte alles noch dringesteckt: Geld, Karten und Quittungen vom Olaf-Thon-Shoppingcenter in Charlottenberg, Schweden. Im Kofferraum hatten die Einkäufe gelegen. Moen warf einen Blick auf die Liste. Zu den Artikeln gehörten unter anderem vier Kartons Billigwein, weiß, eine halbe Flasche Gin und eine Flasche trockener Martini, zwei Stangen Marlboro light, außerdem Hühnerfilet, Entenbrust, Hamburger, Maiskonserven und Süßigkeiten.

Moen sah von den Unterlagen auf. Er wusste, dass dies praktisch alles war, was die gründlichen, von den Medien aufmerksam verfolgten Ermittlungen ergeben hatten. Die Hinterlassenschaften einer gewöhnlichen norwegischen, alleinerziehenden Mutter auf einer Einkaufstour in Schweden. Niemand hatte sie in der Gegend gesehen. Sie war schlicht und einfach verschwunden. Am Ende hatte die Osloer Polizei das einzig Vernünftige getan und die Ermittlungen eingestellt, womit die Sache nun Teil des umfangreichen kriminalpolizeilichen Archivs über vermisste Personen war – über Personen also, die selten oder nie wieder auftauchten.

Unter normalen Umständen würde sich die Öffentlichkeit früher oder später mit dem Aufgeben der Polizei abgefunden haben, doch dieser Fall hatte eine zusätzliche Dimension: Linn Fostervoll war Journalistin und arbeitete beim Fernsehen. Sie war Redaktionsmitarbeiterin der Sendung *Brennpunkt* im NRK. Jetzt, da die Sache anscheinend eingestellt war, musste man kein Meteorologe sein, um den Mediensturm schon aufziehen zu sehen.

Knut Moen war beauftragt, sich dieser Sache anzunehmen. Plötzlich betrachtete er seinen neuen Aufgabenbereich aus einer anderen Perspektive und mochte nicht, was er da sah. Er fragte sich, wieso ausgerechnet er hier in der Abteilung für vermisste Personen saß, mit Linn Fostervolls Akte vor sich auf dem Tisch. War er nun derjenige, der alles ausbaden sollte?

2

Es gab einen Grund, weshalb er so dachte. Zwei Tage zuvor war er zu seinem Abteilungsleiter gegangen und hatte um einen Aufgabenbereich gebeten, der nicht so viele Reisen erforderte. Moens Verhältnis zum Abteilungsleiter war nicht besonders gut, und da seine Aversion allgemein bekannt war, hätte er die Reaktion, die darauf gefolgt war, vielleicht vorhersehen müssen.

Jetzt saß er hier, leicht verwirrt und in eine andere Abteilung versetzt, und fragte sich, ob er eine Dummheit begangen hatte, schob den Gedanken aber zur Seite. Mit einem etwas vagen Auftrag hatte man ihn weggeschickt: Er sollte die durchgeführte Ermittlung in der Fostervoll-Sache evaluieren. Im Zuge dessen war die Rede von Qualitätssicherung gewesen und, dass er der richtige Mann für diese Aufgabe sei. Moen dachte einen Augenblick an seinen alten Job, resignierte jedoch und machte sich über den Papierberg her.

Der erste Schritt der Ermittler hatte darin bestanden, einen Zeitpunkt einzukreisen. Wann hatte sie den Wagen verlassen? Offenbar hatte sie sich nicht die Zeit genommen, in ein Café zu gehen. Es gab keine Quittungen, die das belegt hätten. Ging man also davon aus, dass sie ihre Einkäufe erledigt hatte und gleich wieder gefahren war, dann war sie wohl irgendwann gegen vierzehn Uhr auf dem Parkplatz angekommen. Ungefähr zu diesem Zeitpunkt, so die Annahme, hatte sie angehalten und war aus dem Auto gestiegen, eine halbe Stunde Zeitpuffer für beide Wege mit eingerechnet. Das aufmerksame ältere Ehepaar hatte den Wagen zum ersten Mal am 28. Mai um achtzehn Uhr gesehen. Das Mobiltelefon in der Handtasche hatte für den Zeitraum, in dem sie sich in Schweden befunden hatte, keine Gespräche verzeichnet, und die unbeantworteten Anrufe aus der Liste gaben keine Anhaltspunkte und stammten von der Familie oder der Arbeitsstelle. Die kriminaltechnische Untersuchung hatte ansonsten nur einen Haufen vager Spuren ergeben.

Die Ermittlungen waren eine gut organisierte Zusammenarbeit des Lensmanns in Bjørkelangen und der Kripo in Oslo gewesen. Es war nicht zu leugnen, dass man in erster Linie an Selbstmord gedacht hatte. Jahr für Jahr gab es überaus raffinierte Inszenierungen, in denen sich die Verschwundenen zuerst in Luft auflösten, um dann an einem Baum oder in einem See aufgefunden zu werden. In Oslo konzentrierte man sich daher auf Verwandte, Freunde, Kollegen und medizinisches Personal.

Rasch las Moen das Vernehmungsprotokoll aus Oslo und konnte ebenso schnell zwei Dinge konstatieren: Erstens deutete bei Linn Fostervoll nichts auf eine Störung des psychischen Gleichgewichts hin. Weder ihre Verwandten noch ihr Hausarzt konnten diese Hypothese stützen. Der Gedanke, sie habe suizidale Tendenzen gehabt, wurde kategorisch abgewiesen. Einer ihrer Kollegen hatte es so ausgedrückt: »Dazu war sie viel zu glücklich mit sich selbst und ihrem Leben.« Moen betrachtete das Urteil ihrer Umgebung selbstverständlich mit einer gehörigen Portion Zweifel; manche Menschen waren komplizierter, als es den Anschein hatte.

Auf der anderen Seite hatte sie allerdings ebenso wenig einen Spaziergang durch den Wald gemacht, um über irgendetwas nachzudenken. Sie hatte gesagt, wo sie hinwollte, und getan, was sie tun wollte, doch die Ermittlungen waren durchgehend von einem bestimmten Ansatz geprägt: Die Vernehmungen hatten sich im Großen und Ganzen um Linn Fostervolls Psyche gedreht. Die Polizei hatte es nicht in Erwägung gezogen,

dass sie Opfer einer kriminellen Handlung gewesen sein könnte. Aufgrund der Tatsache, dass ihre Sachen unberührt im offenen Wagen gelegen hatten, wurde die Möglichkeit osteuropäischer Straßenräuber ausgeschlossen.
Ansonsten hatten sich die Vernehmungen auf den Exmann, Sverre Midtsem jr., konzentriert. Es war nun einmal so, dass ein geschiedener Mann als möglicher Verdächtiger auf der Liste der Polizei hoch oben stand, und es gab statistische Belege, die diesen routinemäßigen Reflex erklärten. Dieser Exmann hatte allerdings ein hieb- und stichfestes Alibi. Während des relevanten Zeitraums war er mit einem Arbeitskollegen in Oslo gesehen worden. Da die Vernehmungen keinerlei sichere Anhaltspunkte ergeben hatten, stand die Suchaktion natürlich im Mittelpunkt. Es wurde gemutmaßt, sie hätte sich nach draußen begeben, einen Unfall erlitten, sich verletzt oder wäre im schlimmsten Fall überfallen worden. Der Lensmann in Bjørkelangen hatte mit Unterstützung von Experten der Kripo die Suche geleitet, an der eine große Mannschaft aus Angestellten der Kommune sowie freiwillige Organisationen und Hundestaffeln beteiligt gewesen waren. Gewässer wurden durchsucht, Felsspalten durchkämmt, jeder Stein wurde umgedreht. Auf Schritt und Tritt wurde alles genauestens von Linn Fostervolls Kollegen aus den Medien verfolgt. Ohne Ergebnis. Man fand keinen Schuh, kein einziges Kleidungsstück. Nichts. Nur aufgrund des Mediendrucks wurde eine Woche länger gesucht, als eigentlich zweckdienlich gewesen wäre, doch dann war Schluss. Auf einer Pressekonferenz Ende Juni hatte der Lensmann in Bjørkelangen das Handtuch geworfen.

Moen sah auf die Uhr. Er legte sein Kinn in die Hände und stellte fest, wie die Arbeit ihn wieder einmal völlig vereinnahmte. Verwundert blickte er sich um. Der Archivraum, in dem er saß, hatte keine Fenster, und die einzigen Geräusche, die er hörte, rührten von der Klimaanlage her.

Moen erhob sich, legte die Lesebrille auf den Tisch und steuerte auf die Kantine zu, wurde im Korridor jedoch von Astrid Bredeveien, seiner neuen Chefin, aufgehalten. Sie wies auf eine CD-Hülle in ihren Händen.

»Ich habe da etwas, das Sie sich ansehen müssen. Kommen Sie doch mit in mein Büro.«

Astrid Bredeveien deutete auf einen Stuhl, trat ans Fenster und sperrte den schönen Spätsommertag aus. Dann setzte sie sich und schob die CD in ihren Computer.

»Konnten Sie sich schon ein Bild von der Sache machen, so wie sie uns jetzt vorliegt?«

»Ja«, erwiderte Moen, worauf sie fortfuhr:

»Das hier ist eine Sendung, die heute Abend im NRK ausgestrahlt werden soll. *Faktor.* Ich hab sie vor ein paar Tagen bekommen und wurde gebeten, mich dazu zu äußern. Ich möchte, dass Sie sich das ansehen.«

Sie spielte die CD ab, die mit einem kurzen Überblick bis zum Abschluss der Suchaktion in Bjørkelangen begann. Danach folgte ein kurzes, peinliches Interview mit der Osloer Polizei über die Art und Weise der Ermittlung. Das Ganze wurde von einem der zahlreichen NRK-Redakteure mit Grabesstimme kommentiert, wobei der Erzählstil eine Art dramatischer oder unheilvoller Stimmung hervorrief, die dem Stoff nicht unmittelbar innewohnte. Moen ärgerte sich bereits über die Dramaturgie.

Dann folgte eine Auswahl sommerlicher Bilder von Reihenhäusern entlang dem Leangkollen in Asker, vom Jachthafen in der Leangbukta sowie den Räumlichkeiten des Bærumer Polizeireviers. Der begleitende Kommentar lautete folgendermaßen: »In der Nacht zu Sonntag, dem 2. Juni, nur wenige Tage nach Linn Fostervolls Verschwinden, rief Frau Klara Midtsem ihren Sohn Sverre jr. an und berichtete, ihr Mann sei am Abend nicht vom Ausflug zu seinem Segelboot in der Leangbukta zurückgekommen. Sie bat den Sohn, dort hinzufahren und nachzusehen, da sie selbst schlecht laufen könne. Sverre Midtsem jr. fuhr zum Jachthafen und fand seinen Vater mit einer Schusswunde in der Schläfe und einer Pistole in der Hand. Der Fall wurde vom Polizeirevier Asker und Bærum untersucht, dessen Ermittlung ergab, dass Sverre Midtsem sr. sich das Leben genommen hatte. Es gab keinerlei Anhaltspunkte für den Aufenthalt einer anderen Person am Tatort. Das Einzige, worüber die Polizei noch Aufschluss bieten konnte, war die Entdeckung eines weiteren Projektils im Sitzpolster der Bootskajüte. Die Polizei geht hierbei von einem Probeschuss aus, der abgegeben wurde, bevor der tödliche Schuss fiel.«

Um die Tatsache zu verschleiern, dass es sich bei der Reportage bis hierher um Radio mit Bildern handelte, gab es nun eine Einblendung mit der Erkennungsmelodie des Senders, um das Drama gleichsam ins Bewusstsein der Zuschauer einsinken zu lassen. Die Vermutung lag nahe, dass die *Faktor*-Redaktion beabsichtigte, das Verschwinden Linn Fostervolls mit dem Selbstmord ihres ehemaligen Schwiegervaters in Verbindung zu bringen, doch der folgende Beitrag brachte Interviews mit der Polizei in Asker und Oslo, die die Geschehnisse keineswegs miteinander verknüpften. Sie wurden separat untersucht. Der Selbstmord war zu den Akten gelegt worden.

Dann folgte natürlich, wozu die Polizei sich nicht äußern wollte. Sverre Midtsem sr. hatte noch nie eine Waffe besessen, und für die Verwandten war es ein Rätsel, wie er an diese gekommen war. Zweitens war die Waffe aus der Wohnung eines bekannten, doch »medienscheuen Finanzmannes« gestohlen worden. Es handelte sich um eine kleinkalibrige Pistole, die vom Besitzer kurz nach Ostern als gestohlen gemeldet worden war, sich also bereits zwei Monate vor dem Selbstmord auf Abwegen befunden hatte.

Der Redaktion von *Faktor* war außerdem gelungen, den *Brennpunkt*-Redakteur, also Linn Fostervolls ehemaligen Chef, zu

interviewen. Der Redaktionsleiter berichtete, Linn habe ihm gegenüber angedeutet, Zugang zu einem bestimmten Kreis von der Aker Brygge erlangt zu haben, der für seine ausagierenden Festivitäten bekannt war, und dass sie auf eigene Faust Nachforschungen betrieb, um vielleicht einen Beitrag über die »Grauzone« in der Osloer Finanzwelt zu machen.
Bei näherer Untersuchung hatte sich genau die Wohnung, aus der man die Pistole gestohlen hatte, als eine der Feststätten dieses Kreises erwiesen. Dann wurde zu einer Blondine und einer Brünetten mit vernebeltem Gesichtsausdruck übergeleitet, die mit verzerrten Stimmen von Drogen und Sex sprachen und so den Eindruck erweckten, *Faktor* hätte bereits mit der Arbeit an diesem Beitrag begonnen.
Als sich die *Faktor*-Redaktion an den medienscheuen Finanzmann wandte, wurde sie mit einer schriftlichen Erklärung seines Anwalts abgespeist, in der es hieß, der Besitzer wohne mit seiner Familie auf Bygdøy. Die Wohnung werde an Freunde und Geschäftspartner vermietet, und es sei viele Jahre her, dass der Besitzer sie selbst benutzt habe.
Das Ende der Sendung lautete folgendermaßen: »Linn Fostervolls Exmann möchte in dieser Sendung natürlich nicht auftreten, berichtet jedoch, der im Auftrag des Finanzmanns operierende Anwalt habe sich mehrmals an seinen Vater gewandt, um das Familienhotel im Parkveien aufzukaufen, und dass sein Vater sich unter Druck gesetzt fühlte. Auf dem Konto seiner Exfrau befinde sich ein größerer Betrag, den sich niemand erklären könne. Er hat sich entschieden, die Polizei auf diesen Umstand aufmerksam zu machen, und räumt ein, diese Tatsache bisher aus Rücksicht auf das gemeinsame Kind verschwiegen zu haben.«
Der Moderator der Sendung kam salbungsvoll zum Schluss. Es sei nicht Absicht der Redaktion, Behauptungen aufzustellen. Sie sei weder imstande noch wünsche sie, die Arbeit der Polizei zu übernehmen. Sie stelle lediglich die Frage, aus

welchem Grund die Polizei die erwähnten Tatbestände nicht näher untersucht habe.

»Kennen Sie Bjørn Hansen?«, fragte Moen.

»Meinen Sie den vom NRK?«

»Nein. Den Sicherheitsberater; ein ehemaliger Polizist.«

»Den kenne ich nicht«, sagte Astrid Bredeveien. »Aber ich habe von ihm gehört. Es heißt, er wacht dort im Hintergrund, wo reiche Leute Probleme haben.«

»Er hat mich gebeten, mir diese Sendung heute Abend anzusehen.«

Astrid Bredeveien blickte Moen über ihre Brille hinweg an.

»Woher kennen Sie ihn?«

»Bei unserer ersten Mordermittlung haben wir zusammengearbeitet. In den letzten Jahren hat er mir verschiedentlich Jobs angeboten.«

»Jetzt auch?«

Moen lächelte.

»Es wird doch sicher einen reichen Mann geben, der in Schwierigkeiten steckt.«

»Interessant, aber kehren wir mal zurück zum Thema. Was sagen Sie zu den Ausführungen in der Sendung?«

Moen zuckte mit den Schultern. »Wir beide wissen, dass man im Leben eines Menschen nicht allzu lange herumgraben muss, um auf ein Mordmotiv zu stoßen, und noch nie hat es Ermittlungen in einem Mordfall gegeben, in dem es keine Leiche gab.«

Frau Bredeveien lächelte.

»Nüchtern wie immer. Ich habe das starke Gefühl, die Kleine ist in irgendwas hineingeraten. Ich spüre es sozusagen in den Knochen, und ich will diese Sache wieder auf der Tagesordnung haben. Allerdings möchte ich nicht öffentlich machen, dass wir einen der profiliertesten Ermittler des Landes auf die Sache ansetzen. Wir befinden uns hier in der Vermisstenabteilung. Ich habe eine äußerst tüchtige Mitarbeiterin, die sich um die Betreffenden und alle anderen kümmern wird. Wir reagieren ganz offiziell, und sie wird uns nach außen vertreten.«

»Worin besteht meine Aufgabe?«

»Ich möchte, dass Sie die Tatbestände um den Tod des Schwiegervaters und das Verschwinden der Schwiegertochter so betrachten, als handelte es sich um verdächtige Todesfälle.«

»Nun ja«, erwiderte Moen. »Sie haben aber doch wohl auch in Erwägung gezogen, dass sie mit einem großen Drink in Monaco oder Dubai sitzen könnte? Mit neuem Namen und neuer Kreditkarte.«

»Selbstverständlich. Bilder von ihr sind an alle möglichen Orte in der Welt unterwegs.«

3

Am nächsten Tag fuhr Moen auf der E 18 aus der Stadt. Stadteinwärts drängten sich die Autos dicht an dicht. Auch stadtauswärts herrschte viel Verkehr, doch die Fahrt ging schnell, und es dauerte nicht lange, bis er sich durch ein Wirrwarr aus Brückenträgern und Kreisverkehren in Sandvika schlängelte, dem Hauptquartier der bürgerlichen Schlafkommune. Vor dem Polizeirevier von Asker und Bærum fand er einen Parkplatz und meldete sich am Empfang, von wo er zu einem Kommissar in den Dreißigern geführt wurde. Der Mann stand auf, lächelte und begrüßte Moen per Handschlag.

»Lange her«, sagte er und registrierte Moens Verwunderung. »Sie erinnern sich vielleicht nicht an mich, dafür erinnere ich mich aber gut an Sie. An meinem ersten Tag hier auf dem Revier war ich an der Suche nach einer Mordwaffe beteiligt, in Hosle.« Er deutete auf den zweiten Stuhl im Raum. Moen setzte sich. »Es ging um einen Zuwanderer, dem in den Rücken geschossen wurde. Gestern hab ich den Täter im Einkaufszentrum von Sandvika gesehen. Nach acht Jahren ist er nun freigekommen.«

Moen nickte und lächelte. In der Zwischenzeit hatte es viele Mordfälle gegeben, und da er nicht sonderlich nostalgisch veranlagt war, kam er gleich zur Sache. »Haben Sie die Akte hier?«

Der Polizist zeigte auf eine Mappe auf dem Tisch. »Hier haben Sie eine Kopie. Wollen Sie sie durchsehen?«

Moen blätterte die Akte schnell durch. Karten von der Leangbukta und dem Jachthafen lagen darin – und Fotos. Er hatte daran gedacht, weiterzufahren und sich alles mit eigenen Augen anzusehen, aber das schien kaum notwendig. Moen wandte sich an den jungen Polizisten und sagte:

»Sehr schön. Vielen Dank.«

»Haben Sie Fragen dazu?«

»Sie haben doch schon eine Weile mit Gewaltverbrechen zu tun, oder?«

»Fünf Jahre.«

»Und ist Ihnen sonst schon ein Selbstmord mit Schusswaffengebrauch untergekommen?«

»Eigentlich nur ein Mal, aber da ging's um eine Schrotflinte. Das sah dann etwas schlimmer aus.«

»Sie waren von Beginn an den Ermittlungen beteiligt, stimmt's?«

»Wir sind zu zweit losgefahren, einer von der Spurensicherung und ich. Der Einzige, der sich vor uns auf dem Boot aufhielt, war der Sohn. Er hatte Alarm geschlagen. Das Sanitäterteam konnte nur noch den Tod feststellen. Wir haben die Situation, wie wir sie damals vorfanden, durch die Kajütentür fotografiert.« Er kramte ein Bild hervor und reichte es Moen.

Der Verstorbene, Sverre Midtsem sr., geboren 1931, lag mit dem Rücken auf den Sitzkissen einer engen Kabine. Es war ein zweiundzwanzig Fuß langes Segelboot. Er lag rechts, das

Gesicht nach oben, der rechte Arm abgespreizt. Auf dem Boden unterhalb der ausgestreckten Hand lag eine Pistole. Das nächste Bild zeigte den Kopf von der Seite. Ein winziges Loch in der Schläfe und ein kleines Rinnsal Blut.

»Kaliber .22. Die Kugel hat sich im Gehirn gedreht und ist auf der anderen Seite nicht wieder rausgekommen. Saubere Sache, könnte man sagen. Am Eintrittspunkt und an der rechten Hand fanden sich Schmauchspuren. Es wurden zwei Schüsse abgefeuert. Das andere Projektil fanden wir in der Polsterung der Bank auf der linken Seite. Es ist wohl anzunehmen, dass es sich dabei um einen Probeschuss handelte.«

»Was ist mit Fingerabdrücken?«

»Nur seine und die des Sohnes. Nach Aussage der Ehefrau hat er allein das Boot benutzt. Sie sagte auch, dass die Kajüte immer unverschlossen war. Als wir die Kajüte weiter durchsucht haben, sind wir mehr oder weniger nur auf leere Flaschen gestoßen. Billiger Whisky und ein paar leere Pillengläser. Adumbran. Ein leichtes Beruhigungsmittel. Ansonsten haben wir noch schmutzige Wäsche, eine abgewetzte Aktentasche und einen Füllfederhalter gefunden. Mit Goldfeder.

»Handy?«

»Das lag zu Hause. Die Angehörigen meinten, er sei aufs Boot gegangen, um zu trinken, und wollte in Ruhe gelassen werden. Hatte übrigens ordentlich was im Blut, fast zwei Promille.«

»Zeitpunkt?«

»Die Rechtsmediziner meinen zwischen eins und vier in der Nacht.«

Dunkle Absichten gehören in die Dunkelheit, dachte Moen.

»Wo lag das Boot?«

»Fast ganz außen am schwimmenden Kai in der Nähe von Hvalstrand. Ein Wachunternehmen patrouilliert da mehrmals in der Nacht und überprüft das Tor. Keine Beobachtungen in der betreffenden Nacht. Niemand hat einen Schuss gehört.«

»Welchen Eindruck haben Sie von den Angehörigen?«
Der Polizist überlegte einen Moment, bevor er antwortete.
»Wir haben nur mit dem Sohn und seiner Mutter gesprochen. Ich weiß nicht so recht, was ich sagen soll. Sie wirkten eigentlich nicht überrascht, waren aber anscheinend erstaunt über die Art und Weise, wie es passierte. Er hat nie eine Waffe besessen.« Der Polizeibeamte zog eine Grimasse. »Haben Sie gestern *Faktor* gesehen?«
Moen nickte, enthielt sich aber eines Kommentars. »Mal abgesehen von der Waffe, was meinen Sie damit, dass sie nicht überrascht wirkten?«
»Es kam mir so vor, als ob Mutter und Sohn in einem schwierigen Verhältnis zu dem Verstorbenen standen. Er hatte einen hohen Alkoholkonsum, nachdem er den Betrieb des Hotels seinem Sohn überließ, und als die Schwiegertochter verschwand, ist er mehr oder weniger ganz auf das Boot gezogen. Er war nur noch zu Hause, um zwischendurch mal zu duschen.«
»Gibt es irgendwelche Hinweise darauf, wie das Verhältnis des Verstorbenen zu seiner ehemaligen Schwiegertochter war?«
»Der Sohn sagte, dass sein Vater sehr an ihr gehangen hat, meinte aber, das habe am Enkelkind gelegen. Seine Mutter schnaubte bloß und tat das als neuen Vorwand ab, sich um den Verstand zu saufen. Sie hält sich ansonsten eher bedeckt.«
»Gibt es sonst noch etwas über die Hinterbliebenen?«
»Auf mich wirkten sie ganz vertrauenswürdig. Der Sohn war wie gelähmt, es ließ sich aber leicht mit ihm reden. Er bemühte sich, alles zu erzählen, was er wusste. Es gibt da nichts Zweideutiges an seinen Ausführungen. Sie stimmen mit den Funden am Tatort völlig überein. Vor seiner Mutter hatte ich ein bisschen Respekt, sie ist eine ziemlich direkte Frau. Ganz nüchtern hat sie vom Alkoholproblem ihres Mannes berichtet. Wir wissen ja beide, was für eine zerstörerische Wirkung Alkohol manchmal haben kann. Eine Familientragödie.«
»Irgendwas Merkwürdiges?«

»Ich wüsste nicht, was.«
»Abgesehen von der Waffe.«
»Ja, abgesehen davon.«
»Sie war gestohlen, aber man braucht ja wohl ein paar Kontakte, um so etwas in die Finger zu kriegen?«
»Ja, aber da sind wir nicht weitergekommen.«
»Weil Sie im tiefsten Innern davon überzeugt waren, dass er sich umgebracht hat?«
»Ja, wo Sie das jetzt so sagen. Alle waren wir in diesem Punkt sicher, da hatte die Waffe keine so hohe Priorität. Sie wissen ja, wie das ist.«

4

Moen genoss die neue Hauptstraße 2 von Ullensaker nach Vormsund, doch die Herrlichkeit währte nicht lange. Als er sich Kongsvinger näherte, verdichtete sich der Verkehr. Nach fünf, sechs oder sieben Kreisverkehren fuhr er die letzten Kilometer in Richtung Magnor, Morokulien und Eda-Glasfabrik in einem Schwarm aus Lastwagen und Einkaufstouristen. Unterwegs grübelte Moen, wieso Linn Fostervoll sich ausgerechnet diese Strecke nach Schweden ausgesucht hatte. Viele schworen auf Nordby und Strømstad, und streng genommen war der Weg über Ørje kürzer, doch alle, die Linn Fostervoll kannten, waren einer Meinung. Sie hatte ihre Routine und wich niemals davon ab. Sie hatte die Hauptstraße 2 über Kongsvinger nach Charlottenberg genommen. Auf dem Rückweg war sie bei Skotterud abgefahren und über die Landstraße 21 gefahren, wo der Wagen gefunden worden war. Hätte sie ihren Plan eingehalten, wäre sie am Settensee vorbeigekommen und hätte die 170 durch Bjørkelangen nach Fetsund genommen. Schlechtere Straße, aber kürzere Distanz.
Moen war mindestens zehn Jahre nicht mehr in Charlottenberg gewesen. Im Zuge einer Ermittlung hatte er zwei Tage

im Motel *Gränsrasta* gewohnt. Das Zimmer war ein unvergessliches Raucherzimmer gewesen, mit Aussicht auf einen Parkplatz voller Müllcontainer und ein Straßenschild, an dem er ablesen konnte, dass er an der Ecke Stationsgata und Industriväg wohnte, doch das war damals. Moen sperrte die Augen auf, als er sich der Ausfahrt näherte. Ein zweispuriger Kreisverkehr löste den nächsten ab, und bereits im ersten wurde er fast von einem alten Volvo torpediert, als er versuchte, sich einen Überblick von dem enormen Gebäude zu verschaffen, das im Moor außerhalb des Zentrums errichtet worden war. Er fuhr an den Mietskasernen, dem Rathaus und der Bibliothek vorbei, parkte vor dem *Charlotta-Grill* und schlenderte hinunter zur Storgata.

Dort sah es aus wie an einem Sonntag zur Kirchgangzeit. Es war fast menschenleer. An der nächsten Ecke grinsten ihn die leeren Schaufenster eines großen Geschäfts an. Der Laden des staatlichen Alkoholmonopols war geschlossen und mit Stahlgittern verbarrikadiert. Die Bäckerei etwas weiter hatte geöffnet, doch der kurze Spaziergang über die Straße ließ eindeutig erkennen: Das Zentrum Charlottenbergs war unter die Räder der Geschichte geraten. Ein älteres Ehepaar aus Kongsvinger legte ihm kurz die Katastrophe dar, die die kleine Gemeinde heimgesucht hatte. Als der Laden des Alkoholmonopols hier geschlossen hatte und ins Olaf-Thon-Einkaufszentrum außerhalb der Stadt umgezogen war, hatte das letzte Stündlein geschlagen. Das Paar kaufte aus purer Solidarität zwar im Konsum-Laden ganz am Ende der Straße ein, überlegte aber, seine Einkäufe zukünftig in Torsby zu tätigen. Die beiden hätten Moen gern das ganze Ausmaß der Katastrophe erläutert, doch er bedankte sich für die bereits erhaltenen Ausführungen und ging zurück zum Wagen.

Zehn Minuten später stand er auf dem Parkplatz vor der gigantischen Halle, die sich auch Charlottenberg Shoppingcenter nennt. Er studierte die Namen der Geschäfte, die hier

Handel betrieben. Dieselben Ketten wie überall, auch auf der anderen Seite der Grenze. Einzig das Loch in einer Wand mit McDonald's-Logo durchbrach die Monotonie der riesigen Fassade. Moen blickte auf ein Meer geparkter Autos.

Er brauchte weitere zehn Minuten, um die beiden ovalen Gänge mit Geschäften an beiden Seiten zu durchqueren. Die Deckenhöhe war beträchtlich, die Beleuchtung spärlich. Von einem Geschäft ging er zum nächsten. Es hingen viele Plakate aus, die »70 Prozent Nachlass« verkündeten, doch es gab nur wenige Kunden. Ein großes Café, das als eine Art Sammelpunkt des Komplexes fungieren sollte, war momentan menschenleer. Erst am Ende des Rundgangs wurde es hell und lebendig. Er war im Zentrum des Geschehens angelangt – beim Tabakgeschäft, dem Laden des Alkoholmonopols und dem MaxiMat-Lebensmittelmarkt.

Moen blieb vor dem Monopolladen stehen und betrachtete seine Landsleute durch das Fenster. Seine Gedanken kreisten um den unangenehmen Wortwechsel, der sich am Morgen zwischen ihm und seiner Lebensgefährtin Gudny Leirvaag ereignet hatte. Er war so unvorsichtig gewesen, seine Aufgabe zu erwähnen, und hatte gleich den Auftrag bekommen, neun Drei-Liter-Kartons Rotwein zu kaufen, um ihr eigenes Café zu unterstützen, das auf wackligen Beinen stand. Ohne bindende Zusage hatte er sich aus dieser Konfrontation gewunden, und ihm grauste bereits vor der Heimkehr.

Er ging weiter in den MaxiMat, begutachtete den Warenüberfluss und kam mit einer Art Plan wieder heraus. Dieser bestand darin, nicht nach Charlottenberg zu fahren. Kaufte er nämlich nichts, nicht einmal Zigaretten, obwohl alles nur die Hälfte kostete, dann hatte er sich schließlich gar nicht auf Einkaufstour in Schweden befunden. Wenn er schon ein solches Opfer brachte, wäre dann nicht auch eine kleine Notlüge vertretbar? Eigentlich hatte Moen Hunger, doch der Plan erforderte, dass er im Heimatland aß.

Er kehrte zurück zum Auto, blieb gedankenverloren stehen: Wozu fuhr eine Frau aus dem Osloer Westen hierher? Um ein paar Hunderter zu sparen? Sicher, es gab schon viele Leute, die knickerig und geizig waren – oder war es ihr als geschiedener und alleinerziehender Mutter so schlecht ergangen, dass sie sparen musste? Als Moen sich schließlich hinters Steuer setzte, war er unzufrieden. Er war Linn Fostervoll keinen Schritt näher gekommen. Die Spur war kalt.

*

Moen passierte die Grenzkontrolle und war beinahe enttäuscht, dass er nicht angehalten wurde. Es war doch für den Zoll wohl nicht alltäglich, ein norwegisches Auto auf der Rückreise von Schweden leer vorzufinden. Nach ein paar Kilometern kam er zur Abzweigung nach Skotterud, raste über die Landstraße 21 und brachte Vestmarka und die Provinz Hedmark hinter sich. In der Provinz Akershus, Kommune Aurskog/Høland, drosselte Moen das Tempo. Einmal hielt er an einem See rechts der Straße an, studierte die Karte von Bjørkelangen und stellte fest, dass es wohl der nächste See sein musste. Da er langsam weiterfuhr und dabei die Gegend und die Besiedlung im Auge behielt, klebte natürlich gleich ein hitzköpfiger Audi-Fahrer an seiner Stoßstange. Moen fuhr die nächste Parkbucht an, hielt und stieg aus. Er legte die Karte aufs Autodach und betrachtete den See rechter Hand der Straße. Auf der anderen Seeseite lag ein dunkles, verlassenes Haus. Er drehte sich um und suchte das zweite Haus auf der Karte. An einer hohen Böschung auf der anderen Straßenseite stand ein Gebäude. Nur der Dachfirst ragte über eine hohe Hecke aus Nadelbäumen. Zwei Männer waren damit beschäftigt, das Dach zu erneuern. Moen rief zu ihnen hinauf:
»Wie heißt dieser See hier?«
»Gulltjern!«

Moen winkte zum Dank. Ein Hund kläffte, und durch die Hecke konnte er eine Frau ausmachen, die vor dem Haus auf und ab lief.

Moen nickte nachdenklich. Dies war der Ort, an dem Linn Fostervolls verlassener Wagen gefunden worden war. Moen wusste auch, dass die Frau hinter der Hecke hier aufgewachsen war, doch nun mit ihrem Mann in Oslo lebte, der wahrscheinlich einer der beiden auf dem Dach war. Sie setzten das Elternhaus der Frau instand, um es als Ferienhaus zu nutzen. Es war der Ehemann, der den Lensmann in Bjørkelangen über den verlassenen Wagen informiert hatte. Zusammen mit einem Freund hatte er aus Oslo Baumaterial hierhergebracht. Zwei Tage lang hatten sie den Wagen auf dem Parkplatz beobachtet. Am dritten Tag war der Ehemann zum Auto gegangen. Seine Entdeckung hatte ihn veranlasst, Alarm zu schlagen. Weder er noch der Freund hatten in der Zeit, in der sie den Wagen im Auge behielten, Linn Fostervoll oder andere Personen in der Nähe gesehen. Einige Leute, die diese Strecke täglich entlangfuhren, hatten sich auf Aufforderung gemeldet, und viele hatten das verlassene Auto bemerkt, besonders am dritten Tag. Sie hatten gedacht, jemand aus der Gegend habe den Platz zum Parken benutzt, einer hatte sich sogar darüber geärgert, doch dem Lensmann zufolge hatte keiner der Vorbeifahrenden irgendwelche Personen beobachtet. Zwei heruntergekommene Häuser, eins an jedem Ende des Sees, waren von den Besitzern verlassen worden. Die nähere Umgegend war von Suchmannschaften mit Hunden durchkämmt, der See abgesucht, die Häuser waren geöffnet und durchforstet worden. Bemerkenswert war, dass die Suchhunde bereits zehn Meter hinter dem Parkplatz ihren Dienst versagt hatten.

Moen legte die Arme auf das Dach des Volvos. Seinem Auftrag lag die Hypothese zugrunde, Linn Fostervoll sei Opfer eines Verbrechens geworden. Angesichts der vorliegenden Tatbestände konnte berechtigterweise angenommen werden, dass ein anderer Wagen sie aufgelesen und weggefahren hatte, freiwillig oder unfreiwillig, verletzt oder unverletzt. Hatte sie angehalten, um eine Zigarette zu rauchen? Des Kindes wegen rauchte sie niemals im Wagen. Die Spurensicherung konnte bestätigen, dass der Aschenbecher sauber und leer gewesen war, und es waren auch keine Zigarettenkippen ihrer Marke rund um das Auto gefunden worden.

Die denkbare Alternative lautete, jemand hatte auf dem Parkplatz gestanden und sie zu sich gewunken. Osteuropäer hatten sich auf diese Art von Wegelagerei spezialisiert. Mann und Frau taten so, als ob sie eine Autopanne hätten, und raubten die hilfsbereiten Fahrer dann aus. Meistens tappten Männer in diese Falle, doch ihr Wagen war unberührt, ja sogar unverschlossen.

Hätte hingegen ein Bekannter dort gestanden, wäre sie natürlich stehen geblieben, doch Moens Fantasie reichte nicht aus, um erklären zu können, unter welchem Vorwand sie dann von ihrem Wagen und ihren Sachen hätte weggelockt werden können, wo sie doch freiwillig ging. Oder sie war außerhalb des Wagens, der sie mitgenommen hatte, überfallen worden, oder auch im Wagen, falls sie sich reingesetzt hatte, um mit dem Fahrer zu sprechen. Viele würden wohl davon ausgehen, dass ein derartiger Handlungsverlauf im Rahmen des Möglichen lag. Opfer und Täter kannten einander in mehr oder weniger allen norwegischen Mordfällen.

Angesichts seiner Erfahrung versuchte Moen, sich diesen Ablauf vorzustellen. Die meisten hätten wohl arge Probleme gehabt, einer nüchternen Frau am helllichten Tag den Schädel einzuschlagen, ganz zu schweigen davon, dass die wenigsten es geschafft hätten, eine bewusstlose erwachsene Frau vom Boden aufzuheben und in einen Wagen zu hieven, allein, wohlgemerkt. Es gab sicher Ausnahmen, doch diese Herausforderung schloss wohl die Mehrzahl oder alle aus Linn Fostervolls Familie und näherem Bekanntenkreis aus.

Moens Synthese aller ihm bekannten Mordtatorte war von folgenden Dingen geprägt: starker Affekt, ausgelöst durch Rausch oder Angst, Brotmesser oder Schlagwaffe, Blut und Verwüstung. Amateure im Koma. Selbst so durchdachte und überlegte Verbrechen wie die Morde auf dem Orderud-Hof hatten hinterher einen Anblick wie auf einem Schlachtplatz geboten. Er hatte Probleme, sich solch eine Szene in einem Wagen auf der Landstraße vorzustellen, an einem hellen Sommertag. Moen bedachte auch diejenigen mit einem freundlichen Gedanken, die da glaubten, man könne sich mal eben auf dem Fahrersitz umdrehen und die Ehefrau so ohne weiteres erwürgen. Der Exmann hatte den Tag mit seiner Tochter und seiner neuen Frau verbracht. Das war also völlig indiskutabel.
Dann hörte er Astrid Bredeveien wieder: »Ich habe das starke Gefühl, die Kleine ist in irgendwas hineingeraten. Ich spüre es sozusagen in den Knochen.« *Faktor* und die Aker Brygge. Moen schloss die Augen und sah zwei attraktive, gut gekleidete Männer vor sich, die vor ihrem großen teuren Wagen mit Allradantrieb warten und Linn Fostervoll auf den Parkplatz am Gulltjern winken. Geschäftsmänner. Vertrauenerweckend für eine Frau wie sie. Vielleicht kannte sie sie irgendwoher. Moen hatte sich auf zwei festgelegt, denn das war Voraussetzung für Diskretion und Effektivität. Für zwei Schläger wäre es ein Leichtes gewesen, Frau Fostervoll aus dem Verkehr zu ziehen und mit ihr wegzufahren. Der nächste Schritt wäre gewesen, irgendwo an der Straße eine Stelle zu finden, wo sie die Sache zu Ende bringen und sich des Opfers entledigen konnten – eine Stelle, die für Suchaktionen weit genug entfernt war, doch in nicht zu weiter Entfernung lag. Eine lange Tour hätte das Risiko erhöht, entdeckt zu werden. Moen nahm einfach an, dass sie sich hier nicht auskannten, ganz wie er selbst.
Um Verwirrung zu stiften, hätten sie natürlich auch umdrehen und zurück zur schwedischen Grenze fahren können,

doch Moen war überzeugt, dass sie weiter bis zum Setten, dem großen See, gefahren waren, wo sich die Straße teilte. Die Landstraße 21 bog nach links in östliche Richtung und führte über Ørje in Østfold zurück nach Schweden. Rechts verlief die 170 durch das Zentrum von Bjørkelangen über Fetsund nach Oslo. Moen dachte, die möglichen Täter hatten wahrscheinlich nach kurzer Überlegung die nach Oslo führende Straße genommen und sich irgendwo hinter Bjørkelangen eine passende Stelle gesucht. Demnach müsste er die Straße zwischen Settensee und Bjørkelangen absuchen.
Moens Überlegung offenbarte sichtliche Schwächen. Verstrickt man sich an der Aker Brygge in das eine oder andere, geht es in der Regel um Warnungen oder Drohungen, die dazu dienen, Gepflogenheiten oder ungeschriebene Gesetze illegaler Geschäftstätigkeit aufrechtzuerhalten oder sich womöglich das Schweigen gewisser Leute zu erkaufen. Moen konnte sich nur mit Mühe vorstellen, was Linn Fostervoll getan oder gewusst haben mochte, dass jemand das wahnwitzige Risiko einging, eine norwegische Journalistin vom Erdboden verschwinden zu lassen. Er hatte schlichtweg nur wenig Vertrauen in seine eigene Hypothese. Die einzige Stärke an seinem Gedankengang lag in dem Punkt, dass zwei skrupellose Männer die Tat begangen haben konnten, so wie er sie sich vorstellte.
Moen sah auf die Uhr. Fast eine Dreiviertelstunde hatte er jetzt dort gestanden. Er zündete sich eine Zigarette an und spazierte am Gulltjern entlang, bis er zum nächsten Haus gelangte. Es war verlassen und heruntergekommen. Dann ging er zurück zum Wagen, lief aber weiter bis zu einem Haus ganz am anderen Ende des Sees, das von einer Baumgruppe verdeckt wurde. Dieses war ebenfalls verlassen. Auf dem Rückweg zum Auto fuhr ein Streifenwagen mit uniformierten Polizisten an ihm vorüber. Sie verlangsamten das Tempo und schauten neugierig in seine Richtung, und als Moen am Parkplatz ankam,

standen sie bereits dort und erwarteten ihn. Der Beamte auf dem Beifahrersitz sprach ins Funkgerät.

Die beiden Männer auf dem Dach oben folgten dem Auftritt neugierig, und Moen konnte ein Gesicht in der Hecke vor dem Haus erahnen. Er setzte ein schiefes Grinsen auf und ging auf den Streifenwagen zu. Der Fahrer kurbelte das Fenster herunter, während Moen seinen Ausweis hervorholte. Das Gesicht des jungen Beamten hinter dem Steuer verwandelte sich in ein breites Grinsen.

»Tut mir leid. Die Nachbarn da vorne sind etwas verängstigt. Sie wissen ja vielleicht, was hier passiert ist.« Er blickte Moen fragend an. »Sind Sie etwa deswegen hier?« Der Beamte öffnete die Tür und stieg aus. »Entschuldigen Sie mich bitte einen Moment«, sagte er an Moen gewandt, ging dann zügig über die Straße und wechselte ein paar Worte mit dem in der Hecke versteckten Gesicht.

Moen ging zu seinem Wagen und holte eine digitale Spiegelreflexkamera hervor, während der Fahrer des Streifenwagens schräg über die Straße zurücklief. Moen hob die Kamera und lächelte.

»Haben Sie ein bisschen Zeit? Könnten Sie mir vielleicht helfen?«

*

Sie fuhren vom Gulltjern nach Bjørkelangen und denselben Weg wieder zurück; unterwegs hielten sie mehrmals an. Moen hatte dem jungen Polizisten erklärt, was er dachte. Die ursprüngliche Suchaktion hatte am Settensee geendet. Von dort aus schlängelte sich die 170 über einen unbebauten Hügelkamm zwischen Åmot am Settensee und dem Zentrum von Bjørkelangen. Drei kleinere Seen waren von der Straße erkennbar. Der erste verfügte über einen öffentlichen Badestrand und einen Rastplatz mit Parkmöglichkeit, den Moen gleich von der Liste strich. Der zweite See, der auf der Karte vielversprechend aussah, war nicht mit dem Auto zugänglich. Der dritte See lag näher an der Straße, als es auf der Karte erkennbar war, doch war der ganze Abschnitt, wie er schon vermutet hatte, mit einer Leitplanke versehen. Allerdings entdeckte er im Vorbeifahren aus dem rechten Augenwinkel eine Öffnung und eine Abzweigung.

Moen sagte nichts. In Bjørkelangen kaufte er zwei Brötchen und eine Flasche Wasser, bevor sie denselben Weg zurückfuhren. Die Abzweigung war aus Richtung Bjørkelangen besser zu erkennen. Aus irgendeinem Grund bat er die Polizisten nicht, anzuhalten, als sie ihn zurück zu seinem Wagen brachten.

Eine gute Viertelstunde später fuhr er beim Søndre Holtjern in die Abzweigung, parkte zwei Meter vom Ufer entfernt und aß seine Brötchen. Der See war grau und still, und der Wald wuchs, so weit das Auge reichte, bis hinunter ans Ufer. Es war windstill und nieselte, nirgendwo ein Lebenszeichen. In den letzten zehn Minuten war nicht ein einziger Wagen vorbeigekommen. Links neben seinem Auto führte eine Art Waldweg ein paar Meter in das Dickicht hinein, das wie eine Wand vor ihm stand. Moen stieg aus, nahm die Kamera und tauchte ab in das Gestrüpp.

5

Am nächsten Tag saß Moen mit Kamera und Laptop in einem Konferenzraum der Kripo. Astrid Bredeveien kam mit der »äußerst tüchtigen Mitarbeiterin« herein. Sie war hübsch, blond und ziemlich groß. Lächelnd ergriff sie seine Hand. Fast schien es, als wollte sie einen Knicks machen.

»Marit Gaasland, mein Name.«

Sie setzte sich und stellte ihre Handtasche auf den Tisch. Moen musterte sie. Hellgraues Kostüm, Bluse und Perlenkette – eine

Zierde für jedes Vorzimmer in der freien Wirtschaft. Moen lächelte und kratzte sich verlegen an der Wange. Fragend blickte er zu Astrid Bredeveien, die nickte, woraufhin er begann.
Moen resümierte die Ergebnisse des gestrigen Tages. Nachdem er seine Hypothese noch einmal durchgegangen war, kristallisierte sich der wichtigste Punkt heraus – man hatte sie ganz sicher vom Tatort weggebracht. Da der Wagen unverschlossen war, musste man davon ausgehen, dass dies unfreiwillig geschehen war und man sie außerhalb der Reichweite von Suchtrupps gebracht hatte. Falls die betreffende Person oder die Personen sich am Tatort nicht sonderlich gut auskannten, hatten sie sie anschließend irgendwo auf der Straße wieder aus dem Wagen geworfen. Vielleicht an einer Stelle, die sie sich vorher ausgesucht hatten, vielleicht aber auch nicht, doch sehr wahrscheinlich an der Straße Richtung Oslo, am ehesten vor dem Zentrum von Bjørkelangen, irgendwo bevor das unbebaute Land endete.
Moen bat um Stellungnahmen zu seiner Hypothese bis hierher. Es gab keine Einwände.
»Sie haben mich gebeten, sie als Opfer eines Verbrechens zu betrachten. Andere Möglichkeiten habe ich außer Acht gelassen.«
»Fahren Sie fort«, erwiderte Astrid Bredeveien.
»Falls sie weggebracht wurde und sich zur Wehr gesetzt hat, denke ich, dass es mindestens zwei Täter beziehungsweise ein Täter und eine Täterin waren. Muss ich das näher begründen?«
Beide schüttelten den Kopf.
»Zunächst stellte ich mir vor, wie sie wahrscheinlich angehalten hätte, wenn da ein teurer Wagen und zwei attraktive Norweger gewartet hätten. Der Fernsehbeitrag deutet schließlich an, dass es da etwas gab, was die Aufmerksamkeit irgendwelcher Schläger erregte, doch deren Modus Operandi besteht ja für gewöhnlich aus Einschüchterungs- und Bestrafungs-

aktionen. So etwas kann selbstverständlich auch schiefgehen, aber ich verstehe nicht, wieso sie sich dann in Ytre Enfold auf die Lauer gelegt haben oder woher sie ihre Gewohnheiten so gut kannten. Wenn es also ein geplanter Überfall war, so muss jemand dahinterstecken, der ihr nahegestanden hat, nicht wahr?«

Die beiden Frauen nickten, und Moen fuhr fort:

»Die Alternative besteht in einem spontanen Überfall, und da es ganz klar nicht um Geld oder Wertsachen ging, ist es vielleicht am wahrscheinlichsten, dass wir es mit einem Sexualverbrechen zu tun haben. So denke ich mir das mittlerweile.« Moen lächelte. »Selbst auf die Gefahr hin, vorurteilsvoll zu klingen, ist unser Land dennoch voller alleinstehender Männer aus fremden Ländern. Handwerker aus Osteuropa, Asylsuchende aus dem Mittleren Osten, einige mit kriminellem Lebenslauf, andere mit Gewalt und Überfällen durchaus vertraut. Normalerweise haben sie wenig Geld. Einige schmuggeln Waren aus Schweden ein, die man dort für den halben Preis bekommt. Sie sehen eine Frau alleine auf einem Parkplatz stehen und halten an. Wahrscheinlich sozial eingestellt und kontaktfreudig, hat sie wie die meisten Journalisten keine Vorurteile oder Einwände gegen unsere neuen Landsleute.«

Moen ließ seine Darlegungen ausklingen und setzte ein schiefes Lächeln auf. Er hielt dieses Szenario für durchaus realistisch, dachte aber unmittelbar daran, was wohl geschähe, wenn er sich in der Öffentlichkeit derart äußerte. Astrid Bredeveien lächelte ebenfalls und schüttelte den Kopf.

»Ich bin froh, dass wir hier unter uns sind. Das Schlimmste ist allerdings, dass Sie womöglich recht haben.«

Marit Gaasland sagte nichts, doch das Lächeln lag hinter ihren hellblauen Augen versteckt.

Astrid Bredeveien sah die beiden bekümmert an. »Sie meinen also, dass nach ihrem Verschwinden gewissermaßen an der falschen Stelle gesucht wurde?«

Moen zuckte mit den Schultern.
»Diese Suchaktion ist ja Grundlage meiner Spekulationen. Wenn man etwas weiterdenken würde, müsste man die Suche vielleicht ausweiten, aber das Rennen ist wohl gelaufen, wenn mich nicht alles täuscht.«
»Auf dieser Grundlage kommt es überhaupt nicht infrage, den ganzen Apparat wieder in Gang zu setzen. Das ist ja wohl einleuchtend.« Astrid Bredeveien blickte ihn unsicher an. »Haben Sie eine Idee?«
Moen zögerte etwas, sagte dann:
»An der Landstraße 170 zwischen Setten und Bjørkelangen habe ich ein paar Untersuchungen durchgeführt. Ich erkläre Ihnen mal, was ich denke.«
Moen schaltete das Laptop ein und zeigte einige Bilder.
»Dieser Weg oder besser gesagt dieser Pfad führt ein paar hundert Meter vom Parkplatz entfernt in nördlicher Richtung an diesem See entlang. In einer kleinen Bucht, die man vom Weg aus nicht sieht, gibt es an einer Lichtung im Wald eine Art Angel- oder Feuerplatz. Dieser Platz liegt ganz ungestört und ist von keiner Stelle aus richtig einsehbar. Im Notfall, denke ich, könnte man einen guten Wagen, zumindest einen Wagen mit Allradantrieb, von der Straßenabzweigung aus dorthin manövrieren. Sogar die Abzweigung ist von der Straße aus leicht zu übersehen. Es gibt wahrscheinlich viele solcher Stellen, aber diese habe ich auf Anhieb gefunden, ohne mich in der Gegend gut auszukennen.« Moen blickte verstohlen zu Astrid Bredeveien hinüber und schnitt eine Grimasse. Dann lächelte er entwaffnend. »Ein Schuss ins Blaue. Ich weiß, aber …«
»Aber was?«, fragte seine Chefin.
»Wahrscheinlich habe ich diesen alten Film über den See der Toten zu oft gesehen, wie auch immer. Auf alle Fälle hätte ich Lust, mir das Ganze mal näher anzuschauen.«
»Alleine?«

»Ich hab eine Verabredung mit dem Lensmann in Bjørkelangen und würde das mit ihm gerne durchsprechen.«

»Wann?«

»Um eins. In der Mittagspause muss ich los.«

Astrid Bredeveien sah auf die Uhr. Es war halb elf. Sie wandte sich an Marit Gaasland.

»Was haben Sie herausgefunden?«

»Fürs Erste würde ich es gerne mit einer kleinen Übersicht versuchen. Ich bin von Linn Fostervolls kleiner Welt ausgegangen, um es mal so auszudrücken. Ganz am Ende des Parkveien liegt das kleine Familienhotel der Midtsems, das Sverre jr. die letzten zehn Jahre im Auftrag seiner Eltern geführt hat. Nachdem der Vater sich umgebracht hat, lebt die Mutter heute als Witwe mit dem Nachlass. Sie hat die Wohnung an der Leangbukta verkauft und wohnt jetzt in einem kleinen Apartment im Hotel. Sie ist nicht bereit, über die Geschehnisse zu sprechen. Ihr Mann hat sich das Leben genommen, und ihr Sohn ist über jeden Verdacht erhaben. Das hat ihr die Polizei versichert.«

»Und sein Alibi?«, fragte Bredeveien.

»Darauf komme ich noch zurück«, erwiderte Gaasland. »Die Mutter streitet die Behauptung der Fernsehsendung *Faktor* über den geplanten Kauf ebenfalls ab. Ohne ihre Einwilligung hätte ihr Mann seine Aktien nicht verkaufen können. Ursprünglich waren sie und ihre Familie Eigentümer des Hotels, ihr Sohn sollte das Erbe weiterführen. Übrigens hat sich der Familienanwalt um diese Dinge gekümmert. Seinen Namen habe ich.

Dann möchte ich gerne zu Monica Midtsem kommen, der neuen Frau des Sohns. Ich habe die starke Vermutung, dass sie diejenige ist, die das Hotel führt. Sie hat eine Ausbildung im Hotelfach und wirkt sehr ehrgeizig. Sverre Midtsem jr. hat vor einigen Jahren seinen Master in Kunstgeschichte gemacht und betreibt ein Antiquitätengeschäft, zusammen mit seinem alten Freund und Nachbarn John Glad. Er arbeitet zwar auch ein paar Schichten im Hotel, doch es hat den Anschein, als hielte seine Frau das Ruder fest in der Hand. Die Tochter wohnt jetzt mit dem Vater und der Stiefmutter in einer Wohnung im Parkveien, gleich gegenüber dem Hotel. Monica Midtsem ist die Eigentümerin der Wohnung.

Der erwähnte John Glad und seine Schwester Merete sind die Erben eines recht bekannten Mannes aus Oslo, der in den sechziger und siebziger Jahren als Bauunternehmer tätig war. Das Erbe besteht aus einem großen Eckhaus im Bauhaus-Stil neben dem Hotel. Die Wohnungen sind vermietet, und die beiden beziehen daraus wohl ihr Einkommen. Sverre Midtsem kennt sie seit der Kindheit. Merete Glad und Linn Fostervoll befreundeten sich auf der Oberschule, und so lernten sich Sverre und Linn kennen. Als sie sich trennten, arbeitete Monica Midtsem bereits im Hotel. Linn behielt die Wohnung des Paares im Eckhaus sowie das gemeinsame Kind. Ihre Wohnung hatten sie also von ihren Freunden gemietet, dem Geschwisterpaar. Sverre Midtsem zog schließlich zu seiner neuen Frau Monica.« Marit Gaasland blickte unsicher zu Astrid Bredeveien. »Bin ich zu ausführlich? Ich versuche nur zu zeigen, wie diese Menschen alle miteinander verbunden sind. Alle, mit denen ich gesprochen habe, sagen außerdem, dass Merete Glad die einzige Freundin war, zu der Linn Fostervoll eine längerfristige Beziehung unterhielt.«

»Was ist mit Sverre Midtsems Alibi?«, fragte Moen. »Ich interessiere mich natürlich sehr für ihn und seinen Kumpel.«

»Zum Zeitpunkt von Linns Verschwinden haben Sverre Midtsem und John Glad einen Nachlass abtransportiert. Das war im Gimleveien in Frogner. Der Auftraggeber und sein Sohn haben sie auf Bildern wiedererkannt, und für den Zeitpunkt des Abtransports haben wir mit der Rechnung einen schriftlichen Beleg. Midtsems Tochter war am selben Tag während ihrer großen Pause im Hotel und hat mit Oma und Stiefmutter gesprochen. Alle waren also an Ort und Stelle in der Stadt, weshalb ich der Meinung bin, wir müssen uns woanders umsehen. Dazu würde ich auch gerne noch etwas sagen.«

»Sollte Moen also recht haben?«, murmelte Astrid Bredeveien. Sie sah mutlos aus, doch dann lächelte sie. »Endlose Wälder und Sümpfe auf der einen Seite und hieb- und stichfeste Alibis auf der anderen. Vielleicht haben wir uns zu viel zugemutet? Aber entschuldigen Sie, Marit. Was wollten Sie sagen?«

»Linn Fostervoll hatte ja auch noch eine eigene Familie. Die Eltern haben vor einigen Jahren ihre Wohnung in Skillebekk verkauft und sind nach Spanien gezogen. Ich werde später noch mit ihnen telefonieren. Wenn sie nach Norwegen kommen, wohnen sie bei ihrem Sohn, der ein großes Haus auf Nesøy hat. Er ist Anwalt und verwaltet die Hinterlassenschaften seiner Schwester treuhänderisch für deren Tochter.« Marit Gaasland blickte von ihren Unterlagen auf. »Und hier möchte ich gerne ein bisschen mehr erfahren. Ich bin dem Vater des Kindes, Sverre Midtsem, etwas auf den Pelz gerückt, was die Million auf Linns Konto betrifft. Das hat er ja in der Fernsehsendung behauptet. Dabei habe ich erfahren, dass der Onkel des Mädchens, also Linns Bruder, der Nachlassverwalter ist. Das Mädchen hatte ihn sagen hören, die Mutter habe ihr eine größere Geldsumme vermacht, und das hat sie dann gleich ihrem Vater erzählt. Sie glaubte, es sei eine Million. Ich habe Linns Bruder angerufen, aber er war nicht bereit, darüber zu sprechen. Ich brauche wohl noch etwas Zeit, um der Sache auf den Grund zu kommen. Ich habe auch ein Treffen mit den Leuten von der *Brennpunkt*-Redaktion im NRK vereinbart, aber das findet nicht vor Montag statt.«

»Welchen Eindruck hatten Sie von den Leuten, mit denen Sie gesprochen haben, mal abgesehen davon, dass sie sich alle nahestanden?« Astrid Bredeveien blickte wieder auf die Uhr, und Marit Gaasland verstand den Wink. Sie fasste sich kurz:

»Der Exmann war sehr nett. Mit ihm konnte ich ganz gut reden. Mit seinem Kompagnon John Glad war es allerdings ein wenig unangenehm. Diese Antiquitätenhändler sind ja ohnehin meist etwas schlampig, doch Glad war für den vornehmen Osloer Westen erst recht ein bisschen zu ungepflegt. Monica Midtsem ist Hotelfrau durch und durch, glatt wie Teflon. Von ihr kriegt man nichts umsonst. Merete Glad wirkt sportlich und durchtrainiert. Etwas zynisch.«

Astrid Bredeveien stand auf.

»Dann treffen wir uns hier am Dienstagmorgen wieder und entscheiden dann, wie weit wir diesen Fall noch weiter verfolgen. Und Ihnen beiden wünsche ich ein schönes Wochenende.«

6

Moen spazierte durch den Ortskern von Bjørkelangen. Auf der Einkaufsstraße war kaum jemand unterwegs. Die Trostlosigkeit wurde von Bjørkelangen Buch & Papier unterstrichen, dessen geschlossene Geschäftsräume mit eingeschlagener Tür hinterlassen worden waren. Das Büro des Lensmanns lag hinter dem Rimi-Supermarkt gleich neben dem Romerike Medienhaus und teilte sich die Räume mit einer Zahnarztpraxis.

Der Lensmann begrüßte ihn am Empfang. Sie stellten einander vor, während der Lensmann ihn in sein Büro führte. Ein leicht mürrischer Zug lag auf dem Gesicht des Lensmanns, als er sich setzte und eine Akte öffnete.

»Zwei meiner Beamten haben mir erklärt, worauf Sie hinauswollen. Anfang der Woche haben die beiden Sie ja schon herumgefahren.« Er faltete eine Landkarte auseinander und nahm sie in Augenschein. »Es wäre wohl passender gewesen, wenn Sie sich direkt an mich gewandt hätten.«

Moen fühlte sich unwohl. Um weiterzukommen, war er auf die hiesige Dienststelle des Lensmanns angewiesen. Er erklärte die Umstände, die zu der Fahrt geführt hatten. Als Entschuldi-

gung benutzte er den Ausdruck: »Mitgerissen werden«. Das Gesicht des Lensmanns von Bjørkelangen verdeutlichte, was er von Leuten hielt, die sich mitreißen ließen und den Dienstweg vernachlässigten.
Moen schwieg einen Augenblick und begriff schließlich, seine Initiative könnte als Kritik an der von der lokalen Polizei durchgeführten Suchaktion und als listiges Manöver verstanden werden, ihr hinter ihrem Rücken in die Karten zu schauen. Er versuchte es erneut.
»Ich weiß sehr genau, dass die Suche nach Linn Fostervoll nach allen Regeln der Kunst und nach aktuellem Kenntnisstand durchgeführt wurde, aber ich bin nun einmal abgestellt worden, um die ganze Sache noch mal zu durchdenken. Als Ihre Beamten auftauchten, war ich eigentlich schon auf dem Sprung zu Ihnen, aber dann konnte ich der Versuchung nicht widerstehen.« Moen hörte selbst, wie lahm das klang, und breitete die Arme aus.
»Zum ersten Mal in meiner Karriere wurde ich gebeten, ein Gedankenspiel durchzuführen. Möglicherweise ist es mir schwergefallen, die Aufgabe ernst zu nehmen. Das ist der eigentliche Grund für die nicht ganz korrekte Vorgehensweise. Ich habe gespielt, und ich bedaure es zutiefst, wenn Sie denken, ich würde …«, Moen hielt einen Augenblick inne, »wenn Sie denken, dass ich Ihnen hinter Ihrem Rücken in die Karten schaue.« Abermals breitete er die Arme aus. »So, jetzt ist es gesagt.«
Der Lensmann lehnte sich zurück.
»Wir haben schon eine Menge Arbeit in diesen Fall investiert und sind auch nicht sonderlich darauf erpicht, alles noch mal durchzugehen, aber es wäre schon besser gewesen, wenn man uns von Anbeginn an dem ganzen Prozess beteiligt hätte.«
»Das verstehe ich gut, aber der ganze Auftrag war sozusagen inoffiziell.«
»Heute sind Sie hier, weil Sie um Unterstützung bitten möchten, nicht wahr? Es ist aber nicht so einfach, die Verwendung

öffentlicher Mittel zu rechtfertigen, wenn der ganze Auftrag inoffiziell ist. Haben Sie Rückendeckung von der Kripo?«

Moen überlegte. Hatte er das? Er beschloss, Ja zu sagen.

Der Lensmann nickte und deutete auf die Karte.

»Ich kenne Ihre Überlegungen. Wir sind da oben schon gewesen und haben uns die Gegend angesehen. Hört sich wirklich nach einem Schuss ins Blaue an. Es kann schon so vonstattengegangen sein, wie Sie mutmaßen, aber bedenken Sie, dass es in der Kommune viele Kilometer einsamer Waldwege gibt. Meilenweit erstrecken sich vom Fundort des Wagens Sümpfe und Seen in alle Himmelsrichtungen. Wir suchen nach der sprichwörtlichen Nadel im Heuhaufen. Daher muss ich auch fragen, wieso Sie nun ausgerechnet auf diesen Ort gekommen sind?«

Moen zuckte mit den Schultern.

»Das ist nicht so leicht zu erklären. Es ist nur einfach dahin gekommen, dass ich jetzt wissen muss, ob sich Linn Fostervoll dort befindet oder nicht. Wenn Sie mir nicht helfen können oder wollen, muss ich mir andere Wege suchen.«

Der Lensmann setzte ein schiefes Grinsen auf.

»Das erinnert mich jetzt doch sehr an TV Norge. Haben Sie hellseherische Fähigkeiten?«

»Nein, aber manchmal setzen sich die Dinge einfach fest und verlangen nach Antwort.«

Der Lensmann nickte.

»Ich will mal nicht so ein Querkopf sein. Für Mittwoch und Donnerstag nächster Woche kann ich Mannschaften bekommen, auch Hunde.«

»Und was ist mit dem See?«

»Wir sind hier in einer kleinen Kommune. Die Feuerwehr arbeitet nur Teilzeit, Taucher haben wir auch keine. Aber wir arbeiten mit den Leuten in Nedre Romerike zusammen. Ich werd mich mal umhören.«

*

Moen saß mit einem halb aufgegessenen Brötchen und einer Tasse Kaffe in der örtlichen Bäckerei und wurde sich mit einem Mal darüber klar, dass sein Verhältnis zu anderen Menschen nicht mehr wie früher war. Noch vor zwei Jahren wäre er dem Lensmann gegenüber nicht so derart ungeschickt aufgetreten. Er dachte an Astrid Bredeveien, die ihm wohlgesinnt war, sich aber offenbar Sorgen machte, wie er sich innerhalb der Behörde verhielt. Er wusste nicht einmal mehr den Namen seiner neuen Kollegin in der Vermisstenabteilung. Moen erinnerte sich indessen deutlich an den Widerwillen, den er angesichts des Informationsflusses der jungen Frau verspürt hatte, Informationen, die wahrscheinlich nur wenig oder keine Relevanz für die Klärung der Sache hatten, Informationen, die sie mit Neugier, Eifer und der inneren Überzeugung, der Sache auf den Grund zu kommen, gesammelt hatte. Woran stieß er sich bloß? In Gedanken versetzte er sich auf den Stuhl beim Lensmann in Bjørkelangen zurück. Worin lag das Unbehagen? Die Antwort war ziemlich einleuchtend: Er hätte den Job am liebsten ganz allein gemacht. Er war es schlichtweg verdammt leid, jeden Schritt und jede Entscheidung zu erklären, begründen, dokumentieren, rechtfertigen, beantragen zu müssen, als dringend anerkannt zu bekommen oder einzufordern, obendrein meist Leuten gegenüber, die ganz andere und nicht selten auch geheime Absichten verfolgten. Abrupt stand er auf und verließ das Lokal. Er klemmte sich wieder hinter das Steuer des Volvos und blieb dort sitzen wie ein leerer Sack, bis sein Handy klingelte.

»Wo bist du?«, fragte seine Lebensgefährtin Gudny Leirvaag.

»Auf einem Parkplatz in Bjørkelangen«, erwiderte er.

»Denkst du auch daran, was ich dir aufgetragen habe?«

»Ja, und die Antwort ist Nein. Du solltest es doch besser wissen, als mich um so was zu bitten.«

Gudny Leirvaag fauchte ins Telefon.

»Ich hab dir doch erklärt, wie du es machen sollst. Du darfst siebenundzwanzig Liter Wein importieren. Neun Drei-Liter-Kartons. Wenn Zöllner an der Grenze stehen, was so gut wie nie der Fall ist, dann verzollst du ihn eben.«
Moen antwortete nicht.
»Bist du noch da?«
»Ja.« Er zögerte. »Du weißt, dass ich keine Lust habe, so was zu machen.«
»Weißt du was, Knut? Langsam nehm ich das persönlich. Es scheint fast, als ob dir unser Verhältnis nichts wert ist. Wie oft bitte ich dich schon mal um so was? Überleg's dir«, sagte sie und legte auf.

*

Moen kam ihrer Bitte nach. Er überlegte es sich. Das abgekühlte Verhältnis zu seiner Lebensgefährtin war eine Tatsache. Moen hatte die ganze Zeit beabsichtigt, Ordnung in diese Beziehung zu bringen, jetzt wo er mehr zu Hause war. Doch tatsächlich war das Gegenteil passiert, und er wälzte die Schuld auf dieses trostlose Café in der Toftes Gate ab. Gudny Leirvaag wurde immer verzweifelter und nahm nun ihn unter Beschuss, anstatt zu begreifen, dass ihr Café keine Zukunft hatte. Was er nun erlebte, war außerdem ein deutliches Anzeichen dafür, dass seine Lebensgefährtin sich von jeglicher Rationalität und Vernunft verabschiedet hatte. So dachte er zumindest.
Auf der anderen Seite hatte er nicht viel getan, um sie zu unterstützen. Die Wahrheit war wohl eher in seiner Weigerung zu sehen, sich nicht für etwas engagieren zu wollen, das in seinen Augen vor dem Abgrund stand. Moen legte den Kopf auf das Lenkrad, bekam jedoch eine plötzliche Eingebung, richtete sich auf, drehte den Zündschlüssel um und fuhr los.
Als er sich auf der Straße nach Kongsvinger in der Nähe von Skotterud befand, fegte auf einem langen geraden, doch

schmalen Abschnitt ein großer schwarzer Range Rover mit getönten Scheiben an ihm vorbei und wich mit knapper Not einem Traktor aus, der auf der linken Seite auf die Landstraße einbog. Dies brachte Moen vollends zurück zu seiner Ermittlung. Auf dem ganzen Weg bis nach Morukulien kreisten seine Gedanken um die Arbeit, bis sich die Bedenken – oder Skrupel – wieder meldeten. Noch immer hatte er einen Job zu erledigen, und die leicht unbesonnene Stimmung aus Bjørkelangen hatte sich etwas gelegt. Immerhin sah es so aus, als hätten sich die Zollbeamten beider Länder schon zur Ruhe begeben, und er raste weiter bis zum Charlottenberg Shoppingcenter.

Es war Freitagnachmittag, viele Leute waren da. Er mühte sich verzweifelt ab, eine schwedische Münze für den Einkaufswagen zu ergattern, doch eine ältere Norwegerin erbarmte sich seiner. Gegen eine norwegische Zehnkronenmünze bekam er ihren Wagen. Für sie war das ganz klar ein Geschäft. Sie grinste über das ganze Gesicht. Moen manövrierte sich durch den Menschenstrom im Laden des Alkoholmonopols, bis er Rotwein in Kartons fand, die selbstverständlich ganz hinten im Laden standen. Vor einem Wein, der für seine Begriffe extrem billig war, blieb er stehen und nahm drei Neun-Liter-Kartons aus dem Regal. Das war ein Kompromiss. Fünf Minuten später war er auf dem Weg zurück zum Auto und blickte sich verstohlen um. Augenscheinlich waren alle um ihn herum mit sich selbst beschäftigt. Als er die Heckklappe des Volvos öffnete, stand er vor seinem ersten Dilemma. Sollte er die Kartons in das Fach unterhalb des Kofferraumbodens legen? Nein. Er würde sie verzollen. Die Einkaufstüten sollten offen sichtbar sein. Frustriert schüttelte er den Kopf und spürte, wie er unter den Armen und auf der Stirn schwitzte.

Nach einer Minute befand er sich wieder auf der Hauptstraße mit den beiden Kreisverkehren und fuhr zurück in Richtung Norwegen. Im Rückspiegel entdeckte er wieder den schwar-

zen Range Rover, drei Autos hinter ihm. Eine Minute später hatte er unmittelbar hinter ihm aufgeschlossen. Sie rasten an einem Schild vorbei, das rechts in den dunklen Wald deutete und »Shabby Chic 700 m« verkündete, bis sie schließlich zum letzten Straßenabschnitt vor dem Grenzübergang kamen. Dort vollzog der Range Rover ein weiteres gefährliches Überholmanöver. Dieses Mal war es ein norwegisches Rentnerpaar, das mit dem Schrecken davonkam, und Moen notierte sich das Kennzeichen, bevor der Range Rover in der Ferne verschwand und die Grenze sich näherte. Moen fuhr rechts über die rot markierte Spur, hielt an und stieg aus.
Auf beiden Seiten der Grenze gab es kein Lebenszeichen. Am unbesetzten Abfertigungsschalter des norwegischen Zolls waren die Fenster dunkel. Die Situation auf der schwedischen Seite war die gleiche. Nach einer Zigarette und einem Moment des Zögerns resignierte er. Seine Landsleute rasten mit vollgepackten Autos über die Grenze und schauten neugierig zu dem Mann hinüber, der dort stand. Knut Moen resümierte, dass er zwar versucht hatte, seine Waren zu verzollen, ihm das aber nicht gelungen war. Zwischen zwei Autos zwängte er sich auf die Straße zurück und fuhr mit fünfzig Stundenkilometern in einer endlos langen Schlange von Norwegern zurück in die Heimat und dem Wochenende entgegen.
Plötzlich wurde scharf gebremst. Die beiden Autos vor ihm fuhren an die Seite, dann tauchte ein Zöllner mit Stoppschild auf und winkte ihn an den Straßenrand. Den beiden Autos hinter ihm widerfuhr dasselbe Schicksal. Jetzt standen alle an der Abzweigung zum ersten Café auf norwegischer Seite. Bevor er wusste, wie ihm geschah, traten Zollbeamte rechts und links neben die fünf Wagen und spähten zum Fenster herein. Die anderen Autos durften weiterfahren, doch Moen wurde weiter in die Weggabelung hineindirigiert und hievte sich mit weichen Knien aus dem Wagen.

7

Zwei junge Zollbeamte, ein Mann und eine Frau, fragten höflich, was sich in den Tüten hinten im Auto befinde. Er öffnete die Heckklappe, und die junge Frau nahm die Tüten mit dem Wein aus dem Kofferraum, stellte sie auf den Boden und zählte die Kartons. Sie gab das Ergebnis an ihren Kollegen weiter – neun Liter – und bemerkte, dass er die Quote überschritten habe. Moen erklärte, er habe die Absicht gehabt, die Waren zu verzollen, die Zollstation sei jedoch unbedient gewesen. Verstohlen blickten sich die beiden Zollbeamten an, und die Beamtin sagte:
»Dürfen wir uns den Wagen mal etwas genauer ansehen?«
Moen konnte es nicht verweigern, hatte auch keinen Grund dazu, und zuckte mit den Schultern:
»Aber gern.«
Sie öffnete das große Ablagefach im Boden von Moens Kombi, wandte sich an ihn und sagte, er habe nicht nur die Quote überschritten, sondern es handele sich nun um ein ernstes Vergehen. Ihr Oberkörper hob sich, so dass Moen sehen konnte, worum es ging. Im Bodenfach lagen sechs Kartons Rotwein, was die Gesamtzahl auf neun erhöhte.
Moen konnte seinen eigenen Augen kaum trauen. Wo um alles in der Welt kam das her? Hilflos sah er die Zollbeamten an.
»Sie werden sicher nicht glauben, wenn ich Ihnen sage, dass ich nicht wusste, was da im Fach lag. Tatsächlich habe ich nur drei gekauft, und meine Quittung hier beweist das.«
Er langte in seine Jackentasche und zeigte ihnen die Quittung. Sie schüttelten nur den Kopf. Der Mann fragte, welche Absicht mit dem Schmuggel verbunden sei. Moen überraschte sich selbst und sagte: »Es geht nur um eine kleine Betriebsfeier.«

Er dachte, das hörte sich vertrauenswürdig an, und die beiden Beamten zogen sich ein Stück zurück und konferierten. Ergebnis: Beschlagnahme der Ware und eine gebührenpflichtige Verwarnung, die drakonische Ausmaße hatte und an Ort und Stelle akzeptiert werden musste. Moen fiel es nicht schwer, die Verwarnung zu akzeptieren, zumal er schon eine rechtliche Verfolgung und einen Riesenskandal befürchtet hatte. Er unterschrieb, nahm den Zahlschein entgegen und blickte sich in Erwartung von Zuschauern um, die womöglich Zeugen der Misere geworden waren, bemerkte jedoch lediglich den dunklen Range Rover, der jetzt draußen vor dem Grenzcafé parkte. Er verspürte den Impuls, Wagen und Fahrer genauer zu beobachten, doch die beiden Zollbeamten betrachteten ihn mit verschränkten Armen, als wären sie gespannt zu sehen, was er nun vorhatte.

*

Eine halbe Stunde später folgte die Reaktion. Er hielt an der Abzweigung zum Gulltjern an und blickte auf seine zitternde rechte Hand. Noch war die Gefühlsaufwallung gut versteckt irgendwo im Körper, drohte jedoch jeden Augenblick hervorzubrechen. Er stieg aus dem Wagen, atmete ein paarmal durch, taumelte einige Schritte zum See hinunter und übergab sich. Er ging in die Hocke und gewann nach und nach die Fassung zurück; er wusch sich das Gesicht im See, trank aus der hohlen Hand und zündete sich anschließend eine Zigarette an.
Eine weitere Stunde später parkte Moen den Wagen in der Hesselbergs Gate in Grünerløkka. Er ging zu *Lillemors Café,* wo seine Lebensgefährtin Gudny Leirvaag auf den Schmuggelwein wartete. Er versuchte, sich auf die Konfrontation einzustellen, die seiner dort drinnen harrte. An der Tür zum Café blieb er stehen. Das Lokal war dunkel, Moen sah auf die Uhr. An der Tür hing ein Zettel. »Bis auf Weiteres geschlossen.«

Moen rief seine Lebensgefährtin auf dem Handy an. Sie war zu Hause und wartete auf ihn.
Einige Minuten später betrat er die Wohnung. Gudny Leirvaag saß in einem Sessel im Wohnzimmer und hielt ein Glas in der Hand.
»Hallo, Knut.« Leicht schwankend erhob sie sich. »Die letzte Truppe hält die Bastion. Ich hol dir auch ein Glas.«
Ohne seine Jacke auszuziehen, setzte Moen sich aufs Sofa und beobachtete, wie sie sein Glas mit Whisky füllte. Sie sah ihn fragend an.
»Du siehst furchtbar aus. Was ist denn passiert?«
Moen legte die gebührenpflichtige Verwarnung vor sie auf den Tisch.
»Das ist passiert. Gehe ich recht in der Annahme, dass du den Wein gar nicht gebraucht hast?«
Sie antwortete nicht sofort, starrte vor sich hin und hatte eine Miene aufgesetzt, in der er ein Lächeln um den Mund auszumachen glaubte.
»Es tut mir leid, dass ich dich in so eine Situation gebracht habe. Erst nachdem ich vorhin mit dir gesprochen hatte, wurde mir klar, dass das Rennen gelaufen ist.« Sie nippte an ihrem Drink. »Andererseits, lieber Knut, können wir nicht so weitermachen wie im letzten Jahr. Jetzt müssen wir beide von vorne anfangen. Vielleicht ist es das Beste für uns.«
»Was soll das heißen, von vorne anfangen? Meine Karriere ist fast zu Ende.«
»Was für ein Blödsinn. Eigentlich tue ich dir doch einen Gefallen.«
»Wovon redest du? Du tust mir einen Gefallen? Ich hab die besten Jahre meines Lebens für den Beruf geopfert, und nun soll es auf diese Weise enden? Was glaubst du denn, wie mir jetzt zumute ist?«
Gudny Leirvaags Augen wurden schmal.
»Glaubst du etwa, ich weiß nicht, was du getan hast? Bjørn

Hansen hat mir erzählt, dass du einen Job abgelehnt hast, bei dem du zwei- oder vielleicht dreimal so viel Geld wie jetzt verdienen könntest. Ich würde dann nicht einmal arbeiten müssen, und uns würde es besser gehen.«

»Hat er dir auch erzählt, um was für einen Job es sich handelte?« Moen biss die Zähne zusammen.

»Er hat dir einen guten Job angeboten. Hast du nicht schon genug für die Gesellschaft getan?«

Moen schüttelte den Kopf.

»Ein verwöhnter Reicher, der wegen unbewiesener Unterstellungen im Fernsehen glaubt, er würde von jemandem verfolgt? Nein, vielen Dank.«

»Du redest von deinen Gefühlen? Und was ist mit mir? Ich hab hier mit dem Café alleine gesessen, während du drei Viertel des Jahres irgendwo im Hotel gewohnt hast. Was glaubst du, wie mir zumute war, wenn wir Bjørn Hansen besucht haben? Eine eigene Firma, in der Frau und Kinder arbeiten. Villa in Nordstrand, Ferienhütte in Nakholmen und Kvitfjell und ein dickes Boot auf dem Fjord. Was hast du denn nach über zwanzig Jahren bei der Kripo vorzuweisen? Es darf doch wohl noch erlaubt sein, mal etwas an sich selbst zu denken und zu überlegen, wie unser Leben aussehen könnte, wenn wir unsere Karten anders ausspielten. Es ist noch nicht zu spät, weder für dich noch für mich.«

Augenblicklich resignierte Moen. Niemals würde er diese Diskussion gewinnen. Immer war er davon ausgegangen, ein Dach über dem Kopf und zwei gute Jobs für sie und ihn reichten aus, doch schon damit hatte er sich wohl getäuscht. Und jetzt hatten sie zwar noch ein Dach über dem Kopf, aber keine zwei guten Jobs mehr. Er nahm einen großen Schluck aus dem Glas.

»Okay. Ich nehme einen Tag nach dem anderen. Mir bleibt keine Wahl, aber was hast du jetzt vor?«

»Bjørn hat mich mit einem Anwalt bekanntgemacht, der mir dabei helfen soll, den Betrieb abzuwickeln. Danach werde ich

mich wohl nach einem Job umsehen. Warten wir's ab.« Gudny Leirvaag lächelte. »Weißt du was? Ich hab fast ein bisschen gute Laune. Meinst du nicht, das könnte ganz spannend werden?«
Moen blieb ihr die Antwort schuldig. Er zog seine Jacke aus, leerte das Glas und legte sich mit dem Rücken aufs Sofa.

8

Das Wochenende verbrachte er auf dem Vår-Frelser-Friedhof. Stundenlang saß er in seiner Lieblingsecke, dort wo die Bethanienschwestern begraben lagen, und dachte über die Geschehnisse nach. Am Montag durchsuchte er alle Zeitungen, und mindestens drei Mal war er auf dem Weg zu Astrid Bredeveien, um die Karten auf den Tisch zu legen, doch jedes Mal machte er wieder kehrt und ging zurück in sein Büro. Als der Arbeitstag vorüber war, entschied er sich endgültig für die Vogel-Strauß-Politik und hoffte, seine Missetat würde in den Archiven des Zollwesens begraben werden.
Am Dienstagmorgen saß er erschöpft und kummervoll im Büro und hatte seine Hände über die Augen gelegt. Die Zeitungen hatte er bereits durchforstet.
»Zehn Øre für Ihre Gedanken!«
Moen nahm die Hände von den Augen und schreckte auf. Astrid Bredeveien beugte sich über den Schreibtisch.
»Vor zehn Minuten hat unsere Besprechung begonnen.«

Marit Gaasland grinste Moen breit an und blickte auf ihre Unterlagen.
»Am Sonntag haben Linn Fostervolls Eltern angerufen. Sie waren in Oslo. Sie hatten sich in ein Flugzeug gesetzt, um ihre Enkelin zu sehen, bevor der Winter richtig einsetzt. Wir haben uns gestern getroffen und lange unterhalten. Über zwei

Stunden, um genau zu sein. Herr Fostervoll war sehr redselig.« Marit Gaaslands Lachfältchen kamen erneut zum Vorschein. »Ein Charmeur der alten Schule. Wir haben uns gut verstanden. Linns Mutter hat indessen nicht so viel geredet. Sie wirkte müde und etwas unglücklich. Das Verschwinden ihrer Tochter geht ihr wohl näher als ihrem Mann. Überraschend fand ich, dass sie, zwei Tage bevor sie zu ihrem Sohn Thomas nach Nesøy zogen, im Hotel ihres früheren Schwiegersohns, Sverre Midtsem jr., gewohnt haben.«

Marit Gaasland blätterte ein wenig in ihren Papieren. »Ich weiß nicht so recht, welche Relevanz das für Linns Verschwinden hat. Ihr Vater hat sich sehr für ihr Verhältnis zu ihrem ehemaligen Schwiegervater, Sverre Midtsem sr., interessiert. Er hat auch viel über die Beziehung zwischen Vater und Sohn Midtsem gesprochen.«

»Wie lautet die Kurzversion?«, fragte Astrid Bredeveien.

»Er zeichnet kein besonders rosiges Bild vom Schwiegervater seiner Tochter, einem Mann, der seinen Sohn vor allen möglichen Leuten gedemütigt hat. Linn hingegen war sein Augenstern. Ob das jetzt Teil des demütigenden Verhaltens oder ob Sverre sr. wirklich so begeistert von seiner Schwiegertochter war, ist nicht so wichtig. Herr Fostervoll hat seinen Schwiegersohn wie folgt beschrieben: ein kultivierter, angenehmer Mann und seinem Kind ein guter Vater, aber mit Linns Familie sind sie nie richtig warm geworden. Die ausführliche Fassung hab ich hier.« Marit Gaasland hob ihren Papierstapel an.

Astrid Bredeveien entgegnete:

»Lassen Sie Knut eine Kopie zum Lesen zukommen. Ich hab in einer Viertelstunde noch einen Termin. Wie sieht's in Bjørkelangen aus?«

»Morgen geht's los«, sagte Moen. Er skizzierte kurz seine Planungen mit dem Lensmann in Bjørkelangen, ließ jedoch die Unstimmigkeiten unter den Tisch fallen, die während der Unterredung aufgekommen waren.

Astrid Bredeveien nickte kurz und sagte dann:
»Könnten Sie bitte einen Moment rausgehen, Marit? Ich muss mit Knut kurz unter vier Augen reden, bevor ich gehe.«
Marit Gaasland erhob sich.
»Dann gehe ich in der Zwischenzeit Kaffee holen. Soll ich Ihnen auch was mitbringen, Knut?«
»Ja, danke«, erwiderte er, und sie verschwand.
Astrid Bredeveien nahm ihre Brille ab und ließ sie am Seniorenband herabhängen. Sie war eine Frau in den Fünfzigern, konservativ gekleidet und mit hochgestecktem Haar. Bei der Kripo hatte man ihr den Spitznamen Frau Vermisste Personen verpasst. Sie blickte ihn ernst an.
»Ich habe Sie hier noch nicht mal richtig willkommen geheißen«, sagte sie. Moen wartete auf die Fortsetzung und wusste selbst nicht, was auf ihn zukam.
»Ist irgendwas nicht in Ordnung? Sie sehen furchtbar erschöpft aus. Geht es Ihnen nicht gut?«
»Ich hab nur ein paar Probleme an der Heimatfront«, entfuhr es ihm.
»Ernsthaft?«
»Ich weiß nicht. Wir werden sehen.«
»Ist es so schlimm, dass Sie deswegen möglichst wenig Verantwortung übernehmen möchten? Ich weiß ja nicht, wieso Sie hierher versetzt wurden.«
»Ich habe um einen Dienst ohne Reisen gebeten, um zu sehen, ob sich die Situation zu Hause verbessert.«
Astrid Bredeveien zog eine Grimasse. »Wissen Sie, momentan wächst mir der Verwaltungskram etwas über den Kopf. Ich hätte große Lust, Ihnen die Verantwortung für diesen Fall zu überlassen. Um es geradeheraus zu sagen: Wir stehen in dieser Fostervoll-Sache unter Druck. Präsidium und Ministerium rufen fast täglich an. Als ich das hier auf den Tisch bekam, habe ich meinen Augen und Ohren nicht getraut.« Sie blickte zur Tür, wo Marit Gaasland gesessen hatte. »Ich habe wirklich flei-

ßige Leute hier in der Abteilung, aber alle, die weder eifersüchtig noch neidisch sind, wissen, dass Sie der beste Spürhund in Norwegen sind. ›Der Beste auf der Piste.‹ Haben Sie das nicht immer selbst gesagt?« Frau Bredeveien sah ihn flehend an. »Marit ist eine richtig tüchtige junge Frau, ich habe großes Vertrauen zu ihr. Ich hätte mir die Zeit nehmen müssen, ihre Unterlagen durchzulesen und ihr ein Feedback zu geben, aber zurzeit kriege ich keine Ruhe. Könnten Sie das übernehmen, oder wächst Ihnen das Leben gerade über den Kopf?«
»Ich werde mein Bestes tun.«
»Vielen Dank, da bin ich sehr beruhigt.«

*

Marit Gaasland verzog das Gesicht.
»Ich komme mir wie ein Trottel vor. Quatsche da über Linn Fostervolls Vater. Ich bin gar nicht zu den einzelnen Punkten gekommen, doch Astrid wirkt so …« Sie zögerte. »Beinahe uninteressiert, auf jeden Fall ziemlich gestresst. Möchten Sie sich das jetzt durchlesen?«
Moen lächelte ihr aufmunternd zu. »Erzählen Sie mir erst mal von den einzelnen Punkten.«
»Der wichtigste Punkt von Herrn Fostervoll war, dass das Leben von Sverre Midtsem jr. nach dem Tod seines Vaters und dem Verschwinden seiner Exfrau so viel angenehmer wurde, dass das an sich schon beunruhigend war.«
Moen fragte, womit Linns Vater solch eine Ansicht begründete, und bekam zur Antwort:
»Linn Fostervoll hatte unmittelbar nach der Scheidung versucht, Sverre Midtsem jr. vor Gericht auf eine Million Schadensersatz zu verklagen. Ihre Begründung war, dass sie nun mit leeren Händen auf dem Immobilienmarkt dastünde, denn aufgrund der Tatsache, dass sie bei seinen Freunden, dem Geschwisterpaar Glad, zur Miete gewohnt hätten, hätten sie in

der Ehe kein Wohnkapital erarbeitet. Linns Vater meinte, sein Sohn Thomas, also Linns Bruder, der als Anwalt für Immobilienangelegenheiten arbeitet, habe sie leider auch zu dieser Klage ermuntert. Sie hatte dann einen den ›Dachs‹ genannten Anwalt angeheuert, der dafür bekannt ist, zuzuschnappen und nicht eher lockerzulassen, bis die Knochen durchgebissen sind. Die Sache war natürlich hoffnungslos. Fostervoll war früher selbst Anwalt und hatte seiner Tochter von einer Klage abgeraten, doch ohne Erfolg. Das Gericht hat die ganze Sache abgewiesen, und Linn musste dem ›Dachs‹ ein ordentliches Honorar zahlen.

Sie hatten selbst auch ein paar Probleme mit Linn. Als sie das Haus in Norwegen verkauften und nach Spanien zogen, hatte Linn um einen Vorschuss auf das Erbe gebeten. Die Eltern hingegen meinten, dass sie in einer guten Gegend billig zur Miete wohnte, und erwähnten ihre Unterstützung bei der Renovierung von Küche und Bad. Der Vater hatte gemeint, sie möge doch warten, bis die Zeit für das Erbe ›reif sei‹, wie er sich ausdrückte.« Marit Gaasland entwarf also über den Vater das wenig schmeichelhafte Bild einer Frau, die mit ihren Verwandten nicht zimperlich umging, um sich deren Geld anzueignen.

An dieser Stelle der Darlegungen von Linn Fostervolls Vater fiel der Verdacht auf den Schwiegersohn. Sverre Midtsem sr. hatte jahrelang lauthals verkündet, er würde gern das ganze Hotel über den Kopf seines Sohnes hinweg verkaufen, sofern ihm dies freistünde, um dann das Geld so zu verteilen, dass Linn und sein Enkelkind ihren Unterhalt dadurch gut bestreiten könnten. Allein wegen seiner Frau, Sverres Mutter, stand es ihm nicht frei, da sie die Hälfte der Aktien kontrollierte, die gemäß den Bestimmungen der Gesellschaft nicht ohne Einwilligung des anderen Aktieninhabers verkauft werden durften. Linns Vater war der Ansicht, das Verhältnis seiner Tochter zu ihrem Schwiegervater sei fast schon unnatürlich gewesen, so

dass Sverre Midtsem jr. die Situation als bedrohlich auffassen musste. Was schließlich würde geschehen, wenn die Mutter von Sverre jr. starb und der Vater mit dem Gesamtvermögen dasaß? So dachte Linn Fostervolls Vater. Er stellte seinem Schwiegersohn demnach ein gutes Zeugnis als Mensch aus, war jedoch der Ansicht, Sverre Midtsem jr. hätte gute Gründe gehabt, sich seiner Exfrau Linn zu entledigen.
Moen lächelte. Ihm war zwar durchaus bekannt, dass viele Menschen beim Tod anderer Erleichterung verspürten und auch nicht schlecht daran verdienten, doch wusste er ebenfalls, dass es nicht nur tabu war, Derartiges zu sagen, sondern auch, so zu denken oder zu fühlen. Daher überraschte ihn nicht, dass Fostervoll das »Glück« seines Schwiegersohns in Verbindung mit dem Tod seines Vaters und seiner Exfrau mit Misstrauen betrachtete, denn Moen zweifelte keine Sekunde daran, dass Linn Fostervoll in die Geschichte eingegangen war. Er glaubte nicht an ihr plötzliches Auftauchen in Dubai, doch ihr Exmann hatte ein hieb- und stichfestes Alibi. Daran gab es nichts zu rütteln. Knut Moen war allerdings an der Geldsumme interessiert, die in den Hinterlassenschaften von Linn Fostervoll gefunden worden war.
»Haben Sie Thomas Fostervoll vernommen?«
»Der war nicht so leicht zu bezirzen«, erwiderte Marit Gaasland und ließ ihre Lachfältchen wieder aufscheinen. »Im Gegensatz zum Vater. Ich habe ihn in seinem Büro am Fridtjof Nansens Plass aufgesucht. Da hat er die Karten erstmals auf den Tisch gelegt. Thomas Fostervoll hat ein Konto in der Schweiz entdeckt, das auf den Namen seiner Schwester läuft und nicht nur eine, sondern fast zwei Millionen norwegische Kronen führt. Da hat er zunächst überlegt, wie er die Summe aus dem offiziellen Nachlass heraushalten kann. Alle warten ja auf eine Änderung der Erbschaftssteuer in nächster Zeit. Deswegen sitzt auch Sverre Juniors Mutter bis heute mit den Aktien im Hotel.« Marit Gaasland zuckte mit den Schultern. »Der

einzige Grund für diese Aufrichtigkeit ist die Tatsache, dass das Geld in der Fernsehsendung erwähnt wurde. Die Tochter hatte ihrem Vater schließlich erzählt, dass der Onkel das Geld in der Hinterlassenschaft gefunden hatte. Darüber hinaus hatte Thomas Fostervoll kaum etwas über seine Schwester und deren Vorhaben zu berichten. Als ich versuchte, ihn über das Geld und die Geschäfte seiner Schwester auszufragen, wurde er zum arroganten Anwalt. Er wisse nicht mehr als das, was er in den Hinterlassenschaften gefunden habe, und in fünf Minuten sei bereits der nächste Termin. Das war alles.«

Moen trommelte auf die Tischplatte.

»Falls er etwas gewusst hat, das mit dem Verschwinden seiner Schwester in Zusammenhang stehen könnte, dann hätte er doch wohl mit uns zusammengearbeitet, oder was glauben Sie?«

Marit Gaasland blickte zu Moen auf und verzog den Mund.

»Ich hab ja nicht Ihre Erfahrung, aber nachdem er alle Fakten über das Konto in der Schweiz offengelegt hat, schien er mir immer noch sehr auf der Hut zu sein. Er hat es ja erst verschwiegen, und obwohl er deswegen nicht gerügt wurde und die Sache aus der Welt war, konnte ich keine Erleichterung bei ihm verspüren.«

»Das behalte ich mal im Hinterkopf. Was hat sich beim NRK ergeben?«

»Im Prinzip nichts Neues, aber alles etwas genauer dokumentiert. Die Freundin aus der Redaktion war in der Tat mit dabei auf dem Fest in der Wohnung an der Aker Brygge, die auch tatsächlich dem sogenannten medienscheuen Finanzmann gehört. Aus dieser Wohnung wurde ja auch die Waffe gestohlen, mit der Sverre Midtsem sr. sich umgebracht hat. Außerdem hat sie Linn Fostervoll im Gespräch mit ebenjenem Mann beobachtet, irgendwo in einem Lokal in Oslo-West, wo sich die Prominenten treffen. Das wurde dann mit Sverre Midtsems Aussage in Verbindung gebracht, dass der ›Medienscheue‹ ein

Angebot zum Kauf des Hotels vorgelegt habe. Eine Wahrheit mit Abweichungen, wie sich zeigte.« Marit Gaasland blätterte in ihren Papiere und las:
»Sverre Midtsem jr. fand in den hinterlassenen Papieren seines Vaters wirklich ein Angebot zum Kauf des Hotels, doch war das von Fred Morgan Henriksen unterschrieben, einem bekannten Wirtschaftsanwalt.«
»Wie heißt denn dieser sogenannte Finanztycoon?«
»Halvdan Hohle Krokfoss.«
Moen hob den Kopf. Der Name weckte seine Neugier, und er fragte, wie dieser Krokfoss mit dem Angebot in Verbindung gebracht werden könnte.
»Fred Morgan Henriksen kümmert sich um viele seiner Angelegenheiten, den Untersuchungen der *Faktor*-Redaktion nach zu urteilen. Interessant ist auch, dass weder Sverre Midtsem jr., noch seine Mutter, noch der Familienanwalt etwas von dieser Anfrage wussten.«
»Wer behauptet das?«, fragte Moen und bemerkte gleich seinen krassen Tonfall. »Die haben doch wohl nicht mit der Mutter oder dem Familienanwalt gesprochen, soweit ich mich erinnere?«
Marit Gaasland errötete. »Sie erinnern sich wohl nicht, dass ich das mit seiner Mutter geklärt hatte. Mittlerweile habe ich auch mit dem Anwalt der Familie geredet, der Juniors Darstellung ebenfalls bestätigt.« Marit Gaasland sah Moen beschämt an. »Ich versuche nur, die tatsächlichen Erkenntnisse oder einen Mangel an solchen aufzuzeigen, die den Spekulationen von *Faktor* zugrunde liegen.«
Moen hob abwehrend die Hände. »Wenn ich ungehalten klinge, dann bezieht sich das auf den NRK. Tut mir leid.«
Marit Gaasland war noch nicht völlig überzeugt. »Ich habe Angst, dass Sie glauben, ich beschäftige mich hier mit Dingen, die keine Relevanz für den Fall haben. Dass Sie denken, ich laufe hier in eine Sackgasse.«

Moen breitete die Hände aus. »Liebe Marit. Folgen Sie einfach Ihrem Instinkt. Niemand weiß derzeit, was relevant ist und was nicht.«
Marit Gaasland wirkte nicht besonders glücklich, als sie auseinandergingen.

9

Es war sechs Uhr am Morgen. Knut Moen saß über eine Tasse Kaffee gebeugt am Küchentisch. Draußen war es dunkel, und im Fenster konnte er nur sein eigenes weißes Gesicht erkennen. Normalerweise hätte er, wie jeder andere Norweger, der sich in wollene Unterwäsche, eine wind- und wasserdichte Außenhülle und hohe Schaftstiefel kleidete und mit einem Rucksack voller Essen, Wasser und Kaffee ausstattete, kurz gesagt also jemand, der sich auf einen Tag draußen im Wald und in der freien Natur vorbereitete, ein gewisses Wohlbehagen, ja sogar eine Spitzenkompetenz verspürt – zumindest aus europäischer Sicht –, wenn es darum ging, sich draußen in der ungastlichen Natur Bequemlichkeit zu verschaffen oder zumindest darin zu überleben. Ein Norweger wäre freudig erregt, bereitete er sich auf solch eine Herausforderung vor.
Moen hatte registriert, wie böse Zungen behaupteten, die Kompetenz eines norwegischen Mannes liege in erster Linie in der Begegnung mit den Kräften der Natur. Eine Frau aus dem Ausland hatte diese Gedanken vor ein paar Tagen auf witzige Weise in der Zeitung formuliert. War sie nicht der Ansicht gewesen, ein Norweger könne den Unterschied zwischen Naturphänomenen, wie beispielsweise einem Sonnenuntergang, und anderen Menschen, beispielsweise einer Frau, nicht erkennen? Oder hatte er, der Norweger, vielleicht recht? War der Mensch nicht selbst ein Naturphänomen? Hatte er nicht selbst, wie schon viele andere, erlebt, dass Menschen

genauso destruktiv und unvorhersehbar sein konnten wie ein Erdrutsch?

Diese Gedanken beschäftigten Moen, als er sich ins Auto setzte und auf der breiten, heruntergekommenen E 6 in nördliche Richtung aus der Stadt hinausfuhr. Auf der anderen Seite der Leitplanke, in entgegengesetzter Richtung: drei dichte Reihen mit Frontscheinwerfern in der herbstlichen Dunkelheit – Tausende von Arbeitnehmern auf dem Weg zur Arbeit in die Hauptstadt. Unter normalen Umständen wäre er begeistert gewesen, sich mit einem Auftrag wie diesem hinauszubegeben, doch da Moen Lutheraner war, konnte ihm kein anderer Mensch seine Sünden vergeben, und so kämpfte er mit seinem eigenen Gewissen.

Er dachte daran, was er in Bjørkelangen in Gang gesetzt hatte. Aber war das nicht Astrid Bredeveiens Schuld? Auf der breiten, ausgebauten Straße, die sich von Fetsund hinauf nach Aurskog-Høland schlängelt, ereilte ihn genau in dem Moment, als die Sonne am Horizont auftauchte, eine Vision von all den anderen Männern, die sich wie er gekleidet hatten und auf dem Weg in die kalte feuchte Dunkelheit befanden, um nach der Nadel im Heuhaufen zu suchen. Und das nur, weil Astrid Bredeveien ihn gebeten hatte, ein Gedankenspiel durchzuführen. »Stellen Sie sich vor, Linn Fostervoll ist einem Verbrechen zum Opfer gefallen.« Und er selbst: »Ich glaube, dass es so passiert sein könnte.« Er wurde sich der beträchtlichen Fallhöhe bewusst und schüttelte sich.

*

»Wissen Sie was?«, sagte der Lensmann in Bjørkelangen. »Ich glaube sogar ein wenig an Ihre Hypothese. Ich bin sehr gespannt.«

An der Abzweigung zum See saßen sie in Moens Auto. Fünfzehn Männer standen um den Wagen herum. Ein paar von

ihnen in der Uniform der Reservisten, zwei Männer in Polizeiuniform, einige Zivilisten, und sie hatten sogar einen Leichenspürhund.
»Der Vorsitzende des Jagd- und Angelvereins und ich haben uns am Wochenende das Terrain und die Karte angesehen, und wir schlagen vor, dass wir in dieser Gegend suchen.« Der Lensmann reichte Moen die Karte. Ein Gebiet war mit dünnen Bleistiftstrichen schraffiert. »Haben Sie Einwände?«
»Sie sind hier zu Hause«, erwiderte Moen und gab ihm die Karte zurück, »ich bin einverstanden.« Er blickte den Lensmann unsicher an. »Konnten Sie einen Taucher auftreiben?«
Der Lensmann nickte und setzte ein leicht sardonisches Lächeln auf.
»Glauben Sie, dass wir sie im Wasser finden?«
Moen zuckte mit den Schultern und trommelte leicht verärgert auf das Lenkrad.
»Zu einer ordentlichen Suche gehören nun mal Taucher, oder nicht?«
Der Lensmann nickte. »Wohl wahr. In einer Stunde kommt eine Mannschaft mit drei Leuten. Deren Logistik ist etwas komplizierter als meine. Taucher und Unterwasserkamera inklusive.«
Moen wandte sich seinem Kollegen zu.
»Ich gehe davon aus, dass Sie die Suche koordinieren. Wo wollen Sie mich haben? Im Wald?«
Der Lensmann schüttelte den Kopf.
»Ich dachte mir, ich bleibe auf festem Grund. Die Leute hier nehme ich jetzt gleich alle mit, dann könnten Sie vielleicht hier warten und das Taucherteam instruieren und beaufsichtigen.«
So machten sie es. Eine Minute später war die lange Reihe der mehr oder weniger uniformierten Männer vom feuchten Laubwald verschluckt, denn am Ende des Forstwegs, den sie jetzt entlanggingen, lag die kleine Bucht, in der Knut Moens

Hypothese gemäß Linn Fostervoll von ihrem Schicksal ereilt worden war. Moen blickte zurück zur Straße. Auf der anderen Seite standen Fahrzeuge so dicht am Straßengraben aufgereiht wie eben möglich. Als Moen zum See der Toten hinübersah, konnte er keine Anzeichen menschlicher Aktivität in der Umgebung ausmachen. Es war völlig windstill, nur ein leichter, feiner Nieselregen durchbrach die Wasseroberfläche. Er betrachtete das gegenüberliegende Seeufer. Auf seiner Seite war es Herbst. Der Geruch von feuchten, vermodernden Blättern stieg ihm in die Nase, und zwei schwächliche Birken, an denen noch ein paar gelbe Blätter hingen, unterstrichen den jahreszeitlichen Eindruck. Auf der anderen Seite des Sees stand die Zeit still. Dichter, dunkel-düsterer Nadelwald so weit das Auge reichte. Tief liegende Nebelschwaden hingen wie Schleier über den Baumkronen. Die Farben: Grau und Dunkelgrün. Kein Strand. Der Nadelwald wuchs auf Felsen, die steil zum Wasser abfielen. Die ganze andere Seite war für Männer in Autos unzugänglich. Ebenfalls nicht mit Autos zu erreichen waren, wegen der Leitplanke, die an seinem Standort endete, die Ostseite des Sees und der ganze Straßenabschnitt im Süden. Die Antwort lag im Nordwesten.

Eine Stunde später sah er wieder auf die Uhr. Von den Mannschaften des Lensmanns hatte er noch nichts gehört. Er konnte sich lebhaft vorstellen, wie es ihnen erging. Feuchte, glatte Steine, mit Moos bewachsen. Zweige, die einem ins Gesicht peitschten. Blätter und Nadeln, die ihre Feuchtigkeit auf alle herabrieseln ließen, die vorbeikamen. Kalte Finger und feuchte Knie. Ein paarmal hatte er so etwas schon selbst mitgemacht und war tief im Innern froh, diesmal davongekommen zu sein. Er stellte die Thermoskanne auf das Autodach und wollte gerade seinen Proviant aus dem Wagen holen, als ein Toyota Landcruiser mit Bootsanhänger von der Straße abbog, dessen Räder sich in den Kies gruben. Der Fahrer ließ den Wagen im Leerlauf stehen und sprang heraus. Er nickte Moen zu und sah

sich um. Aufmerksam untersuchte er die zwei oder drei Meter Grasstreifen zwischen Kiesweg und See.
»Perfekt«, sagte er grinsend. »Sauberer Stapellauf.«
Er kletterte wieder in den Wagen, fuhr den Hänger vorsichtig rückwärts auf die Straße, rollte ein paar Meter vorwärts und manövrierte den Hänger dann wieder rückwärts so weit wie möglich ans Wasser heran. Zwei Männer hüpften heraus und bugsierten ein mittelgroßes Gummiboot mit festem Boden und Scheinwerferbügel auf das Wasser. Moen erklärte den Männern, wonach er suchte und wie die Suche ablaufen sollte. Taucher und Bootsführer fuhren mit dem Boot hinaus, während der Fahrer die Suche über Funk und auf einem Bildschirm im Wagen verfolgte.

Zwei Stunden später stand Moen in der westlichen Bucht, wo die Suche noch nicht beendet war. Er teilte sich eine Tasse Kaffee mit dem Lensmann. Die Suchtrupps lösten sich langsam aus ihren Reihen. Sie ließen die Köpfe hängen und blickten verstohlen zu Moen und dem Lensmann herüber, als wäre es ihre Schuld, dass die Suche bislang erfolglos geblieben war. Der Hund war noch draußen, wovon sich der Lensmann einiges versprach, doch sein Optimismus verschwand ein paar Minuten darauf, als der Leichenspürhund an seinem Fuß schnüffelte.
Draußen auf dem Wasser hatte das Gummiboot bereits dreihundert Grad eines festgelegten Kreises abgesucht. Es dümpelte ganz nahe in der Bucht, an deren Strand sie standen, und die restlichen sechzig Grad lagen vor dem Abschnitt mit Buschwerk, das den Wirtschaftsweg bis zurück zum Auto und zur Hauptstraße verdeckte.
»Was meinen Sie? Wollen wir sie noch eine Runde drehen lassen oder den Radius ausweiten?« Der Lensmann sah Moen etwas unschlüssig an.
Im tiefsten Innern hatte Moen kapituliert. Die Männer im

Boot hatten den einen oder anderen überflüssigen Zivilisationsgegenstand gefunden. Darunter befand sich seltsamerweise auch ein kleiner Kühlschrank, den jemand hier in die Wildnis gebracht und mit Steinen gefüllt hatte, bevor er im Wasser gelandet war, aber das war auch alles. Moen nahm sich für die Antwort etwas Zeit und überließ dem Lensmann schließlich die Verantwortung, bevor er etwas enttäuscht und kleinlaut durch das Gebüsch zurück zum Begleitwagen des Taucherteams wanderte. Dort wollte er warten, bis das Gummiboot zum Ausgangspunkt zurückkam.

Moen stand da und beobachtete, wie das Boot den restlichen Abschnitt absuchte. Der Fahrer des Taucherteams klebte vor dem Bildschirm, während Moen sah, wie die Männer der Suchmannschaft einzeln oder in kleinen Grüppchen aus dem Gebüsch kamen. Offenbar hatten sie ihre Abschlussbesprechung schon hinter sich, denn sie gingen über die Straße direkt zu ihren Wagen. Der Lensmann kam zuletzt und stellte sich neben Moen, während das Gummiboot nun genau vor der Stelle dümpelte, an der sie es zu Wasser gelassen hatten.

»Geht mal weiter raus. Zehn Meter und lasst die Kamera runter«, sagte der Fahrer ins Funkgerät. »Ich glaub, ich hab da unten was gesehen.«

Das Boot drehte die Nase nach vorn und bewegte sich ein paar Meter weiter hinaus. Aufmerksam verfolgte der Fahrer im Wagen die Bilder der Kamera. Moen setzte sich neben ihn.

»Zwanzig Grad rechts.« Das Funkgerät knackte, als die Antwort kam.

»Arntzen hat was im Sucher. Er glaubt, es ist ein Auto.«

»Da haben wir's ja.« Die Kamera zeigte etwas, das wie das Heck eines Sportwagens aussah, mit offenem Verdeck. »Was glaubt ihr, wie tief ist es?«, fragte der Fahrer über Funk.

»An der Grenze, aber Arntzen geht runter.«

»Okay. Over.«

Der Taucher ließ sich rückwärts über Bord gleiten. Moen lieh sich das Fernglas des Fahrers aus und beobachtete die aufsteigenden Luftblasen. Der Lensmann stand draußen und rauchte. Moen stieg aus.

»Darf ich mir eine von Ihnen schnorren?«

Ohne den Blick vom Gummiboot abzuwenden, reichte der Lensmann ihm die Schachtel.

»Feuer?«

Der Lensmann fasste in die Tasche und reichte Moen sein Feuerzeug. Als er sich die Zigarette anzündete, hörten sie den Fahrer:

»Hol mich der Teufel. Ich glaub, da ist was in dem verfluchten Wagen.«

Der Lensmann steckte den Kopf zum offenen Seitenfenster des Fahrzeugs hinein und blickte auf den Bildschirm. Dann drehte er sich wieder Moen zu.

»Vielleicht. Wollen mal hören, was der Taucher sagt.«

Die nächsten Minuten sagte niemand etwas. Moen saß auf einem Stein und zog an der Zigarette, bis der Froschmann den Kopf aus dem Wasser reckte und über das Dollbord ins Taucherboot krabbelte. Moen stand auf und ging zum Fahrer hinüber. Das Funkgerät knisterte.

»Arntzen sagt, dass da Menschen im Auto sind.«

»Wie viele?«, fragte Moen so laut, dass der Funker im Boot ihn hören konnte.

»Mindestens einer.«

10

Als das Bergungsfahrzeug ans Ufer vorrückte, standen eine Einsatzmannschaft der Kripo und eine Ambulanz am Tatort bereit. Die Beamten des Lensmanns waren am Straßenrand postiert, um den Verkehr und die Schaulustigen im Auge zu behalten. Der Fahrer des Bergungswagens reichte den Haken an den Froschmann im Boot weiter, das dann langsam zurücktuckerte, während der Bergungsmann die Seilwinde abrollen ließ. Mit einem Platschen ließ der Taucher sich rückwärts ins Wasser fallen. Die Ringe breiteten sich im schwindenden Abendlicht über das Wasser aus. Als sie die Wasserlilien am Ufer erreichten, war die Atmosphäre fast märchenhaft, und niemand sagte ein Wort, bis der Taucher wieder oben war und den Daumen in die Luft reckte. Der Bergungsmann gab sich mit dem Daumen nicht zufrieden. Er wollte wissen, wo am Auto der Taucher das Drahtseil befestigt hatte, und bekam schließlich Bescheid, es sitze an der Hinterachse. Er nickte und hievte das Auto langsam und stückweise nach oben, während der Froschmann mit seiner Tauchermaske auf der Wasseroberfläche lag und die Aktion verfolgte. Plötzlich gab es einen Ruck, das Drahtseil gab ein klagendes Geräusch von sich, und der Bergungsmann hielt die Seilwinde an. Der Taucher schwamm ans Ufer und stieg aus dem Wasser.

»Drei, vier Meter weiter draußen ist eine Felskante, der Wagen hängt jetzt ungefähr in einem rechten Winkel am Seil. Wenn du ein Stückchen weiter einziehst, knallen die Hinterräder über die Kante. Das wird wohl nicht gutgehen, aber ich glaube kaum, dass der Besitzer protestiert.«

Der Mann an der Seilwinde kratzte sich am Kopf, setzte sich in sein Fahrzeug und manövrierte es so nah wie möglich ans Ufer, wodurch er die Strecke verkürzte. Dann schickte er alle weg, für den Fall, dass das Seil riss. Der Bergungsmann schloss einen Moment die Augen, als schickte er ein Gebet gen Himmel, und ließ es darauf ankommen.

Der Wagen durchbrach die Wasseroberfläche und rollte das letzte Stück ans Ufer. Moen fiel es nicht schwer, den Wagen als einen feuchten Traum aus der Jugendzeit zu identifizieren. Es war ein Jaguar E-Type Roadster aus den sechziger Jahren.

»Komische Farbe«, hörte er den Lensmann hinter sich sagen und wandte den Kopf um: »Wieso?«

»Das ist eine Cadillac-Farbe. Türkis.«

Augenblicklich zog Moen sein Notizbuch hervor und schrieb das Kennzeichen auf. Es begann mit KE. Der Wagen war also im Regierungsbezirk Buskerud registriert. Die Leute von der Spurensicherung in ihren weißen Schutzanzügen kamen hinzu und leuchteten ins Wageninnere. Moen schaute auf der Fahrerseite hinein. Der Wagen hatte das Lenkrad auf der linken Seite, und einer der Männer vom Einsatzteam der Kripo lief um den Wagen herum.
»Wir öffnen die Tür auf dieser Seite, dann bekommen wir das Wasser raus.«
Moen trat ein paar Schritte zurück, und der Kollege öffnete die Tür. Das Wasser strömte heraus, und Moen näherte sich vorsichtig. Der Beamte setzte sich an der Tür in die Hocke und leuchtete wieder in den Wagen, während Moen sich vorbeugte und ihm über die Schulter sah. Gegen die Tür auf der anderen Seite gepresst saß eine Frau – der Kopf ruhte auf dem Armaturenbrett, das Gesicht von den Haaren verdeckt. Moen richtete sich auf und ging zu seinem Wagen, um die Kamera zu holen. Als er zurückkam, sprachen die Männer des Einsatzteams miteinander und wandten sich dann an Moen.
»Soweit wir es beurteilen können, hat sie eine Weile im Wasser gelegen«, sagte der eine.
»Eine Frau?«, fragte Moen.
»Soviel immerhin steht fest«, gab der andere zurück. »Die Straßenwacht überführt den Wagen samt Leiche direkt in die Rechtsmedizin. Da können wir das Ganze viel einfacher hantieren. Einer von uns begleitet den Fahrer.«
»Kann ich ein paar Bilder machen, bevor Sie fahren?«
»Natürlich. Wir müssen auch noch ein paar Aufnahmen machen.«
Die Tür stand offen. Moen hatte freie Sicht und richtete seine Taschenlampe auf die Leiche. Noch einmal ging er durch, woran er sich erinnerte: enge Jeans, geblümte Tunika? Kurze dunkle Lederjacke. Flache braune, halbhohe Stiefel. Er rich-

tete sich auf, schüttelte den Kopf und grinste von einem Ohr zum anderen, ohne einen Gedanken an die Situation. Dann bemerkte er den Lensmann, der ihn mit hochgezogenen Augenbrauen und zerfurchter Stirn von der Seite begutachtete.
»Was hat das Lächeln zu bedeuten?«, fragte der Lensmann. »Sie wollen doch nicht sagen, dass es die ist, nach der wir suchen?«
»Ich kann es nicht mit Sicherheit sagen, aber es besteht durchaus die Möglichkeit. Ich bin einfach nur ein bisschen überrascht.«
Moen machte eine Serie von Bildern. Als er fertig war, fotografierte das Einsatzteam die Tote, den Wagen und die Umgebung, danach wurde das Autowrack auf das Bergungsfahrzeug gehievt. Der Lensmann nahm seine Mütze ab, als die mutmaßliche Linn Fostervoll mit Einsatzwagen und Ambulanz im Schlepptau ihre letzte Reise antrat.
Seine Mitarbeiter folgten dem Beispiel ihres Chefs. Moen trug keine Mütze, hielt jedoch eine Hand in der anderen, wie Kirchgänger es für gewöhnlich taten.

*

Knut Moen saß in der Kantine des Polizeireviers von Asker und Bærum und kaute auf einem Schinkenbrötchen. Der Lensmann saß in seinem Büro und war mit der Kfz-Meldestelle beschäftigt. Nach dem langen Tag war Moen durchgefroren. Als er jetzt aufzutauen begann und wieder etwas Wärme in den Körper bekam, nickte er kurz ein. Moen erwachte, als der Lensmann sich an die andere Seite des Esstischs setzte.
»Ein bisschen seltsam, das Ganze«, sagte er. »Der Wagen ist auf jemanden registriert, der vor zwei Jahren verstorben ist.«
Moen schüttelte vorsichtig den Kopf. »Wissen Sie mehr über ihn?«
»In der Tat. Eine ganze Reihe von Oldtimern war auf ihn zuge-

lassen, über zehn. Zwei der Fahrzeuge waren nicht alt genug, um dem Fiskus zu entgehen, und sollten aus dem Verkehr gezogen werden, weil die Steuer nicht bezahlt wurde. Keines der Autos, auch nicht der Jaguar, war als gestohlen gemeldet.«

»Wo wohnte der Halter?«

»In Ringerike. Ich hab den Namen des Besitzers im Telefonbuch gefunden und ihn angerufen.« Der Lensmann lächelte. »Seine Witwe hat abgenommen. Der Anschluss läuft immer noch auf den Namen des Ehemanns. Alle Autos stehen in einem Gebäude, das der Verstorbene extra errichten ließ, um seine Autosammlung unterzubringen. Seitdem der Mann tot ist, hat die Witwe dort keinen Fuß mehr reingesetzt. Sie beabsichtigt, den Sohn alles regeln zu lassen, wenn ihr Nachlass eines Tages auf ihn übergeht. Soweit sie wusste, hatte sich der Sohn niemals sonderlich für das Hobby seines Vaters interessiert, aber wenn wir irgendwas in Verbindung mit den Autos wissen wollten, sollten wir ihn fragen.«

»Haben Sie alle Namen?«, fragte Moen vornübergebeugt.

Der Lensmann schob einen Zettel über den Tisch.

Moen nahm ihn und prüfte die Namen. Die Autos waren auf Erling Krokfoss zugelassen. Er verzog keine Miene, obwohl die Erkenntnisse aufsehenerregend waren.

Der Lensmann bemerkte nichts und fuhr fort:

»Ich hab das andere Nummernschild überprüft, wie Sie mich gebeten haben. Range Rover. Schwarz. Neuestes Modell. Der ist auf einen Mann namens Geir Ove Frisk angemeldet. Adresse ist Munkedamsveien in Oslo. Drei Punkte wegen zu hoher Geschwindigkeit. Achtunddreißig Jahre alt. Der Führerschein wurde seinerzeit in Hammerfest ausgestellt.«

Dieser Name sagte Moen nichts. Er notierte sich die Auskünfte und trank einen Schluck Kaffee. Dann sah er auf die Uhr und griff nach seinem Handy, das im selben Moment klingelte.

»Hier ist Astrid. Ich hab was läuten hören und warte auf Ihren Bericht. Warum rufen Sie nicht an?«

»Ich habe auf ein paar Auskünfte gewartet, die eben reingekommen sind. Ich wollte gerade mit Ihnen telefonieren«, sagte Moen.
Am anderen Ende der Leitung war es für einen Augenblick still.
»Ist es möglich, dass es sich um Linn Fostervoll handelt?«
»Lässt sich nicht ausschließen. Es ist eine Frau, und die Kleidung deutet zumindest darauf hin, aber zum momentanen Zeitpunkt weiß ich noch nicht so viel. Der Wagen ist mit der Leiche auf dem Weg in die Rechtsmedizin.«
»Das ist ja wirklich unfassbar. Der Chef wird einen Purzelbaum schlagen, wenn sie es ist.«
Moen massierte sich die Stirn und sah zum Lensmann hinüber, der dem Gespräch aufmerksam folgte. Astrid Bredeveien sprach so laut, dass Moen den Hörer ein wenig vom Ohr weghalten musste.
»Sie wissen, wie belastend diese Sache für uns hier gewesen ist. Die Presse, oder die Öffentlichkeit, wie sie sich gerne bezeichnet, verfolgt uns seit ihrem Verschwinden auf Schritt und Tritt. Die sind ja völlig hemmungslos, wenn es um ihre eigenen Leute geht. Sollten Sie sie tatsächlich gefunden haben, werde ich Ihnen höchstpersönlich einen Orden anheften. Wissen Sie schon irgendwas über den Wagen?«
Der Lensmann lächelte. Er hatte jedes Wort verstanden. Moen machte eine kleine Kunstpause, bevor er sich äußerte.
»Er ist unter dem Namen Erling Krokfoss registriert. Ein Oldtimer, soweit wir es beurteilen können, und der Besitzer ist tot. Seine Witwe Lillemor ist jetzt formal gesehen die Eigentümerin.«
»Sagten Sie Krokfoss? Gibt es da irgendeine Verbindung zu Halvdan Krokfoss?«
»Erling war sein Vater, die Witwe ist seine Mutter.«
»Sind Sie ganz sicher?« Frau Bredeveien war im ganzen Raum zu hören.

Moen runzelte die Stirn und sah den Lensmann fragend an, der zweimal nachdrücklich nickte.
»Mein Kollege ist sich ganz sicher. Er hat mit der Witwe gesprochen, die ihn an den Sohn weiterverwiesen hat. Halvdan Hohle Krokfoss.«
»Du meine Güte, jetzt muss ich überlegen. Morgen früh fliege ich nach Genf. Eine weitere EU-Konvention. Ich rufe Sie in einer halben Stunde wieder an. Verhalten Sie sich solange ruhig.«

Eine Stunde verging, und der Abend war gekommen.
»Ich habe Marit Gaasland instruiert«, sagte Astrid Bredeveien am Telefon. »Sie treffen Sie morgen früh um neun in der Rechtsmedizin, dann bekommen Sie das weitere Briefing. Schicken Sie mir eine SMS, wenn die Identifikation positiv ist.«
Mehr hatte sie nicht zu sagen. Moen stand auf, dankte dem Lensmann für die Zusammenarbeit und ging zu seinem Wagen. Von dort aus rief er seine Lebensgefährtin an. Sie nahm sofort ab, und Moen hörte Stimmen und Fernsehgeräusche im Hintergrund.
»Warte mal«, sagte sie und zog sich offenbar vor dem Lärmpegel zurück.
»Ich bin bei Grete in Lillestrøm. Ich bleib bis morgen hier. Wie geht's dir?«
Moen erklärte, wie sich die Sache entwickelt hatte.
»Alles beim Alten, ich verstehe. Knut Moen macht das, was er am besten kann.« Sie schwieg einen Augenblick und fuhr dann fort: »Wie sieht's denn morgen aus? Soll ich mit dem Essen auf dich warten?«
»Ich fürchte, es wird sehr spät«, erwiderte Moen.
Sie lachte.
»Wieder mal die alte Leier. Du kannst dich selbst um dein Essen kümmern. Das Haus ist leer. Wiederhören.«

Moen stieg aus dem Auto und blickte sich um. Er zündete sich eine Zigarette an und machte sich auf in Richtung Rimi-Supermarkt in Bjørkelangen.

11

Am nächsten Morgen parkte Moen seinen Wagen zwischen den Blocks A1 und A2 des Rikshospitals und stieg in die schneidende Morgenluft hinaus. Es war dicht bewölkt, und der Morgensonne gelang es nicht, sich Geltung zu verschaffen. Neben einem Wagen vom Bestattungsunternehmen Jolstad standen zwei Männer in Jackett und rauchten. Eine der italienischen Straßenbahnen kam auf dem Weg in die Stadt polternd auf ihn zugefahren. Erschöpft starrten drei Nachtschwestern aus einem der Fenster zu ihm herüber. Moen blieb stehen, holte eine Zigarette hervor und steckte sie an. Er versuchte, seinen Kopf von Gedanken und Gefühlen zu befreien, bevor er auf den Eingang an der Ecke zulief und die Zigarette austrat; die Glastüren öffneten sich, er befand sich in der Vorhalle des Rechtsmedizinischen Instituts.

Über eine Laufbrücke gelangte er zu einer weißen Doppeltür. Er drückte auf einen Knopf der Gegensprechanlage, wies sich aus und erklärte seine Absicht. Die Türen öffneten sich, und er wandte sich zur Rezeption, wo ihm gesagt wurde, seine Kollegin sei bereits eingetroffen und habe sich um die Formalitäten gekümmert. Er könne gleich nach unten gehen.

Auf der Treppe zum Untergeschoss dachte Moen über Marit Gaasland nach. Wie sich die Kollegin wohl zu Obduktionen stellte? Moens eigene Haltung war glasklar. Er vermied sie, um jeden Preis. Er betrat die Herrengarderobe, ging zum Pinkeln auf die Toilette und zog sich um. Der Kleiderständer war belegt. Moen hatte nur einen Haken zur Verfügung, schaffte es jedoch irgendwie, seine Sachen aufzuhängen. Er trat vor das Regal mit Wegwerfkleidung, zog sich ein gelbes Oberteil und eine grüne Hose über und wusch sich in einem der beiden Waschbecken sorgfältig die Hände. Seine Wahl fiel auf ein Paar Holzschuhe, und schließlich versorgte er sich mit Handschuhen, Kopfbedeckung und Mundschutz. Dann betrat er den großen Obduktionsraum, in dem einige Stahltische in Reih und Glied standen. Keiner der Tische wurde für ihren Vorgang benutzt.

Auf dem Fußboden vor ihm kniete ein Kollege und brachte Ordnung in die Kleider der Frau aus Bjørkelangen. Sie lagen auf dem Fußboden, bis dicht an die Wand. Zwei Türen führten vom großen Saal in zwei Nebenräume. Die erste öffnete Moen und betrat den sogenannten Polizeiraum, der spartanisch mit einem Bücherregal und einem Schreibtisch eingerichtet war. Marit Gaasland stand mit dem Rücken zu Moen und schaute durch die Tür in den angrenzenden Raum. Er ging zu seiner Kollegin und blickte ihr über die Schulter.

Sie sah in einen kleinen Raum mit einem einzigen Stahltisch, auf dem die Obduktion und Identifizierung stattfinden sollte. Mit einer Kamera in den Händen stand ein Beamter auf einer Trittleiter. Ein Blitz erhellte den Raum. Moen trat einen Schritt zur Seite und betrachtete den nackten Frauenkörper, der mit einer Nackenstütze unter dem Kopf auf dem Stahltisch lag. Soweit Moen es beurteilen konnte, war sie nach beinahe drei Monaten im Wasser in erstaunlich gutem Zustand. An der Leiche war nicht herumgenagt worden, doch war sie dermaßen aufgeschwollen und ledrig, dass Linn Fostervoll kaum wiederzuerkennen war, sollte es sich denn um sie handeln.

»Oh, hallo. Ziemlich spannend, das Ganze. Ich hab so was vorher noch nie mitgemacht.«

Marit Gaasland schien offenbar dem sportlichen Typus anzugehören. Moen blickte auf den Schreibtisch, während Marit Gaasland kommentierte:

»Da liegt alles zusammen, einschließlich Zahnarztbefund. Die

diensthabende Zahnärztin vom Erkennungsdienst kommt in Kürze hierher. Auf dem Zettel da stehen Name und Telefonnummer eines Beamten aus Ringerike. Er hat versprochen, das Auto im Lauf des Tages genauer zu untersuchen.« Marit Gaasland zog ihren Mundschutz ein Stückchen herunter und blickte Moen mit flehenden Augen an. »Glauben Sie, Sie können sich um diese Dinge kümmern? Ich würde zu gerne verfolgen, was hier passiert. Sie haben das sicher schon öfter erlebt.«
»Sicher, sicher«, erwiderte Moen, »aber halten Sie sich im Hintergrund und kommen Sie dem Rechtsmediziner nicht in die Quere. Er ist hier der Chef.«

Moen saß am Schreibtisch des Polizeiraums und folgte mit einem Ohr den Ausführungen des Rechtsmediziners, während die inneren Organe der Verstorbenen nach und nach ans Tageslicht kamen. Irgendwann stand er auf, ging auf den Flur hinaus und rief die Telefonnummer in Ringerike an. Sie waren noch beschäftigt, erhielt er zur Antwort, man notierte Moens Nummer und versprach anzurufen, sobald der Auftrag durchgeführt war.
Als Moen zurückkam, war die Verstorbene bis zum Hals zugedeckt. Der Rechtsmediziner winkte Moen mit dem Finger zu sich. Marit Gaasland stand neben ihm. Der Arzt hob an der linken Schläfe der Leiche vorsichtig das Haar an und zeigte auf ein kleines Loch im spröden Knochen nahe ihrem Ohr.
»Sie ist nicht ertrunken. Sie war tot, bevor sie im Wasser landete. Da liegt vielleicht die Lösung.« Der Arzt sah sich ärgerlich um. »Ich mach jetzt Pause. Bevor die Zahnärztin ihre Bilder nicht gemacht hat, kümmere ich mich erst mal nicht um den Kopf. Wo bleibt die bloß?«
»Sie ist in der Garderobe«, sagte Marit Gaasland.
»Dann komme ich in einer halben Stunde zurück«, erwiderte der Arzt und ging.

Marit Gaasland verdrehte die Augen und murmelte irgendetwas über Ärzte und Arroganz. Sie lehnte sich mit dem Rücken gegen das Stehpult, an dem die Rechtsmediziner für gewöhnlich ihre Notizen machten, als eine weitere Mumie den Raum betrat, die sich als die Zahnärztin erwies. Sie stellten einander vor. Moen zeigte ihr den Zahnarztbefund, den sie mit einem vielsagenden Nicken bedachte.

»Das sollte nicht allzu schwierig sein. Diese Linn Fostervoll hat eine ganz charakteristische Krone auf einem Vorderzahn. Ich mache mal ein paar Fotos.«

Sie rollte ein Stativ mit einer Röntgenkamera herein. Die freundliche Dame begriff schnell, dass Marit Gaasland Interesse an der Prozedur zeigte, daher kommentierte sie fortwährend jeden Schritt des Vorgangs. Die Fachausdrücke wurden schnell und präzise erklärt.

»Können Sie mir etwas assistieren?«, fragte die Ärztin Marit Gaasland. »Wir müssen ihren Mund öffnen, um den Film anzubringen, doch dabei müssen wir vorsichtig sein. Die Zähne von Wasserleichen neigen dazu, sich zu lösen.«

Moen stand in der Türöffnung und beobachtete die beiden Frauen bei ihrer Arbeit mit der Toten. Sie erweckten den Anschein, nie etwas anderes gemacht zu haben. Ohne Zwischenfall konnten die Bilder gemacht werden, wobei die Zahnärztin jedes Mal, wenn eine Aufnahme gemacht wurde, alle aus dem Raum schickte. Zum Schluss wollte sie eine zusätzliche Frontalaufnahme der Vorderzähne machen, was ihr ebenfalls gelang. Sie blickte zu Moen auf.

»Ist sie ertrunken?«

»Das wissen wir noch nicht genau.«

»Die Zähne von Leuten, die ertrinken, werden aus irgendwelchen Gründen oft rot. Das ist hier nicht der Fall.«

Die Zahnärztin räumte ihre Sachen zusammen und sagte schließlich:

»Dann fahr ich mal ins Büro und entwickle die Bilder.«

»Wie?«, sagte Marit Gaasland. »Können Sie das nicht hier machen?«
»Nein, den Rest der Arbeit muss ich in meinem Büro erledigen.«
Marit Gaasland blickte zu Moen hinüber.
»Astrid Bredeveien meinte, wir hätten den ganzen Vorgang persönlich zu überwachen. Einer von uns sollte wohl mitfahren und abwarten, ob es sich um Linn Fostervoll handelt. Wollen Sie oder soll ich?«
»Sie möchten doch sicher hierbleiben«, erwiderte Moen. »Ich denke, Sie sind ganz gespannt auf die Todesursache?«
»Für Astrid ist die Identifizierung das Wichtigste, da sollten Sie wohl besser fahren«, sagte seine Kollegin diplomatisch.
»Abgemacht«, sagte Moen. »Haben Sie einen Wagen?«
Die Zahnärztin nickte. »Ich fahre.«
»Können Sie mir sagen, wo es hingeht?«

*

Moen stand auf der Rückseite der amerikanischen Botschaft und rauchte eine Zigarette. Hinter der Sicherheitsabsperrung, neben einem Container, stand ein Wachtposten mit Maschinenpistole und blickte argwöhnisch zu ihm herüber. Moen erwiderte seinen Blick. Er sah die Zahnärztin auf der anderen Seite des Løkkeveien über die Hansteens Gate kommen und ging ihr entgegen. Sie klingelte, der Türöffner summte, und sie zog die Tür auf und ließ Moen mit einem Lächeln den Vortritt.
Ein paar Minuten später saßen sie in einem engen Verschlag, der als Personalraum diente. Die Zahnärztin machte zwei Tassen Kaffee, während ein Assistent die Bilder entwickelte.
»Dauert das lange?«
Die Zahnärztin stand auf und zog sich ihren weißen Kittel über.

»Normalerweise nicht, aber es hängt ein bisschen von der Form des Gebisses ab. Wenn es perfekt ist, habe ich mehr Arbeit.«

Moen lächelte schwach. Er bemerkte den leichten Anflug eines Akzents aus Oppland oder Hedmark und folgte ihr durch die engen Räume in ihr Büro. Ein Assistent reichte ihr die fertigen Bilder. Sie nahm ihre Lesebrille, legte sie nach einer kurzen Begutachtung wieder weg und öffnete die Mappe mit Linn Fostervolls Zahnarztbefund. Draußen auf der Straße stellte eine Politesse der Osloer Kommune ein Knöllchen aus und befestigte es an der Windschutzscheibe eines heruntergekommenen japanischen Lieferwagens. Im selben Moment tauchten zwei Männer in weißen, verdreckten Maureranzügen auf. Die Politesse wollte gerade weitergehen, als einer der beiden sie an der Schulter fasste. Sie drehte sich ruckartig um und trat einen Schritt zurück.

Moen folgte dem Drama dort draußen. Einer der beiden Handwerker war anscheinend nicht bereit, sich dem Schicksal zu ergeben. Es schloss sich ein kurzer, heftiger Wortwechsel an, doch da es ihm offenbar an passenden Worten mangelte zweifellos war er Pole –, hob er die Faust. Moen klopfte mit dem Knöchel heftig ans Fenster und hielt seinen Dienstausweis hoch. Die beiden Polen erstarrten, und die Situation löste sich auf. Der Erfüllung ihrer Quote einen Schritt näher, zog die Politesse ihres Wegs. Der wütende Handwerker riss das Strafmandat von der Scheibe, zerfetzte es in zwei Teile und warf es auf den Boden. Er zeigte Moen einen Finger, setzte sich dann hinters Steuer und fuhr weg.

Moen holte tief Luft. Er hatte einen stillen Hass gegen diese spezielle amerikanische Unart entwickelt, die sich wie Unkraut vermehrte. Eine schmutzige Geste, die von der beleidigten Person immer aus sicherem Abstand ausgeführt wurde.

»Was war denn?« Die Zahnärztin sah ihn über ihre Brille hinweg an.

Moen schüttelte den Kopf. Die aufgekommene Wut hatte ihn gänzlich von seinem Fall hier vor Ort abgelenkt – nicht gerade ein gesundes Zeichen. Er atmete aus.
»Tut mir leid. Es gab da bloß so ein Durcheinander auf der Straße. Wie weit sind Sie denn?«
»Ich habe mir die Ante-mortem-Bilder von Linn Fostervolls Zähnen angesehen. Sie hat eine Porzellankrone auf einem Vorderzahn. Etwas ungewöhnlich bei einer jüngeren Frau. Laut Bericht war ein Sportunfall die Ursache. Handball, um genau zu sein. Schauen Sie mal.« Sie zeigte ihm die Aufnahme. »Hier ist die Aufnahme post mortem aus dem Rechtsmedizinischen Institut.« Ärztin hielt beide Aufnahmen an den Leuchtkasten.
Sogar Moen konnte die Übereinstimmung erkennen.
»Was ist Ihre Schlussfolgerung?«
»Es handelt sich hier in der Tat um eine sichere Identifikation. Die Verstorbene ist Linn Fostervoll. Ausgeschlossen, dass sich irgendwo ein so identisches Merkmal noch einmal findet. Der Form halber werde ich ein paar weitere Dinge untersuchen, bevor ich den Bericht abschicke.«
»Dauert das lange?«
Sie lächelte. »Geben Sie mir zwei Minuten.«

12

Zehn Minuten später saß Moen draußen vor einem zwischen zwei Häusern eingeklemmten Café hundert Meter weiter die Hansteens Gate hinunter. In der linken Hand hielt er eine Kaffeetasse und in der rechten eine Zigarette. Soeben war ihm klar geworden, dass er Linn Fostervoll tatsächlich gefunden hatte. Was sich noch tags zuvor wie eine fixe Idee angehört hatte, die sich letztendlich genauso gut gegen ihn selbst hätte richten können, hatte sich als Triumph entpuppt.

Moen fischte sein Handy aus der Jackentasche, fand Marit Gaaslands Nummer, rief sie an und kam gleich zur Sache:
»Wo sind Sie jetzt?«
»Ich bin oben im Institut und erledige die Formalitäten. Wie sieht's bei Ihnen aus?«
»Es ist Linn Fostervoll.«
Am anderen Ende der Leitung schnappte Marit Gaasland nach Luft.
»Das ist ja fantastisch. Ist sich die Zahnärztin ganz sicher?«
Zwei Frauen aus dem Osloer Westen setzten sich an seinen Tisch und sahen zu ihm herüber. Beide hatten dunkle Ringe um die Augen und waren etwas nachlässig geschminkt. Moen stand auf und lief ein Stück die Straße runter.
»Selbstverständlich«, sagte er etwas heftiger als beabsichtigt, »sonst hätte ich mich anders ausgedrückt.«
»Tut mir leid, es ist nur so unfassbar, dass sie es ist. Ihr wurde in die Schläfe geschossen, aus kurzer Distanz. Der Arzt hat die Kugel in ihrem Gehirn entdeckt.«
»Haben Sie die Kugel gesehen?«
»Ich bin keine Expertin. Sie war klein. Deshalb ist sie auch drinnen geblieben, hat der Arzt gesagt.«
»Wissen Sie, ob eine Waffe im Wagen gefunden wurde?«
»Nein, die Leute, die ihn untersucht haben, sagen, er war leer. Was machen wir denn jetzt? Ich habe versucht, Astrid anzurufen, aber ihr Handy war ausgeschaltet. Wahrscheinlich sitzt sie noch im Flugzeug.«
»Wir fahren ins Präsidium und erstatten Bericht. Haben Sie ein Auto, oder soll ich Sie abholen?«
»Ich bin mit der Straßenbahn gekommen, kann aber auch ein Taxi nehmen«, sagte Marit Gaasland. Sie hörte sich etwas abwesend an.
»Ich hol Sie in einer Viertelstunde ab. Rufen Sie den Oberboss an und fragen nach, was Sie jetzt tun sollen.«
»Ist es nicht besser, wenn Sie das machen?«

»Jetzt hören Sie aber auf«, gab Moen zurück. »Ich schmeiß mich jetzt ins Auto«, fügte er hinzu und hastete die Cort Adelers Gate hinauf zum *KNA-Hotel*, wo der Wagen stand.

Es war zwei Uhr, als Moen am Rechtsmedizinischen Institut vorfuhr. Marit Gaasland stand vor dem Eingang und trippelte in einer halblangen Kamelhaarjacke auf der Stelle herum. Sie hatte sich die Hände in die Achselhöhlen geschoben. Als Moen hielt, stieg sie ins Auto und setzte sich neben ihn.

»Sie sind wirklich der Held des Tages. Der Chef war völlig aus dem Häuschen. Er erwartet uns. Wenn wir zurück sind, sollen wir gleich raufkommen. Ich hab auch mit Astrid Bredeveien gesprochen, sie ist bereit, Ihnen einen Orden anzuheften, sobald sie zurück ist.«

Moen bremste für einen Audi, der sich im Kreisverkehr am Ullevål-Stadion vordrängelte, und kassierte den zweiten schlimmen Finger des Tages. Resigniert schüttelte er den Kopf.

»Im Handschuhfach liegt eine Dose Kautabak. Sind Sie mal so nett und geben mir eine Portion?«

Marit Gaasland reichte ihm ein Tütchen, das er sich mit einem tiefen Seufzer in den Mund schob.

»Ich hab mit den Leuten gesprochen, die sich um die Sache mit dem Wagen kümmern sollten.«

»Gibt's da was Neues?«, fragte Marit Gaasland, zog sich die Handschuhe aus und legte sie auf das Armaturenbrett.

»Eigentlich nicht, aber es hat sich im Großen und Ganzen bestätigt, was die alte Dame am Telefon gesagt hat.«

»Ich war nicht dabei. Können Sie mir eine Zusammenfassung geben?«

»Es wurden vier Personen vernommen. Die Mutter des ›medienscheuen Finanzmanns‹ benutzt zwar einen Rollator, ist aber meinem Informanten nach im Oberstübchen noch ziemlich helle. Der Sohn kommt einmal in der Woche vorbei, sofern er nicht verreist ist, was bestimmt öfter mal vorkommt. Ihrer

Aussage nach hat sich der Sohn nie besonders für die Autos seines Vaters interessiert. Eine extra für die Fahrzeuge gebaute Halle befindet sich außer Sichtweite der Wohnung, am Ende eines Privatwegs. Sie war mit einem großen, altmodischen Vorhängeschloss versehen. Der Schlüssel hängt normalerweise an einem Brett in der Küche und hing da auch, als meine Leute dort hinkamen. Ein philippinisches Ehepaar, sie ist Krankenschwester und er Hausmeister und Chauffeur, hat ebenfalls Zugang zum Schlüssel. So wie sie sagte, sind sie niemals dort drinnen gewesen, und er fährt die alte Dame in einem Mercedes Kombi durch die Gegend.«

Marit Gaasland unterbrach ihn:

»Ist das nicht eigenartig? Wenn er der Hausmeister ist? Man sollte doch annehmen, dass er für den ganzen Besitz zuständig ist.«

»Das Auto wäre gestohlen gemeldet worden, wenn er alles im Blick gehabt hätte. Unter diesen Umständen ist das Ganze ziemlich logisch.«

Marit Gaasland zeigte sich mit der Schlussfolgerung nicht ganz einverstanden.

»Das hört sich in meinen Ohren nicht sehr glaubwürdig an. Die decken den Sohn doch bestimmt.«

Moen sah zu ihr hinüber. Sie standen in einer Schlange vor dem Carl Berners Plass in Sinsen, und er erklärte geduldig, dass es einen weiteren Zeugen gab. Einen pensionierten Automechaniker, der dort wohnte, wo der Weg von der Hauptstraße zum Autoschuppen hin abgeht. Dieser Automechaniker war zu Lebzeiten des Besitzers für die Pflege der Autosammlung zuständig. Der Sohn hat ihn einen Tag vor der Beerdigung seines Vaters entlassen. Seine Aussage bestätigt die Erklärungen der Mutter. Der pensionierte Automechaniker wusste seit langem, dass die Autosammlung, zu der er ja mal ein ziemlich persönliches Verhältnis hatte, nun vor sich hin rostete und von Motten zerfressen wurde. Er war aufrichtig entrüstet und verärgert darüber, wie mit der Sammlung umgegangen wurde. Es lag ja nicht am mangelnden Geld. Der Mechaniker wohnte außerdem genau an der Abzweigung und verbrachte viel Zeit damit, aus dem Fenster zu gucken. In den letzten zwei Jahren hatte er nicht ein einziges der geliebten Fahrzeuge auf dem Privatweg bemerkt.«

»Aber das schließt doch nicht aus, dass der Sohn den Wagen rausgefahren hat, ohne von jemandem bemerkt worden zu sein«, kommentierte Marit Gaasland.

»Das stimmt«, erwiderte Moen, »doch das trifft auch auf jeden anderen zu, der es auf den Wagen abgesehen hat. Das Schloss kann jeder x-Beliebige geknackt haben, und die Wagenschlüssel hingen in einem unverschlossenen Schlüsselschränkchen. Die Hausangestellten haben jedes Jahr von Ostern bis Mai frei, um ihre Familie auf den Philippinen zu besuchen, während die Dame des Hauses sich in einem Privatsanatorium in den Bergen aufhält. Der Ort war also für längere Zeit unbewohnt. Wir reden hier von fünf oder sechs Wochen vor dem Verschwinden von Linn Fostervoll.«

Vor ihnen lag der Grenseveien, und der Verkehr lief fließend. Moen wurde ungeduldig.

»Wir haben die Fingerabdrücke aus dem Autoschuppen. Falls sich die Abdrücke des Sohnes dort finden, ist das eine andere Geschichte. Lassen Sie uns das erst mal abwarten, bevor wir hier weiterdiskutieren«, sagte er, als Brynseng und die Kripo-Zentrale in Sicht kamen.

Sie hielten sich an die Übereinkunft. Es wurde kein weiteres Wort gewechselt, bevor sie ins Gebäude kamen. Am Empfang erhielten sie Bescheid, gleich zum Polizeipräsidenten hinaufzugehen. Mit einem Lächeln, das von einem Ohr zum anderen reichte, erwartete er sie, stand auf, begrüßte sie per Handschlag und ließ die beiden Platz nehmen, bevor er sich wieder hinter seinen Schreibtisch setzte.

»Ja, ja, Moen. Wie ich höre, haben Sie es wieder einmal geschafft. Sie ahnen ja nicht, welche Erleichterung das für die Behörde ist. Die Osloer Polizei hat mächtig unter Druck gestanden. Jetzt liegt die Sache hier bei uns, und wir können uns damit schmücken. Die Presse wird uns aus der Hand fressen. Wenn ich richtig verstanden habe, dann haben wir also Linn Fostervoll, ehemalige Journalistin beim NRK, in einem Auto gefunden, das Halvdan Hohle Krokfoss gehört. Das ist besser als nichts. Haben Sie dem noch etwas hinzuzufügen?« Der Oberkommandierende wandte sich an Moen, der zu Marit Gaasland hinüberblickte. Sie schlug die Augen nieder.
Moen lehnte sich vor und antwortete:
»Formal betrachtet gehört der Wagen seiner Mutter. Vorläufig haben wir noch nichts, was Krokfoss mit dem Auto in Verbindung bringt. Nur dass das klar ist.«
»Aber es gibt doch eine Verbindung, oder nicht?«
Moen zuckte mit den Schultern.
»Auf der Basis unseres jetzigen Kenntnisstands möchte ich ihm lieber nicht auf die Füße treten. In seinen Kreisen sitzt das Geld für Anwälte locker.«
»Immerhin waren viele Leute anwesend, als der Wagen aus dem Wasser gezogen wurde«, sagte Marit Gaasland. »Irgendwer hat sich bestimmt die Autonummer aufgeschrieben und sie an die Presse weitergeleitet. Da kommt es ohnehin ans Tageslicht.«
Der Polizeipräsident unterbrach:
»Damit müssen wir uns im Augenblick nicht näher befassen. Ich habe mich mit Astrid Bredeveien besprochen. Sie meint, wir sollten im Hinblick auf eine mögliche Mordermittlung vorläufig erst mal den Ball flach halten. Unser Vorschlag lautet folgendermaßen: Morgen um neun Uhr setzen Sie beide sich mit einem erfahrenen Staatsanwalt hier aus dem Hause beim Lensmann in Bjørkelangen zusammen und entscheiden, was wir verlautbaren lassen. Der Lensmann leitet die Pressekon-

ferenz um zwölf Uhr. Er hat dann, was die Ermittlung betrifft, die Kripo ganz offiziell um Unterstützung gebeten. Der Lensmann, unser Polizeirat und Frau Gaasland sitzen dann am Tisch, und Sie, Moen, Sie haben die Veranstaltung dann schon wieder verlassen.«

»Aber wird sein Name denn nicht sowieso erwähnt werden? Viele haben ihn doch vor Ort gesehen«, warf Marit Gaasland ein.

»Das werden wir so gut wie möglich verkaufen«, sagte der Polizeipräsident, »unser Polizeirat wird sich schon darum kümmern.«

»Gibt es einen Grund, wieso ich da überhaupt auftauchen muss?«, fragte Moen hoffnungsvoll.

»Wie oft haben Sie sich in diesem Stadium einer Ermittlung schon um die Presse gekümmert? Ich möchte, dass Sie morgen um neun da sind, damit Sie an den Vorbereitungen teilnehmen. Ich will keine Amateure bei dieser Sache haben. Die Angehörigen müssen heute Abend informiert werden, und darum kümmern Sie sich, Marit. Geht das in Ordnung?«

Marit Gaasland nickte zustimmend, sah auf die Uhr und stand auf.

»Dann ziehe ich am besten gleich los. Gibt es sonst noch was?«

»Um den Rest kümmere ich mich. Sie können einfach loslegen.«

Moen stand ebenfalls auf, doch der Chef bat ihn, sitzen zu bleiben.

»Mit Ihnen muss ich noch unter vier Augen sprechen.«

Er wartete, bis Marit Gaasland den Raum verlassen hatte, und schloss die Tür.

»Ich bin wirklich froh, Sie wieder in der Manege zu sehen, Knut. Für den Fall, dass Sie glauben, wir haben Sie vergessen, möchte ich Ihnen nur sagen, dass Sie für die Königliche Verdienstmedaille vorgeschlagen sind.«

Der Polizeipräsident setzte ein schiefes Lächeln auf. »Für solche wie Sie und mich hat so was ja noch eine gewisse Bedeutung, nehme ich mal an.«

»Aber ja«, sagte Moen, »das ist wohl wahr.«

»Aber was ich eigentlich sagen wollte, ist, dass ich Sie für diese Ermittlung wieder mit von der Partie haben will.«

»Ich werde da so ein Gefühl nicht los, dass ich in meinem alten Job eigentlich nicht mehr erwünscht bin.« Moen legte die Beine übereinander und schüttelte sich.

Sein Vorgesetzter stand auf und lächelte grimmig. Er drehte Moen den Rücken zu, blickte aus dem Fenster und sagte:

»Das ist mir klar. Wenn Sie Ambitionen gehabt hätten, dann könnten Sie jetzt in seiner Stellung sein. Wieso haben Sie sich nie darum beworben?«

Ohne nachzudenken sagte Moen:

»Die Grenzen meiner Kompetenz kenne ich sehr gut. Ich möchte lieber ein Amt bekleiden, dem ich mich gewachsen fühle.«

Der Chef wandte sich für einen Moment um und lächelte, dann drehte er sich wieder weg.

»Ich werde diese Diskussion erst mal nicht weiterverfolgen. Was ich sagen möchte, klingt vielleicht etwas seltsam, aber so denke ich.« Einen Augenblick hielt er inne. »Für mich sind Sie ein Glückspilz. Bei allen Fällen, in die Sie involviert waren, haben wir ein Ergebnis bekommen, und Sie waren jedes Mal der Schlüssel zu unserem Erfolg. Ich glaube, dass es auch diesmal so sein wird.«

Moen erwiderte nichts. Der Chef drehte sich um und sah ihm in die Augen.

»Sehen Sie sich nur an, was innerhalb der letzten zwei Tage passiert ist, nachdem Sie bei diesem Fall eingestiegen sind. Mir ist vollkommen gleich, was es da für Reibereien zwischen Ihnen und Ihrem Abteilungsleiter gegeben hat. Ich will Sie in irgendeiner Form wieder an Bord haben, und wenn ich Ihnen beiden eine entsprechende Anweisung erteile«, sagte er mit Nachdruck, »dann sollten Sie sich so verhalten, wie erfahrene Beamte das tun.« Der Chef ließ seine Schulter sinken und legte die militärische Haltung ab. »So, jetzt ist es gesagt. Denken Sie erst einmal ein paar Tage darüber nach. Wenn Sie in Bjørkelangen fertig sind, können Sie Ihr wohlverdientes freies Wochenende antreten.«

13

Moen setzte sich ins Auto. Die Sonne stand tief, es war bewölkt, und für die Jahreszeit war er viel zu dünn angezogen. Obwohl er am nächsten Tag früh aufstehen musste, fuhr er zum Einkaufszentrum nach Brynseng, wo er die Zutaten für Kohl mit Hammelfleisch sowie ein paar Extras für zwei Personen erstand. Immerhin hatte er etwas zu feiern.

Alles lief wie geschmiert, dachte er, als er im Akersveien sogar einen Parkplatz fand, am Eingang zum Vår-Frelser-Friedhof. Moen öffnete den Briefkasten im Hausflur und nahm Post und Reklame heraus. Er hatte eigentlich erwartet, dass seine Lebensgefährtin sich um die Post kümmerte, doch lag die Erklärung dafür auf dem Esstisch im kleinen Eckzimmer.

Lieber Knut,
bin für ein paar Tage zu Mutter gefahren, um nachzudenken. Vielleicht ist es besser, wenn du mich nicht gleich anrufst. Leb wohl.
Gruß
Gudny

Auf den Zettel hatte sie eine halbe Flasche Whisky gestellt. Moen packte die Einkäufe aus der Tüte und legte sie in den Kühlschrank. Den halben Liter Gammel Oppland, den er zur

Begleitung von Kohl mit Hammel gekauft hatte, stellte er auf die Arbeitsplatte. Eine Weile stand er da und betrachtete die Schnapsflasche auf dem Tisch, stellte sie dann in den Küchenschrank, holte sich ein Bier aus dem Kühlschrank und nach kurzem Zögern auch ein Schnapsglas mit Aquavit.

So saß Knut Moen am Esstisch und starrte an die »fünfte Wand«, wie sein Vater es immer genannt hatte. Was der damit gemeint hatte – ob es sich um den Fußboden, die Decke oder irgendetwas weit draußen oder oben handelte, war seinem Sohn nie richtig klar geworden, doch er dachte, es sei eine passende Bezeichnung für einen gewissen Gemütszustand.

Zu sich selbst sagte er: Das war der Anfang vom Ende. Er hatte die Grenze seiner Kompetenz erreicht, zumindest in den Augen seiner Lebensgefährtin. Auf irgendeine mystische Weise war sogar ihr misslungenes Café mit seiner Person verknüpft – nicht so sehr das Café, aber das Misslingen. Zu keinem Zeitpunkt waren es ihre eigenen Erwägungen oder die Art ihrer Geschäftsführung, die dem Fiasko im nördlichen Grünerløkka zugrunde lagen. Er war nicht die Stütze gewesen, die sie gebraucht hatte. Immer öfter hatte er leere Schnapsflaschen an versteckten Stellen in der Wohnung gefunden, hatte es jedoch auf sich beruhen lassen. Knut Moen schaffte es nicht, sich mit den Implikationen auseinanderzusetzen. Er legte sich aufs Sofa und schloss die Augen.

Als die Besprechung am nächsten Tag um neun Uhr begann, hatte Moen sein Gleichgewicht fast wiedererlangt. Die Unterredung war kurz und bündig. Der Polizeirat von der Staatsanwaltschaft leierte herunter, was auf der Pressekonferenz gesagt werden sollte, und noch wichtiger: was nicht gesagt werden sollte. Dem Lensmann in Bjørkelangen oblag die Leitung der Pressekonferenz. In dieser hatte er zu schildern, wie er aufgrund eines Hinweises aus der Bevölkerung eine neue Suche veranlasst habe, in deren Verlauf eine tote Frau in einem Auto gefunden wurde. Letztere befinde sich mittlerweile im Rechtsmedizinischen Institut und sei identifiziert worden. Bei der Verstorbenen handele es sich um Linn Fostervoll, die im Lauf des Wochenendes obduziert werden solle. Ebenso würde der Lensmann verkünden, er habe die Kripo in dieser Angelegenheit um Unterstützung gebeten. Mit Rücksicht auf die weiteren Ermittlungen war dies alles, was gesagt werden sollte.

Marit Gaasland wandte ein, dass sie mit Reaktionen seitens der Presse zu rechnen hatten. Die Zeitungen wüssten sicher mehr und hätten Hinweise über dieses oder jenes erhalten. Marit Gaasland gegenüber war der Polizeirat ebenso abweisend, wie er es sich im Hinblick auf die Presse vorgenommen hatte. Statt auf den Einwurf zu reagieren, fragte er sie, ob die Angehörigen informiert worden waren. Deswegen war sie schließlich hinzugezogen worden und sollte in dieser Sache als Vertreterin der Vermisstenabteilung nur eine kleine Rolle bei der Konferenz spielen. Die Angehörigen seien ordnungsgemäß informiert worden, erwiderte sie und war vielleicht ein wenig überrascht, als keine weiteren Fragen auf ihre Erklärung folgten. Moen bedauerte sie fast ein bisschen, vielleicht auch sich selbst. Es gab überhaupt keinen Grund für seine Anwesenheit.

Um halb zehn waren sie fertig. Moen wechselte ein paar Worte mit dem Lensmann, bevor er ging. Als er in die Fußgängerzone von Bjørkelangen schlenderte, folgte Marit Gaasland ihm.

»Sie haben nicht vielleicht Zeit für eine Tasse Kaffee? Bis zur Pressekonferenz sind es noch zwei Stunden.«

»Ich muss da zwar nicht hin, aber meinetwegen. Gleich da vorne gibt es ein nettes Café.«

Als sie sich mit Kaffee und Brötchen an den Tisch setzten, fragte Marit Gaasland:

»War es wirklich nötig, dermaßen raubeinig zu sein?«

Moen blickte sie mit offenem Mund an.
»Meinen Sie mich?«
Marit Gaasland schüttelte energisch den Kopf.
»Ich meine den Polizeirat. Er ignoriert rundheraus alle Möglichkeiten, dass die Presse einen Hinweis auf das Kennzeichen bekommen haben könnte oder auch auf Ihre Anwesenheit vor Ort, als der Wagen geborgen wurde. Es ist doch streng genommen eher wahrscheinlich, dass Fragen in diese Richtung gestellt werden. Glauben Sie nicht auch?«
»Doch, das ist durchaus möglich. Was da drinnen gerade abgelaufen ist, war meiner Meinung nach überflüssig. In dieser Phase einer Mordermittlung wissen wir genau genommen ziemlich wenig, und wir behindern uns nur selbst, wenn auf Grundlage dieses wenigen Materials irgendwelche Zusammenhänge entstehen. Deshalb wäre es besser, ganz geradlinig zu sein und die Journalisten nicht noch zu ermuntern, auf der Basis von Gerüchten irgendwelche Spekulationen anzustellen.« Moen strich sich mit der Hand über die Stirn und blickte Marit Gaasland mit einem Auge an. »Ich glaube, der Vertreter der Anklagebehörde hat ein bisschen für die Pressekonferenz geübt, und da sind Sie zur Zielscheibe geworden. Ich halte das für reichlich sinnlos. Vielleicht sogar unangemessen.«
»Ich verstehe ja, dass ich in diesem Spiel noch eine Anfängerin bin.« Sie lächelte. »Apropos Zusammenhänge. Haben Sie mal über die Kugel nachgedacht, die wir in Linn Fostervolls Kopf gefunden haben? Hat sich nicht ihr Schwiegervater mit einer kleinkalibrigen Waffe erschossen, die Halvdan Krokfoss gehörte?«
Lächelnd sagte Moen:
»Ich hab sehr wohl darüber nachgedacht. Das ganze Material zu dieser Angelegenheit liegt bei der Kripo.« Er sah auf die Uhr. »Vor dem Wochenende habe ich noch was zu erledigen. Ich fürchte, Sie müssen sich bis zur Pressekonferenz anderweitig vergnügen.«

»Was haben Sie vor?«
»Mich dieser Sache mit den Kugeln widmen. Mal sehen, ob ich das nicht etwas vorrangig behandeln kann. Dann muss ich mir noch die Bilder aus dem Autoschuppen ansehen und Ordnung in das ganze Material bringen.«
»Sie Glücklicher. Dann muss ich wohl hier sitzen und bis zum Beginn der Pressekonferenz Wurzeln schlagen.«
Moen machte sich auf den Weg, drehte jedoch plötzlich wieder um und sagte:
»Ich hab die Angehörigen völlig vergessen. Erzählen Sie mir doch ein bisschen, bevor ich los muss.«
Marit Gaasland zuckte mit den Schultern.
»Zuerst habe ich mit Sverre Midtsem jr. und seiner neuen Frau Monica gesprochen. Sie waren zwar nicht zu Hause, aber im Hotel hab ich sie getroffen. Sie hat gearbeitet, und er saß mit seiner Mutter zusammen. Linns Exmann war sowohl überrascht als auch berührt. Seine neue Frau wirkte sehr kontrolliert, aber sie ist immerhin eine durch und durch professionelle Hotelfachfrau. Die Tochter war unterwegs bei irgendeiner Freizeitaktivität und sollte gleich vom Vater abgeholt werden. Dann bin ich nach Snarøy gefahren und habe mit Linns Eltern und dem Bruder gesprochen. Die Eltern waren natürlich untröstlich. Der Bruder wirkte fast, als ob er unter Schock stünde. Er sah furchtbar aus, als ich gegangen bin. Als ich das erste Mal mit ihm gesprochen habe, hatte ich nicht den Eindruck, dass er ein besonders enges Verhältnis zu seiner Schwester hatte. Das war vielleicht die einzige Reaktion, die irgendwie auffällig war.«

*

Zwei Stunden später saß Moen an seinem vorübergehenden Arbeitsplatz in der Vermisstenabteilung. Er öffnete seine E-Mails, die unter anderem den Bericht und die Bilder aus Ringerike enthielten. Zunächst sah er sich die Bilder an. Das

Haupthaus war ein langes, anderthalbstöckiges Gebäude mit Holzverkleidung und einem Türmchen an der Mittelachse. Das Haus war geteert oder braun gebeizt, eine stattliche Treppe führte hinunter in einen formstreng angelegten Garten. Ein Jagdschloss, dachte Moen. Das nächste Bild war von der Ecke des Hauptgebäudes in Richtung Autoschuppen aufgenommen worden und zeigte, dass dieser vom Haus nicht zu sehen war.

Der Schuppen war, wie Moen anhand der Fotos schätzte, in den fünfziger Jahren erbaut worden. Den Eingang bildete ein altmodisches, doppeltüriges Scheunentor mit Beschlägen aus Schmiedeeisen und einem alten Vorhängeschloss. Auf den nächsten zwei Bildern war die verstaubte Autosammlung zu sehen. Die Fahrzeuge standen in zwei Reihen, und ein Bild zeigte die Lücke, wo der Jaguar gestanden hatte, mit Ölflecken auf dem Boden und so weiter. Auf den letzten drei Fotos war der in einer Scheunenecke zum Büro umfunktionierte Lagerraum mit Glaswänden abgelichtet. Schreibtisch und Schlüsselschrank zeugten von peinlicher Ordnung. Zwei weitere Bilder zeigten den Schrank mit jeweils geschlossenen und geöffneten Türen. Er war nicht abgesperrt, der Schlüssel steckte. Einer der Schlüsselhaken zu den Oldtimern war leer.

Moen blätterte in den Bildern ein wenig vor und zurück, bevor er sich den Bericht durchlas. Im Großen und Ganzen entsprach er dem mündlichen Rapport, den er tags zuvor erhalten hatte. Die einzigen Neuigkeiten betrafen die Fingerabdrücke. An den untersuchten Stellen wurden nur zwei verschiedene Fingerabdrücke gefunden, also die Spuren zweier Personen. Vernünftigerweise war anzunehmen, es handele sich um die Spuren des verstorbenen Besitzers und seines Mechanikers. Das stimmte einigermaßen deutlich mit den Aussagen der Vernommenen überein, wonach Halvdan Hohle Krokfoss, der die Sammlung erben sollte, die Tür verschlossen und den Schlüssel nach dem Tod seines Vaters weggeworfen hatte.

»Sie sind beschäftigt, wie ich sehe«, sagte eine Stimme hinter seinem Rücken. Moen erschrak und wandte sich um. Es war der Polizeipräsident. »Vielleicht bekomme ich ja schon vor dem Wochenende eine Antwort. Wollen Sie die Verantwortung für diese Ermittlung übernehmen?«

Moen drehte sich auf seinem Bürostuhl herum und stand auf. Er wusste bereits, wie seine Antwort ausfallen würde, hielt jedoch einen Moment inne.

»Ich habe eine Kugel aus dem Kopf von Linn Fostervolls Schwiegervater. Die würde ich gerne mit der vergleichen lassen, die in Linn Fostervoll selbst steckte. Können Sie mir helfen, die Sache ein wenig zu beschleunigen?«

»Bringen Sie sie ins Labor, und ich werde sehen, was ich tun kann.« Der Chef lächelte und tippte an seine Mütze, wenngleich er keine trug. »Willkommen an Bord und schönes Wochenende.«

14

An diesem Nachmittag hatte sich der Weg vom Büro zum Auto als diskreter Triumphzug gestaltet. Ein hochgereckter Daumen hier, ein Klopfer auf den Rücken dort. Es war deutlich zu merken, wie die Gerüchte in der Dienststelle in Brynseng hin und her flogen und dass Moen der Held des Tages war. Nach und nach wurde er von diesem ihm entgegengebrachten Wohlwollen etwas aufgemuntert. Als er nach Hause kam, stürzte er sich auf den Herd. Das gestrige Festmahl, aus dem nie etwas geworden war, kam nun an diesem Freitagabend auf den Tisch.

Kohl mit Hammel, ein Bier und ein Schnaps. Moen prostete sich selbst zu und dachte an das alte Sprichwort aus Fünen: Eine kleine, aber feine Gesellschaft, sagte der Mann, der allein trank. Er brachte auch einen Toast auf den »Glückspilz« aus, der die Grenzen seiner Kompetenz doch noch nicht erlangt

hatte, einmal abgesehen vom Privatleben. Als Moen sich vor den Fernseher hockte, war er satt und zufrieden.
Zuerst kamen die Nachrichten auf TV 2, um 18.30 Uhr. Aufgrund eines nüchternen Berichts über den Fund in einem See der Kommune Aurskog-Høland sowie den vorläufigen Mangel einer heißen Spur in diesem Fall richtete sich die Aufmerksamkeit auf den Lensmann von Bjørkelangen. Die Todesursache sei ebenfalls nicht bekannt, der Lensmann habe um Unterstützung der Kripo ersucht. Die Staatsanwaltschaft werde zu Art und Umfang der folgenden Ermittlung Stellung beziehen, sobald weitere Fakten vorlägen. Sie lobte die Behörde des Lensmanns für den Durchbruch in einer Angelegenheit, die die Öffentlichkeit seit langer Zeit beschäftigte.
Moen schaltete auf den Østlandskanal um oder auf die »Nachrichten aus unserem Distrikt«, wie das Programm dort genannt wurde. Moen wunderte sich schon seit Jahren über die Tatsache, dass die – geografisch betrachtet – präziseren Bezeichnungen wie zum Beispiel »Oslo/Akershus« in den Bezirksnachrichten des NRK anscheinend verpönt waren. Dieser Eindruck hatte sich bei ihm irgendwie eingebrannt, doch schob er das Ganze zur Seite, als der Lensmann draußen vor seinem Büro im Zentrum von Bjørkelangen ein kurzes Statement abgab. Auch vom See, dem Søndre Holtjern, wurde ein Bild gezeigt. Ein lokaler Blickwinkel also, oder besser gesagt: Nachrichten aus unserem Distrikt.
In der *Dagsrevyen* war es ganz anders. Natürlich machte auch hier das Ereignis den Hauptbeitrag aus, zumal Linn Fostervoll zum Zeitpunkt ihres Verschwindens beim NRK beschäftigt und nun in einem See in der Nähe von Bjørkelangen wieder aufgetaucht war. Der Bericht von der Pressekonferenz zeigte eine Marit Gaasland, die sich sichtlich unwohl fühlte, und einen knallharten Vertreter der Staatsanwaltschaft. Ein Journalist von VG konstatierte, einer der erfahrensten Mordermittler Norwegens sei am Ort gesehen worden, als man das

Auto aus dem Wasser gezogen hatte. Konnte man da nicht berechtigterweise die Schlussfolgerung ziehen, es handele sich bei dieser Sache um einen Mordfall? Der Polizeirat erklärte, die Vermisstenabteilung sei in die zuletzt durchgeführte Suche nach Linn Fostervoll involviert gewesen, wo der erwähnte Beamte zurzeit seinen Dienst versah. Ausgehend von dieser Sachlage könne man eine solche Schlussfolgerung daher nicht ziehen.

Dann kam die Frage nach dem Wagen. Jemand vom NRK selbst brachte den Ball ins Rollen. Der Reporter gab eine kurze Beschreibung des geborgenen Sportwagens. Ob die Polizei zu diesem Wagen etwas sagen könne? Es müsse ja recht einfach sein, herauszufinden, wer der Besitzer sei und wo der Wagen hingehöre. Er ließ sein Wissen über den Besitzer durchblicken und fügte hinzu, es handele sich außerdem um ein sehr besonderes Auto.

Hier wich der Lensmann ein wenig vom Vereinbarten ab. Er präzisierte, der Besitzer des Wagens sei verstorben und seine Witwe nun formal gesehen die Eigentümerin, und ergänzte, der Wagen habe seit zwei Jahren in einem verschlossenen Schuppen gestanden. Mehr könne er zum aktuellen Stand der Ermittlung nicht mitteilen. Im Anschluss daran kündigte die Sprecherin einen größeren Beitrag des NRK über die Sache in der Samstagssendung an.

15

Am Samstagmorgen wachte er viel zu früh auf. Es war dunkel, nur ein schwacher Rotschimmer hing am östlichen Himmel über Grünerløkka. Er kochte Kaffee und lief in der Wohnung umher. Überall bestätigte sich das nagende Gefühl, das ihn schon die ganze Zeit beschlichen hatte: Es fehlten Dinge. Eine kleine Sache hier und ein anderer Gegenstand dort. In der

Küche öffnete er die Schränke. Das ein oder andere Glas war verschwunden. Die meisten Sachen waren aber noch da. Genauso war es auch auf dem Tisch und der Blumenbank. Er durchstöberte den Garderobenschrank im Flur. Gudnys Jacken und Mäntel waren weg. Zum ersten Mal öffnete er ihren Kleiderschrank im Schlafzimmer, sah sich weiter in der Wohnung um. Das meiste war noch am Platz, sogar die Zahnbürste und etwas Make-up im Bad. Es hatte ganz den Anschein, als hätte sie im Vorübergehen ein paar Sachen eingesteckt – Erinnerungsstücke, Lieblingsdinge und schließlich Kleidung.
Als es gegen halb acht draußen hell wurde, schlich er sich hinunter, um nach dem Kellerraum zu sehen. Der Absprache gemäß befanden sich dort unten allein ihre Sachen. Seine bewahrte er im Keller des Hauses in Hadeland. Moen besaß einen Schlüssel, doch das Schloss war neu. An der Tür zog er sich hoch und schielte durch die Luftlöcher in den Kellerraum. Fünf Umzugskisten standen in der Ecke aufeinandergestapelt, ansonsten herrschte gähnende Leere. Entmutigt stieg er die Treppen zur Wohnung hinauf. Er setzte sich an den Wohnzimmertisch, rief über das Handy seine angebliche Lebensgefährtin an und bekam die immer gleiche Antwort: Die Nummer war nicht länger vergeben. Dieselbe Antwort kam vom Festnetzanschluss ihrer Mutter, aber die war schließlich auch im Pflegeheim.

Eine Stunde war vergangen. Es war helllichter Tag, und er lief durch die Wohnung, um herauszufinden, welche Dinge sonst noch verschwunden waren. Seine Ratlosigkeit wurde von ohnmächtiger Wut abgelöst. Gudnys Abgang hielt er für feige, und das Ganze war für ihn äußerst belastend. Er war kurz davor, sich hinters Lenkrad zu klemmen, um die Dame in ihrem Versteck im Nordwesten des Landes zur Rede zu stellen, als es an der Tür klingelte. Da er vor unterdrückter Wut zitterte, verspürte er überhaupt keine Lust, die Tür zu

öffnen. Doch als es erneut klingelte, kam ihm der Gedanke, Gudny hätte sich vielleicht besonnen, und so öffnete er die Wohnungstür und spähte hinaus.
Bjørn Hansen stand breitbeinig da und hielt die Hände um eine weiße Papiertüte gefaltet. Er blickte Moen ernst an. Der starrte wortlos zurück.
»Kann ich einen Moment reinkommen?«
Moen zog die Tür auf und ließ Bjørn Hansen eintreten. Wieder stand der Freund breitbeinig da und schaute ins Wohnzimmer und in die Küche.
»Hier wohnt ihr also. Ich bin zum ersten Mal hier.« Seine Stimme klang vorwurfsvoll, und Moen setzte sich auf einen Stuhl und deutete mit der Hand auf den Wohnzimmertisch.
»Kaffee?«
»Ja danke, gern. Ich hab ein paar Brötchen mitgebracht, für den Fall, dass du ansprechbar bist.«
Moen ging in die Küche und kümmerte sich um den Kaffee. Bjørn Hansen rief ihm nach:
»Ist Gudny zu Hause?«
Moen antwortete nicht. Er füllte Wasser in die Kaffeemaschine, stellte sie an und kam mit zwei kleinen Tellern zurück ins Wohnzimmer. Er blieb stehen und fragte:
»Nein. Weißt du was davon?«
Bjørn Hansen wirkte ehrlich erstaunt.
»Was meinst du? Ist etwas passiert?«
»Gudny hat das Café zugemacht und ist zu ihrer Mutter in den Nordwesten gefahren, angeblich um nachzudenken. Du hast in meiner Abwesenheit ja öfter mit ihr gesprochen. Mir hat sie erzählt, dass du ihr den Namen eines guten Anwalts gegeben hast, der ihr bei der Abwicklung des Betriebs helfen soll.«
»Ja, das stimmt, aber ich dachte, dass ich dir damit einen Gefallen tue. Du warst doch selbst der Ansicht, das Café sei ein Geisterschiff und eine ernsthafte Belastung für euer Verhältnis.« Bjørn Hansen schlug die Augen nieder, nahm zwei Bröt-

chen aus der Tüte und legte sie auf die Teller. »Wenn du jetzt gekränkt bist, dann tut es mir aufrichtig leid. Das Leben hätte mich eigentlich lehren sollen, dass man keinen großen Dank erwarten kann, wenn man glaubt, anderen einen Dienst zu erweisen.«

»Neulich bin ich abends zum Café gekommen, und es war geschlossen. Sie hat mir nicht ein Wort davon erzählt. Deshalb dachte ich, du wärst vielleicht besser informiert als ich.«

»So ein Mist. Mann, du bist ja richtig sauer. Aber doch nicht, weil das Café geschlossen ist, oder? Was hat Gudny denn angestellt?«

Die Kaffeemaschine kam in der Küche röchelnd zum Ende, und Moen sank etwas in sich zusammen. Das Adrenalin hatte Wirkung gezeigt.

Sie fingen von vorn an. Moen erzählte, und Bjørn Hansen hörte zu. Als Moen mit seinen Ausführungen fertig war, sagte Bjørn Hansen:

»Wieso bin ich davon nicht überrascht? Wenn Leute Dritten gegenüber schlecht von ihren Ehepartnern zu reden anfangen, dann ist das kein gutes Zeichen, wenn du mich fragst.«

»Was hat sie denn gesagt?«

»Das Ganze sagt mehr über Gudny als über dich. Du hast ja sicher selbst genügend Vorwürfe abbekommen, die muss ich ja jetzt nicht wiederholen. Ich finde nicht, dass du dich für irgendwas schämen musst.«

Moen war zusammengesunken und kaute auf seinem zweiten Brötchen herum. Immerhin tat es gut, ein bisschen zu essen. Da Bjørn Hansens Äußerung den Nagel auf den Kopf getroffen hatte, sparte Moen sich eine Antwort und holte mehr Kaffee, um seine Verlegenheit zu überspielen. Als er wieder saß, fragte er den Freund nach dem Namen des Anwalts.

»Welcher Anwalt?«

»Der Gudnys Angelegenheiten regeln soll.«

»Wozu willst du das wissen?«
Moen zuckte mit den Schultern. Eigentlich hatte er keine passende Antwort darauf. Mit einem vorsichtigen Lächeln im Augenwinkel sah Bjørn Hansen ihn an.
»Er ist ziemlich geschickt, wenn's darum geht, komplizierte Geschäfte zu regeln. Er kriegt die Sache bestimmt auf die beste Art und Weise aus der Welt. Peinlich wird es nur für mich, wenn du dich da noch einmischst. Vergiss das alles, okay?«
Moen hatte sein Pulver verschossen und nickte. Bjørn Hansen sah ihn lange an.
»Eigentlich wollte ich heute was Bestimmtes. Hältst du das aus?«
»Wird sich zeigen.«
»Berit und ich möchten dich morgen zu uns zum Essen einladen. Svein Solvold habe ich auch gebeten zu kommen, der arbeitet jetzt für mich. Er hat ja mal mit dir zusammengearbeitet und würde dich gerne wiedertreffen. Er redet nur Gutes von dir. Weil du sonst immer so abweisend bist, wenn ich anrufe, bin ich persönlich gekommen. Berit nimmt's langsam persönlich. Sie mag dich sehr, wie du weißt.«
»Herzlichen Dank«, sagte Moen, »aber ich habe meiner Tochter und deren Familie schon versprochen, zum Essen zu kommen.« Eine Notlüge. Jetzt galt es, den Schein zu wahren.
»Was ist mit heute Abend? Wir richten uns ganz nach dir.«
»Sieh mal, Bjørn. Ich fühle mich gerade wie durch die Mangel gedreht. Montag muss ich wieder arbeiten und sollte die Zeit lieber nutzen, um rauszufinden, was mit meinem Privatleben passiert.«
Bjørn Hansen stand auf und trat ans Fenster.
»Ich habe noch versprochen, dich was anderes zu fragen. Geschäftlich. Ich habe einen Auftrag angenommen. Kann ich wenigstens kurz schildern, worum es geht? Dann habe ich zumindest getan, was ich tun sollte.«
»Das Übliche?«

Bjørn Hansen wandte sich lächelnd zu Moen um und verbeugte sich.
»Ja, das Übliche. Aber im Namen einer anderen Person. Nicht von mir.«
»Und von wem?«
»Dem medienscheuen Finanzmann, natürlich.«
Moen lächelte und schüttelte den Kopf.
»Halvdan Krokfoss mal wieder. Er gibt nicht auf.«
»Er und ich wissen, dass es der Wagen seines Vaters ist, der in Bjørkelangen gefunden wurde. Ich weiß, dass Linn Fostervoll erschossen wurde. Und alle wissen, dass Linn Fostervolls Schwiegervater sich mit einer Pistole erschossen hat, die meinem Auftraggeber gehörte. Es stand in allen Zeitungen.«
Moen sah sein Gegenüber mit schmalen Augen an. Bjørn Hansens Blick war aufrecht, die Gutmütigkeit aus seinen Augen gewichen. Nun war es der Geschäftsmann Hansen, der sich vorbeugte und sagte:
»Ich kann deine Gedanken lesen. In eurem Laden gibt es ein dickes Leck, und ich gehöre zu denen, die das ausnutzen. Ja, so ist es.« Er breitete die Arme aus. »Lange Jahre habe ich bei der Osloer Polizei gearbeitet und verfüge über Freunde und Kontakte dort. Sie helfen mir, und ich helfe ihnen. Nichts davon kommt in die Zeitung. So haben die Leute in Oslo seit Generationen überlebt. Die Zinnsoldaten im Justizministerium werden mit solch informellen Netzwerken nicht fertig, ohne dabei die Einwohner hier in der Stadt zu vernichten, zumindest diejenigen, die hier geboren wurden.« Hansens Wangen hatten sich leicht gerötet, doch er fuhr nahtlos fort. »Wenn du Halvdan Hohle Krokfoss wärst und genau wüsstest, dass du mit Linn Fostervoll nichts am Hut hättest, wärst du da nicht auch ziemlich beunruhigt, von Autos und Pistolen zu hören, die angeblich dir gehören?«
»Doch, ja, das wäre ich wohl, aber genau deswegen haben wir ja die Polizei. Um solche Dinge aufzuklären. Wenn er nichts

verbrochen hat, hat er ja auch nichts zu befürchten. Ich verstehe nicht, wozu du hierhergekommen bist. Du weißt doch genau, dass ich keine Informationen über meine Arbeit preisgebe.«

»Das weiß ich ganz genau. Deshalb bin ich auch nicht hier. Mein Auftraggeber kennt deine Integrität und Kompetenz. Das sind Eigenschaften, die in seinen Kreisen sehr begehrt und geschätzt werden. Er möchte, dass du die Nachforschungen für ihn übernimmst. Er glaubt zu wissen, wer der Mörder ist. Und für den Tatzeitpunkt hat er sogar ein Alibi.«

»Wo liegt dann das Problem?«

»Die Osloer Polizei schlägt sich schon darum, die Sache wieder in ihre Zuständigkeit zu bekommen. Sie hatte den Fall ursprünglich. Außerdem gibt es da noch einen geheimen Fahrplan. Die Abteilung für Wirtschaftskriminalität setzt schon zum Sprung an, und es juckt ihr in den Fingern, ein ganz bestimmtes Milieu von der Aker Brygge auf den Kopf zu stellen. Und von genau diesem Plan wird die Ermittlung dann geprägt sein. Du kennst diese Leute doch. Mein Klient hat einfach Angst, dass es ihm und seiner Familie schadet.«

»Die Kripo ist darum gebeten worden, in der Sache zu ermitteln. Die beiden Leichen wurden schließlich außerhalb der Stadtgrenzen gefunden. Außerdem kennst du doch meine Haltung zu privaten Ermittlungen.«

»Du bist ein zermürbter Bulle. Du hast nur noch wenige Dienstjahre vor dir. Ich biete dir einen gut bezahlten Job als Sicherheitsberater. Meiner Meinung nach ist das ein gutes Angebot. Jetzt hab ich zumindest meinen Job gemacht.« Bjørn Hansen kniff den Mund zusammen. Dann richtete er seinen Blick auf Moen.

»Ich bin gebeten worden, diese Ermittlung zu übernehmen«, sagte Moen, um jede weitere Diskussion zu beenden.

»Hast du dich entschieden?«

»Ja. Es führt kein Weg zurück.«

»Manchmal klingst du nach einer isländischen Familiensaga. Weißt du das eigentlich?«
Moen lächelte und dachte: Das Wasser fließt nach unten, und diesem Weg muss ich folgen. Die Formulierung hatte ihn von Kindesbeinen an begleitet, und so hatte er gelebt.
Bjørn Hansen ging auf die Tür zu und schüttelte den Kopf. »Ich weiß gar nicht, wieso ich's überhaupt versucht habe.«
Bevor er die Tür öffnete und verschwand, drehte er sich noch einmal um und sagte: »Du hast noch niemals etwas getan, worum ich dich gebeten habe, solange wir uns kennen. Trotzdem sind Berit und ich deine Freunde. Wir kümmern uns um unsere Freunde, und sie kümmern sich um uns. Ich glaube, du weißt überhaupt nicht, was für ein Glück das ist.«

16

Am Montagmorgen saß Moen an seinem Platz in der Kripo-Zentrale in Brynseng. Gedankenverloren starrte er auf die Sonne, die sich über das Groruddal bewegte. Nach einem Sonntag voller Reue gegenüber dem Freund und der Lebensgefährtin sowie einer unaufhörlich anrufenden Tochter, die fragte, wieso er keinen Ton von sich gab, war es eigentlich gut, bei der Arbeit zu sein und einen Ort zu haben, wo er hingehen konnte. Nicht nur das. Der Mord an Linn Fostervoll erwies sich als rätselhafte Geschichte, anders als alles, was er bisher erlebt hatte. Es könnte sich schließlich auch als Mord mit unbekannt bleibendem Täter entpuppen, die schwierigste Herausforderung überhaupt.
Astrid Bredeveien kam ins Büro und zog sich einen Stuhl heran. Sie hatte ihn gleichrangig behandelt, ohne Eifersucht oder Angst um ihre Leitungsposition. Moen war ihr dafür sehr dankbar und konnte sich durchaus eine Tätigkeit in der Vermisstenabteilung vorstellen. Doch stattdessen fragte er:

»Was passiert jetzt?«
»Wovon reden Sie?«
»Mit mir. Der Chef meinte, er würde mich gerne wieder in meiner alten Funktion sehen.«
Astrid Bredeveien zog die Augenbrauen hoch.
»Ja, davon hab ich gehört. Mir würde es sehr leidtun.«
»Er hat mit einer Anweisung gedroht. Ich habe zugestimmt, anstatt mich widerspenstig zu geben. Aber gerade saß ich da und dachte darüber nach, dass ich mich hier ganz wohl fühle, nicht zuletzt dank Ihnen.«
»Das freut mich zu hören.«
Moen versuchte es erneut:
»Haben Sie eine Ahnung, wie das jetzt gehen soll?«
Bredeveien runzelte die Stirn.
»Ich bin nicht ganz sicher. Erst habe ich gehört, dass es eine Besprechung um zehn geben sollte, doch jetzt ist sie auf zwölf verschoben. Jemand vom Präsidium soll daran teilnehmen.«
Moen atmete aus. Vielleicht hatte Bjørn Hansen recht, und die Osloer Polizei wollte die Sache wieder an sich ziehen. Er unterließ es, ihre Auskunft zu kommentieren, und fragte stattdessen:
»Was sollen wir machen? Ich weiß nicht, ob ich mich jetzt näher mit der Sache beschäftigen oder erst mal auf eine Klärung warten soll. Wir haben aber schon einige Informationen zusammengetragen.«
Astrid Bredeveien stand auf.
»Wir warten besser, bis die Zuständigkeiten geklärt sind. Ich bin morgens immer süchtig nach einer Zimtschnecke mit Kaffee. Wenn Sie möchten, hole ich uns was.«

Zehn Minuten später kam Astrid Bredeveien ohne Gebäck und Kaffee zurück, doch mit Marit Gaasland im Schlepptau und einer Zeitung, die sie wie ein Schwert in den Händen hielt. Sie war aufgeregt und legte die Ausgabe von *Verdens*

Gang vor Moen auf den Schreibtisch. In riesigen Lettern verkündete die Überschrift:
KRIPO AUF SCHNÄPPCHENJAGD
Das Bild darunter zeigte einen Mann, der dieselbe Freizeitjacke trug, die über seiner Rückenlehne hing. Sein Gesicht war von einem schwarzen Balken verdeckt, und neben ihm stand eine Zollbeamtin, die sich über eine Pyramide aus Weinkartons beugte. Die Bildunterschrift lautete: »Hier schmuggelt ein Polizeibeamter 27 Liter Rotwein über die Grenze.«
Unter dem Bild stand hervorgehoben:
»Als der bekannte Kripo-Ermittler nach dem Grund für seinen Schmuggel gefragt wurde, antwortete er: ›Betriebsfeier!‹«
Moen saß wie versteinert da. Er hatte den Vorfall schon fast vergessen. Es gelang ihm nicht, den restlichen Text zu lesen. Das war auch nicht nötig, denn mit der Boulevardpresse war er genauso vertraut wie mit seiner eigenen Behörde und hätte den Rest des Artikels auch selbst schreiben können.
Seine Reaktion Astrid Bredeveien gegenüber lautete:
»Es war das Ende meines alten Lebens und der Beginn meines neuen.«
»Sind Sie selbstzerstörerisch geworden? Ihnen gelingt der Durchbruch in einem der wichtigsten Kriminalfälle der letzten Jahre, und dann fahren Sie während ihrer Arbeitszeit nach Schweden und machen so etwas? Und erwähnen dann auch noch eine Betriebsfeier! Wie um Himmels willen sind Sie darauf bloß gekommen?«
Moen breitete hilflos die Arme aus.
»Wenn ich die Geschichte so erzähle, wie sie wirklich war, glaubt mir ja doch keiner.«
»Versuchen Sie's«, sagte Astrid Bredeveien.
»Das Ganze fing mit meinen privaten Problemen an.«
»Und wie genau?«
Astrid Bredeveien setzte sich wieder auf den Stuhl neben Moen. Ihr hochgestecktes Haar war in Unordnung geraten.

Sie drehte sich zu Marit Gaasland und bat sie, Kaffee zu holen. Moen wartete, bis Gaasland zur Tür hinausgegangen war.
»Meine Lebensgefährtin betreibt ein Café, betrieb ein Café, um genau zu sein. Sie hat mich dazu gedrängt, billigen Wein in Schweden einzukaufen. Unser Verhältnis hinge davon ab, sagte sie, dass ich sie unterstützen würde. Da bin ich schwach geworden und habe drei Kartons gekauft. Neun Liter, um ihr entgegenzukommen.«
»Ich bin wirklich erstaunt, dass ein Mann wie Sie in so eine Falle tappt, aber Sie reden von neun Litern. In der Zeitung steht unzweifelhaft siebenundzwanzig. Das ist ein beträchtlicher Unterschied.«
Moen seufzte und machte wieder eine unbeholfene Geste.
»Von den anderen sechs Kartons wusste ich nichts. Sie lagen in einem Fach unter dem Kofferraum.« Er lehnte sich vor und sah Frau Bredeveien mit festem Blick an. »Sie glauben mir doch, oder nicht? Die Zollbeamten haben mir aus irgendeinem Grund nämlich nicht geglaubt.«
»Sie brauchen jetzt nicht sarkastisch werden. Und was wäre, wenn ich Ihnen glauben würde? Dann würde meine nächste Frage nämlich lauten: Wer in aller Welt sollte Ihnen so etwas antun?«
»Ich denke, dass es vielleicht meine Lebensgefährtin war. Sie will, dass ich bei der Polizei aufhöre.«
»Dann wäre sie also zufrieden?«
Moen lachte dumpf.
»Sie ist ihrer Wege gezogen.«
»Dann stehen sie also auch vor einer Trennung?«
»Jemand hat mal gesagt, dass ein Unglück selten allein kommt.«
Astrid Bredeveien sah ihn durchdringend an.
»Obwohl Ihre Felle davonschwimmen, sind Sie merkwürdig gelassen.«
»In derlei Dingen bin ich gut geübt. Wussten Sie das nicht?«

Bredeveien legte die Hände in den Schoß.
»Warum sind Sie nicht zu mir gekommen. Vielleicht hätte ich etwas tun können.«
Moen blickte sie freundschaftlich an.
»Vielleicht, aber hier geht es nicht nur um meine Partnerin. Ein Wagen ist mir von Bjørkelangen nach Schweden gefolgt. Das letzte Mal sah ich ihn, wie er genau dort parkte, wo ich aufgeflogen bin. Die Zollbeamten müssen zuvor informiert worden sein. Dieses Bild hier wurde aus dem Blickwinkel des Wagens heraus aufgenommen. Und das mit der Betriebsfeier müssen die Zollbeamten weitergegeben haben. Eine seltsame Geschichte. Ich habe keinen Beweis für meine Version, und wer zum Teufel sollte mir in diesem System hier schon Glauben schenken? Ich finde es ja selbst ganz unbegreiflich.«
Astrid Bredeveien beugte sich vor und legte ihre Hand auf Moens.
»Versuchen Sie, ganz ruhig zu bleiben, Knut, erzählen Sie die Geschichte so, wie sie sich abgespielt hat. Wir beide wissen, dass diese Episode bis ganz nach oben gelangt, aber Sie haben schließlich einen Lebenslauf, den man nicht außer Acht lassen kann.«
Moen spürte, wie sich Resignation in ihm breitmachte.
»Sie wissen so gut wie ich, dass die Gesetze gegen die Einfuhr von billigem Wein aus Schweden in der Bevölkerung nicht respektiert werden. Und genau deshalb muss ein Exempel statuiert werden, damit die Menschen nicht den Eindruck bekommen, dass es der Staatsmacht ebenfalls an Respekt vor den Alkoholgesetzen mangelt. Der erste Vorgesetzte, den ich bei der Polizei hatte, war durch und durch korrupt, wurde aber mit einem Orden und einem großen Blumenstrauß verabschiedet. Wieso? Die Antwort ist ganz einfach: Er wurde nicht gefasst. Das einzig Unverzeihliche ist, auf der Titelseite einer Zeitung zu landen. Das ist mein Verbrechen, und jetzt kann

ich im System Spießruten laufen. Der Höhepunkt wird wohl sein, wenn mich der Polizeipräsident wie ein Schellfisch in Todesangst über den Tisch hinweg anstarrt und mir erklärt, wieso sie genau in meinem Fall ein Exempel statuieren müssen, während einige meiner Kollegen nach Hause gehen, ihre Frauen grün und blau schlagen und ungeschoren damit davonkommen.«

Er stand auf und schämte sich augenblicklich über den unzusammenhängenden Wutausbruch. Marit Gaasland sah ihn mit dem Kaffeetablett in den Händen verschreckt an.

»Setzen Sie sich beide«, sagte Astrid Bredeveien. »Trinken Sie Ihren Kaffee. Wir sollten jetzt besser erörtern, wie wir uns in dieser Situation verhalten.«

Moen sank auf seinem Stuhl zusammen, in seiner Hand zitterte die Kaffeetasse. Für seine Arbeit hatte er viel geopfert, und der Gedanke, dass er seine Kariere nun mit einem Canossagang durch die Polizeibürokratie würde abschließen müssen, womöglich mit Suspendierung vom Dienst und öffentlicher Demütigung, war schlichtweg nicht auszuhalten. Er spürte es bis ins Mark. Hier ging es um Ehre und Respekt vor sich selbst. Moen sah die beiden Frauen an und wusste, dass ihnen seine Reaktion und seine Gedanken fremd und unverständlich vorkommen müssten.

»Lieber Knut, wenn Sie guten Willen zeigen, wird sich alles regeln, und Sie werden Ihren Dienst weiterversehen wie bisher.«

»Ich bin ein Mann, der nach langen und einwandfreien Dienstjahren auf einmal völlig ehrlos und gedemütigt dasteht. Es ist kaum auszuhalten.«

Wieder stand er auf, dabei stieß er die Tasse um. Ohne Vorwarnung schlug Marit Gaasland die Hände vors Gesicht und brach in Tränen aus. Astrid Bredeveien nahm einen Schluck Kaffee und fragte lakonisch:

»Wie wollen Sie da wieder rauskommen?«

»Ich werde mit sofortiger Wirkung kündigen. In zehn Minuten komme ich zurück und lege meine schriftliche Kündigung auf den Tisch. Da sollen sie mich lieber als Zivilist strafrechtlich verfolgen.«

Astrid Bredeveien seufzte.

»Knut. Überlegen Sie erst mal, bevor Sie etwas Übereiltes tun.«

»Ab und zu muss man mal etwas Übereiltes tun. Ich habe in meinen Jahren bei der Polizei schon viele Kröten geschluckt. Eine weitere kriege ich nicht mehr herunter.«

Astrid Bredeveien schüttelte den Kopf.

»Diese Entscheidung werden Sie noch bereuen.«

»Reue ist keine tödliche Krankheit.«

»Was ist mit Ihren Rechten? Der Pension?«

»Hier geht es um Ehre, nicht um Rechte. Seit meinem ersten Tag als Polizist habe ich Beiträge an die Gewerkschaftskasse abgeführt. Jetzt werden wir ja sehen, ob es die Mühe wert war.«

*

Moen fand einen Parkplatz ganz oben im Akersveien, stieg aus, schloss den Wagen ab und lief in Richtung Westye Egebergs Gate. Am Eingang standen zwei Männer, einer von ihnen hielt eine Kameratasche in der Hand. Moen blieb einen Moment stehen, doch dann ritt ihn der Teufel. Als er näher kam, fragte der Mann ohne Kamera:

»Spreche ich mit Knut Moen?«

Moen blieb stehen und sah ihn an. Es war der Reporter von VG, der während der Pressekonferenz gefragt hatte, ob nicht ein erfahrener Mordermittler zugegen gewesen sei, als Linn Fostervoll aus dem Holtjern gezogen wurde.

»Kann schon sein.«

Der andere Mann öffnete den Verschluss der Kameratasche. Moen setzte ihm einen Finger auf die Brust und sagte:

»Jetzt aber mal halblang!«

Der Mann trat einen Schritt zurück und ließ den Verschluss los.

»Waren Sie das, der dieses tolle Bild für die heutige Ausgabe der VG geschossen hat?«

Der Mann schüttelte energisch den Kopf. Moen lächelte und fragte den Journalisten, ob er den passenden Artikel dazu geschrieben habe. Zu Moens großem Erstaunen gestand er es ein. Er verstehe sogar, was für eine Belastung das alles für Moen darstellen müsse, doch mit Rücksicht auf die Öffentlichkeit und so weiter. Moen kannte die Leier und nickte, wollte jedoch wissen, woher er die Dreistigkeit nahm, Moen mitten auf der Straße und noch dazu vor seiner Wohnung aufzulauern, nachdem er erst ein paar Stunden zuvor sein Leben sozusagen in Schutt und Asche gelegt hatte.

»Da Sie offenbar über die Gabe der Unverfrorenheit verfügen, muss ich Sie fragen, was Sie eigentlich glauben, aus mir herauszubekommen? Falls Sie es nicht auf eine Tracht Prügel abgesehen haben?«

»Drohen Sie mir?«

»Nein, ich habe keine Lust, Sie zu verprügeln, und schon gar nicht in Anwesenheit von Zeugen. Ich bin nur einfach überaus neugierig, was einen Typen wie Sie dazu bringt, hier so aufzutreten.«

Der Fotograf schien dem normalen Typus Mensch anzugehören. Er starrte auf den Boden und war zweifellos peinlich berührt. Der Journalist sagte, er wolle Moen die Möglichkeit geben, die Sache aus seiner Sicht darzustellen. Schließlich sei es einer der Grundpfeiler der Presseethik, beide Seiten zu Wort kommen zu lassen. Jetzt war Moen an der Reihe.

Als Ehrenmann – der er seiner Meinung nach durch und durch war – wusste er, dass eine physische Grenzziehung in einer Situation wie dieser das einzig adäquate Mittel war. Ein Kopfstoß wäre angemessen gewesen, doch seine Instinkte als

Polizist verließen ihn nicht. Er versuchte es zunächst mit Verhandlungen.
»Kommen Sie mit mir da drüben auf den Friedhof. Lassen Sie Ihren Fotografen hier, und dann sehen wir mal, ob wir uns nicht einigen können. Sie beantworten mir ein paar Fragen, und ich erzähle Ihnen meine Version. Ein Exklusivinterview.«
Zum ersten Mal sah der Journalist ein wenig ängstlich aus. Moen lächelte in sich hinein, zündete sich eine Zigarette an und betrat mit dem Journalisten den Friedhof.
»Kriegen Sie jetzt Schiss? Das ist doch ein gutes Angebot von meiner Seite. Wenn Sie mir sagen können, was ich wissen will, bekommen Sie meine Geschichte. Ausschließlich für VG. Sind Sie interessiert?«
»Ja, natürlich. Aber ich sage es gleich: Meine Quellen gebe ich nicht preis.«
Moen nahm einen tiefen Zug von der Zigarette. »Nein, das brauchen Sie nicht. Gut möglich, dass ich die ohnehin schon kenne. Ich möchte gerne etwas anderes wissen.«
»Und was?« Der Blick des Journalisten wurde unruhig. Er sah sich um, als ob er in den Büschen einen Hinterhalt erwartete.
»Sind Geschichte und Bilder von Ihnen selbst, oder ist jemand auf Sie zugekommen?«
»Ich habe eine Quelle, aber das wissen Sie sicher längst.«
»Mann oder Frau?«
»Darauf möchte ich nicht antworten.«
Moen warf die Kippe auf den Boden und trat sie mit dem Absatz aus.
»Dann gibt's auch kein Geschäft. Pech für Sie.«
»Ein Mann, verdammt. Ist ja auch egal.«
»Die Quelle kam zu Ihnen?«
»Ja, selbstverständlich.«
»Kannten Sie ihn vorher schon?«

»Nein«, erwiderte der Journalist ohne zu zögern und blickte Moen aufrichtig an.
»Die Bilder und alles andere? Einschließlich der Aussage der Zollbeamtin?«
»Ja.«
»Haben Sie ihm Geld dafür gegeben oder hat er sie bezahlt?«
»Dazu kann ich nichts sagen.«
»Also war Geld mit im Spiel«, sagte Moen und fuhr fort: »Wurden Sie auf irgendeine Weise instruiert, wann die Enthüllung veröffentlicht werden sollte?«
Der Journalist schüttelte den Kopf, und Moen sagte:
»Wer schweigt, stimmt zu. Das war also ein Ja.«
»Worauf wollen Sie hinaus?«
»Wissen Sie, welche Rolle Ihre Quelle spielt? Aus welchem Motiv ist er mir mit dem Wagen gefolgt und hat die Aufnahmen gemacht? Welche Interessen stehen hinter dieser Enthüllung?«
»Das Einzige, was mich interessiert hat, ist die Tatsache, dass die Polizei selbst große Mengen Alkohol für ihre Feste einschmuggelt, während gewöhnliche Sterbliche für so was an der Grenze verhaftet werden.«
»Mit anderen Worten handelt es sich bei Ihrer Quelle also um einen ganz gewöhnlichen frustrierten Mitbürger?«
»Ja, genau so ist es.«
»Sie lügen wirklich schlecht, vergessen Sie den Deal. Außerdem habe ich mir überlegt, meine Geschichte da zu verkaufen, wo sie gut bezahlt wird. Haben Sie ein Angebot?«
Moen ging langsam auf den Ausgang zu. Dort blieb er stehen, lehnte sich über den Zaun und lauschte.
»So was machen wir nicht.«
Moen wartete mit seiner Antwort, bis der Journalist wieder neben dem Fotografen auf der Straße stand.
»Freut mich wirklich zu hören. Schönen Tag noch.«

17

Moens Handy klingelte unentwegt. Er schaltete es ab und legte sich mit über dem Bauch gefalteten Händen aufs Sofa. Er starrte an die Decke und versuchte, ruhig zu atmen, doch ohne Erfolg, also stand er wieder auf und lief im Wohnzimmer umher. Eine Episode der vergangenen Tage löste die nächste ab. Bilder, Zwischenfälle und Gespräche flossen ineinander. Gesichter und Gesten. Linn Fostervoll auf dem Stahltisch, die Zahnärztin, wie sie die Röntgenbilder studierte und sich mit strahlendem Lächeln an ihn wandte, Astrid Bredeveiens leichenblasses Gesicht, die weinende Marit Gaasland, Bjørn Hansens bekümmertes Gesicht beim Abschied am Samstag, der peinlich berührte Pressefotograf, Gudny, die sich Whisky einschenkte. So hatte er sie zum letzten Mal gesehen, begriff er plötzlich. Einen Augenblick dachte er an die Flasche im Schrank – Gudnys Abschiedsgeschenk oder der Judas-Whisky, wie er ihn im Stillen bezeichnete. Er sah auf die Uhr. Es war noch zu früh. Als er sich in der Wohnung umsah, kam er zu dem Schluss, dass er raus musste. Er schlich sich aus seinem Häuserblock und ging einen großen Umweg zum orientalischen Lebensmittelladen, wo er ein paar notwendige Dinge kaufte.

Moen blieb draußen vor dem Laden stehen und sah sich um. Kein Mensch zu sehen. Da er freie Bahn hatte, ging er den direkten Weg zurück, gleich über den Akersveien. Wie er feststellte, war er die Schlagzeile des gestrigen Tages gewesen. Keine Journalisten lagen im Hinterhalt. Draußen vor seinem Block zögerte er etwas und verspürte ein Gefühl von Heimatlosigkeit. Zu Hause zu sein war nicht gut. Er holte die Post aus dem Briefkasten, und als er kurz danach den Schlüssel in die Wohnungstür steckte, wurde sie aufgerissen, so dass

er ihr und dem Schlüssel hinterherhechten musste, damit er nicht abbrach.
»Da bist du ja! Zigmal hab ich versucht, dich anzurufen«, sagte seine Tochter Line. »Ich hatte Angst um dich. Wieso konntest du nicht zurückrufen, bevor du dein verdammtes Handy abgestellt hast?«
Moen zog den Schlüssel aus dem Schloss und schob seine Tochter vor sich her in die Wohnung. Als sie im Flur standen, war das Erste, was er sagte: »Tut mir leid, Line. Das war nicht sehr rücksichtsvoll.«
Die Tochter zog ihre Jacke aus und nahm den Schal ab. Sie war mürrisch und schweigsam, ging ins Wohnzimmer und setzte sich auf einen Stuhl am Esstisch.
»Begreifst du denn nie, dass sich jemand Sorgen darum macht, wie's dir geht?«, brach sie hervor. »Dein Leben ist ja völlig ruiniert, sowohl zu Hause als auch beruflich.«
Moen setzte sich mit den Einkaufstüten zu seinen Füßen hin, sah seine Tochter lange an und dachte: Ruiniert?
»So sehe ich das nicht«, erwiderte er.
»Und was meinst du dann? Es ist ja nichts mehr übrig. Sicher wirst du suspendiert. Und was ist mit der Wohnung, wenn Gudny dich verlassen hat? Hast du dich da abgesichert?«
»Ich werde nicht suspendiert, ich habe gekündigt.«
Moen legte die Post auf den Wohnzimmertisch und schaute auf sein Handy, schaltete es an und gab den PIN-Code ein. Auf dem Display erschien: »Sie haben 72 unbeantwortete Anrufe.« Er schaltete es wieder aus.
Line sah ihn entsetzt an.
»Wie sind deine Pläne? Willst du dich umbringen, so wie Opa?«
Moen blinzelte und sah für eine Weile auf seine Hände.
»Wer hat dir das erzählt?«
»Unser Nachbar in Hadeland. Torstein Egge. Warum hast du mir nichts davon gesagt? Wieso muss ich das von anderen

erfahren? Er hat gesagt, du hast ihn gefunden, als du noch ein kleiner Junge warst. Das musst du doch dauernd mit dir herumgeschleppt haben. Deswegen hatte ich ja auch so große Angst.«

»Deine Oma hat dir auch nie was erzählt. Sie und ich, wir haben uns damals entschieden, dass du niemals mit so einer Belastung aufwachsen solltest. Weder sie noch ich hätten so etwas je getan. Vater hat zu viel getrunken und tat sich selbst leid.« Moen nahm die Hand seiner Tochter in seine. »Ich bin nicht feige, ich komme schon zurecht.« Er drückte ihre Hand fest.

»Du hättest dich ja melden können. Ich hatte solche Angst.« Mit einem geräuschvollen Seufzen atmete sie aus und ließ die Schultern hinuntersinken. Line Moen hob den Kopf und lächelte: »Hast du nicht irgendwas zu trinken?«

Ihr Vater stand auf, holte zwei Gläser und die Flasche aus dem Küchenschrank.

»Ein Abschiedsgeschenk von Gudny«, sagte er und schenkte ein. »Möchtest du etwas Wasser dazu?«

Sie schüttelte den Kopf, hob das Glas an und leerte es in einem Zug. Moen sah sie mit großen Augen an, während er einen kleinen Schluck nahm. Sie lächelte.

»Genau das hab ich jetzt gebraucht«, sagte sie und sah sich um. »Du bist also nicht feige. Dann frag ich noch mal. Wie sind deine Pläne?«

Moen zuckte mit den Schultern. Tja, was waren seine Pläne? Er hatte keine.

»Mein Plan ist, einen Fuß vor den anderen zu setzen. Einen Schritt nach dem anderen zu gehen. Es gibt immer eine Lösung.«

»Aber wohin denn? Wo willst du den ersten Schritt hinsetzen? Kannst du nicht etwas konkreter werden?«

Moen blieb ihr die Antwort nicht schuldig.

»Ein Dach über dem Kopf, etwas zu essen, Kleidung, Brennmaterial und ein Einkommen, um die Kosten zu bestreiten.«

»Macht es dir wirklich nichts aus, jetzt wie ein Hund getreten und in aller Öffentlichkeit gehenkt zu werden, nachdem du in den ganzen Jahren alles für deinen Job geopfert hast? Was machst du, wenn diese Gedanken kommen?«

Moen antwortete nicht, sondern blätterte durch die Post.

Was zwischen Werbung und Rechnungen als Einziges hervorstach, war ein DIN-A5-Umschlag von einer Anwaltskanzlei. Er öffnete den Brief und las. Die Botschaft war nicht misszuverstehen. Es hieß, im Auftrag der Besitzerin sollte die Wohnung verkauft werden. Grundstücks- und Registrierungsnummer und so weiter. Gemäß Grundbucheintrag sei Gudny Leirvaag die Eigentümerin, siehe Anlage.

Wie gelähmt blickte Moen auf den beigefügten Grundbuchauszug. Nur der Name seiner Lebensgefährtin stand dort. Der Rest des Briefs gab Auskunft darüber, dass die Kanzlei wisse, der Adressat wohne derzeit in der Wohnung, doch müsste sie ihn leider bitten, innerhalb von dreißig – dreißig – Tagen auszuziehen. Die Eigentümerin räume dem Adressaten das Recht ein, alle gewünschten Gegenstände mitzunehmen. Auf Rechnung der Eigentümerin werde der Rest abtransportiert. Falls der Adressat der Ansicht sei, es gebe rechtliche Einwände gegen die Verfügungen des Schreibens, möge er sich so schnell wie möglich an den Absender wenden.

Line sah ihn an, während er las, dann schob er die Papiere über den Tisch. Sie las den Brief, danach las sie ihn noch einmal. Lange blickte sie auf den Grundbucheintrag.

»Papa, warst du wirklich so dumm?«

Er blieb ihr die Antwort schuldig.

Fassungslos sah Line ihren Vater an. »Es wäre besser, du wärest einer der Soldaten Gottes.«

Moen starrte sie verständnislos an und goss etwas Whisky in sein Glas. »Wer sind Gottes Soldaten?«

»Die Heilsarmee. Von der Wiege bis zur Bahre sorgen sie für die ihrigen. Wohnung, Essen und Kleidung. Solch ein Leben hast du doch gelebt. Baracken, Dienstwohnungen, Hotelzimmer und ein Bett bei der Lebensgefährtin. Jetzt hat man dich auf die Straße geworfen. So etwas hätte dir bei der Heilsarmee niemals passieren können.«

»Ach, tatsächlich?«

Line beugte sich über den Tisch.

»Das ist genau das, wogegen Sveinung und ich bei der Polizei ankämpfen. Gegen die Idee der Berufung. Dass wir dem Dienst alles und sogar ein normales Familienleben opfern sollen. Nur noch die Armee kümmert sich heute auf diese Weise um ihre Leute.«

Moen nickte. Seine Tochter hatte einen Bürojob bei der zentralen Ausländerbehörde, und der Schwiegersohn arbeitete jetzt bei der Kripo in der Abteilung für Wirtschaftskriminalität, nachdem er eine Weiterbildung in Datenverarbeitung absolviert hatte. Sie hatten es geschafft, sich von der Straße fernzuhalten, doch was war mit dem gewöhnlichen, harten Polizeidienst? Wer würde den übernehmen? Wer würde das tun, was er in seiner Dienstzeit alles getan hatte? Moen versank in Gedanken und vergaß darüber fast seine Tochter. Seine große Faszination für die Bethanienschwestern, die immer zu zweit im Schwesternheim wohnten und zusammen begraben wurden, kam ihm in den Sinn. Berufung? Und was war mit den Lehrern? Die Idee der Berufung war sicher furchtbar unmodern geworden.

»Was denkst du nun über die Berufung? Was bleibt dir nach den Opfern all dieser Jahre noch übrig?«

»Bis heute hatte ich diese Lebensweise«, erwiderte er.

»Weich meiner Frage nicht aus. Du bist sauer geworden, als ich bei der Polizei angefangen habe. Du hast gesagt, dass du mir solch ein Leben nicht wünschen würdest.«

»Ja, ich erinnere mich.«

»Und was denkst du jetzt über die Berufungsidee, in deiner Situation?«

Moen überlegte, bevor er antwortete.
»Du kannst die Idee nennen wie du willst. Meine Frage dabei ist, kann die Gesellschaft ohne so etwas auskommen?«
»Meinst du wirklich, was du da sagst?«
Moen sah seine Tochter an. Nie hatte er sich vorstellen können, dass es eine funktionierende Gesellschaft von Menschen geben könnte, ohne dass irgendwer Opfer brachte, doch verschwieg er seine Gedanken und beendete die weitere Diskussion:
»Demnächst werde ich genügend Zeit haben, um darüber nachzudenken, was du gesagt hast.«

18

Am nächsten Morgen saß Moen um sechs Uhr mit einem Kaffee da und schaltete das Radio ein. Der Aufmacher der morgendlichen Nachrichtensendung betraf Linn Fostervoll. Die Kriminalpolizei in der Hauptstadt betrachtete die Sache als »verdächtigen Todesfall«. Aus Rücksicht auf die Ermittlung sollte die Todesursache noch nicht bekanntgemacht werden. Im Lauf des fünfminütigen Beitrags fiel nicht ein einziges Wort über den weinschmuggelnden Beamten.
Moen atmete erleichtert auf und zog in Erwägung, das Internetportal der VG aufzurufen, verwarf den Gedanken aber wieder. Seine Tochter hielt ihn ohnehin auf dem Laufenden. Schließlich traute er sich, das Handy wieder einzuschalten, und löschte die lange Liste unbeantworteter Anrufe. Einige Nummern kannte er, andere nicht. Vielleicht waren es Kollegen oder Journalisten. Erstaunlicherweise hatte Bjørn Hansen als Einziger nicht angerufen.
Moen stand auf und ging von Raum zu Raum. Sein Entschluss stand fest: Er musste so schnell wie möglich aus der Wohnung hinaus. Das war weniger ein erster Schritt in das

neue Dasein, als vielmehr der letzte aus dem alten heraus – und das konnte nicht schnell genug passieren.

*

Eine Stunde später hatte er in Clas Ohlsons Haushaltswarengeschäft Plastikkisten sowie einen Haufen Plastiktüten und im Rimi-Markt eine Rolle mit schwarzen Müllsäcken gekauft. Als er gerade die Ärmel hochgekrempelt hatte und bereit war, im Schlafzimmer anzufangen, klingelte das Telefon. Auf dem Display sah er, dass es seine ehemalige Kollegin Marit Gaasland war. Er ließ es klingeln, und es klingelte lange. Er überlegte, das Handy abzustellen, doch schließlich hörte das Klingeln auf. Er schaffte es, Kleidung und Bettwäsche einzupacken, und wollte eben ein letztes Mal das Schlafzimmer durchsehen, als es wieder klingelte. Dieses Mal war es seine Tochter, Line.

»Ja, ich bin's«, sagte er.

»Was machst du gerade?«

»Ich packe. Ich will noch heute weg von hier.«

Einen Moment lang war es still in der Leitung, dann sagte die Tochter: »Das sieht dir ähnlich. Hals über Kopf. Dann lässt du wohl alles zurück.«

»Es gibt nicht viel zusammenzupacken. Hast du's nicht selbst gestern Abend als Flohmarkt bezeichnet?«

»Ja, aber du weißt, dass ich Flohmärkte mag. Vielleicht gibt's ja etwas, das mir gefällt?«

»Dann kannst du herkommen und dir den Schlüssel abholen.«

»Du hast doch sicher noch genügend Zeit.«

»Ich kann hier nicht länger bleiben. Ich packe das Auto voll und fahre heute Abend.«

»Ach, weißt du«, sagte seine Tochter, »dann komm ich doch gleich vorbei.«

Gesagt, getan. Als seine Tochter in der Tür stand, war Moen gerade mit der Küche fertig geworden. Da das Haus in Hadeland voll ausgestattet war, hatte er nur ein paar Kleinigkeiten eingepackt: ein Lieblingsglas, einen Kessel, mit dem ihn eine besondere Beziehung verband, und so weiter. Nur noch das Wohnzimmer war übrig.

Lange sah seine Tochter auf die Müllsäcke mit Kleidung und Schuhen und den einsamen Plastikkasten mit Gegenständen aus der Küche.

»Was ist denn mit den Möbeln? Willst du nichts davon behalten?«

»Das überlasse ich dir. Ich nehm nur die Bücher und ein bisschen Kleinzeug mit.«

Eine halbe Stunde später war es geschafft. Zehn Plastiktüten mit Büchern und eine Plastikschüssel mit einigen CDs und DVDs. Moen stopfte den letzten Müllsack in den Volvo, schloss die Heckklappe und richtete sich auf. Ihm gegenüber, auf der anderen Straßenseite, stand Marit Gaasland mit einem Blumenstrauß im Arm.

»Wem hab ich das denn zu verdanken?«

»Mir, oder besser gesagt uns. Astrid und ich wollten wissen, wie's Ihnen so geht, und da Sie ja nicht ans Telefon gehen, hab ich mich bereiterklärt, es bei Ihnen zu Hause zu versuchen.«

»Ich hab meinen Job verloren, und meine Lebensgefährtin verkauft die Wohnung. Ansonsten geht es mir gut.«

»Wo wollen Sie jetzt hin?«

»Ich hab ein Haus in Hadeland. Das wird sich schon alles finden.«

Marit Gaasland reichte ihm die Blumen.

»Die sind von Astrid und mir.«

»Vielen Dank«, sagte Moen, legte sie auf den Beifahrersitz des Volvos und schloss die Tür ab.

»Astrid war ganz außer sich. Wir wussten ja beide nicht, wie groß Ihre privaten Probleme waren. Sie meinte, dass das alles wohl etwas mehr ist, als man auf einmal verkraften kann.«

»Sie hat sicher auch behauptet, Männer können mit solchen Situationen nicht so gut umgehen. Grüßen Sie Astrid und richten Sie ihr aus, dass sie sich keine Sorgen um mich machen muss.« Moen lächelte, um Marit Gaasland zu beruhigen. »Offen gestanden komme ich bestens zurecht.« Er sah auf die Uhr. »Meine Tochter wartet oben.«

»Ich hatte gehofft, ein paar Worte mit Ihnen sprechen zu können. Bei zwei Sachen bin ich mir da etwas unsicher.« Sie blickte ihn an und biss sich auf die Unterlippe. »Aber Sie haben sicher auch so genug am Hals?«

»Lassen Sie uns eine Runde über den Friedhof drehen.«

Sie schlenderten über die Westye Egebergs Gate, und auf dem Vår-Frelser-Friedhof fing Marit Gaasland zu reden an. Der Fall sei wieder an die Osloer Polizei überführt worden, erklärte sie. Davon habe er bereits gehört, erwiderte Moen. Gaasland sah ihn erstaunt an, denn für sie war es wie ein Blitz aus heiterem Himmel gekommen, während einer Besprechung beim Polizeipräsidenten. Sie blickte wieder auf ihre Hände und murmelte, viele bei der Kripo schrieben das Ganze Moens »Pech« zu, wie sie es nannten. Moen lächelte und massierte sich die Stirn mit dem Handrücken. Es sei insgesamt zutiefst ungerecht, fuhr sie fort, zumal Astrid Bredeveien zufolge die Entscheidung ohnehin so ausgefallen wäre.

»Das wäre sie wohl«, murmelte Moen. Er blieb vor dem Grabstein von Fabrikbesitzer Axel Jensen stehen. Marit Gaasland positionierte sich so, dass sie ihm in die Augen sehen konnte. »Ich habe ein schlechtes Gewissen, weil ich Sie in der kurzen Zeit, in der wir zusammengearbeitet haben, als ein wenig abweisend empfunden habe. Im Nachhinein muss ich aber sagen, dass mein Urteil nicht stimmte.«

Moen fragte sich, worauf um alles in der Welt sie hinaus wollte, doch Gaasland fuhr unverdrossen fort.

»Ich arbeite noch nicht so lange bei der Polizei und bin so erschreckt über die Verhaltensweise einiger Kollegen – hauptsächlich von Vorgesetzten. Ich mache mir einige Gedanken über meine Berufswahl und wollte Sie deshalb um Rat bitten.«

»Fassen Sie sich kurz. Ich muss gleich los.«

Marit Gaasland war eine Versetzung zur Osloer Polizei angeboten worden, um die Kontinuität der Ermittlung zu gewährleisten. Das Problem war, dass sie im Hinblick auf die ganze Behörde kalte Füße bekam, nachdem sie jetzt mitbekommen hatte, wie man einem Mann wie ihm mitspielte. Sie sah Moen an. Ob er ihr einen Rat geben könne?

Moen zuckte mit den Schultern. Was für ein Rat sollte das sein?, dachte er. Marit Gaasland las seine Gedanken und lächelte.

»Okay, verstehe. Von Ihrer Seite kann es sicher nur einen Rat geben.«

»Sie sind eine tüchtige junge Frau. Ich finde, Sie sollten den Job annehmen. Das ist mein Rat. Sie sind doch an dem Fall interessiert, oder nicht?«

»Meinen Sie wirklich?«

»Ja, das meine ich.«

Sie waren am Grab der Bethanienschwestern angelangt, am Ausgang zum Akersveien. Moen wollte sich verabschieden, doch Marit Gaasland hatte noch mehr auf dem Herzen.

»Glauben Sie, dass ich Sie kontaktieren darf, wenn ich etwas wissen möchte? Ich meine: Kann ich mich auf Ihre Erfahrungen verlassen, falls ich sie brauchen sollte?«

Moen betrachtete das Ganze als merkwürdige Anfrage, rechnete jedoch damit, dass es bei dieser Unterhaltung bliebe, und murmelte ein Ja.

Wie um den Pakt zu besiegeln, offenbarte sie: »Ich dürfte eigentlich nichts erzählen, Sie können ja mal darüber nachdenken. Die Kugel, die in Linn Fostervoll gefunden wurde, stammt aus derselben Waffe, die ihr Schwiegervater benutzte, um sich das Leben zu nehmen.«

Moen riss die Augen auf, und Marit Gaasland trippelte auf der Stelle herum.

»Versprechen Sie mir abzunehmen, wenn ich anrufe?«

»Ich werde drangehen. Aber vielleicht können Sie mir zum Ausgleich auch einen Gefallen tun?«

»Liebend gern. Was soll ich tun?«

»Es gibt da jemanden namens Geir Ove Frisk. Er ist mir auf meiner Tour nach Schweden gefolgt. Ich glaube, er hat die Bilder geschossen, die in der Zeitung waren. Er hat keinen Eintrag im Strafregister, aber ich möchte, dass Sie mal nachforschen, ob es in der Abteilung für organisiertes Verbrechen etwas über ihn gibt. Ob sein Name in irgendwelchen Überwachungsberichten oder Ähnlichem auftaucht.«

»Eine Freundin von mir arbeitet dort.« Sie blickte ihn prüfend an. »Glauben Sie, das hat was mit Linn Fostervoll zu tun?«

»Er hat mich auf alle Fälle beschattet, oder etwa nicht?«

Als Moen wieder in die Wohnung kam, zeigte seine Tochter auf den Wohnzimmertisch.

»Ich hab das da in einem Fach ganz oben im Kleiderschrank gefunden. Wolltest du das hierlassen?«

Moen lächelte verlegen.

»Den wollte ich gerade einpacken, als du gekommen bist.«

Er setzte sich an den Wohnzimmertisch und betrachtete den alten Landwehrcolt, Modell 1911, Kaliber .45. Daneben lag ein Päckchen Munition, ungeöffnet. Moens Tochter setzte sich und kramte in einem Pappkarton. Der Deckel lag daneben.

»Hier gibt's 'ne Menge Orden und Ehrenabzeichen. Willst du die dem neuen Besitzer überlassen?«

Moen sah auf die Uhr.

»Ich fahre jetzt, dann umgehe ich den Berufsverkehr. Was machst du?«

»Ich bleib noch ein bisschen hier. Sveinung holt Marie vom Kindergarten ab und kommt dann mit ihr hierher. Samstag fahren wir nach Hadeland, um nach dir zu sehen. Dann nehmen wir die Sachen mit, die ich gerne haben möchte.«
Moen stand auf und zog den Pappkarton zu sich hin. Er legte die Pistole und die Munition hinein und setzte den Deckel auf den Karton.
»Bist du sicher, dass ich das nicht lieber nehmen soll?«, fragte Line.
Moen grinste. »Ganz sicher. In Hadeland hab ich auch eine Waffe. Lass den Schlüssel auf dem Wohnzimmertisch liegen.«
»Und was ist mit dem ganzen Rest und dem Müll und allem? Willst du die Wohnung einfach so hinterlassen? Sie müsste doch auch noch geputzt werden.«
»Aufgabe des Eigentümers. Einer der vielen Vorteile, wenn man Mieter ist. Ich fahr jetzt los«, sagte Moen und ging zur Tür.
»Krieg ich keine Umarmung, bevor du fährst?«
Moen drehte sich um und nahm sie in den Arm. Ohne loszulassen sagte sie:
»Und es ist streng verboten, das Telefon abzustellen.«
Dann lief Moen die Treppe hinunter und ging zum Auto. Er setzte sich hinters Steuer, bemerkte die Blumen auf dem Beifahrersitz und nahm sie in die Hand. Die könnte er doch sicher seiner Tochter geben. Aber nein, er kurbelte die Fensterscheibe herunter und ließ sie auf den Bürgersteig fallen. Dann steckte er den Schlüssel ins Zündschloss und fuhr dorthin zurück, wo er hergekommen war.

19

Am nächsten Morgen wachte Moen auf. Es war der erste Tag seines neuen Lebens. Was Moen fühlte, während er im Wohnzimmer Kaffee trank, war schon ein wenig seltsam. Die Aussicht war ihm tief vertraut, wirkte nach all diesen Jahren jedoch fast traumartig. Er ging im Haus herum und machte sich mit den vielen kleinen und großen Veränderungen bekannt, die Tochter und Schwiegersohn in den letzten Jahren vorgenommen hatten. Eine neue Duschkabine im Keller. Waschmaschine. Oben hatte seine Tochter nach und nach die Möbel der Eltern aussortiert, die teilweise abgenutzt waren und von einem vielleicht etwas zufälligen Geschmack zeugten, darunter auch Klassiker derselben Stilepoche. Eine konsequent nostalgische Umgebung. Seine Tochter und ihr Mann hatten in seiner Freizeitwohnung ein Fernsehverbot eingeführt. Der einzig moderne Zug war ein Radio im Retrostil, das UKW empfangen konnte.

Moen erstellte eine Liste mit Dingen, die in seinem neuen Leben geregelt und solchen, die gekauft und eingeordnet werden mussten: Änderung der Postadresse, Einwohnermeldeamt, mobiler Internetzugang, ein kleiner Flachbildschirm, Satellitenschüssel, DVD-Spieler, zwei Flanellhemden, zwei Jeans, Bettwäsche. Am Abend montierte er seine neue Ausrüstung, packte das Umzugsgut aus und richtete sich in seinem neuen Dasein ein.

Am Freitagnachmittag gab es irgendwie nichts mehr zu tun, um Ordnung zu schaffen, und langsam fing es in Moen zu kribbeln an. Er dachte daran, einen Spaziergang zu machen, doch machte er sich »an Stella« etwas zu essen. Er musste ein wenig über sich selbst lachen, denn schon hatte er wieder begonnen, in seinem Dialekt zu denken. Und nun briet er sich

eine regionale Spezialität in Form zweier dicker Blutklöße. Er rührte braunen Käse in geschmolzene Butter, goss alles über die Klöße und setzte sich an den Küchentisch.
Doch war es nicht so, wie Moen erwartet hatte. Es schmeckte einfach nicht so wie in seiner Erinnerung. Es fiel ihm richtiggehend schwer, das Essen hinunterzubekommen, was offensichtlich auch an seinem Appetit lag. Er legte Messer und Gabel auf den Tisch. Als der Rest des Essens im Mülleimer landete, klopfte es an der Tür. Bevor Moen reagieren konnte, öffnete sich die Tür einen Spaltbreit und jemand rief:
»Hoi. Ist jemand zu Hause?« Ohne die Antwort abzuwarten, kam der Bauer vom Nachbarhof in den Flur.
»Was höre ich da? Du bist wieder nach Hause gezogen?«
Moen nickte kurz, mit einer leicht abwehrenden Geste, als wüsste er nicht genau, wie die Antwort darauf lautete.
Torstein Egge, sein alter Schulfreund und Rivale auf dem Sportplatz, blickte sich in der Küche um und sagte:
»Setz mal Kaffee auf. Ich hab hier was in der Tasche, was wir uns reinhauen können.« Egge klopfte sich auf die Seitentasche seiner Windjacke und eilte dann ins Wohnzimmer, während Moen Kaffee und Wasser in den Kocher füllte und ihn auf den Herd setzte. Torstein Egge hatte die Hände in die Taschen geschoben und blinzelte durch das Wohnzimmerfenster in die tiefstehende Herbstsonne. Das Netz aus Lachfalten war seit dem letzten Jahr tiefer und großflächiger geworden, und das kurz geschnittene schwarze Haar wies graue Strähnen auf. Wie ein Dachs, dachte Moen, aber er hält sich gut.
»Du hast wirklich die schönste Aussicht in ganz Hadeland. Ich steh gern hier und schaue auf mein Grundstück rüber. Ist schon was anderes, als auf dem Hof zu stehen.«
»Kommst du deswegen her und erzählst meiner Tochter alte Geschichten, die dich gar nichts angehen?« Dunkler Zorn stieg in Moen auf und er sah, dass Torstein Egge ihn bemerkt hatte, doch der alte Kumpel sagte bedächtig:

»Ich glaub, der Kaffee kocht. Setz dich hin, ich kümmere mich drum.«

Eine halbe Stunde später hockten die beiden über ihrem Kaffee mit Schuss. Moen hatte seine Geschichte erzählt, und jetzt hatten sie schon fast die dritte Tasse geleert. Der starke Schnaps hatte zu wirken begonnen. Torstein Egge lächelte mit zusammengepressten Lippen – ein sicheres Zeichen, dass er in eine ernsthafte Stimmung gekommen war.
»Ja, ja, Knut. Das Leben hat uns alle ganz schön hart getroffen. Ich meine uns, die wir hier aufgewachsen sind. Bergit und Tore sind gestorben. Kari liegt oben im ersten Stock und starrt an die Decke. Die Vergangenheit lässt sie nicht los. Zu Hause ist es ein bisschen trist, aber sie geht nirgendwohin. Und dann gibt es noch was«, fügte er mit einem kleinen Lächeln hinzu.
»Kari?«, fragte Moen. »Wohnt sie bei dir?«
»Wir sind doch verheiratet, zum Teufel. Weißt du denn gar nichts?«
Moen meinte, er habe lediglich ein wenig den Anschluss verpasst, und um etwas Interesse zu zeigen, fragte er:
»Habt ihr Kinder?«
Egge schüttelte den Kopf und leerte seine Tasse.
»Dazu ist es nicht gekommen. Wir haben Kristin zu uns genommen. Jetzt ist sie die Erbin von drei großen Höfen, aber die Frage ist, was draus wird. Sie studiert im Ausland.« Torstein Egge stand auf. »Ich muss jetzt nach Hause und nach Kari sehen.« Bevor er hinausging, drehte er sich zu Moen. »Die alten Familien sterben aus. Letztes Jahr ist Olaf auf Store Vik gestorben.« Er deutete auf die Flasche. »Die kannst du behalten. Wo die herkommt, gibt's noch mehr.«
Moen erhob sich und sagte:
»Wo wir gerade vom Schnee von gestern reden: Wieso habt ihr eigentlich Odd Onsaker erschossen? Ich wollte ihn genau in dem Moment verhaften, als der Schuss fiel.«

Torstein Egge blickte Moen spöttisch an.
»Wie kannst du so was fragen? Sollten Kari und ich vielleicht zusammen mit der kleinen Kristin auf dem Hof stehen und zusehen, wie dieser Teufel, der ihre Eltern umgebracht und ihre Tante in den Selbstmord getrieben hat, nach zehn oder zwölf Jahren wieder rauskommt? Du bist wohl nicht ganz bei Trost?«
Moen streckte fragend seine Arme aus, und Torstein Egge hatte es plötzlich eilig, hinauszukommen. Moen setzte sich an den Wohnzimmertisch und sah dem Freund hinterher, der über den kleinen Weg zu seinem Hof ging und dabei die Hände tief in die Taschen geschoben und die Schultern bis zu den Ohren hinaufgezogen hatte.
Bei der nächsten Tasse gab es überwiegend Schnaps, und der Kaffee war kalt. So oder so floss es durch seine Kehle. Wie bei allen Polizisten gab es auch bei Moen ein paar Szenen aus seinem Berufsleben, die er niemals wirklich vergessen konnte. Und wie alle Polizisten wissen, sind diese fast immer mit Episoden verbunden, die mit Kindern in Zusammenhang stehen. Dass die Gedanken zurück zu seiner ersten Aufgabe bei der Kripo drifteten, war fast unumgänglich. Ein kleines Mädchen, allein in der Küche eines Bauernhauses. Der Vater liegt tot im Holzschuppen, und die Mutter hängt an einem Baum im Obstgarten. Die kleine Kristin. Erbin dreier Höfe, und Moen spürte, wie ihm die Tränen kamen. Er war dorthin zurückgekehrt, wo es begonnen hatte. Er war nach Hause gekommen, und das war nicht nur gut.

*

Er erwachte auf dem Sofa im Wohnzimmer. Das Licht war dämmrig. Eine Frau saß einen Meter entfernt auf einem Stuhl und starrte ihn an. Moen schloss die Augen wieder. Er träumte, dachte er. Als er die Augen wieder öffnete, stand der Traum auf und schaltete die Stehlampe neben dem Sessel ein.

Im Lichtkegel blieb sie stehen.

»Hallo, Knut. Wie geht's dir denn?«

Moen setzte sich auf. Er schwebte noch immer in einem Traum aus Schwarz und Weiß, und im Rampenlicht außerhalb des Traums stand Berit Hansen.

»Vielleicht solltest du dich wieder hinlegen«, sagte sie, als keine Antwort erfolgte, doch Moen blieb sitzen.

»Tut mir leid, ich war weit weg.«

»Das sehe ich«, erwiderte sie. »Bist du überrascht, mich zu sehen?«

»Ich hatte wohl eher damit gerechnet, dass Bjørn als Erster auftaucht.«

Berit Hansen setzte sich wieder auf den Stuhl.

»Ich bin auf dem Weg, um die Hütte im Hafjell für den Winter zu öffnen. Da hab ich Bjørn versprochen, auf dem Weg dorthin nach dir zu sehen.«

Im Stillen dachte Moen, dass es ein beträchtlicher Umweg war.

»Bjørn hatte Angst, dass du ihm Vorwürfe machen könntest.«

Moen hockte mit über den Knien gebeugtem Kopf auf der Sofakante. »Stört's dich, wenn ich rauche?«

»Ganz und gar nicht. Krieg ich auch eine?«

Moen hatte Berit Hansen immer gemocht. Sie war eine unprätentiöse, direkte Frau aus dem Osloer Osten. Nun saß sie da in teurer Sportkleidung, blond und ohne erkennbare graue Strähnen, ein paar Jahre jünger als ihr Mann. Sie sieht gut aus, dachte Moen. Berit Hansen las seine Gedanken, schlug ein Bein über das andere, zog gierig an der Zigarette und lächelte.

»Und, machst du ihn verantwortlich?«

Moen schüttelte den Kopf.

»Darüber hab ich nicht so viel nachgedacht. Sollte ich?«

»Nein. Ich kann nicht viel sagen, aber Bjørn ist dein Freund

und wird es immer sein.« Sie lächelte wieder. »Ich auch, übrigens, und wir möchten dir gerne helfen.«
»Wie das denn?«
»Ich glaube, fürs Erste brauchst du ein bisschen Betreuung.«

Eine Stunde später saßen sie am Esstisch im Wohnzimmer und beendeten eine Mahlzeit, die Berit Hansen aus dem Wagen geholt hatte. Frau Hansen hatte auch Kerzen angezündet. Draußen hämmerte der Regen gegen das Fenster, und es war stockdunkel. Moen blickte hinaus, sah aber nur das Spiegelbild von sich selbst und Berit Hansen, die ihr kleines Glas erhob.
»Prost.«
Moen richtete seinen Blick auf die wirkliche Berit Hansen und hob wortlos das Glas – leicht erstaunt über ihren Schnaps, der mit dem Autofahren eigentlich nicht zu vereinbaren war. Einen Kommentar verkniff er sich jedoch. Berit Hansen legte die Ellbogen auf den Tisch und stützte das Kinn in die Hände. Ein kleines Lächeln machte sich auf ihren Wangen breit.
»Nun, wie lautet dein Plan, Knut?«
»Mein Plan lautet, einen Fuß vor den anderen zu setzen.«
»Und wo führt dich das hin?«
»Das weiß ich nicht.«
Sie blickte demonstrativ im Wohnzimmer umher.
»Hierher, aber nicht weiter? Hast du viele gute Erinnerungen an diesen Ort?«
Moen schnitt eine Grimasse.
»Nicht nur.«
»Bjørn ist davon überzeugt, dass du eine Karriere als verbitterter Expolizist geplant hast, mit Elchhund und einer Vorliebe für Wald und Feld. Stimmt das?«
So könnte es kommen, das wusste Moen nur zu gut. Eine lange Vergangenheit und keine Zukunft.
»Denkst du nicht, dass das etwas verfrüht wäre?«
»Offen gestanden habe ich noch nicht so viel gedacht.«

»Könntest du dir nicht vorstellen, für mich zu arbeiten? Ich führe das Geschäft. Bjørn kümmert sich um die Kunden und um die Feldarbeit.«

20

Eins war Moen klar geworden: Berit Hansen akzeptierte kein Nein, und er ließ sich locken. Zwar verwies er darauf, er habe in der großen, gefährlichen »Tigerstadt« keinen Ort zum Wohnen, doch sie wischte seinen Einwand einfach beiseite. Bjørn und Sie hätten Verbindungen, sie kümmerten sich um ihre Mitarbeiter, und obendrein sei er noch ein Freund. Schließlich erinnerte sie ihn noch an die alte Regel: Einer Frau darf man nichts abschlagen.

Am nächsten Tag kam seine Tochter mit ihrer Familie, und Moen war vollauf damit beschäftigt, Vater, Opa und Schwiegervater zu sein. Seine Tochter lief umher, schnupperte und meinte, es rieche nach Parfum, aber Moen tat, als verstünde er das nicht. Die leeren Flaschen zogen Kommentare nach sich, doch die schob er auf Torstein Egge. Als sie schließlich den Flachbildschirm entdeckte, vergaß sie das Privatleben ihres Vaters. Ihr Traum von einem Wochenendhaus ohne Fernseher war geplatzt, und das sollten alle hören. Hinter ihrem Rücken reckte der Schwiegersohn einen Daumen in die Höhe, und seine Enkelin setzte sich zu ihm und schaute NRK Super. Nach ein paar unruhigen Stunden in der Ecke seines eigenen Wohnzimmers tat es plötzlich gut, sich ins Auto zu setzen – zwei Stunden zu früh.

Die Fahrt ging zum Bahnhof Jaren an der Gjøvik-Bahn, wo Moen einen Zug zum Osloer Hauptbahnhof bestieg. Gelbe Birken huschten an ihm vorbei, während der Regen gegen die Scheiben peitschte. Er war auf dem Weg zurück in die Stadt mit dem großen Herzen, die Stadt, die ihn am vergangenen Montag mit einem Tritt zurück in sein Heimatdorf befördert hatte. Moen nickte ein und wachte von seinen eigenen Schnarchgeräuschen wieder auf, als der Zug die Hinterhöfe von Gamlebyen durchquerte. Er blickte sich verlegen um, schüttelte den Kopf und machte sich zum Aussteigen bereit. Mit einem Mal setzte sich ein Wort in seinem Kopf fest: rechtschaffen.

Während er auf der Rolltreppe stand, die ihn in die Wartehalle des Osloer Hauptbahnhofs führte, dachte er über das Wort nach. Ein Schlüsselwort in seinem Leben war es gewesen. Immer hatte er versucht, ein rechtschaffener Mann zu sein, und war der Ansicht, dies machte das Leben für ihn selbst und andere einfacher. In diesem Moment kam er auf den Gedanken, dass dieses Wort vielleicht im Begriff war, sich aus der norwegischen Sprache zu verabschieden. Vielleicht lebte es nur noch in seinem Kopf, gleichsam als Erinnerung. War vielleicht sein eigenes Leben als rechtschaffener Mann auch nur noch eine Erinnerung? Er war von seiner Lebensgefährtin übers Ohr gehauen worden, war wohnungslos in der Stadt, in der er ein halbes Menschenleben lang gewohnt hatte, und wusste nicht, was sein Arbeitgeber in den kommenden Jahren mit ihm machen oder ob er überhaupt wieder ein Auskommen haben würde. Jetzt war er auf dem Weg, Bjørn Hansen zu treffen. Die Tür zum Bahnhofsvorplatz öffnete sich. Es goß in Strömen, und Moen spannte seinen Regenschim auf. Auf dem Vorplatz stand das Empfangskomitee: fünfzehn oder zwanzig Männer in abgenutzten Klamotten, Norweger und Ausländer bunt durcheinander. Ihre Blicke verfolgten Moen, der allein in Richtung *Plaza Hotel* lief.

Nur wenig Menschen befanden sich in der Bar, und ganz hinten an einem Fenster sah er Bjørn Hansen. Er saß zurückgelehnt, mit einem Arm auf dem Sofarücken. Moen nahm sich zusammen, ging zu ihm und setzte sich an die andere Seite des kleinen Tischchens.

Bjørn Hansen erhob sich nicht. Abwechselnd nickte und schüttelte er bloß den Kopf.
»Svein Solvold und ich haben um einen Tausender gewettet, ob du auftauchst oder nicht.«
»Wer hat gewonnen?«
»Svein. Ich war fast hundertprozentig sicher, dass du dich in Hadeland vergraben würdest.«
Moen setzte ein schiefes Lächeln auf.
»Und womit hat er seinen Tipp begründet?«
»Er meinte, dass Berit ziemlich überzeugend sein kann. Was hat sie dir über die Sache erzählt, dass du jetzt anderer Meinung bist?«
Moen ließ seinen Blick über Grønland schweifen, wo er eine neue Moschee entdeckte.
»So viel hat sie gar nicht gesagt. Sie hatte es offenbar eilig, doch das Ende der Geschichte lautete, dass ich ihr versprochen habe herzukommen, um mir anzuhören, was du zu sagen hast. Darüber hinaus habe ich mich zu nichts verpflichtet.«
Da stand Bjørn Hansen auf und setzte zu einer Rede an. Er zog Moen zum Fenster und zeigte auf Grønland.
»Schon bald hat jeder fünfte Osloer einen fremdsprachlichen Hintergrund. Wenn du durch Grønland, Tøyen oder das Zentrum Ost läufst, kommst du dir vor wie im Ausland. Die Hälfte der Einwohner hier ist woanders geboren. Vierzig- bis fünfzigtausend junge Leute aus dem ganzen Land kommen hierher, um eine Ausbildung anzufangen. Der größte Wahlkreis für das Samische Parlament ist Oslo, ganz zu schweigen von den ganzen Nordnorwegern, die herkommen, um hier dann Nordnorweger zu sein, die sich nach Hause sehnen. Oder die ganzen Leute aus Møre, die hierherkommen, um einen Job bei den Medien zu ergattern. Kurz gesagt: Alle Wege führen nach Oslo. Nur die Bergenser und die Touristen glauben, dass die Bergensbahn von Oslo nach Bergen führt. Die meisten scheißen natürlich auf die Stadt, in der sie wohnen, und küm-

mern sich ausschließlich um ihre private Tagesordnung. Sie durchlaufen eine höhere Ausbildung und beschaffen sich einen Platz im Ministerium, wo sie dann die Befugnis erlangen, Elefanten im Zirkus zu verbieten. Und ein anderer bekommt einen ähnlichen Job im Verkehrsministerium, von wo aus er dann Fahrrad- und Wanderwege von Lindesnes zum Nordkap bauen lässt. Das alles geschieht hier, und hier hast du die Möglichkeit, ins Fernsehen zu kommen.« Er drehte sich um und zeigte umher. »Sieh mal da, das Regierungsgebäude. Meine Eltern haben mich damals mitgenommen. Und da haben wir gesehen, wie das Empire-Viertel abgerissen und in das neue Regierungsviertel verwandelt wurde. Seit dieser Zeit hat sich die Regierungsmaschinerie Viertel für Viertel einverleibt. Die Møllergata 19, wo du und ich in die Lehre gegangen sind, gehört heute zum Justizministerium. Die Anzahl der Angestellten dort und im Polizeipräsidium steigt umgekehrt proportional zu den Gaunern auf der Straße. Jetzt wollen sie ein weiteres Viertel abreißen und es mit rechthaberischen Musterknaben vollpacken, während sich die Stadt mit Bettlern, Rauschgiftsüchtigen, Drogendealern und nigerianischen Huren füllt.«

Bjørn Hansen hielt inne. Dann fragte er:

»Verstehst du, worauf ich hinaus will?«

»Nicht ganz«, erwiderte Moen wahrheitsgemäß.

Bjørn Hansen kratzte sich am Kopf. Seine Rede hatte ihn vor allem selbst mitgerissen, und er begann von vorn:

»Woher kommst du?«

»Hadeland.«

»Deine erste Frau?«

»Trysil.«

»Weshalb seid ihr hierhergekommen?«

»Wegen der Ausbildung.«

»Landjugend, die gekommen ist, um Krankenschwester oder Polizist zu werden. Das waren noch unschuldige Zeiten, wenn man daran zurückdenkt. Alles, worüber ich gesprochen habe, ist während deiner und meiner Lebenszeit geschehen. Es ist jetzt eine völlig andere Welt da draußen. Die Kriminalität ist viel schlimmer. Bei der Polizei herrscht immer mehr Bürokratie, während die Aufklärungsrate sinkt. Hier in der Stadt ist sie über kurz oder lang gleich null, aber private Wachleute sieht man bald überall. Was, glaubst du, hat das zu bedeuten?«

Moen machte eine fragende Geste mit den Armen und schüttelte den Kopf.

»Private Ermittlungen waren und sind eine Branche mit großem Wachstum, besonders hier in der Stadt. Berit hat sich damit beschäftigt, seitdem du und ich zusammengearbeitet haben. Sieh mal, was da vorne passiert ist.« Bjørn Hansen zeigte in Richtung Rathaus.

»Geld-Norwegen! Als ich klein war, gab es an der Aker Brygge eine Schiffswerft. Zwei Sommer über hab ich da gearbeitet. Jetzt beherbergen Vika und Aker Brygge das Großkapital mitsamt seiner ganzen käuflichen Freunde: Makler, Anwälte, Berater, aber auch ein Heer von Parasiten und Schwindlern und jede Menge Geld von zwielichtiger Herkunft. Es gibt Wirtschaftsspionage. Gelder, die der Besteuerung entzogen werden, russisches Geld, italienisches Geld, alle möglichen Währungen, gewaschenes Geld und die ganzen Leute, die diesen Geldströmen folgen. Drogen und Prostitution nehmen zu. Im Osloer Westen herrscht eine Kriminalität, der die Polizei niemals auch nur nahekommt.«

Bjørn Hansen sah Moen an.

»Nach dieser Tirade könnte ich einen Gin Tonic gebrauchen. Wie ist es mit dir, Knut?«

»Ich muss noch mit dem Auto fahren, um nach Hause zu kommen. Ich nehm einen Kaffee.«

Sie setzten sich und bestellten Kaffee. Knut Moen sah seinen Freund Bjørn Hansen an, der von seinem eigenen Vortrag rot

und aufgeregt geworden war. Ihre Bestellung kam. Leicht verwundert sagte Moen:
»Worauf willst du eigentlich hinaus? Ich dachte, du wolltest mir einen Job anbieten.«
Bjørn Hansen schien sich in seiner Haut nicht wohlzufühlen.
»Ich habe einen Kunden. Das hab ich dir schon letzten Montag zu erklären versucht.«
»Und das ist Halvdan Hohle Krokfoss, nehme ich an?«
Bjørn Hansen hob die Schultern.
»Ich habe ihm zu erklären versucht, dass du mit deinem Hintergrund vielleicht politische oder ideologische, um nicht zu sagen moralische oder ethische Einwände dagegen haben könntest, für ihn zu arbeiten. Deshalb mein Vortrag über Grønland, das Justizministerium und die Aker Brygge.«
»Welche Einwände wären das deiner Meinung nach?«
»Erstens bist du gegen private Ermittlungen. Im Mist der Reichen rumzuwühlen, liegt dir nun mal nicht.«
Moen nickte. »Und zweitens?«
»Wir scheuen keine Mittel, um an die Informationen zu kommen, die wir benötigen. Wir sind nicht wie du auf diese Weise an Regeln und Gesetze gebunden. Ich sage es, wie es ist, aber so erzielen wir auch Ergebnisse. Wir müssen eine Ware abliefern, sonst sind wir raus aus dem Geschäft.«
»Einschließlich Zwang und Gewalt?«
Bjørn Hansen blickte sich um, beugte sich vor und sagte mit leiser Stimme:
»Mit so was hab ich nichts zu tun. Gewalt zieht Aufmerksamkeit auf sich. Diskretion ist Ehrensache in unserer Branche. Wir lösen Probleme. So würde ich das eher ausdrücken. Unsere Klienten haben Geld, und Geld lockt skrupellose Menschen an. Wir sichern ungeschützte Personen und ungeschütztes Eigentum, organisieren Wachpersonal und Transporte für wichtige Zusammenkünfte, zu Konzerten und Restaurants,

überprüfen den Hintergrund von Bewerbern und kümmern uns um viele andere routinemäßige Dinge.«
Moen nickte und lächelte.
»Das hört sich unzweifelhaft nach einer anderen Welt an, einer Welt, die mir noch fremd ist.«
Bjørn Hansen breitete resigniert die Hände aus. »Wie viele Jahre versuche ich schon, dich zu überreden, mit mir zusammenzuarbeiten? Wie oft schon hast du Nein gesagt. Ich verstehe überhaupt nicht, wieso ich es wieder probiere.«
Moen richtete den Blick auf die Aker Brygge und schüttelte den Kopf.
»Meine Vorstellung von mir selbst und der Welt ist in letzter Zeit ziemlich durchgerüttelt worden. Entweder ich vergrabe mich in Hadeland, oder ich muss was Neues probieren. Bestell mir einen Gin Tonic, dann muss ich das alles erst mal etwas sacken lassen.«
Bjørn Hansen ging los, um die Bestellung aufzugeben, und Moen dachte an Oslo-West und die Aker Brygge. Hierbei handelte es sich um eine Welt, von der er keine Kenntnis hatte. Bjørn Hansen brachte die Drinks von der Bar herüber und stellte einen vor Moen auf den Tisch. Schwer ließ er sich auf den Hocker neben Moen fallen und legte ihm eine Hand auf die Schulter.
»Nun, Knut. Was wird denn jetzt?«
Moen nahm das Glas und trank einen Schluck.
»Ich will versuchen, mich an dieser Stadt festzukrallen. Wenn du mir dabei helfen kannst, übernehme ich den Job.«
Bjørn Hansen hielt sein Glas von sich gestreckt, und sie stießen an. Dann stellte er das Glas krachend wieder auf den Tisch und sagte:
»Meine Großmutter wuchs im Armenviertel in Vika auf. Sie nannte Oslo immer die Stadt mit dem großen Herzen und dem kleinen Geldsack. Du wirst sehen, dass sie in letzter Zeit etwas großzügiger geworden ist.«

21

Bjørn Hansen stieg vor Knut Moen eine Treppe hinunter und blieb vor einer Tür auf einem langen Flur stehen. Seinem neuen Mitarbeiter zugewandt sagte er:
»Hier warten sie auf uns.« Bjørn Hansen klopfte an, und die Tür wurde geöffnet. Ein kantiges Gesicht mit Bürstenschnitt und zusammengewachsenen Augenbrauen schaute heraus und musterte die beiden vor der Tür. Der Mann trat zur Seite, schob die Tür weit auf und nickte Bjørn Hansen kurz zu. Dann schloss er die Tür hinter ihnen und reichte Knut Moen die Hand.
»Fred Morgan Henriksen.«
Moen stellte sich vor, und Henriksens Gesicht verzerrte sich zu einer Grimasse, die ein Lächeln darstellen sollte.
Moen blickte sich um. Anscheinend befanden sie sich nicht in einem gewöhnlichen Hotelzimmer, denn es standen keine Betten im Raum, dafür jedoch eine Bar und zwei Sitzgruppen. Es gab hier zwei weitere Türen. Auf einem der Sofas saßen zwei Männer, die ihnen die Gesichter zugewendet hatten. Keiner der beiden stand auf, und Henriksen wies in Richtung Sofa.
»Halvdan Hohle Krokfoss.«
Der Mann blickte Moen an. Er sah aus wie ein kleiner Junge. Ein langer, heller Haarschopf verdeckte die halbe Stirn. Den kleinen Mund umspielte ein mürrischer Zug. Schließlich nickte er und brachte ein Lächeln hervor. Der andere Mann – ein Schauspieler, dessen Bild oft in den Zeitungen war –, nickte und lächelte ebenfalls.
»Gjermundsen muss ich ja nicht näher vorstellen«, fügte Fred Morgan Henriksen hinzu.
Knut Moen lächelte und erwiderte den Gruß.

»Setzt euch«, sagte Henriksen, und sie nahmen am Tisch Platz. Halvdan Hohle Krokfoss saß wie ein Huhn auf der Stange mit verschränkten Beinen, leicht geneigtem Oberkörper und starrem Blick auf dem Sofa. In seinem grauen Anzug fühlte er sich offenbar unwohl. Vielleicht war er ein schüchterner Mann, dachte Moen. Der Schauspieler schien dasselbe zu denken, denn der betrachtete Krokfoss mit leicht amüsiertem Ausdruck.
Fred Morgan Henriksen räusperte sich und ließ seinen Blick am Tisch umherschweifen. Dann wandte er sich Bjørn Hansen zu.
»Ist Knut Moen mit von der Partie?«
Bjørn Hansen blickte Moen von der Seite an.
»Er ist hergekommen, um sich anzuhören, was Sie zu sagen haben.«
Henriksen schüttelte den Kopf.
»Das reicht nicht. Das Ganze hier ist streng vertraulich.«
»Knut Moen ist verschwiegen. Dafür ist er bekannt«, sagte Bjørn Hansen.
Fred M. Henriksen zog die zusammengewachsenen Augenbrauen hoch und fragte Halvdan Krokfoss:
»Was sagen Sie?«
Krokfoss verzog seinen kleinen Mund und schüttelte den Kopf. Dabei sah er niemanden an.
Henriksen richtete seine chronisch aufgerissenen, braunen Augen auf Moen.
»Da hören Sie's. Sind Sie für oder gegen uns?«
Eine komische Frage, dachte Moen, zumal Krokfoss kein Wort gesagt hatte. Außerdem war er weder für noch gegen die Leute, die hier am Tisch saßen. Er zögerte einen Moment, bevor er antwortete.
»Es ist schwierig, Ja oder Nein zu einem Auftrag zu sagen, von dem man überhaupt nichts weiß. Es muss doch möglich sein, ein paar Dinge darüber zu äußern, ohne gleich alles hinauszuposaunen.«

Wieder richtete Henriksen seinen Blick auf Krokfoss. Der zuckte mit den Schultern, was Henriksen als Aufforderung verstand.
»Sie haben Linn Fostervoll gefunden, nicht wahr?«
»Ja, richtig«, erwiderte Moen, wenngleich er aus der Frage nicht klüger wurde.
»Als professioneller Ermittler, sind Sie da nicht neugierig, wer es getan hat?«
Moen kaute an der Frage herum.
»Es ist eine merkwürdige Geschichte. Ich bin ein wenig neugierig, ja.«
Fred Morgan Henriksen schlug zu.
»Wir bieten Ihnen die Möglichkeit, den Täter ausfindig zu machen.«
»Streng genommen ist es ja wohl die Polizei, die sich dieser Sache annimmt. Die wird erhebliche Ressourcen darauf verwenden«, erwiderte Moen.
»Genau da liegt das Problem«, sagte Henriksen. »Die Polizei verwendet sämtliche Ressourcen darauf, die geschäftsmäßigen Verhältnisse meines Mandanten zu durchwühlen. Es wurde ein gemeinsames Team mit der Abteilung für Wirtschaftskriminalität gebildet. Sagt Ihnen das was?«
Das konnte Moen bestätigen. Henriksen richtete seinen Finger auf Krokfoss.
»Mein Mandant möchte seine eigene Ermittlung, und er ist auch in der Lage, diese zu bekommen. Er will, dass Sie sie leiten.«
»Wieso?«
»Sie sind der Beste. Wir haben Nachforschungen angestellt.«
»Jetzt übertreiben Sie aber. Polizeiliche Ermittlungen sind und waren immer Teamarbeit.«
Henriksen blickte zu Krokfoss hinüber, während er erwiderte:
»Bjørn Hansen stellt das Team, Sie sollen der Kopf sein. Halv-

dan selbst hat diesen Wunsch geäußert. Bjørn und ich wären auch mit jemand anderem einverstanden gewesen.«
Moen betrachtete Halvdan Krokfoss. Er wünschte, der Mann sagte etwas, was auch immer.
»Stimmt das, Herr Krokfoss?«
Zum ersten Mal sah Krokfoss auf und sagte mit leicht heller, nasaler Stimme:
»Sie sind der Einzige, dem ich in dieser Sache vertraue.«
Moen war durch die Antwort leicht verdutzt. Da saß einer der reichsten Männer Norwegens und sagte so etwas, doch fügte sich das bestens in die Reihe unbegreiflicher Geschehnisse, die ihm in letzter Zeit widerfahren waren. Er setzte ein dämliches Grinsen auf und schüttelte zaghaft den Kopf. Bevor er sich wieder gefasst hatte, fragte Halvdan Krokfoss:
»Wollen Sie das für mich tun?«
Stille legte sich über den Raum. Die Frage hing in der Luft, und plötzlich sah Moen, dass Krokfoss ängstlich und äußerst unsicher war und sich unwohl fühlte. Knut Moen stand auf und blickte durch das Fenster auf Aker Brygge. Niemand sagte ein Wort, bis er sich an die Versammelten wandte.
»Ich kann es versuchen«, sagte er, »ohne zu wissen, was das beinhaltet. Ich habe immer im Auftrag und nach den Regeln der Polizei gearbeitet. Bjørn Hansens Welt ist mir unbekannt. Das werden Sie sicher verstehen. Eine rein professionelle Erwägung.«
Zum ersten Mal brachte Fred Morgan Henriksen so etwas wie ein Lächeln zustande. Schön war es nicht, dachte Moen, und der Mann fragte laut:
»Heißt das, Sie übernehmen den Job?«
»Ich glaube, ich muss mich nicht wiederholen.«

Moen bekam eine Tasse Kaffee, während Halvdan Hohle Krokfoss seinen Anwalt in den Nebenraum zog. Wortlos hockte Bjørn Hansen neben Moen, was an sich ungewöhnlich

war, und hatte einen Gesichtsausdruck, den Moen im Stillen als wie vom Donner gerührt charakterisierte.
»Überrascht?«, fragte Moen seinen Freund trocken.
»Vom Donner gerührt, Knut. Kaum hab ich dich hier reingeschleust, da kommen mir auch schon Skrupel.«
Moen lächelte.
»Ich glaube, du denkst eher, dass mir vielleicht Skrupel kommen. Davor hast du Angst, stimmt's?«
Der Schauspieler saß auf dem Sofa wie in einer Vitrine, jedoch beobachtete er Moen, was diesen fragen ließ:
»Was machen Sie eigentlich hier?«
»Ich wurde als Zeuge hinzugezogen, aber mal sehen, ob ich überhaupt noch in den Zeugenstand muss.« Der Schauspieler legte eine Hand auf die Rückenlehne des Sofas und verschränkte die Beine. »Stimmt es, was die sagen? Sie sind der beste Mordermittler im Land?«
»Wohl kaum. Bei so etwas gibt es keine Rangordnung. Außerdem bin ich nicht länger bei der Polizei.«
»Bitte entschuldigen Sie, wenn ich Sie ein bisschen anglotze, aber ich spiele demnächst in einer Fernsehserie einen Mordermittler«, sagte der Schauspieler und lächelte.
Moen stierte ein wenig verlegen aus dem Fenster.
»Ich mache mich im Radio wohl besser, glauben Sie nicht?«
Der Schauspieler lachte.
»Halvdan hat recht. Sie machen sofort einen vertrauenerweckenden Eindruck. Ich versuche herauszufinden, woran das liegt.«
»Tja, er würde einen guten Finanzberater abgeben«, sagte Bjørn Hansen und sah auf die Uhr.
Kaum hatte er das gesagt, kam Halvdan Krokfoss aus dem Nebenzimmer und ging auf die Tür zu, die hinausführte. Er machte seinem Freund ein Zeichen, der daraufhin aufstand und zum Abschied leicht die Hand hob. Mit säuerlichem Lächeln trat Fred Morgan Henriksen ins Zimmer. Als die beiden

anderen gegangen waren, trat er an den Tisch und setzte sich Moen gegenüber.
»Und jetzt zum Geschäft. Tut mir leid, dass Halvdan schon gegangen ist, aber so ist er nun mal. Wenn die Dinge zu persönlich werden, verzieht er sich einfach. Nun ja. Dann übernehme ich das eben. Die Kurzfassung lautet so: Mein Mandant hat ein Alibi für den Tag, an dem Linn Fostervoll verschwunden ist. Gjermundsen, der Schauspieler, kann sich für den Tag und den Abend davor für ihn verbürgen. Er hätte es Ihnen gegenüber hier getan, wenn Halvdan die Veranstaltung bloß durchgehalten hätte. Es ist wichtig für Halvdan, dass Sie das wissen. Der Polizei gegenüber möchte er sich nicht dazu äußern, weil es dann öffentlich würde. Für Sie und mich hört sich das sicher kaum nach einem Problem an, aber Halvdan ist nun mal dieser Ansicht, und er bestimmt hier die Regeln. Sind Sie dabei?«
Moen blickte zu Bjørn Hansen, der mit verschränkten Beinen und der linken Hand auf dem Knie ruhig dasaß, so dass seine teure Uhr zu sehen war. Er wirkte, als hörte er so etwas jeden Tag, und sagte kurz:
»Nun ja. Der Kunde ist König.«
Henriksen fuhr fort:
»Zweitens wissen Halvdan und ich außerdem, wer auf die eine oder andere Weise hinter dem Verbrechen steht. Bjørn weiß auch, von wem ich rede, und Sie?«, sagte er an Moen gewandt.
»Nein«, gab Moen zurück.
»Ihr Exmann. Sverre Midtsem jr. Er ist der Einzige, der ein Motiv hat.« Erwartungsvoll sah Henriksen Moen an.
»Verstehen Sie?«
An diesem Punkt hatte Moen die Sache dermaßen satt, dass er kurz davor war, aufzustehen. Er senkte den Blick und schaute auf seine Knie, denn Henriksen hatte, seit Moen eingetreten war, nicht ein einziges Mal geblinzelt, und Moen war den starrenden Blick ziemlich leid.

»Kommen Sie zur Sache«, sagte Moen unwirsch.
»Halvdan hat versucht, seinem Vater das Hotel abzukaufen. Sverre Midtsem sr. wollte verkaufen, der Sohn aber nicht.«
»Was stand der Sache im Weg, wenn der Vater der Eigentümer war?«
»Die alte Frau Midtsem besitzt die Hälfte, und das Eigentum konnte nur mit ihrer Zustimmung verkauft werden. Sie und ihr Sohn gehen zusammen durch dick und dünn.« Henriksen grinste. »Es gab da eine Möglichkeit, etwas Bewegung in die Sache zu bringen. Der Großvater wollte dem Enkelkind ein paar Aktien überlassen, wonach der Mehrheitseigner dann verpflichtet wäre, ihn auszubezahlen, wenn das so verlangt würde – und zwar gemäß dem Angebot, das für das ganze Hotel abgegeben wurde. Linn Fostervoll hatte das Sorgerecht. Wir dachten, dass wir die Sache so ein wenig anschieben könnten, selbst wenn wir nicht sofort die Kontrolle bekämen. Sverre jr. wäre gezwungen gewesen, einen größeren Kredit aufzunehmen, und zwar größer, als er ihn sich unseren Berechnungen nach hätte leisten können.«
Moen lehnte sich vor.
»Sie haben also mit Linn Fostervoll und Sverre Midtsem sr. ein abgekartetes Spiel durchgeführt, gegen seine Frau und seinen Sohn.«
»Ja«, erwiderte Henriksen mit einem kleinen Lächeln, »so was nennt man wohl eine feindliche Übernahme. Da gibt es große Investitionspläne im Hintergrund, und die Zeit für dieses kleine Familienarrangement ist einfach abgelaufen. Die Einzigen, die das noch nicht kapiert haben, sind die Betreiber. Falls Sie glauben, Sverre Midtsem jr. ist in diesem Zusammenhang ein Opfer, so möchte ich darauf hinweisen, dass das Unglück ihn und seine kleine Tochter zu Multimillionären macht.«
Henriksen zwinkerte nicht ein Mal, sein Blick wich nicht einen Zollbreit ab.

»Wir nutzen die Mittel, die das Gesetz erlaubt. Diejenigen, die uns im Weg stehen, befinden sich bei bester Gesundheit. Ich möchte darauf aufmerksam machen, dass unsere Geschäftspartner hier die Opfer sind und dass der oder die Mörder überdeutliche Spuren ausgelegt haben, die auf meinen Klienten deuten. Das alles scheint mir ziemlich offensichtlich. Diejenigen, die das getan haben, kennen keine Skrupel.«

»Aber der, den Sie anklagen, hat ein hieb- und stichfestes Alibi. Sein bester Freund und Geschäftspartner übrigens auch. Hat Ihr Mandant nicht noch andere Feinde?«

»Wir kennen unsere Feinde. Das hier wurde von ausgebufften Amateuren durchgeführt. Nebenbei erwähnt, Bjørn teilt diese Einschätzung, nicht wahr?« Bjørn Hansen nickte, und Henriksen fuhr fort: »Niemand sonst hat Interesse an diesem Geschäft, es gibt keinen, der mit Halvdan ein Hühnchen zu rupfen hätte. Derjenige, dessen Probleme sich auf einmal alle lösen, ist Sverre Midtsem, der seinen Titel ›junior‹ jetzt übrigens streichen kann.«

Moen nickte während dieser Ausführungen, warf jedoch ein: »Was glauben Sie, wozu machen die sich solche Mühe, Ihren Mandanten in diesen Fall zu verwickeln?«

»Daran erkennt man die Amateure. Da der Schwiegervater sich erschossen hatte, wäre irgendwann Gras über die Sache gewachsen, wenn Linn für immer verschwunden geblieben wäre. Hier denkt aber jemand an Rache und nicht ans Geschäft.«

»Da könnte man ja ebenso gut glauben, dass Ihr Mandant fester zugeschlagen hat, als Sie hier einräumen«, sagte Moen.

Mit einem Arm fegte Henriksen einen imaginären Störenfried beiseite.

»Das möchte ich stark bezweifeln, denn ich selbst stehe hinter den Verhandlungen. In dieser Angelegenheit gibt es keine Logik, eher eine Art Irrsinn. Mit so etwas habe ich mich nie abgegeben.«

»Die zwei Millionen auf dem Konto in der Schweiz, waren Sie es, der diese Summe an Linn Fostervoll gezahlt hat? War das ein Honorar?«
Fred Morgan Henriksen stand auf und sah auf die Uhr.
»Wir nehmen den Faden später wieder auf, Bjørn. Ich muss weiter.« Er zeigte auf Moen. »Weder Halvdan noch ich haben irgendwas mit diesem Geld zu tun.« Fred Morgan Henriksen ging zur Tür, drehte sich aber noch einmal um. »Das Lustige ist, dass Halvdan an dem Hotel überhaupt nicht interessiert ist. Er hat das Angebot nur für einen Freund aus der Hotelbranche abgegeben, der nicht erkannt werden wollte. Dass der Täter das nicht begriffen hat, zeugt nur einmal mehr von seiner Amateurhaftigkeit. Verstehen Sie?«
Ohne die Antwort abzuwarten, nahm Henriksen die Klinke in die Hand.
»Eine letzte Frage«, sagte Moen. »Kennen Sie einen gewissen Geir Ove Frisk?«
Fred Morgan Henriksen lächelte unmerklich, und ausnahmsweise wich sein Blick leicht zur Seite. Energisch schüttelte er den Kopf.
»Nie gehört, den Namen. Sorry. Wenn Sie sonst noch Fragen haben, sprechen Sie mit Bjørn. Er kennt den Auftrag und weiß alles, was wir wissen. Schönen Tag noch.«

22

Sie saßen in einer ruhigen Ecke des Restaurants *Håndverkeren* in der Kristian IV. Gate. Knut Moen hatte neben Svein Solvold Platz genommen, mit dem er bei einem Fall in Østre Toten zusammengearbeitet hatte. Das war mittlerweile zwei Jahre her, und so brauchten sie ein bisschen Zeit, um einander wieder auf den letzten Stand der Dinge zu bringen. Bjørn Hansen saß allein an der anderen Seite des Tisches und betrachtete sie. Alle aßen Brötchen mit Frikadellen, da niemand Lust auf eine große Mahlzeit hatte.

»Na, Bjørn. Was gibt's Neues bei der Osloer Polizei?«

Bjørn Hansen blickte sich im Lokal um. Niemand war in Hörweite, doch beugte er sich dennoch über den Tisch und sagte leise:

»Die sind wirklich ratlos. Alles deutet darauf hin, dass Linn Fostervoll aus kurzer Entfernung in die Schläfe geschossen wurde, während sie auf dem Beifahrersitz saß. Sie meinen, man könne davon ausgehen, dass es jemand war, den sie kannte, und dass die betreffende Person am Steuer saß. Sie nehmen ebenfalls an, dass es dort an der Abzweigung passierte, wo Linn Fostervolls Auto gefunden wurde. Außerdem betrachten sie es als nahezu unmöglich, dass der Jaguar von einer Person alleine in den See hinausgeschoben wurde. Es wäre kaum möglich gewesen, den Wagen auf diese Weise so weit vom Ufer wegzubekommen. Die Spurensicherung glaubt, der Wagen wurde mit voller Fahrt ins Wasser gefahren. Und der Fahrer muss an Land zurückgeschwommen sein, mit der Waffe, zumal diese ja noch mal verwendet wurde. Es ist schwierig, sich einen anderen Ablauf vorzustellen, wenn man die Fakten berücksichtigt.« Bjørn Hansen lächelte kopfschüttelnd. »Da muss man ja gleich an einen James-Bond-Film denken.«

Moen lehnte sich in seinem Zweisitzer zurück.

»Was gibt's über den Schwiegervater, den alten Midtsem? Glaubt da jemand, dass er sie erschossen hat? Schließlich hat er sich ja mit derselben Pistole das Leben genommen.«

Bjørn Hansen nickte.

»Selbstverständlich. Die haben alles, was den alten Midtsem betrifft, genau untersucht. Es gilt als völlig ausgeschlossen, dass ein alter, gebrechlicher und alkoholisierter Mann die Waffe aus Krokfoss' Wohnung an der Aker Brygge gestohlen, das Auto in Krokskogen geklaut und seine Schwiegertochter erschossen hat und dann mit voller Fahrt in den See gerast ist. Besonders auch deswegen nicht, weil er für den fraglichen Tag ein Alibi hatte. Was die Osloer Polizei jetzt beschäftigt, ist Folgendes: Wenn jemand anderer mit der Waffe an Land geschwommen ist, so erhöht das die Chancen darauf, dass Sverre Midtsem sr. bei seinem Übergang ins nächste Leben Unterstützung erhielt. Du hast die Sache doch untersucht, nicht wahr, Knut?«

»Im Boot wurden zwei Schüsse abgefeuert. Einer in den Schädel des Verstorbenen. Die andere Kugel steckte im Polster einer Sitzbank. Es wurde angenommen, dass es sich hierbei um einen Probeschuss handelte. Wenn der Schuss später abgefeuert wurde, stellt sich die Sache anders dar, aber dafür es gab nur wenig Anhaltspunkte, als der Fall seinerzeit untersucht wurde. Unklarheiten bestanden hauptsächlich in der Frage, wie um alles in der Welt er an die Waffe gekommen war.«

»Falls der zweite Schuss abgefeuert wurde«, warf Svein Solvold ein, »um die Fingerabdrücke des Toten auf die Pistole und die Schmauchspuren auf seine Hand zu bringen, ist an dieser Sache nichts länger amateurmäßig. Die Polizei in Sandvika hat das alles einfach so geschluckt. Was glauben Sie, Moen?«

Bjørn Hansen lächelte. »Knut glaubt noch gar nichts. Er weiß zu wenig, hab ich recht?«

Moen nickte und lächelte ebenfalls.

»Bei der Osloer Polizei gibt es aber jemanden, der etwas weiß«, fuhr Hansen fort, »jemand, der die Ermittler mit Behauptungen darüber füttert, dass Halvdan Hohle Krokfoss unter Stimmungsschwankungen leidet und Drogenprobleme hat. Den Rest könnt ihr euch selbst denken.«

»Könnte an diesen Behauptungen was Wahres dran sein?«, fragte Moen. »Er wirkte schon etwas seltsam auf mich.«

Bjørn Hansen stieß ein tiefes Seufzen aus, lehnte sich zurück und faltete auf dem Tisch vor sich die Hände zusammen.

»Krokfoss ist merkwürdig, ja.« Hansen machte eine kleine Pause und blickte wieder umher. »Aber verdammt intelligent. Er kennt sich mit Geld besser aus als die meisten. In der Offshore-Branche hat er es besser gemacht als jeder andere, und die ist milde ausgedrückt ja nicht ohne Risiko. Da, wo es darum geht, Vermögen zu verdienen und wieder zu verspielen, ist er durch und durch realistisch und nüchtern. Der verhaspelt sich nicht in einer Sache wie dieser. Er hat andere, die solche Dinge für ihn erledigen, Leute wie uns.« Bjørn Hansen lehnte sich vor, immer noch mit gefalteten Händen. »Wenn er sein Geschäft durchdenkt und dann sagt, der Ehemann ist der Einzige, der vom Tod seiner Exfrau und dem Tod seines Vaters profitiert, dann sehe ich keinen Grund, daran zu zweifeln.«

Moen sah Bjørn Hansen in die Augen. Dessen Blick wich keinen Deut ab, und Moen ließ sich wieder zurücksinken.

»Die Absprache zwischen Krokfoss/Henriksen und den beiden Verstorbenen war ja etwas schwammig. Wenn Linn Fostervoll bei diesem Manöver zwei Millionen einkassiert hat, müssen die Geldgeber ja auch etwas zurückbekommen haben.«

Bjørn Hansen blickte zu Svein Solvold, während er erwiderte:

»Das haben sie vielleicht gar nicht. Bei Linn Fostervolls Verschwinden kam der ganze Prozess zum Erliegen.«

Moen beugte sich über den Tisch.

»Es war doch wohl nicht so, dass Linn Fostervoll hier den Lockvogel gespielt hat? Dass sie das Geld genommen, aber die Ware nicht abgeliefert hat? Besteht vielleicht die Möglichkeit, dass es um Erpressung ging?«

»Hast du nicht gehört, was Henriksen gesagt hat?«, gab Bjørn Hansen kurz zurück. »Die hatten mit dem Geld nichts zu tun, das sind doch keine Leute, die jemanden wegen ein paar Kronen umbringen. Das hier wird keine einfache Sache, wenn du weder zu mir, noch zu unserem Auftraggeber Vertrauen hast.« Er sah erschöpft und frustriert aus, ließ aber nicht locker. »Eins der wichtigen Dinge an dieser Sache ist doch, dass das Timing so verdammt gut stimmte. Genau in dem Moment, in dem die Transaktion durchgeführt werden sollte, wurde sie vereitelt.«

»Aber ist denn der springende Punkt an dieser geheimen Absprache nicht, dass Sverre jr. überhaupt nicht wissen sollte, was da vorging? Wie sollte sein Timing so verdammt toll sein, wenn er gar nicht wusste, was da auf ihn zukam?« Moens Augen tränten vor Müdigkeit, und er bemerkte, was vielleicht auch Bjørn Hansen begriffen hatte: Er wurde zunehmend reizbarer. »Tut mir leid«, sagte Moen, »aber ich bin völlig erschöpft.«

*

Moen wachte im Grua-Tunnel auf. Solvold saß am Steuer. Er hatte noch immer seine Wohnung in Gjøvik, wollte übers Wochenende nach Hause und hatte Moen angeboten, ihn am Bahnhof in Jaren abzusetzen. Sie fuhren in einem teuren Auto, Solvold machte seine Sache bei Bjørn Hansen anscheinend gut. Moen dachte an den Fall zurück, an dem sie gemeinsam gearbeitet hatten. Schon damals hatte Moen gedacht, Svein Solvold hätte die Chance, es zu etwas zu bringen, und da hatte er wohl richtig gelegen.

»Hab ich geschnarcht?«

»Nicht besonders«, erwiderte Solvold. »Sind Sie jetzt in besserer Stimmung?«

»Um ehrlich zu sein, weiß ich es noch nicht.«

Eine Weile wurde nicht gesprochen.

»Was sollen wir eigentlich machen?«, fragte Moen etwas unvermittelt.

»Machen? Was meinen Sie?«

»Was ist das für ein Auftrag, von dem Henriksen gesprochen hat? Welchen Job sollen wir überhaupt machen?«

Solvold blickte Moen verwundert an.

»Hat Bjørn Ihnen das nicht erklärt?«

»So weit sind wir nicht gekommen. Ich fürchte, dass Bjørn sich etwas davor scheut.«
»Gut möglich.« Solvold grinste, hielt aber den Blick fest auf die Fahrbahn gerichtet. »Wir sollen Sverre Midtsem jr. beschatten. Sein Leben und alle Verbindungen erforschen. Halvdan Krokfoss will alles rund um diesen Mann wissen. Kurzum.« Solvold blickte zu Moen hinüber. »Das Ganze ist ja etwas, wie soll ich sagen –, irregulär. Wahrscheinlich redet Bjørn deswegen um den heißen Brei herum. Er ist sich unsicher, wie Sie wohl reagieren.«
Moen antwortete nicht. Auf einem langen geraden Abschnitt überholte Solvold einen Rentner.
»Wie finden Sie das eigentlich selbst, was Sie da so treiben?«, fragte Moen, als sie an ihm vorbeigefahren waren.
»Solange wir keine Verbrechen gegen das Leben oder Eigentum anderer begehen, bin ich zufrieden damit. Wir könnten höchstens davon sprechen, dass wir in das Privatleben anderer Menschen eindringen, ohne dass die Opfer sich darüber im Klaren sind. Die Leute, hinter denen wir her sind, haben meistens Dreck am Stecken. Wir verhindern weitaus mehr Unregelmäßigkeiten, als wir selbst begehen, um es so zu sagen. Ich habe keine Skrupel bei meiner Tätigkeit. Diese Linn Fostervoll wurde ermordet. Vielleicht auch der Schwiegervater. Wenn wir zur Aufklärung dieses Falls beitragen, kann uns das wohl niemand zum Vorwurf machen, oder?«
Mit der Antwort war Moen nicht zufrieden.
»Auf Grundlage einer Spur, die vielleicht nur eine fixe Idee ist?«
»Der mit der fixen Idee zahlt die Zeche, und es hindert uns doch niemand daran, nach anderen Möglichkeiten Ausschau zu halten«, erwiderte Solvold. »Nichts und niemand.«
»Wir sind zu zweit, Svein. Sie und ich wissen doch, wie schwierig es ist, die Menschen im Auge zu behalten.«
Solvold lachte laut und sagte:

»Zu zweit? Sie ahnen ja nicht, wovon Sie reden. Es handelt sich um eine große Operation. Wir haben die allerneueste Überwachungstechnologie. Bis nächste Woche ist alles eingerichtet. Warten Sie's ab.«

Meine Güte, dachte Moen. Worauf hatte er sich da bloß eingelassen? Er war ein Vernehmungsexperte, konnte aber nicht mit den Leuten sprechen, die das Auftragsziel verkörperten. Wortlos saß er da, bis Solvold am Bahnhof in Jaren auf den Parkplatz bog und ihn absetzte.

»Sie sehen aus, als wären Sie gerade auf dem Mond gelandet«, war das Letzte, was Solvold sagte, bevor er weiterfuhr. »Wir sehen uns am Montag.«

23

Moen hockte am Küchentisch in Bjørn Hansens großer Villa in Nordstrand und genoss die Aussicht über den Oslofjord. Hansen schenkte Kaffee ein.

»Die Kinder wohnen im Garten«, sagte Hansen und deutete durch das Fenster auf zwei hübsche Häuser im Bauhausstil. »Wir sind ein Familienbetrieb. Berit und meine Tochter arbeiten in dem Anbau da drüben. Mein Sohn und ich haben ein Büro in der Storgata. Hier hast du meine Karte mit Adresse und allem. Von draußen betrachtet, nimmt man uns nicht unmittelbar wahr. So soll's sein. Ein Familienbetrieb.«

Moen sah auf die Visitenkarte. »Bjørn Hansen. Sicherheitsberater«, stand da.

»Alle unsere Mitarbeiter sind selbständige Unternehmer. Ich habe dich hierhergebeten, damit Berit die Formalitäten erledigen kann. Sie macht hier die Buchhaltung und kümmert sich um alles, was deine Finanzen betrifft. Ihr gibst du all deine Ausgabenbelege. Sie kümmert sich um Mehrwert- und Einkommensteuer und sorgt dafür, dass du dein Honorar

bekommst. Solange du für uns arbeitest, musst du dir keine großen Sorgen machen.«
»Wo ist Solvold?«, fragte Moen. »Er sagte, dass wir uns hier treffen würden.«
»Der richtet sich gerade in einer Wohnung am Hotel ein. Wir hatten einen Glückstreffer im Häuserblock genau vor dem Eingang.«
»Wie sieht denn die Befehlskette hier in deinem Familienbetrieb aus?«
»Was meinst du?«
»Wo liegen die Verantwortlichkeiten in diesem – wie nennst du das – Auftrag?«
Bjørn Hansen schaute aus dem Fenster.
»Solvold leitet die Operation. Er organisiert alle praktischen Angelegenheiten und berichtet mir dann.« Bjørn Hansen trank einen Schluck Kaffee. »Was deine Beteiligung betrifft, so wollen wir das möglichst nicht an die große Glocke hängen. Deshalb wird es keinen direkten Kontakt zwischen uns geben.«
»Was ist meine Aufgabe bei diesem Vorhaben? Die ist ja, milde ausgedrückt, etwas unklar.«
»Du sollst alle Informationen und die Überwachung evaluieren.« Bjørn Hansen lächelte. »Du bist der Kopf. Du sollst die Nadel im Heuhaufen finden. Die meisten würden sich bei so vielen Informationen nur verirren. Du nicht. Darin liegt deine Genialität. Ich habe viele andere Eisen im Feuer, doch das ist der wichtigste Kunde, den ich habe und jemals hatte.«
Berit Hansen kam in die Küche.
»Hallo, Jungs. Sitzt ihr hier und blast Trübsal? Ist noch Kaffee da?«
Bjørn Hansen sah auf die Uhr.
»Ich bin spät dran, Berit. Du musst Knut so schnell wie möglich ins System aufnehmen. Svein wartet in der Wohnung im Parkveien. Der erklärt den Rest. Hier sind Adresse und

die Namen auf den Klingelschildern.« Hansen stand auf. »Ich komme zum Essen nach Hause, und dir viel Glück, Knut«, sagte er an Moen gewandt.
Moen sah zu Berit Hansen, die sich an der Arbeitsplatte eine Tasse Kaffee eingoss. Sie setzte sich an die andere Seite des Küchentischs und lächelte unbeirrt.
»Übrigens, danke noch mal für unser letztes Gespräch.«
»Gleichfalls«, murmelte er und nahm einen Schluck Kaffee, um seine Befangenheit zu überspielen.
»Meine Tochter wartet unten. Komm, wir gehen runter und nehmen dich ins System auf.«
»Ich hatte das Gefühl, dass Bjørn etwas komisch war. Ist irgendwas nicht in Ordnung?«
»Aber nein. Entspann dich. Tagsüber ist er nervös.« Sie stand auf. »Er ist wegen dieser Sache aufgeregt. Vieles hängt davon ab.«

*

Moen fand einen Parkplatz am *KNA-Hotel* im Parkveien. Er warf so viele Münzen wie möglich in den Parkautomaten. Leichter Nieselregen herrschte, es war eklig. Auf dem Schulhof auf der anderen Straßenseite wimmelte es von Kindern. Weiterschlendernd las er die Straßenschilder. Er überquerte die Observatoriegate, schlurfte durch das glitschige Herbstlaub am Transformator an der Bervens Løkke und blieb in der Reichweins Gate stehen. An einem Gebäude gegenüber dem Parkveien entzifferte er die Hausnummer – 75.
Moen überquerte die Straße. Nummer 77 war ein modernes, frisch getünchtes Haus mit Mietwohnungen. Nebenan stand ein Backsteingebäude, das auch noch nicht sehr alt war, aber grau und heruntergekommen aussah. Eine lange Hausfront. Moen lief die Treppe zum ersten Aufgang hoch und sah sich die Klingelschilder an. Zwei oder drei Namen standen auf jedem Schild, einer wie der andere auf aufgeklebten Zetteln,

was allerhand Durchgangsverkehr vermuten ließ. Viele der Namen waren ausländisch.

Moen fand dort nicht die Namen, die auf seinem Zettel standen, und lief die Straße hinunter zum nächsten Aufgang. Dort las er sie, zweite Etage rechts, und klingelte.

Der Türöffner summte, Moen drückte die Tür auf und lief die Treppen hoch. In der zweiten Etage links schaute Svein Solvold durch einen Türspalt und lächelte.

»Willkommen an Bord.« Er ging zur Seite und ließ Moen eintreten.

Moen lief durch den Flur und betrat ein großes Wohnzimmer mit zwei Fenstern zur Straße hin und einer Glastür, die auf einen Balkon führte. Rechts gab es noch eine Tür zu einem Schlafzimmer, und auf der Rückseite lagen die Küche und ein Mädchenzimmer. Die Wohnung schien möbliert vermietet gewesen zu sein, und die früheren Mieter hatten offenbar in einem Schweinestall gelebt. In einem Erkerfenster neben dem Balkon baumelte eine verschmutzte Jalousie.

»Sehr appetitlich«, sagte Moen.

»Ja, die Kaution ist wohl einbehalten worden«, sagte Solvold. »Heute Nachmittag kommt jemand vorbei und macht hier ordentlich sauber. Dann brauchen wir noch zwei Tage, bis wir so richtig in die Gänge kommen.«

»Wer sind ›wir‹?«, fragte Moen.

»Ich und zwei von meinen Jungs. Sie bekommen Ihren eigenen Posten an der Ecke oben an der Reichweins Gate. Das war die erste Wohnung, die wir bekommen konnten. Was die Beobachtung des Hotels betrifft, so ist die Wohnung eine Notlösung, wie Sie gleich sehen werden, wenn wir hingehen. Das Interessante jedoch ist, dass man von dort aus direkt in die Wohnung von Linn Fostervolls Exmann und seiner Frau sehen kann. Wir werden uns das nachher angucken. Es gibt da noch ein paar Sachen, die ich Ihnen erklären muss, unter anderem die technischen Geräte.«

Solvold trat ans Fenster und deutete hinaus.
»Die Eckwohnung in der zweiten Etage im Haus neben dem Hotel. Sehen Sie die?«
»Ja.«
Moen stand am Fenster und blickte direkt auf den Eingang des Hotels, in dem das Ehepaar Midtsem seinen Geschäften nachging.
»Wie Sie sehen, sitzen wir in dieser Wohnung wie die Made im Speck. Ein Geschwisterpaar, das Sverre Midtsem noch aus der Kindheit kennt, ist Eigentümer des Eckhauses da unten. In den Geschäftsräumen im Souterrain gleich rechts neben dem Hotel befindet sich Parkveien Antikk & Brukt, ein Laden, den Sverre Midtsem zusammen mit seinem Jugendfreund John Glad betreibt. Die Geschwister bewohnen separat die erste und zweite Etage des Eckhauses. Von hier aus können wir die Fenster sehen. An der Ecke gibt es nur einen Eingang, und den können wir auch beobachten. Diese Wohnung hier ist perfekt.« Solvold breitete die Arme aus. »Linn Fostervoll und ihre Tochter wohnten gleich um die Ecke in der Wohnung oberhalb des Discountladens. Eine geschlossene kleine Welt. Perfekt für unsere Zwecke.«
Ohne zu fragen zündete Moen sich eine Zigarette an. Draußen auf der Treppe zum Hotel stand eine Frau in dunklem Kostüm. Ihr helles Haar war ganz gerade auf Schulterlänge geschnitten und in der Stirn zu einem Pony frisiert. Sie rauchte ebenfalls und blickte nach rechts und links.
»Das ist Monica Midtsem, geborene Løvold. Sie ist als Buchhalterin geführt, ihr Mann als Hoteldirektor. Fünf Angestellte bedienen die Rezeption, die vierundzwanzig Stunden am Tag besetzt ist. Einer davon ist der Nachtportier. Dann gibt es noch einen Hausmeister und einen, der sich um das Hotelfrühstück kümmert. Außerdem kommen noch zwei philippinische Zimmermädchen hinzu. Eine ordentliche und übersichtliche Organisation. Wir müssen natürlich überlegen, ob

wir uns einer oder mehreren von diesen Personen ›nähern‹ können.«
Auf der anderen Straßenseite beugte sich Monica Midtsem über die Treppe und drückte ihre Zigarette aus. Sie nahm die Kippe mit sich. Solvold hielt die Augen auf sie gerichtet und sagte noch einmal:
»Dieser Ort ist perfekt.«

Eine Stunde später befand sich Moen in der Eckwohnung, genau dort, wo die Reichweins Gate in den Parkveien mündet. Solvold zeigte auf das Fenster des kleinen Raums, dem ehemaligen Mädchenzimmer hinter der Küche.
»Durch das Fenster kann niemand hereinblicken. Von draußen wird der Raum vollgestopft und dunkel aussehen. Die Gardine ist nur zu Ihrem eigenen Wohlbefinden. Sie können das Licht anschalten, aber wenn Sie sich zu exponiert fühlen, machen Sie es aus.«
Moen sah sich im Zimmer um. Auf einem schmalen Schreibtisch standen ein Laptop und eine kleine Leselampe, vor dem Fenster ein Fernglas auf einem Stativ und ein Klappstuhl. Auf der Fensterbank lagen eine digitale Spiegelreflexkamera mit großem Zoomobjektiv sowie ein Handfunkgerät in einer Ausführung, die ihm vertraut war.
Svein Solvold setzte sich an den Schreibtisch und Moen auf den Klappstuhl. Solvold öffnete eine Aktentasche und nahm ein Handy heraus, das er auf den Schreibtisch legte.
»Es ist verschlüsselt und wird nur während der Operation eingesetzt. Gespräche können nicht zu Ihnen zurückverfolgt werden, aber verlieren Sie es um Gottes willen nicht. Sie müssen es rund um die Uhr bei sich haben.«
Solvold reichte Moen das Telefon.
»Es ist ein Nokia-Handy. Kennen Sie sich mit den Modellen dieser Firma aus?«
»Ich hab selbst eins von Nokia.«

»Da ist auch eine sehr gute Kamera eingebaut. Können Sie mit einer Handykamera umgehen?«
»Selbstverständlich.«
»In Ihrem Alter gibt es viele, die die reinsten Analphabeten sind, wenn's um Elektronik geht. Die können höchstens ihre Frau anrufen.« Solvold grinste, doch Moen erwiderte:
»Das allerdings kann ich nicht.«
Solvold stand auf.
»Wir müssen hier ein paar Tage zusammen verbringen, damit ich Ihnen alles über die Ausrüstung beibringen kann. Der Computer hat ein paar – wie soll ich sagen? Spezialfunktionen? Wir fangen morgen früh an. Kommen Sie, ich zeige Ihnen jetzt den Rest der Wohnung.«

Solvold war gegangen, und Moen saß im Eckzimmer. Die Jalousien hatte er vor die tief stehende Abendsonne gezogen und eben überprüft, welche Kanäle es über das Kabelfernsehen gab – mit äußerst zufriedenstellendem Ergebnis. Er nahm das neue Handy und sah sich die Liste der gespeicherten Nummern an. Das Verzeichnis wies Großer Bär, Kleiner Bär und Frau Bär auf.
In der Küche warf er einen Blick in den Kühlschrank, der leer war. Er musste sowieso zurück nach Hadeland und ein paar Sachen holen. Im Schlafzimmer fand er zwei Garnituren neuer Bettwäsche im Schrank, und im Badezimmer stand eine kleine Waschmaschine.
Schließlich betrat er das Mädchenzimmer. Die Abendsonne erhellte das in Gelb und Weiß neu angestrichene Wohnhaus auf der anderen Straßenseite. Im Wohnzimmer hinter der Veranda stand ein Paar und hielt sich in den Armen. Moen setzte sich in den Klappstuhl am Fenster und justierte das Fernglas. Er fokussierte auf das Paar, bekam das Gesicht der Frau im Profil zu sehen – es handelte sich um die Frau, die Svein Solvold als Monica Midtsem identifiziert hatte. Ein mittelgroßes

Mädchen kam hinzu und zerrte an dem Mann herum, der vermutlich Sverre Midtsem jr., der Hoteldirektor, war, woraufhin alle aus Moens Blickfeld verschwanden.
Eine Weile saß Moen da und blickte auf die Straße hinunter. Als so zwei Minuten vergangen waren, traten die drei Personen auf die Straße und liefen schräg über den Parkveien in Richtung Hotel. Moen sah auf die Uhr. Es war halb vier, und er dachte: Du meine Güte, jetzt bin ich zu einem Schnüffler geworden. Das ist also mein neuer Beruf. Er wusste, dass er noch einmal gründlich überlegen sollte, worauf er sich da eingelassen hatte, doch dann fiel ihm ein, dass er vergessen hatte, einen neuen Parkschein zu kaufen.

24

Am Dienstagmorgen fuhr Knut Moen mit seinem Gepäck zum Bahnhof Jaren. Dort fand er den kleinen roten Leihwagen vor, der von einer Firma in Gjøvik vor Ort abgestellt worden war. Ein weiteres Beispiel für Bjørn Hansens wie geschmiert laufendes Unternehmen.
Im Apartment in der Reichweins Gate wartete Svein Solvold auf ihn, der ihn die nächsten zwei Tage von morgens bis abends instruierte. Am Donnerstag erklärte Svein Solvold Moen für ausgebildet, und die Operation war startklar.
»Bjørn kommt heute Nachmittag um drei. Wir treffen uns in der anderen Wohnung. Sie müssen einen Umweg machen und das Haus von der Rückseite aus betreten. Dort gibt es einen Kücheneingang. Hier ist der Schlüssel. Wissen Sie noch, wo die Wohnung ist?«
Moen bestätigte. Vier Stunden hatte er zur Verfügung. Solvold machte sich zum Gehen bereit, drehte sich jedoch abrupt um.
»Das hätte ich fast vergessen. Kennen Sie einen gewissen

Helge Buttingsrud? Er behauptet, mit Ihnen bekannt zu sein.«
»Wir sind zusammen aufgewachsen. Er war ein Nachbar. Ein paar Jahre jünger als ich allerdings, aber ja. Ist lange her, dass ich ihn gesehen habe. Wo sind Sie ihm begegnet?«
»Er hat einen Kurs für die Kripo abgehalten. Überwachungstechnologie. Er war es, der mir das alles beigebracht hat.«
»Als ich ihn das letzte Mal traf, hatte er einen Job beim Televerket, wie das damals noch hieß. Zuletzt habe ich gehört, er würde mit Mobilfunksicherheit bei Telenor zu tun haben.«
»Inzwischen hat er wohl einen anderen Arbeitgeber, wenngleich das so nicht zur Sprache kam. Ich glaube, er hat ein Büro in Nydalen.«
»Tja, nun. Vor vielen Jahren wohnte er in Gjøvik, so wie Sie.«
»Jetzt wohnt er in Oslo, wenn ich das richtig verstanden habe, aber was sein Privatleben angeht, hat er sich ziemlich bedeckt gehalten.«
Moen zog die Augenbrauen hoch.
»Wenn er so wenig mitteilsam war, wie sind Sie dann dazu gekommen, über mich zu sprechen?«
Solvold lächelte verschlagen.
»Ich hab ihm von dem Fall erzählt, den wir in Østre Toten bearbeitet haben. Den mit dem Abteilungsleiter, der sein Personal überwachte, wissen Sie noch? Das passte ganz gut in diesen Kurs. Und da wurde er neugierig. Nun ja, wir sehen uns um drei. Bis später!«
Moen saß gedankenverloren vor dem Computer im Mädchenzimmer. Er ging ins Internet und rief das Telefonbuch auf, gab Helge Buttingsrud ein, und fand einen in Hønefoss. War er das? Hønefoss? In diesem Bauernkaff? Nicht sehr wahrscheinlich.
Moen loggte sich mit dem Arbeitscomputer aus und holte sein eigenes Laptop hervor. Er stellte eine mobile Internet-

verbindung her und rief seine E-Mails auf. Zwei Mails von Astrid Bredeveien hatte er bekommen. In einer davon fragte sie aufgebracht, wieso er sich nicht melde. Außerdem stehe noch Gehalt aus, und er habe vorteilhafte Bedingungen für seinen Abschied bekommen. Es war der Chef selbst, der sich mit dem ganzen Gewicht seiner Position dafür eingesetzt hatte, dass Moen eine angemessene Behandlung widerfuhr – im Gegensatz zu den Wünschen anderer im Präsidium, die ein Exempel statuieren wollten. Moen antwortete und bat Astrid Bredeveien, sich in seinem Namen zu bedanken. Als er sein Onlinebanking aufrief, war wie üblich der Lohn verzeichnet, außerdem ein Vorschuss von Berit Hansen. Moen wurde es ein wenig schwindelig. Jetzt konnte er über einen Betrag verfügen, den sein Konto niemals zuvor aufgewiesen hatte.

*

Bjørn Hansen wies auf zwei dunkelhäutige Männer.
»Dies sind Nazeem und Mahmood Khan. Sie sind Cousins. Einer von ihnen wird immer hier in der Wohnung sein.«
Moen begrüßte die beiden.
»Svein wird auch hier sein, so oft er kann.«
Moen sah, dass die Wohnung frisch geputzt war und ein paar neue Möbel gekommen waren. Zwei Laptops standen auf einem neuen Tisch an der Wohnzimmerwand. Am abgeschirmten Fenster standen ein Fernrohr und eine Filmkamera. Bjørn Hansen sah etwas bekümmert zu Moen, der die Umgebung musterte.
»Hast du dich in der anderen Wohnung ordentlich eingerichtet?«
»Ja«, erwiderte Moen. »Alles gut.«
»Kannst du mit der Ausrüstung umgehen?«
»Solvold sagt, ich kann's. Ich selbst fand, dass alles ein bisschen zu schnell lief.«

Bjørn Hansen drehte sich zu Svein Solvold.
»Speichern Sie doch bitte die Nummer der Jungs auf seinem Arbeitshandy.« Hansen wandte sich wieder an Moen. »Wenn du Svein nicht erreichen kannst, rufst du sie an.«
Moen reichte Svein Solvold das Handy.
»Komm doch mal mit, Knut«, sagte Hansen und ging in die Küche. Er schloss die Tür und füllte zwei Tassen mit Kaffee.
»Ich mache mir Sorgen wegen des Auftrags, Knut.«
»Wieso das?«
»Die Abteilung für Wirtschaftskriminalität gibt die Leitung der Ermittlung an die Osloer Polizei ab. Sie haben herausgefunden, dass Halvdan Krokfoss als Besitzer des ganzen Blocks in der Reichweins Gate eingetragen ist. Der zwischen Parkveien und Hansteens Gate, einschließlich des Hauses, in dem du dich aufhältst.«
»Das lässt auf große Pläne schließen, oder? Das Familienhotel ist wohl ein Teil davon.«
Bjørn Hansen schüttelte den Kopf.
»Die meisten Wohnungen sind an Leute vermietet, die in den Hotels von Ole Christian Ihlen arbeiten. Du hast ja gehört, was Henriksen sagte. Krokfoss tritt auf Geheiß seines Hotelbesitzerfreundes auf. Henriksen ist Geschäftsführer für diese Mietshäuser.«
»Hast du Vertrauen zu Henriksen? Glaubst du, dass er noch ein anderes Ziel verfolgt, als Krokfoss zu retten?«
»Ich weiß nicht. Die Polizei interessiert sich auf alle Fälle für die zwei Millionen aus Linn Fostervolls Nachlass. Sie haben ihren Bruder, der als Wirtschaftsanwalt arbeitet, mehrmals vernommen, doch bestreitet er jedwede Kenntnis über irgendwelche Absprachen zwischen seiner Schwester, ihrem Schwiegervater und Krokfoss.«
Moen setzte ein schiefes Lächeln auf.
»Wo du schon so gut über die Arbeit der Polizei informiert bist: Was machen die eigentlich im Moment?«

Bjørn Hansen grinste ebenfalls und sah auf die Tischplatte hinunter.
»Sie gehen alles noch mal durch, doch diesmal mit der Gewichtung auf Mord. Alle werden noch mal vernommen.« Er blickte aus dem Fenster. »Sie haben viel Zeit auf Linn Fostervolls Kollegen beim NRK verwendet, kommen aber nicht weiter als beim letzten Mal. Unbestimmte Gerüchte, dass sie in einen Kreis um Halvdan Krokfoss eingedrungen sei. Nichts Handfestes.«
»Party in Krokfoss' Wohnung an der Aker Brygge, wo die Waffe gestohlen wurde. Und der Wagen – gestohlen von jemandem, der über die Autos von Krokfoss' Vater Bescheid wusste. Da steckt doch irgendwas Persönliches hinter.« Moen stand auf, streckte seine Beine und starrte durch das Fenster. »Du hast nicht das Gefühl, dass diese sogenannte Operation, die wir hier in Gang setzen, vielleicht sinnlos ist? Sollten wir womöglich an der Aker Brygge sein?«
Bjørn Hansen seufzte schwer.
»Krokfoss will es so, und dann tun wir das. Er ist unser Klient – und auf alle Fälle nicht der Täter, oder glaubst du das?«
»Nein, im Grunde genommen nicht. Das kommt mir völlig unlogisch vor.«
»Hör mal. Wir müssen uns ein bisschen ranhalten. Ich habe für Solvold ein Zimmer im Hotel gegenüber bestellt – längerfristig. Ich habe einen Monat im Voraus bezahlt, und die Rechnung wird dann von der Versicherungsgesellschaft Gjensidige übernommen. Sie sind Kunden von uns.«
»Und wozu das? Was ist, wenn er auffliegt?«
»Das Risiko gehe ich ein.«

25

Der Freitag kam, und Moen bereitete sich auf seinen neuen Job vor. Die nächsten vier Wochen waren zur Observation bestimmt, und Moen sollte die Beobachtungen analysieren. Jetzt ging es zunächst einmal darum, sich einzuarbeiten und die für die Erledigung des Jobs nötige Routine zu entwickeln.

Als Erstes gab es eine DVD-Aufnahme, die den vergangenen Tag abdeckte. Der Hoteleingang und die Straße davor. Die Gäste kamen und gingen, doch nicht so viele wie erwartet. Moen spulte vor zum Nachmittag. Schließlich hielt er die Aufnahme an. Eine schwarzhaarige, stark geschminkte Frau mit großer Handtasche, schwarzer Strumpfhose und hohen Stiefeln stand auf der Hoteltreppe und blickte sich nach rechts und links um, bevor sie in Richtung Skillebek hinunter zum Munkedamsveien lief. Moen konnte sich nicht an ihre Ankunft im Hotel im Lauf des Tages erinnern. Er merkte sich, dass sie um 17.13 Uhr ging und um 20.39 Uhr zum Hotel zurückkam. Moen war von ihr fasziniert, doch wohl nur, weil sie sich so sehr von den anderen unterschied, die ein- und ausgingen.

Er spulte zurück. Um 17.30 Uhr verließ Sverre Midtsem jr., der Hoteldirektor, mit seiner Tochter die Wohnung auf der anderen Straßenseite, ging ins Hotel und blieb dort eine halbe Stunde. Er kam allein wieder heraus, betrat den Antiquitätenladen, verließ ihn mit einer weißen Plastiktüte und lief den Parkveien hinauf. Kurz vor den Abendnachrichten kam Midtsem zum Hotel zurück und verließ es wieder zusammen mit seiner Tochter. Sie gingen nach Hause. Um 00.30 Uhr beendete Monica Midtsem ihre Arbeit und begab sich ebenfalls dorthin.

Ab siebzehn Uhr und bis in die Abendstunden hinein herrschte natürlich viel Betrieb. Der Frühstückssaal beherbergte ab vierzehn Uhr ein thailändisches Restaurant mit Außer-Haus-Verkauf und hatte unabhängig vom Hotel eigene Gäste und eigenen Kundenverkehr. Von außen gesehen war alles sehr unübersichtlich. Moen arbeitete sich schnell durch den Rest des Tages, der mehr oder weniger ereignislos war, abgesehen von einem ziemlich betrunkenen Hotelgast, der um drei Uhr morgens vom Nachtportier hereingelassen wurde. Moen streckte sich und bereitete sich ohne besondere Erwartungen auf die nächsten vier Filmwochen vor. Sein Arbeitshandy klingelte. Es war Svein Solvold, der ihn zum Mittagessen hinüber in die andere Wohnung einlud.

Moen lief eine Runde durch das etwas versteckte kleine Osloer Viertel, dass sich Observatorie Terrasse nennt. Durch das Herbstlaub schlurfend, dachte er bei sich, dass die Gegend im Sonnenschein sehr behaglich wirkte. Er schaute sich die Gebäude auf der anderen Straßenseite an und erinnerte sich, dass die Eisenbahnstrecke nach Westen hier entlanggelaufen war, bevor man den Tunnel unter der Stadt gebaut hatte. Aus purer Neugier überquerte er die Straße. Was war eigentlich mit der alten Trasse passiert? In diesem Augenblick bemerkte er einen alten Bekannten. Er parkte vor einem älteren, neu renovierten Mietshaus – ein schwarzer Range Rover, dessen Kennzeichen sich in Moens Erinnerung eingebrannt hatte. Hier also wohnte Geir Ove Frisk, der ihn nach Schweden verfolgt hatte. Er ging hinüber und prüfte die Namen an der Klingel. Kein Frisk. Schnell lief Moen weiter. Frisk war wohl ein vorsichtiger Geselle, und anscheinend wohnte er im Munkedamsveien. Moen wollte dem Wagen folgen, wenn sich eine passende Gelegenheit fand.

Als Moen wieder in die Wohnung am Parkveien kam, standen Svein Solvold und Mahmood Khan am Fenster und schauten

neugierig auf die Straße. Die Kamera lief surrend, war aber vom Hoteleingang weggedreht. Nazeem Khan stand im Erker und fotografierte mit dem Zoomobjektiv durch die Balkontür. Solvold drehte sich für einen Moment zu Moen.
»Das erste Mal, dass wir den Antiquitätenhändler in Aktion sehen.« Solvold schaute wieder hinaus. »Der Wagen fährt jetzt.«
»Er bleibt unten an der Eisenbahnbrücke stehen. Dieser Glad steht jetzt neben dem Wagen und raucht. Die beiden anderen sind gegangen«, sagte der Fotograf.
»Kannst du von dort aus auch gut sehen?« Solvold ging zu ihm hinüber. »Halt ihn bloß gut im Auge. Was macht denn Midtsem jetzt?«
»Der ist im Laden, mit den Sachen, die sie aus dem Auto geholt haben.«
»Okay. Das mit den Brötchen tut mir leid. Soll nicht wieder vorkommen.«
Die beiden Jungs grinsten Solvold an, der mit Moen im Schlepptau in die Küche ging. Solvold nahm eine Tüte mit Brötchen, legte sie auf die Arbeitsplatte und goss Kaffee ein. Er öffnete die Tüte.
»Kochschinken für alle. Das wollten die Jungs nicht haben.«
»Was für Leute sind das eigentlich?«, fragte Moen mit leiser Stimme.
»Studenten von der BI-Handelshochschule«, erwiderte Solvold. »Verdammt clever. Bjørn ist scheißgut, wenn's darum geht, die richtigen Leute auszusuchen. Diszipliniert, verantwortungsvoll und gut ausgebildet.«
»Wo kommen sie her?«
»Das sind Pakistaner, haben aber ihr ganzes Leben hier verbracht. Man hört überhaupt nicht, dass es keine Norweger sind.« Solvold biss von einem Brötchen ab. »Apropos, es sind sogar Norweger«, sagte er kauend. »Norweger, die keinen Schinken essen«, fügte er etwas nachdenklich hinzu. »Übri-

gens«, fuhr er fort, »ich bin ja gerade der einsame Hotelgast, und da hab ich mal einen Ausflug in die Bar gemacht, an der Ecke des Mietshauses, das den Geschwistern Glad gehört. Ein kleiner Absacker, bevor ich mich hingelegt habe. Um halb zehn ist Merete Glad reingekommen. Sie hat beim Bedienen geholfen und mit den Gästen geredet. Gegen halb elf kam ihr Bruder John mit einem anderen Typen. Der war ganz schön in Fahrt. Dem Gespräch konnte ich entnehmen, dass die beiden im *Beach Club* an der Aker Brygge waren. Ich blieb noch etwas länger, als ich eigentlich wollte, doch das Ende vom Lied war, dass John Glad von seiner Schwester nach Hause geschickt wurde. Da war er so besoffen, dass er kaum das Schlüsselloch finden konnte.«

Ja nun, dachte Moen. Wohin führt uns das jetzt? Fragend zog er die Augenbrauen hoch.

»Der Mann, der an der Bar stand, als ich reinkam, und der Typ, mit dem John gekommen ist, sind dieselben, die jetzt da draußen am Auto waren. Sie sahen aus wie eine kleine verschworene Gang. Ich denke nur drüber nach, denn Berit hat die Eigentumsverhältnisse und das Ganze ein bisschen untersucht. Monica Midtsem ist Geschäftsführerin für das Hotel, das Mietshaus der Geschwister und den Antiquitätenladen. Die Bar im Eckhaus wird vom Hotel betrieben, während das Ladenlokal der Bar sowie das Antiquitätengeschäft Miete an die Besitzer des Mietshauses abführen. Ein ziemliches Durcheinander. Wir müssen das noch näher untersuchen, aber darüber sprechen wir später. Ich muss jetzt los«, sagte Solvold und verschwand durch die Tür.

Moen blieb noch ein bisschen sitzen, um mit den beiden jungen Kollegen zu reden. Die waren sowohl nett als auch verschmitzt. Bevor Moen ging, fragte er:

»Schaffen Sie es vielleicht, ein paar Bilder von dem hinteren Haus da an der Ecke zu machen? Ich glaube, die Eingangstür ist rund um die Uhr verschlossen.«

Die beiden Jungs sahen sich an und lächelten.
»Wir können's versuchen«, sagte Nazeem Khan.

26

Bei Anbruch der Dunkelheit verließ Moen die Wohnung in der Reichweins Gate. Er schlenderte über den Munkedamsveien in Richtung des Hauses mit dem schwarzen Range Rover. Der Wagen stand immer noch am selben Platz, und Moen lief ein Stückchen weiter und setzte sich in den Mietwagen, den er mit Aussicht auf den geparkten Range Rover am Straßenrand abgestellt hatte. Er schaffte es, fast eine Stunde lang still dazusitzen, war dann aber kurz davor, aufzugeben, als ein Mann aus dem Gebäude kam und den Range Rover aufschloss. Gleichzeitig sprach er in sein Handy. Als er sich aufrichtete und einen kleinen Koffer aufs Autodach stellte, erkannte Knut Moen ihn anhand des Fotos, das ihm ein Fahnder bei der Kripo gezeigt hatte. Es war Geir Ove Frisk.
Frisk schloss den Wagen wieder ab und trottete hinüber zum Parkveien, weg von Moens Standort. Er trug einen dunklen Anzug und einen halblangen schwarzen Mantel. Das Haar war heller, als Moen es auf dem Bild gesehen hatte. Als er außer Sichtweite war, stieg Moen aus dem Auto und ging langsam in dieselbe Richtung. Frisk kam ein Mann entgegen. Hinter einem Baum musste er halbwegs in Deckung gehen, denn der Mann, der eine weiße Plastiktüte in der Hand trug, blieb stehen und unterhielt sich mit Frisk. Dieser öffnete den kleinen Aktenkoffer und reichte dem Mann etwas, das der in seine Tasche steckte. Dann nahm Frisk die Tüte, stopfte sie in seinen Koffer und eilte in die gleiche Richtung weiter. Der andere blickte sich sorgfältig um, bevor er quer über die Straße lief und auf demselben Weg wie Frisk verschwand. Zögerlich folgte Moen Frisk. Er hatte nicht geplant, ihn zu beschatten,

doch als er Frisk über den Munkedamsveien weiter in Richtung Aker Brygge eilen sah, wo Moen ohnehin den Abend verbringen wollte, folgte er ihm mit einigem Abstand. Für ein paar Sekunden verlor er Frisk aus den Augen. Die Straße machte eine Biegung in Richtung Innenstadt. Als er um die Ecke ging, war Frisk nicht mehr da. Der einzige Ort, an dem er hätte verschwinden können, war ein Sushirestaurant an der Ecke, doch Moen ging das Risiko nicht ein und lief weiter zur Aker Brygge.

Am Eingang zum Parkhaus in der Sjøgata blieb er stehen, sah sich um und studierte das Firmenschild der beiden Gebäude, das Filipstad Brygge verkündete. Überall Großkapital. Das einzige plebejische Überbleibsel war die Bausparkasse. Natürlich gab es dort auch ein *Thon-Hotel*. Auf der schmalen Straße liefen viele Leute umher, und Moen verzog sich in das Glashaus, das den Eingang hinunter zum Parkhaus bildete.

Dort stand er eine Weile und blickte über den großen Platz an der Brygge. Zu Moens Rechten standen Wohnhäuser, auf der Linken dominierten die Bank, bei der auch er ein Konto hatte, und etwas weiter eine Reihe von Restaurants mit Außenterrasse. Die Leute saßen unter Heizpilzen und mit Decken über dem Schoß an der frischen Luft, um dem Rauchverbot zu trotzen.

Er lief an den Restaurants entlang und sah sich die Speisekarten an, bevor er sein Notizbuch herauszog und ein paar Adressen überprüfte. Über den Platz ging er zur Hausnummer 17. »Kameraüberwachter Bereich« stand an der Tür. Er schaute ins Fenster rechts neben dem Eingang. Zu seinem großen Erstaunen waren drinnen Kinderstühle übereinandergestapelt, und im Fenster hingen Kinderzeichnungen. Moen trat etwas vom Gebäude zurück und entdeckte die Dachwohnung. Er lief wieder zurück und sah sich die Klingelanlage an. Kein Krokfoss. Die Klingel war unbeschriftet.

Moen sah auf die Uhr. Er hatte Hunger, brauchte aber zunächst einmal ein Päckchen Zigaretten. Nach einem Kiosk Ausschau haltend, wurde seine Aufmerksamkeit von der Leuchtreklame eines Ica-Ladens am anderen Ende des Platzes angezogen, doch der war geschlossen. An der nächsten Ecke kaufte er bei Deli de Luca Zigaretten und wollte eben wieder um die Ecke gehen, um den Büroeingang von Halvdan Krokfoss und seinem Anwalt Henriksen zu suchen – Adresse Stranden 1 –, als er Geir Ove Frisk entdeckte.

Moen trat zurück in den Laden und dachte kurz nach, bis er die Lösung fand. In einer sogenannten Lounge, in der die Ladengäste auch etwas essen konnten, setzte er sich mit einem Becher Kaffee hinter eine getönte Glasscheibe und blickte direkt auf die Terrasse der *Bar1*, Stranden 1. Dort saß Geir Ove Frisk und paffte eine dicke Zigarre. Vor sich auf dem Tisch hatte er Kaffee und einen Cognac stehen. Sein linker Arm baumelte über dem Stuhlrücken gleich neben ihm.

Eine halbe Stunde verging. Frisk bestellte noch einmal das Gleiche. Moen nahm seinen eigenen leeren Pappbecher in Augenschein und dachte, dass genug wohl genug sei. Er war immer noch hungrig, dieser Abend war als freier Abend geplant gewesen, und es war schließlich sogar ein bisschen dabei herausgekommen. Er schlich sich hinaus und lief weiter hinunter zum Bryggetorget. Seiner Meinung nach war es zu kalt, um draußen zu sitzen. Im *Beach Club* fand er einen Tisch drinnen, mit Sicht auf den Eingangsbereich vom Bryggetorget 17. Er bestellte einen Burger und bekam von einer lächelnden Schwedin sogleich einen halben Liter serviert.

Wieder eine halbe Stunde später war der Hamburger aufgegessen. Nach einer Weile waren viele Leute in die enge Bar gekommen, die mit abgenutzten Fünfziger-Jahre-Möbeln und einer etwas verloren wirkenden, amerikanischen Stranddekoration ausgestattet war. Moens Ansicht nach gab es auch unbegreiflich viele Bedienungen in Kapuzenpullovern. Sie ver-

hielten sich, als seien alle, einschließlich der Gäste, irgendwie miteinander verwandt oder befreundet. Bei eingehenderer Betrachtung waren die meisten nicht so jung, wie sie aussahen. Viele sahen aus, als hätten sie schon mehrere Jahre in dem Strandclub verbracht.
Nach einem weiteren halben Liter saß Moen da und ließ seinen Blick auf dem Eingang zu Nummer 17 ruhen. Das Einzige, das sich dort abspielte, war das Erscheinen von vier Menschen, die wie ein älteres Ehepaar mit seinen erwachsenen Kindern wirkten. Sie kamen heraus und gingen weiter. Nach und nach hatte Moen zusehends schlechtere Sicht. Das Lokal war randvoll mit Leuten und erfüllt von lautstarker Unterhaltung. Er fühlte sich unwohl und hatte nur noch einen Stuhl an seinem Tisch stehen – und auf dem saß er. Von allen Ecken starrten die Leute gierig auf ihn und seinen Tisch, während er das dringende Bedürfnis nach einer Zigarette verspürte. Stand er auf und ging hinaus, war das Rennen gelaufen. Moen kapitulierte. Er zahlte die Rechnung bei der schwedischen Kellnerin, die fragte, wie das Essen geschmeckt habe. Er antwortete ausweichend, gab ihr aber Trinkgeld, weil sie lächelte und höflich war. Dann setzte er sich draußen auf die Terrasse, wo die Aschenbecher standen, und zündete sich eine Kippe an.
In der obersten Wohnung in Nummer 17 war es dunkel, kein Betrieb. In nur einer einzigen Wohnung gab es Licht. Da seine Rastlosigkeit zu groß wurde, stand Moen nach zwei Zügen auf und lief die Stufen hinunter. Die letzten Züge nahm er unten auf dem Platz, von wo aus er durch das Geländer des Strandclubs an einen Aschenbecher kommen konnte. Plötzlich sah er Fred Morgan Henriksen über den Bryggetorget auf Nummer 17 zugehen. Er war in Begleitung zweier jüngerer Frauen in Jeans und Lederjacke. Gleich hinter ihnen lief, als viertes Rad am Wagen, Geir Ove Frisk, der sein kleines Köfferchen mit sich trug.

Henriksen schloss die Tür zu Haus Nummer 17 auf, und die anderen folgten ihm hinein. Moen blieb bewegungslos stehen, bis das Licht in der Dachwohnung angeschaltet wurde. Henriksen und Frisk spielten in einer Mannschaft, so viel war klar. Aus einer kleinen Bar in der Nähe dröhnte Musik, junge Leute liefen umher, viele offenbar berauscht oder angetrunken, und plötzlich verspürte Moen einen Ekel. Durch die nächste sich ergebende Lücke machte er sich davon und ging hinunter zum Stranden, wo er die Festung Akershus im Scheinwerferlicht bewunderte.

»Hallo«, sagte eine Frauenstimme hinter ihm, und er spürte, wie sich ein Arm bei ihm einhakte. Er drehte sich um und entdeckte eine lächelnde Marit Gaasland. »Na, wenn das nicht mein Mentor ist.«

Sie setzten sich in eine abgelegene und fast menschenleere Bar. Marit Gaasland erklärte, sie habe die ganze Woche an der Aker Brygge Dienst gehabt. Nach einem Abendessen im Restaurant *Druen* hatte sie eben gerade eine Freundin mit dem Nesodden-Boot nach Hause geschickt. Marit Gaasland sah Moen mit einem fröhlichen Augenzwinkern an.

»Wissen Sie was? Das hier ist wirklich der letzte Ort, an dem ich erwartet hätte, Sie zu treffen. Ich war sicher, Sie sitzen in Hadeland und genießen das Dasein.« Sie verschränkte die Arme unter der Brust und beugte sich etwas vor. »Ich hatte mir eigentlich schon überlegt, für einen Sonntag nach Hadeland zu fahren, um ein paar Dinge mit Ihnen zu besprechen. Wissen Sie noch? Ich hatte Sie gefragt, ob ich das darf.«

»Ja. Doch, sicher«, erwiderte Moen leicht zögernd.

»Sind Sie überhaupt nicht neugierig?«

Wieder zögerte Moen, zumal Bjørn Hansen offenbar regelmäßige Berichte über den Stand der Ermittlung bekam, doch Marit Gaasland ließ sich nicht abschrecken. Sie erläuterte, womit sich die Ermittler gerade beschäftigten, während Moen seinen halben Liter mit kleinen Schlucken weitertrank. Er hätte auch Lust auf einen Schnaps gehabt, musste jedoch kühlen Kopf bewahren.

Moen hörte den Ausführungen geduldig zu, die im Kern dasselbe sagten, was Bjørn Hansen berichtet hatte. Jetzt nahmen die Ermittler alles noch einmal von Anfang an unter die Lupe, dieses Mal jedoch im Licht des möglichen Mordes, sie gingen nicht länger von Selbstmord oder einem freiwilligen Verschwinden aus. Was sie besonders interessierte, war die Tatsache, dass die Hälfte des Viertels, in dem sich Sverre Midtsems Hotel befand, Halvdan Hohle Krokfoss gehörte. Das deutete auf große Pläne, denen Sverre Midtsem möglicherweise im Weg gestanden hatte. Hatten sie Linn Fostervoll zwei Millionen gegeben, um ihren Schwiegervater zu bearbeiten? Und hatte sie die versprochene Ware dann nicht geliefert?

Moen schüttelte frustriert den Kopf.

»Mit einer Pistole und einem Wagen, die sich direkt zurück zu Krokfoss verfolgen lassen? Das ist unsinnig. Es muss jemand sein, der Krokfoss schaden will.«

Marit Gaasland nickte und nahm einen kleinen Schluck von ihrem Weißwein, bevor sie antwortete:

»Natürlich denken viele von uns ähnlich, doch andere sagen, Krokfoss habe im Ruf gestanden, Drogen zu konsumieren und unbeherrscht zu sein. Unter anderem soll er auf einer Party mit der Pistole herumgeballert haben, die dann gestohlen wurde. Wir haben auch Beweise, dass er und Linn zusammen auf Partys gewesen sind. Es kann sich um eine Impulshandlung oder auch etwas Persönliches gehandelt haben. Zwei Millionen. Vielleicht hat Linn Fostervoll ihn erpresst?«

»Und der Schwiegervater begeht angeblich Selbstmord mit derselben Pistole? Die wurde doch schon mehrere Monate vor ihrem Wiederauftauchen als gestohlen gemeldet. Hört sich das nach einer Impulshandlung an?«

»Das heißt also, das Ganze war eine Operation, die eine ›Un-

beherrschtheit‹ verschleiern sollte?« Marit Gaasland malte ein Paar Gänsefüßchen in die Luft.
Moen bestellte einen Schnaps. Er war ohnehin schon völlig zermürbt. Er nahm einen Schluck.
»Wenn ich so etwas wie Ihr Mentor sein soll, dann muss ich Folgendes sagen: Das Schlimmste, was mir in meiner Dienstzeit untergekommen ist, sind viele Hypothesen und wenige Fakten. Die gravierendsten Fehlurteile in der norwegischen Rechtsgeschichte wurden von Leuten getroffen, die sich frühzeitig auf einen Täter festgelegt hatten. Derjenige, der wirklich Interesse an der Untat haben könnte, ist ja wohl Linns Exmann.«
Marit Gaasland stützte die Ellbogen auf den Tisch. »Ich hatte bei der Vernehmung der Leute die Verantwortung. Sverre Midtsem jr. ist Kunsthistoriker und interessiert sich für Antiquitäten, außerdem ist er ein guter Vater für seine nun mutterlose Tochter. Er isst jeden Tag zusammen mit seiner Mutter und der übrigen Familie, die insgesamt hart arbeitet, um das Hotel zu führen. Er ist überhaupt nicht der Typ für solche Sachen, denen wir hier nachspüren. Im Übrigen ist da ja noch das kleine Detail, dass er ein hieb- und stichfestes Alibi hat.«
»Sehr richtig. Die Frage ist, ob es andere Möglichkeiten gibt.«
»Und welche sollten das sein?«, fragte Gaasland.
»Jemand aus Krokfoss' eigenem Umfeld, zum Beispiel. Für so jemanden wäre es doch genauso einfach gewesen, die Pistole und den Wagen zu klauen. Ich bin übrigens zufällig da drüben gewesen und hab mir Krokfoss' Wohnung am Bryggetorget angesehen. Der Eingang ist kameraüberwacht. Haben Sie dort mal einen Vorstoß gemacht?«
Marit Gaasland blickte Moen erschreckt an. Sie trank ihr Glas aus, lehnte sich auf ihrem Stuhl zurück und legte die Hände in den Schoß. So blieb sie eine Minute lang sitzen.
»Ich dürfte das zwar eigentlich nicht sagen, aber ich vertraue

Ihnen.« Sie blickte sich um und senkte die Stimme ein bisschen. »Ein Experte und ich sind mit einer Befugnis hier in der Sicherheitszentrale an der Aker Brygge gewesen. Dort haben sie gar nicht bestritten, noch Material aus dem letzten Jahr aufzubewahren, haben aber angegeben, dass jemand in der Zeitperiode, von der hier die Rede ist, die betreffende Kamera übersprüht haben soll. Es war schon ein bisschen auffällig, dass sie nach so langer Zeit eine solche Erklärung parat hatten, und so hat der Experte darum gebeten, dass sie das Video einmal durchlaufen lassen. Er wollte es mit eigenen Augen sehen. Dann zeigte sich, dass die Aufnahmen eines ganzen Monats gelöscht worden waren, ohne dass die Sicherheitsleute das erklären konnten. Unser Experte wusste von einer Sicherheitskopie auf CD und bat sie, sich die anzusehen. Als sie die CD dann abspielten, stellte sich heraus, dass sie überhaupt nicht bespielt war. Mein Kollege meinte, die Sicherheitsleute hätten selbst ganz erstaunt ausgesehen. Was halten Sie von dieser Geschichte? Ein Mann wie Krokfoss wäre ja durchaus zu so etwas in der Lage. Ich finde das sehr verdächtig und weiß, dass meine Kollegen das ähnlich sehen.«

Moen nahm die schockierende Nachricht in stoischer Gelassenheit entgegen und spielte ein wenig mit den Gläsern herum, während er nachdachte. Dann erzählte er ihr von seinem Erlebnis mit Geir Ove Frisk, der, wie er selbst und Linn Fostervoll, denselben Weg zwischen Bjørkelangen und Charlottenberg gefahren war. Weiter berichtete er von Frisk und einem anderen Mann, die früher an diesem Abend in Krokfoss' Wohnung gegangen waren, und beschrieb Frisks Begleiter ganz genau, wobei er die zusammengewachsenen Augenbrauen und alles andere erwähnte.

»Aber das ist ja Krokfoss' Anwalt, den Sie da beschreiben.«

»Ach, ja?« gab Moen zurück. »Wenn das kein Zufall ist. Haben Sie den schon mal gesehen?«

»Ja.«

»Können Sie sich vorstellen, dass da jemand hinter Krokfoss' Rücken noch andere Pläne verfolgt? Untreue Diener, die ihre eigenen Gründe haben, um Krokfoss zu schaden?«
Marit Gaasland runzelte die Stirn und schüttelte den Kopf. »Wieso?«
Moen improvisierte, so gut es ging.
»Ich bin genauso neugierig wie Sie, zu erfahren, was um Himmels willen diese ganze Geschichte bedeuten soll. Also hab ich Krokfoss gegoogelt und alles gelesen, was ich über ihn finden konnte. Er beschäftigt sich überhaupt nicht mit Immobilien. Haben Sie überprüft, ob er in andere Immobiliengeschäfte involviert ist?«
»Wie sollten wir das machen? Der besagte Anwalt ist ja sogar Geschäftsführer der ganzen Mietshäuser.«
»Im Wirtschaftsleben ist es sicher ganz normal, dass man ab und zu Geschäfte für Freunde tätigt, um vielleicht von bestimmten Verdachtsmomenten abzulenken. Überlegen Sie doch mal, ob Krokfoss ein solches Geschäft eventuell im Namen seines guten Freundes Ole Christian Ihlen, dem Hotelmann, abgewickelt haben könnte. Vielleicht sind die Manöver mit dem Hotel hinter Krokfoss' Rücken passiert. Frisk hat kriminelle Kontakte. Es gibt viel Schwarzgeld, das gewaschen werden will. Fragen Sie doch mal die Kollegen bei der Kripo, die sich mit organisiertem Verbrechen beschäftigen.«
Moen hatte seinen Zug gemacht, und Marit Gaasland saß mit weit aufgerissenen Augen da. Sie blickte auf die Uhr. »Oje. Es ist spät geworden. Ich muss morgen früh raus.«
Die beiden standen auf, und Gaasland umarmte Moen, bevor sie – ohne zu bezahlen – davoneilte. Moen wollte sich gerade darum kümmern, als sie im Laufschritt zurückkam.
»Ich hab die Rechnung vergessen.«
»Ich übernehme das«, sagte Moen. »Eine der wenigen Freuden, die einem älteren Herrn noch bleiben: jungen Damen etwas zu spendieren.«

Marit Gaasland lächelte und verschwand in die Herbstnacht. Der Barkeeper fragte, ob er eine Quittung wollte, und Moen erwiderte: »Ja, danke.«

27

Es war ein Donnerstag. Die Sommerzeit ging bald zu Ende, und Moen saß mit einem A3-Block Millimeterpapier sowie einem dünnen Filzstift am Wohnzimmertisch der Wohnung in der Reichweins Gate. Das ganze oberste Blatt des Blocks war fein säuberlich beschrieben. Hierbei handelte es sich um die Beobachtungsmuster der letzten vier Wochen. Diese hatten darüber hinaus zwei bedeutsame Ärgernisse beinhaltet. Das erste war privater, das zweite beruflicher Natur. Moen hatte sich entschieden, den Stier bei den Hörnern zu packen und beide Sachen aus dem Weg zu räumen. Zuerst kümmerte er sich um das private Problem – das Verhältnis zu seiner Tochter. Er holte sein Privathandy heraus und rief sie an.

Draußen vor Illums Einrichtungsgeschäft in Vika trafen sie sich. Sie beklagte sich, dass er nicht zu ihrem Geburtstag am folgenden Tag nach Hadeland kommen wollte. Darauf entgegnete Moen nur:
»Jetzt komm erst mal und such dir was Schönes aus, das du zum Geburtstag haben möchtest, und danach möchte ich mich ernsthaft mit dir unterhalten.«
»Ist irgendwas nicht in Ordnung?«
»Nichts Dramatisches. Jetzt genieß den Einkauf. Du wolltest doch hierhin, oder nicht?«
Eine Stunde lief Moen mit seiner Tochter durch dieses Mekka des modernen Designs. Seine Tochter schwankte am Ende zwischen einem Radio, das wie ein schwarzer Klotz aussah, und einer Lampe. Moen war vom Radio fasziniert. Es ließ sich aufladen und überall hinstellen, wo man wollte. Wasserdicht sei es

sogar, behauptete der Verkäufer. Schließlich entschied die Tochter sich für die Lampe. Die Rechnung war gesalzen, doch Moen zahlte, ohne mit der Wimper zu zucken. Danach gingen sie in die nächstgelegene Konditorei in den Ruseløkk-Bazaren.

»Kannst du dir das überhaupt leisten?«

»Du meinst, in die Konditorei zu gehen?«, fragte Moen und lächelte sie an.

»Ich meinte das Geschenk. Das war ja scheißteuer.«

Dann aßen sie Kuchen und tranken Kaffee, und Line sah ihn mehrmals an, während sie den Kuchen aßen, sagte jedoch nichts, bevor sie beide fertig waren.

»Alles Gute zum morgigen Geburtstag«, sagte er.

»Worüber wolltest du mit mir reden?«

»Ich finde es momentan schwierig, mit dir zusammen zu sein. Dafür gibt es zwei Gründe. Der eine betrifft mich, der andere dich.« Seine Tochter sah ihn erschrocken an, doch Moen fuhr fort: »Zuerst zu mir. Du fragst mich die ganze Zeit, was ich im Augenblick treibe. Eigentlich kann ich nicht darüber sprechen, aber ich bring's nicht länger fertig, herumzulaufen und Geschichten für dich zu erfinden, wo du mir von allen schließlich am nächsten stehst. Ich möchte nicht, dass jemand in der Behörde erfährt, womit ich mich beschäftige, und da du ja bei der Polizei arbeitest, habe ich bisher nichts gesagt. Du sollst aber ein bisschen erfahren, vorausgesetzt, du erzählst niemandem etwas davon, besonders nicht deinem Mann. Das soll zwischen uns bleiben. Verstehst du?«

»Ja, gut. Glaubst du, dass ich das schaffe?«

»Darauf sollst du mir eine Antwort geben. Ich muss dir nichts erzählen, aber du machst dir ja so viele Gedanken um mich. Die Sache ist so: Ich habe einen Job übernommen, der meine ganze Zeit in Anspruch nimmt und streng vertraulich ist.«

»Und was möchtest du mir darüber erzählen, wenn ich verspreche, nichts weiterzusagen?«

Moen sah ihr in die Augen.

»Ich arbeite für Bjørn und Berit Hansen. Du kennst sie ja, also kannst du jetzt etwas beruhigt sein. Es ist alles in Ordnung. Es besteht keine Gefahr für mich, aber stell mir bitte keine weiteren Fragen. Diese Lügerei belastet mich zu sehr.«
»Schon etwas seltsam, wenn man seinen Vater nicht fragen kann, was er gerade macht, aber lassen wir das. Ich bin auf alle Fälle froh, dass du nicht krank bist oder sonst was Schlimmes passiert ist.« Sie lächelte. »Du bist wirklich ein seltsamer Vogel, aber egal. Und was betraf jetzt mich?«
»Ich ertrage es nicht, dass du versuchst, mein Zusammenleben mit Gudny Leirvaag aufzudröseln. Davon wird mir nur schlecht.«
»Und worüber sollen wir dann reden, wenn wir weder über dein Berufs- noch über dein Privatleben sprechen können?«
»Ich habe kein Privatleben, an dem du oder sonst jemand interessiert sein könnte. Das Unglück, das hinter mir liegt, kann von niemandem mehr geändert werden.«
»Aber du musst doch versuchen, die Geschehnisse aufzuarbeiten. Das war doch alles ganz furchtbar.«
Moen sah sie an und dachte: »aufarbeiten«, was soll das denn eigentlich heißen?
»Woran denkst du?«
»Ich glaube nicht, dass du wirklich von mir verlangst, die Sache aufzuarbeiten. Du weißt, dass ich nicht problemorientiert bin, ich bin ergebnisorientiert.«
Seine Tochter sah ihn verwundert an.
»Und was würde ein Ergebnis in dieser Sache beinhalten?«
»Ein Ergebnis wäre die Hälfte dessen, was die Wohnung wert ist, aber du weißt, dass ich das nicht bekommen kann. Das andere möchtest du bestimmt nicht hören.«
»Wovon redest du?«
Moen sah zur Seite und sagte leise:
»Wenn man keine Gerechtigkeit bekommt, dann will man eben Rache.«

»Also ehrlich! Davon will ich echt nichts hören.«
Moen erhob sich.
»Nein, und deswegen gibt es auch keinen Grund für mich, die Geschichte aufzuarbeiten. Jetzt gilt es, Abstand zu gewinnen.«

Als sie sich verabschiedet hatten, kaufte Moen das Radio, das seine Tochter verschmäht hatte. Danach begab er sich zurück zum Parkveien, um seiner Verärgerung auf beruflichem Feld Luft zu machen. Diese kreiste um Svein Solvolds Agententätigkeit im Hotel der Familie Midtsem. In den letzten vier Wochen hatte Moen jeden Tag Svein Solvolds Ausführungen über Leben und Wirken der Familie Midtsem gelauscht, Ausführungen, die viele Fragen auf- und kaum Antworten abwarfen. Die Gesamtsumme entsprach mehr oder weniger dem, was Marit Gaasland an der Aker Brygge geäußert hatte: »Sverre Midtsem jr. ist Kunsthistoriker und interessiert sich für Antiquitäten, außerdem ist er ein guter Vater für seine nun mutterlose Tochter. Er isst jeden Tag zusammen mit seiner Mutter und der übrigen Familie, die insgesamt hart arbeitet, um das Hotel zu führen. Er ist überhaupt nicht der Typ für solche Sachen, denen wir hier nachspüren. Im Übrigen ist da ja noch das kleine Detail, dass er ein hieb- und stichfestes Alibi hat.«
Nach Solvold zu urteilen, aß die Familie an fünf Tagen der Woche im Restaurant. Sverre Midtsem jr., seine Frau Monica, die zwölfjährige Tochter Nicoline und die alte Frau Midtsem. Dienstags und mittwochs kam auch Merete Glad dazu. Die nahm jeden Mittwoch Nicoline mit zu sich. Solvold hatte herausgefunden, dass Nicoline in der Schule Kampfsport betrieb und Merete Glad sie nicht nur begleitete, sondern ihre Trainerin war. Das Kind nannte sie Tante.
Jeden Samstag fuhr Monica Midtsem im Familienauto, einem älteren Mercedes SE Kombi, weg und kam erst am Abend zu-

rück. Samstags aßen Sverre Midtsem jr., seine Tochter und die Großmutter zusammen, und die Tochter blieb dann in der Wohnung der alten Dame im obersten Stockwerk. Sverre Midtsem jr. saß am Samstagabend an der Hotelrezeption. Sonntags aß die Familie zu Hause bei Sverre und Monica. Dabei waren auch Merete Glad und ab und an ihr Bruder John zugegen.

Solvold hatte sich von diesem Familienleben beeinflussen lassen. Er aß zur selben Zeit wie sie, grüßte sie und spielte überzeugend die Rolle des Stammgasts. Eine Weile sah es so aus, als hätte er es darauf abgesehen, an die häusliche Sonntagstafel der Familie Midtsem gebeten zu werden. Der Grund für seine Faszination lautete folgendermaßen:

»Niemand sonst in Norwegen lebt so. Es ist genau wie in Griechenland. Das Familienleben spielt sich im Betrieb ab, und die Familienbande sind unglaublich eng.«

Lebt die Mafia nicht auch so, dachte Moen im Stillen, und interessiert es uns, was die essen?

Es gab eine einzige Frage, die Moen Kopfschmerzen bereitete und die Solvold nicht beantworten konnte. Jeden Dienstag nahm Merete Glad am Familienessen im Restaurant teil. Svein Solvold hatte gesehen, dass sie immer von der Rezeption aus kam, doch von außen war nicht zu erkennen, wie Merete Glad das Hotel betrat.

Durch einen reinen Zufall kam Moen auf die Antwort.

Das Rätsel wurde an einem Tag gelöst, an dem Sverre Midtsem den Antiquitätenladen öffnete, was nicht allzu oft vorkam. Moen ging hinein und fragte, ob Midtsem vielleicht einen Katrineholm-Kessel habe, da seine Tochter solche sammle. Midtsem nahm ihn mit in das Hinterzimmer und suchte, fand aber nichts. Moen hatte wohl richtig enttäuscht ausgesehen, denn Midtsem sagte: »Warten Sie, ich schaue mal im Lager nach«, betrat den Hinterhof und ging zu einer Stahltür, die in das Hinterhaus des Hotels führte. Er kam mit einer kleinen Katrineholm-Bratpfanne zurück, die er eigentlich einem anderen Kunden versprochen hatte. »Ihre Tochter hat einen guten Geschmack«, sagte er zum Abschied. Als Nazeem im Triumphzug mit den Fotos vom Hinterhof einschließlich Stahltür und allem anderen zurückkam, hatte Moen die Erklärung schon parat. Es gab eine Hinterhofverbindung zwischen dem Eckhaus und dem Gebäude hinter dem Hotel.

Moen blickte auf den A3-Bogen, der sein Hauptanliegen beinhaltete, nämlich die Aktivitäten der betreffenden Personen außerhalb des Hotels. Die Beobachtung war lange genug durchgeführt worden, so dass sich Muster abzeichneten, und diese Muster mussten verfolgt werden. Er stand auf und lief rastlos im Zimmer auf und ab, schaffte es jedoch nicht, sich auf seine Aufgabe zu konzentrieren.

Schlagartig wurde ihm klar, dass er etwas unternehmen musste. Er nahm sein Arbeitshandy, fand den Großen Bären in der Namensliste und wählte.

»Bjørn hier. Was kann ich für dich tun?«

»Ich muss mich mit dir und Svein unterhalten.«

»Worüber? Ist was passiert?«

»Lass uns das persönlich bereden. Kommt bitte hierher. Ich bin in der Reichweins Gate.«

»Wann denn?«

»So schnell wie möglich.«

Moen kam gleich zur Sache. Er war der Ansicht, Svein Solvold verschwendete seine Zeit. Seitens der Beobachter draußen gab es eine Reihe von Fragen, die Solvold nicht beantworten konnte. Im Hotel gingen Dinge vor sich, deren Aufklärung sie von einem Insider erhofft hatten, doch Moen war nicht zufrieden.

Bjørn Hansen sagte: »Ihnen auf diese Weise in die Karten zu gucken, ist ja immerhin etwas legitimer. Dachte ich zumindest.« Er hielt inne.

»Als was?«, fuhr Moen für ihn fort.
Bjørn Hansen lächelte, sah aber etwas bedrückt aus. Er schielte zu Svein Solvold hinüber.
»Es gibt ja noch andere Möglichkeiten, die wir anwenden können, wenn wir die für berechtigt halten.«
»Hältst du dich etwa meinetwegen zurück? Kannst du nicht mal aufhören, Spekulationen darüber anzustellen, was ich ertragen kann und was nicht? Wenn ich erst mal einen Job übernehme, dann tue ich das auch zu einhundert Prozent. Von mir aus können wir alle Methoden anwenden, die ihr auf Lager habt. Die Hauptsache ist, dass wir ans Ziel kommen. Wenn ich dann Qualen deswegen verspüren sollte, kann ich hinterher darüber nachdenken und halte sicher meinen Mund, besonders wenn ich selbst an irgendwas teilgenommen habe. Jetzt möchte ich mich auf das konzentrieren, was ich gut kann, und dann kommen wir auch weiter.«
»Was sollen wir machen?«, fragte Bjørn Hansen.
»Ich möchte eine Kamera in der Rezeption haben. Lässt sich das machen?«
Solvold lächelte. »Das kann ich arrangieren, wenn der Nachtportier schläft.«
»Wann?«
»Heute Nacht.«
»Wie sieht's mit Ton aus?«
»Ich kümmere mich darum. Beruhigen Sie sich.« Solvold lächelte und tätschelte seinen Arm. »Sie müssen bloß eine Bestellung aufgeben.«
Moen ließ die Schultern sinken, und Bjørn Hansen sah auf die Uhr und fragte:
»Fühlst du dich jetzt besser? Sind wir wieder in der Spur?«
»Nächste und übernächste Woche müssen wir auf die Straße. Wie organisieren wir das?«, fragte Moen.
»Ich fahr an diesem Wochenende nach Göteborg. Klär das mit Solvold.«

28

Am nächsten Tag saßen Moen und Solvold in der Wohnung im Parkveien. Letzterer hing über dem Computer.

»Jetzt werd ich Sie mal in die Kunst des Abhörens einführen. Hören Sie sich das an. Ich hatte einen Kugelschreiber mit Mikrofon in der Tasche. Es gibt viele Geräusche im Lokal, aber man hört ganz gut.«

– Mutter und Nicoline sind ganz begeistert von Ihnen.
– Ich wollte nur etwas essen.
– Hier drinnen gibt es ein Büfett. Das finden Sie bestimmt komisch. Viele kriegen das nicht zu sehen. Setzen Sie sich her und passen Sie auf meine Mädchen auf.
– Ich war oben an Ihrem Zimmer und wollte Sie einladen, aber Sie waren nicht da. Großmutter würde gerne wissen, was Sie arbeiten.
– Aber Nicoline. Es ist unhöflich, die Leute so auszufragen. Sie müssen entschuldigen. Nach einem ganzen Leben in der Hotelbranche ist es für uns so eine Art Sport geworden, den Beruf der Leute zu erraten, und da haben Nicoline und ich ein bisschen spekuliert.
– Ich arbeite als Gutachter für eine Versicherungsgesellschaft.
– Großmutter, was ist denn ein Gutachter?
Die Großmutter erklärte.
– Nicoline war sich sicher, dass Sie bei der Feuerwehr sind. Ich dachte auch, dass da was Militärisches an Ihnen ist. Man sieht doch immer gleich, wenn ein Mann mal Uniform getragen hat. Waren Sie bei der Armee?
– Offiziersschule, Frau Midtsem.
– Und Gutachter? Waren Sie vielleicht bei der Polizei?

– Tatsächlich war ich bei der Feuerwehr. Ich bin Spezialist für Brände.
– Feuerwehrmann! Klasse! Du schuldest mir hundert Kronen, Großmutter.

Solvold stoppte die Aufnahme und sah Moen fragend an. »Wissen Sie, wo ich gestern war? Was im Hotel passiert ist?«
»Nein«, erwiderte Moen.
»Der Geburtstag von Nora Brockstedt. Die Dame hat mir weiß Gott die Sprache verschlagen. Sie ist ja schon uralt, singt aber immer noch wie eine Göttin. Hören Sie mal.«

– Zum Schluss möchte ich mich bei allen bedanken. Das Alter fordert zwar seinen Tribut, aber bevor ich gehe, möchte ich gerne noch ein Lied von Arild Haga singen: »Die Stadt mit dem großen Herzen«. Das soll ein Dankeschön an Klara Midtsem sein, meine langjährige Freundin und unsere Wirtin hier und heute. Und es ist auch ein Lobgesang auf ihre und meine Heimatstadt.

(Klaviermusik)

Unsere Stadt ist weltbekannt, und Stadt mit Herz wird sie genannt.
Denn ihre große Gastlichkeit, die preisen alle weit und breit.
Ganz von der Straße Karl Johan
Und bis zum Zululand sodann
Reicht sie uns gütig ihre Hand.
Vom Preis dafür sieht man keine Spur,
Denn Blumen der Liebe wachsen auf Oslos Flur

Die Stadt mit dem großen Herzen
Streckt sich aus, so weit es geht.

All und jeden nimmt sich unsere große Stadt.
Was sie auch verzehrt, wird sie niemals richtig satt.

Solvold stellte ab und grinste Moen an. Dann wandte er sich an Nazeem und Mahmood Khan.

»Sie singt über uns alle, Jungs. Wir kommen aus Pakistan, Gjøvik und Hadeland. Ziemlich toll, was?«

»Da unten steht Kasper Bull Hansen an der Eisenbahnbrücke«, unterbrach Mahmood Khan, »und bastelt an John Glads altem Lieferwagen.« Mahmood zeigte auf die Straße hinunter, und Moen trat ans Fenster. Ganz richtig. Bull Hansen hatte den Kopf unter die Motorhaube geschoben.

Etwas enttäuscht sah Svein Solvold seine Kollegen an, doch Moen setzte sich an den Esstisch im Wohnzimmer und faltete seinen A3-Bogen auseinander. Svein Solvold saß noch immer am PC.

»Haben Sie die Kamera in der Rezeption?«, fragte Moen bloß.

»Kommen Sie her und sehen Sie selbst.«

Moen ging zu ihm hinüber und betrachtete das Bild aus dem Vestibül. Die Kamera war am Eingang montiert und auf die Rezeption gerichtet, doch war der Blickwinkel so weit, dass die Kamera das meiste abdeckte, abgesehen vom Wartesalon. Es war gut zu sehen, wer das Restaurant betrat.

»Einer von den schwedischen Angestellten sitzt jetzt an der Rezeption. Monica Midtsem ist im Büro.« Moen sah sich die Aufnahme an. Die Tür zum Zimmer hinter der Rezeption stand offen, und auf der anderen Seite dieses Raums war eine weitere Tür zu sehen.

»Gibt's keinen Ton?«, fragte Moen. Im selben Moment ging die hintere Tür des Büros auf und Monica Midtsem erschien in der Rezeption.

– Es wäre mir lieb, wenn Sie hier noch fünf Minuten sitzen können, hörte er Monica Midtsem sagen, und Solvold kommentierte:

»Voilà, sagte der Graf, da er als Einziger in der Gesellschaft Französisch sprach.«
Die junge Frau Midtsem verschwand eine Treppe hinunter, die zum Gepäckraum führte, und kam nach fünf Minuten mit einer Reisetasche zurück, die sie mit in ihr Büro nahm.
Zufrieden nickte Moen und setzte sich wieder an den Esstisch.
»Sie müssen mir helfen, die routinemäßigen Schritte aller Beteiligten noch mal durchzugehen, damit ich nichts übersehe. Zuerst zu Sverre Midtsem. Montags sitzt er bis zum Nachmittag zu Hause in der Wohnung. Dann geht er ins Hotel und bleibt da bis nach dem Essen. Dienstags und mittwochs ist er im Hotel. Das sind die einzigen Tage, an denen er sich dort längere Zeit aufhält. Donnerstags und freitags steigt er nach dem Essen in seinen Wagen und bleibt ein paar Stunden weg. Davor geht er immer ins Antiquitätengeschäft und nimmt ein paar kleinere Gegenstände mit. Wir wissen nicht, wo er hinfährt. Am Samstagvormittag ist er mit seiner Tochter zusammen und übernimmt dann die Spätschicht an der Rezeption. Jeden Tag isst er zusammen mit seiner Familie. Noch etwas?«
»Ich habe noch nie einen Mann gesehen, der so viel einkauft«, warf Nazeem ein. »Immer kommt er mit Einkaufstüten und Tragetaschen an. Er muss ziemlich viel Zeit in irgendwelchen Geschäften verbringen.«
»Das hat nichts mit seiner Routine zu tun«, kommentierte Moen. »Ich will wissen, ob wir irgendwelche Muster übersehen. Svein?«
»Ich hab nichts hinzuzufügen. Ein etwas seltsames Leben. Er wirkt nicht gerade besonders arbeitsam.«
Moen dachte eine Weile nach.
»Welchen Eindruck haben Sie von ihm gewonnen, als Sie im Hotel gewohnt haben?«
»Er ist ein bisschen so der glatte und joviale Typ. Sie wissen schon, wie die Seife in der Badewanne. Ganz eindeutig liegt

ihm viel an seiner Familie. Er ist nett zu den Angestellten an der Rezeption, aber ich habe mitbekommen, wie er ein Zimmermädchen zusammengestaucht hat, und das war nicht gerade fein. Ich war ein wenig überrascht. Den Angestellten an der Rezeption gegenüber verhalten sich alle sachlich. Sie übernehmen die Spätschichten am Wochenende, was die Angestellten sicher hoch zu schätzen wissen. Dann seine Frau Monica. Jeden Morgen von Montag bis Freitag steigt sie in den Mercedes der Familie und bleibt ungefähr zwei Stunden weg. Sehr wahrscheinlich fährt sie zur Bank. Sie haben ja viel Bargeld im Hotel. Samstags fährt sie gegen zwei mit demselben Wagen weg und kommt abends zurück. Ansonsten verbringt sie die meiste Zeit im Hotel, abgesehen von den Dienstag- und Donnerstagvormittagen, an denen sie sich mit Merete Glad trifft und mit der dann über den Munkedamsveien läuft.«
Nazeem unterbrach:
»Mahmood ist ihnen einmal gefolgt. Da sind sie ins Fitnessstudio Sats an der Aker Brygge gegangen.«
»Hervorragend«, sagte Moen. »Sonst noch was?«
»Nichts, was sie betrifft.«
»Dann schauen wir uns mal Merete Glad an. Sie ist ja fast ein Mitglied der Familie. Eine ziemlich aktive Frau. Rennt dauernd in die Wohnung und wieder raus. Hat einen kleinen Smart, mit dem sie herumfährt. Trainiert zweimal in der Woche bei Sats. Jeden Dienstagabend geht sie mit Kasper Bull Hansen und Erlend Riismyhr zusammen weg. Sie haben Sporttaschen dabei. Beide Herren sind übrigens Mieter im Eckhaus, das den Glads gehört.«
»Taekwondo in der Ruseløkka-Schule«, fügte Nazeem hinzu.
»Ist Mahmood ihr dahin auch gefolgt?«, fragte Moen.
»Ja.« Nazeem Khan grinste. »Mahmood ist clever. Mittwochs geht sie mit Midtsems Tochter auch dort hin. Merete Glad trainiert Kinder.«
Moen machte sich Notizen auf seinem Bogen.

»Offensichtlich kein fester Job. Von Donnerstag bis Samstag hilft sie in der Bar an der Ecke aus. Da taucht sie immer gegen halb zehn auf und bleibt, bis geschlossen wird.«

»Mahmood hat sie in einem Taschengeschäft am Munkedamsveien stehen sehen.«

»An welchem Wochentag?«

»An einem Montag«, antwortete Khan, ohne zu zögern.

»Am Dienstag und Mittwoch kommt sie von der Rückseite des Hotels heraus, ungefähr zur selben Zeit wie Sverre Midtsem, aber nie gleichzeitig mit ihm. Dann geht sie jeweils nicht durch den Hoteleingang hinein. Das habe ich genau überprüft, es gibt eine Verbindung zwischen dem Eckhaus und dem Hinterhaus des Hotels.«

»Ist sie womöglich auch die schwarzhaarige Frau? Was glauben Sie? Diejenige, die immer rauskommt, aber niemals reingeht?«, fragte Solvold. »Donnerstags, freitags und samstags zwischen fünf und sechs.«

»Sie geht ja hinterher immer wieder ins Hotel zurück«, fügte Nazeem hinzu.

»Gegen einundzwanzig Uhr. Um halb zehn steht Merete Glad in der Bar an der Ecke. Vorher kommt sie immer aus ihrem Haus heraus.« Moen überlegte.

»Sie könnte ja auch ein Hotelgast sein.«

»Verdammt. Ich hab doch vom Fenster aus die Perücke in ihrem Zimmer gesehen.« Er schlug sich mit der Hand vor die Stirn.

»Mahmood ist ihr einmal nachgegangen. Sie lief nach Skillebekk rüber und hat dort ein Taxi genommen«, sagte Nazeem Khan.

Moen sah zuerst auf die Uhr und dann auf den Bildschirm mit der Aufzeichnung aus der Rezeption. Dort saß Monica Midtsem, es war Freitagnachmittag.

»Wir müssen uns beeilen«, sagte er zu den anderen. »John Glad. Feste Gewohnheiten? Nazeem?«

»Er fährt jeden Montag alleine in seinem Lieferwagen weg. Leerer Wagen. Wenn er zurückkommt, hat er immer irgendwas dabei. Nicht viel. Einen Gegenstand vielleicht.«
»Und was?«
»Eine Wanduhr. Eine kleine Kommode. Solche Sachen. Ein- oder zweimal die Woche fährt er zusammen mit Kasper und Erling, sagten Sie?«
Moen nickte.
»Dann kommen sie offenbar mit allerlei Zeugs wieder zurück. Midtsem sucht sich aus, was er haben will. Dann kommt ein Lastwagen und lädt die restlichen Sachen aus dem Lieferwagen. Auf dem Lastwagen steht ›Eisenbahnamt‹.«
»Midtsem ist nie mit ihnen unterwegs?«
»Nicht, soweit wir es gesehen haben.«
»Wie oft haben Sie das beobachtet?«
»Sechs, nein, sieben Mal in den letzten vier Wochen.«
»Auch montags?«, hakte Moen nach.
Nazeem Khan überlegte.
»Nein. Montags nie, aber an allen anderen Tagen.«
»Sonstige Gewohnheiten?«
»Er geht jeden Tag gegen fünf aus dem Haus und läuft den Munkedamsveien hinunter. Gegen neun kommt er zurück. Oft torkelt er. Donnerstag ist die Ausnahme. Dann ist er mit ›der Beule‹ zusammen, wie wir ihn nennen. Der mit dem geringen Haarwuchs.«
»Kasper Bull Hansen. Und was sagt Mahmood?«
»Er geht in eine Thai-Kneipe im Munkedamsveien. Ein Kellerlokal. Er kommt zur Happy Hour. Donnerstags ziehen sie dann zusammen weiter zur Aker Brygge. Mahmood weiß nicht, wohin. Bull Hansen wirkt scheu, also hat Mahmood sich zurückgehalten.«
Moen dachte an Geir Ove Frisk. Es war Kasper Bull Hansen, der ihm im Munkedamsveien mit der Tüte begegnet war. Den anderen erzählte Moen aber nichts davon.

29

Samstagabend und November mit Barfrost, doch die Hauptstadt schlief nicht. Junge Menschen bummelten über die Bürgersteige. Viele verschwanden in einem Eckhaus in Skillebekk, wo eine kleine Aufwärmparty stattfand. Alle Fenster in der ersten Etage waren erleuchtet, und die Stimmung war ausgelassen, obwohl es erst halb sechs am Nachmittag war. Moen saß in seinem Mietwagen in Skillebekk und hatte den Taxistand im Blick.

Die Ungeduld hatte ihn auf die Straße hinausgetrieben. Er wartete auf die kleine schwarzhaarige Frau aus dem Hotel. Sie kam verspätet.

Als sie sich schließlich dem Taxistand näherte, startete Moen den Wagen und stellte die Heizung an, doch die Schwarzhaarige trippelte in ihren hohen schwarzen Stiefeln und ihrem kurzen Rock weiter und verschwand im Eckhaus, wo die kleine Party zugange war. In der Hoffnung, sich die Füße etwas aufzuwärmen, ließ Moen den Motor ein Weilchen weiterlaufen. Es half nicht sonderlich viel, also stellte er die Zündung ab und stieg aus dem Wagen.

Auf der anderen Seite des Munkedamsveien entdeckte er einen Fußgänger- und Fahrradweg, der an dem im Framnesveien gelegenen Mietshaus vorbeiführte. Dicht gedrängt auf einem Balkon standen Leute, die rauchten und sich viel zu laut unterhielten, durch die Balkontür hörte Moen Musik schallen. Die Frau mit den schwarzen Haaren war nicht zu sehen, und nach einer Viertelstunde wurde Moen unsicher. Es war dunkel und kalt. Ein älteres Ehepaar, das einen Dackel ausführte, sah misstrauisch zu Moen herüber, der im Schatten eines Gebüsches stand und eine Zigarette rauchte. War sie nur ein Partygast? Hatte sie einen Geliebten in einer der

anderen Wohnungen? Wenn das der Fall war, würde es ein langer Abend werden.
Moen ging zum Auto zurück. Seine Motivation, dort weiter zu stehen, war zu gering. Die Beschattung war ein spontaner Einfall gewesen und möglicherweise sogar geradezu unprofessionell. Plötzlich hörte er einen Mann schreien:
»Ich weiß es aber, du verfluchte Hure.«
Moen blieb stehen und schaute den Framnesveien hinunter, wo die Schwarzhaarige über den Bürgersteig in Richtung Skillebekk eilte. Ein junger Mann in grauem Anzug und weißem Hemd folgte ihr, doch sie achtete nicht auf ihn und lief mit festem Schritt weiter, wobei sie ihre Schultertasche fest umklammert hielt. Im nächsten Augenblick erhöhte der Mann das Tempo und spurtete ihr nach. Als er sie einholte, fasste er nach ihrem Haar und zog es ihr vom Kopf. Mit triumphierender Miene hielt er es in der Hand.
»Komm und hol's dir.«
Ein anderer junger Mann kam aus der Eingangstür gleich hinter ihnen und blieb abrupt stehen. Die Frau, die jetzt eine Blondine war, ließ die Tasche auf den Boden fallen und ging auf den Mann zu, der ihre Perücke festhielt. In der nächsten Sekunde fasste sie nach seinem Handgelenk und verdrehte ihm den Arm, so dass er sich hinunterbeugen musste. Dann verlagerte sie ihr ganzes Gewicht auf seinen steifen Arm. Moen glaubte, das trockene Knacken zu hören, als der Arm brach, aber noch deutlicher hörte er den Mann aufheulen. Sie beugte sich hinunter, hob die Perücke auf, setzte sie sich wieder auf den Kopf und riss ihre Handtasche an sich. Dann lief sie direkt auf den anderen Mann zu. Er hob die Hände in die Höhe und trat zwei Schritte zurück, worauf sie sich abwandte. Im Vorübergehen trat sie dem schreienden Mann in die Rippen und lief zügig weiter zum Taxistand.
Moen folgte ihr abwartend, doch sie verschwand im erstbesten Taxi. Eilig lief Moen zurück zu der Stelle, wo sich das

Opfer befand. Der andere Mann saß in der Hocke und hielt den Kopf des Opfers, das sein Bewusstsein verloren hatte.
»Haben Sie einen Krankenwagen gerufen?«, fragte Moen.
»Ja.«
»Wie heißt die Frau, die weggelaufen ist? Wissen Sie das?«
»Wieso wollen Sie das wissen?«, fragte der junge Mann und sah Moen mit glasigen Augen an. »Sind Sie Bulle, oder was?«
Mehrere junge Leute kamen aus dem Eingang heraus, und in der Ferne hörte Moen Sirenen. Noch einmal blickte er auf den jungen Mann und kam zu der Erkenntnis, dass seine Polizeiinstinkte hier nichts zu suchen hatten.

Moen lief über den Munkedamsveien zurück zum Auto und rekapitulierte die Geschehnisse. Erstens: Er hatte das Profil der Blondine im Schimmer der Straßenlaterne gesehen. Die schwarzhaarige Frau war Merete Glad.
Zweitens: In seiner Karriere hatte er schon viel Gewalt gesehen, und obwohl er wusste, dass Merete Glad Kampfsport betrieb, so wusste er doch auch, dass Sport und entsprechende Kenntnisse die eine Sache waren, eine derart resolute und kompromisslose Gewaltausübung, wie er sie im Framnesveien beobachtet hatte, aber etwas ganz anderes. Hinter ihm heulten die Sirenen, erst eines Wagens und dann die des nächsten.
Sein Handy klingelte, und wie immer fummelte er hektisch herum und verpasste den Anruf. Er sah auf die Nummer. Da es nicht die Nummer seiner Tochter war, rief er den unbekannten Anrufer zurück. Es war Marit Gaasland. Moen seufzte und entschuldigte sich, doch sie sagte:
»Ich habe Neuigkeiten, die Sie bestimmt interessieren.«

Er setzte sich ins Auto und fuhr sofort los. Sie wohnte in einem Eckhaus in der Majorstua. Eine enge, funktionsorientierte Wohnung im Hochparterre. Marit Gaasland begrüßte ihn mit einem breiten Lächeln.

»Wie schön. Ich dachte, Sie wären in Hadeland.«
»Ich hab meine Tochter besucht. Sie hat heute Geburtstag.«
»Kann ich Ihnen was anbieten?«
»Kaffee. Ich muss noch fahren.«
Er ließ sich in den einzigen Sessel fallen. Der Fernseher lief, doch war der Ton abgestellt. Auf dem Bildschirm waren die Nachrichten von TV 2 zu sehen.
Sie kam mit dem Kaffee, schenkte ihm etwas ein und setzte sich mit übereinandergeschlagenen Beinen aufs Sofa. Marit Gaasland trug enge Jeans und einen Pullover mit V-Ausschnitt.
»Ich nerve Sie doch wohl nicht, oder? Waren Sie auf dem Heimweg?«
»Ja. Hat eine junge Frau wie Sie an einem Samstagabend denn nichts Besseres zu tun, als mit einem frustrierten Exbullen zu reden?«
»Nein, im Augenblick nicht.«
Moen setzte ein schiefes Lächeln auf.
»Sie hatten Neuigkeiten.«
»Wir haben heute Geir Ove Frisk festgenommen. Er sitzt übers Wochenende in Untersuchungshaft.«
»Was werfen Sie ihm vor?«
»Erpressung.«
»Und wen hat er erpresst?«
»Thomas Fostervoll. Linns Bruder.«
Moen grinste.
»Und wie passe ich da ins Bild?«
»Ich hatte vorgeschlagen, ihn vorzuladen, nachdem Sie ihn und den Anwalt erwähnt hatten. Der Teamleiter hat es glatt abgelehnt, bis ich mit einem Foto von der Wohnung an der Aker Brygge zurückgekommen bin, mit Geir Ove Frisk, Krokfoss und dem Anwalt auf der Dachterrasse. Außerdem noch mit einem Überwachungsprotokoll von der Kripo.«
Moen schüttelte den Kopf.

»Das war eine entschieden durchgeführte Aktion, aber vielleicht nicht ganz so populär? Ich sage das nur, weil ich Ihr Mentor bin.«

»Ja, aber kein Argument kann den Erfolg überdauern. Bereits in der ersten Woche sind wir Frisks Wagen nach Nesøy zu Thomas Fostervoll gefolgt. Dort war er eine halbe Stunde. Das wiederholte sich in der folgenden Woche, am gleichen Tag und zur gleichen Zeit. Und in der dritten Woche passierte Folgendes: Wir haben vor Fostervolls Haus gewartet. Frisk kam zwei Stunden später als üblich und stieg aus dem Wagen, zusammen mit Thomas Fostervolls Tochter, wie sich zeigte. Er ging ins Haus und blieb dort eine Stunde. Langer Rede kurzer Sinn: Nachdem Frisk gefahren war, gingen wir rein und fanden die Familie in völliger Auflösung vor. Thomas Fostervoll glich einem Wackelpudding.«

Moen sah sich nach einem Aschenbecher um.

»Bitte, rauchen Sie«, sagte Marit Gaasland. »Vielleicht können Sie auch eine für mich entbehren?«

»Was hat er ausgesagt?«, fragte Moen nach ein paar Zügen.

Marit Gaasland blies elegante Rauchringe in die Luft.

»Frisk behauptet, die zwei Millionen aus Linn Fostervolls Nachlass gehörten ihm. Sie hätten eine Verabredung getroffen, und sie habe das Geld als Vorschuss bekommen, aber die Ware nicht geliefert. Fostervoll sagt, er habe keine Ahnung, was Linn im Gegenzug habe leisten sollen. Wir sind uns nicht so sicher, aber ein schlauer Kopf in der Abteilung für Wirtschaftskriminalität hat eine Hypothese: Die einzige Möglichkeit, die Krokfoss in die Position versetzt hätte, das Hotel zu übernehmen, bestand darin, dass Linn Fostervoll die Aktien des Seniors in die Finger bekam. Über ein Testament wäre das nicht möglich gewesen, denn hier gilt das Erbrecht. Doch dem Alten stand es frei, was auch immer mit seinen Aktien zu tun, solange er am Leben war. Da es sich um eine alte Aktiengesellschaft handelt, sind sicher einzelne Aktienbriefe ausgestellt worden. Und da sich das Aktienkapital seinerzeit auf hunderttausend Kronen belief, nahm er an, dass der Alte fünfzig Aktienbriefe à tausend Kronen besaß, und weiterhin, dass so ein alter Geizkragen die Aktien seiner Exschwiegertochter auf die altmodische Art überschreiben würde – den neuen Inhaber nämlich von Hand auf jeder einzelnen Aktie einzutragen. Vielleicht war das Linns Anteil an dem Geschäft?«

Moen sah sie verblüfft an und sagte:

»Wenn Frisk, Henriksen oder Krokfoss etwas mit dem Mord zu tun haben, ruiniert das auf alle Fälle ihre eigenen Geschäfte.«

»Ja, aber wenn diese Hypothese Bestand hat, läuft das jedenfalls auf eins hinaus: Zwischen Linn Fostervoll und diesen Leuten gab es mehr, als dass sie sich nur auf irgendwelchen Festlichkeiten begegnet wären.«

»Aber es waren doch Sverre Midtsems Probleme, die durch die beiden Todesfälle gelöst wurden«, wandte Moen ein.

Gaasland nickte. »Ja, er hatte Glück, aber mehr muss das gar nicht heißen. Wie um alles in der Welt sollte er gewusst haben, was hinter seinem Rücken vorging?«

»Sie hatten gemeinsame Freunde.«

»Ja, ich hab sie alle vernommen. Es sind seine Freunde, und das waren sie seit der Scheidung. Wer von den Angesprochenen hätte Ihnen denn was erzählt?«

Moen schüttelte sich und sah auf die Uhr.

»Nein, Ihr Mentor muss für heute passen. Da ist dieses verfluchte Auto im Holtjern. Das widerspricht aller Logik und steht da wie ein Riss in der Leinwand. Irgendjemand will Krokfoss die Schuld in die Schuhe schieben.«

»Und Sie glauben, es ist der mit dem perfekten Alibi?«

Moen lächelte und stand auf. Ja, das verfluchte Auto und das verfluchte Alibi. Die widersprechen sich gegenseitig, dachte er, als er auf die Straße trat. Vielleicht lag die Lösung ja ganz woanders.

30

Der Sonntag brachte kalten Regen, und Moen drehte die Heizung in der Wohnung um ein oder zwei Stufen höher. Er stellte das neue Radio an, goss sich Kaffee ein und setzte sich an den Computer. Er sah sich die Aufnahme aus der Rezeption an und fuhr erschreckt zusammen, als folgender Dialog vom Bildschirm her ertönte. Monica Midtsem hatte sich gerade für die Spätschicht am Freitag eingerichtet, und ihr Mann lehnte sich über den Tresen.

– *Der Typ, bei dem du so skeptisch warst, hat jetzt ausgecheckt.*

– *Solvold?*

– *Ja.*

– *Nicoline behauptet, er sei Feuerwehrmann,* sagte Monica Midtsem.

– *Ja, Mutter hat gesagt, er untersucht Brände.*

– *Die Polizei ist für die Untersuchung von Bränden zuständig.*

– *Jetzt bist du ihn auf alle Fälle los.*

Sie würdigte ihn keiner Antwort.

Moen sah sich die Aufnahme nochmals an und spulte dann weiter. Am frühen Freitagabend gab es zwei Episoden, die sich am Samstag wiederholten und eine Abweichung vom üblichen Schema darstellten. Moen legte eine neue Mappe an, kopierte und klebte. Die Stunden verflogen, bis es zwölf war und Solvold kam, um den Plan für die nächste Woche zu besprechen.

»Für Ihren Auftrag habe ich jetzt eine Truppe für mindestens zwei Wochen. Ein pensionierter Polizist und seine Frau kümmern sich um John Glad am Montagvormittag und um Monica Midtsems Ausflug am Samstag. Die sehen für den

Vormittag besonders unauffällig aus. Nazeem und Mahmood folgen Sverre Midtsem, wenn er an den Nachmittagen wegfährt. Wir haben Peilsender an Midtsems Auto und an Glads Lieferwagen angebracht.«

»Das müssen wir noch etwas ausweiten«, sagte Moen und berichtete über die schwarzhaarige und stark geschminkte Frau, die sich als Merete Glad erwiesen hatte.

»Die Jungs glauben, sie ist eine Luxushure«, erwiderte Solvold. »Aber ich gehe davon aus, dass es nur ihr Wunschdenken ist.«

Moen ärgerte sich ein wenig über die alberne Äußerung. Er musste einräumen, dass er im Grunde genommen ziemlich schockiert über den Gewaltausbruch war, den er am Tag zuvor in Skillebekk erlebt hatte. Er versuchte, Solvold seinen Eindruck davon zu vermitteln. Das war etwas, was sie ernst nehmen mussten.

»In Ordnung. Ich verstehe. Es ist nur so verflucht schwierig, den Leuten in dunkle, öde Gassen zu folgen. Sie hatten wirklich Glück, dass Sie diese Episode miterlebt haben.« Solvold kratzte sich am Kopf. »Bjørns Sohn ist ein Naturtalent und hat außerdem ein paar Studenten von der BI-Handelshochschule angeheuert. Ich werd's versuchen.«

Moen schaute aus dem Fenster, und Solvold starrte ihn an.

»Was denken Sie? Kommen wir in dieser Sache irgendwie weiter?«

Moen schüttelte den Kopf.

»Nicht, wenn wir so weitermachen wie bisher. Das hat doch alles keine Relevanz für den Mord an Linn Fostervoll oder den eventuellen Mord an ihrem Schwiegervater.«

»Was glauben Sie?«, fragte Solvold.

»Linn Fostervolls Mörder hatte die Pistole. Wenn ihr Schwiegervater sie umgebracht hat, dann ist der Selbstmord logisch. Wenn nicht, dann ist der Zusammenhang zu dem, was wir bis heute wissen, äußerst rätselhaft.«

»Bjørn nach zu urteilen, ist diese Variante ausgeschlossen. Die Polizei hat ihn schon vor langem aus dem möglichen Täterkreis ausgeklammert. Ungefähr zu der Zeit, als Linn Fostervoll aus Charlottenberg wegfuhr, war er beim Arzt in Asker.«

»Genau.« Moen zuckte mit den Schultern.

»Sie wirken etwas frustriert«, bemerkte Solvold. »Glauben Sie, dass unsere Arbeit hier wertlos ist?«

Moen lächelte und sagte: »Aber nein. Unsere Stärke ist ja, dass wir wissen, wie eng die Verbindungen zwischen den Leuten sind, die wir hier überwachen. Das kommt fast einer Verschwörung gleich. Kasper Hansen und Erlend Riismyhr zähle ich übrigens dazu. Sechs Personen mit gemeinsamen Geschäften, kreuz und quer. Die Polizei begnügt sich mit Sverre Midtsems Alibi, und auch John Glad kann für den Tag, an dem Linn verschwunden ist, nichts nachgewiesen werden. Darüber hinaus besteht ebenfalls kein Zweifel, dass Monica Midtsem gearbeitet hat. Diejenigen, von denen wir nichts wissen, sind Merete Glad sowie Kasper und Erlend. Außerdem weiß niemand, wo sie alle in dieser Samstagnacht waren, als der Alte sich erschossen hat, abgesehen von Sverre und Monica, die sich als Eheleute gegenseitig ein Alibi geben.«

Solvold nickte. »Wo liegt das Problem?«

»Dieses verfluchte Auto in Kombination mit der Tatwaffe und die Verbindung zur Aker Brygge lassen die Polizei völlig erstarren. Niemand untersucht den Gebrauch von Kreditkarten oder die Telefongespräche, weder für den Tag, an dem Linn verschwunden ist, noch für die Nacht, in der der alte Midtsem das Zeitliche segnete.« Moen schüttelte verärgert den Kopf. »Es wurde überhaupt kein ernsthafter Versuch unternommen, die Alibis dieser Leute genau zu prüfen.«

Svein Solvold stand auf und trat ans Fenster. Der Regen trommelte gegen die Scheibe. Dann ging er ins Mädchenzimmer, wo der Computer und Moens neues Radio standen. Er stellte

das Radio auf volle Lautstärke, schloss die Tür hinter sich und kam zurück ins Wohnzimmer. Er schnitt eine Grimasse.
»Das ist der Preis, den man in diesem Job bezahlen muss. Man wird paranoid. Die Jungs unten in der anderen Wohnung können sich in Ihren Computer einhacken und alles hören, was Sie sagen – wenn sie es wollen.« Solvold blieb stehen und fuhr fort: »Bjørn gibt nicht alles preis. Mittlerweile haben er und sein Sohn bestimmt schon den ganzen Kartenverkehr und die Telefonate überprüft. Zumindest für den Tag, an dem Linn Fostervoll verschwunden ist.«
»Wissen Sie das, oder nehmen Sie das nur an? Und wieso erfahre ich nichts darüber?«
Solvold blickte auf den Fußboden.
»Bjørn würde mich kastrieren, wenn er mich das sagen hörte. Was ich jetzt sage, habe ich aus Erfahrung gelernt. Wenn ich um derartige Auskünfte bitte, erhalte ich sie immer, jedoch mit entstellter Quelle. Manchmal ist ganz deutlich, dass die angebliche Quelle direkt erlogen ist, aber ich lasse mir nichts anmerken.« Solvold breitete die Arme aus. »Mein Eindruck ist, dass Bjørn zu allen möglichen Informationen Zugang hat, ich aber niemals fragen darf, wo er das Material herhat. Einmal hab ich's versucht.« Solvold schüttelte den Kopf. »Ich kenne ihn gut. Wenn ihm jemand in die Karten guckt, dann haben wir wohl mit langen Gefängnisstrafen zu rechnen. Auf der anderen Seite: Man braucht nur irgendetwas zu bestellen und bekommt es dann auch, selbst wenn die Adresse des Absenders unklar ist.«
Moens Arbeitshandy klingelte. Zur Abwechslung einmal nahm er das richtige Telefon in die Hand und hörte Bjørn Hansens Stimme.
»Wir haben hier eine Krise. Ich habe Henriksen, den Anwalt von Krokfoss, im Nacken. Der will mit uns beiden sprechen.«
»Und wann?«
»So schnell wie möglich.«

»Wo?«
»Wie beim letzten Mal.«

Moen klopfte an die Tür der Hotelsuite, in der sein Auftrag begonnen hatte. Bjørn Hansen öffnete die Tür, zog eine Fratze und blickte in Richtung Fred Morgan Henriksen, der auf dem Sofa am Fenster saß und über die Stadt schaute. Bjørn Hansen setzte sich auf das andere Sofa. Moen blieb stehen.
»Setz dich, Knut«, sagte Bjørn Hansen. Als Moen sich hinsetzte, fuhr er fort: »Die Polizei hat einen Typ namens Geir Ove Frisk festgenommen. Er wurde sozusagen auf frischer Tat ertappt, als er Thomas Fostervoll erpressen wollte. Er wollte die zwei Millionen aus Linn Fostervolls Nachlass haben. Behauptete, dass sie ihm gehören, er ihr das Geld gezahlt, aber seine Ware nicht bekommen habe.« Bjørn Hansen war sichtlich verärgert.
»Worum handelt es sich?«
»Das will er nicht sagen.«
Fred Morgan Henriksen starrte Moen an, der seinem Blick standhielt.
»Das hört sich töricht an. Und worin besteht jetzt die Krise?«
»Die Polizei hat außerdem ein Foto, das Frisk zusammen mit Henriksen und Krokfoss zeigt. Das sowie die Tatsache, dass Frisk Linns Bruder zu erpressen versuchte, macht die Situation für Krokfoss komplizierter. Sie bringen diese Dinge in einen Zusammenhang, den es aber gar nicht notwendigerweise gibt.«
»Ja nun. War das die ganze Krise?«
Fred Morgan Henriksen lehnte sich vor.
»Wir haben erfahren, dass wir diese ganze Situation einer Initiative Ihrerseits verdanken.«
Moen spielte den Unschuldigen, spürte aber, dass ihm das nicht ganz leicht fiel.

»Das wäre mir aber neu. Bekanntermaßen nehme ich an den polizeilichen Ermittlungen nicht mehr teil.«

»Aber Sie kennen eine gewisse Marit Gaasland, nicht wahr?«

»Das stimmt.«

Moen wandte sich Bjørn Hansen zu.

»Worum geht's hier eigentlich?«

Hansens Blick ruhte auf der Tischplatte.

»Diese Gaasland will Frisk an den Kragen. Ihre Argumente waren nicht sehr stichhaltig, und es gab Widerstand gegen das ganze Projekt, bis dann Ihr Name gefallen ist. Allein der Name Moen hat sie sofort hellhörig werden lassen. Sie hatten doch Frisk aufs Korn genommen, und dann hat Gaasland ein Überwachungsprotokoll der Kripo zugrunde gelegt sowie das Foto, das sie selbst geschossen hat. Ich würde gerne wissen, woher Sie sich kennen.«

»Wir haben knapp zwei Wochen bei der Kripo zusammengearbeitet, als wir nach Fostervoll gesucht haben. Frisks Wagen ist mir gefolgt. Ich bin sicher, dass er das Bild gemacht hat, was dann in der VG landete. Das fand ich verdächtig und habe meine Chefin gebeten, Untersuchungen über den Mann anzustellen. Als ich dann Ärger bekam, ist Marit Gaasland mit dem Auftrag betraut worden. Ich schätze, so lässt es sich wohl erklären. Ich konnte ja nicht voraussehen, dass das in der Zukunft zu einem Problem für meinen derzeitigen Auftraggeber werden könnte. Frisk befand sich auf der Straße, die Linn entlanggefahren ist, und das wirkte in meinen Augen verdächtig. Jetzt liegt die Sache bei der Osloer Polizei. Ich habe keine Verbindungen dorthin, aber Bjørn hat sie sehr wohl.«

Bjørn Hansen sah Henriksen an. »Ist das eine Erklärung?«

Fred Morgan Henriksen schnitt eine Grimasse.

»Das alles ist wirklich zu dumm. Halvdan ist außer sich und redet von Verrat.« Er schüttelte frustriert den Kopf. »Aber lassen wir das. Es ist eine Erklärung. Und was zur Hölle machen wir jetzt?«

»Wussten Sie oder Krokfoss etwas über Frisks Manöver?«, fragte Bjørn Hansen.
Henriksen falte seine Hände und betrachtete sie.
»Nicht das Geringste.«
»War es sein Geld?«
Hansen ließ nicht locker.
»Ich bin nicht bereit«, erwiderte Henriksen, »hier geschäftliche Details preiszugeben.«
Bjørn Hansen konnte nicht länger stillsitzen. Er lief eine Runde durchs Zimmer und war hellrot im Gesicht.
»In der Abteilung für Wirtschaftskriminalität hat da jemand ganz Schlaues eine Hypothese erarbeitet, von der sie nun ausgehen. Demnach konnte der alte Midtsem, solange er lebte, seiner Enkelin seine Hotelaktien übertragen. Ich will jetzt nicht im Einzelnen auf die Theorie eingehen. Ich möchte nur wissen: Klingelt da was bei Ihnen?«
Henriksen schaute immer noch auf seine Hände.
Bjørn Hansen schnaubte.
»Überlegen Sie mal, wie das alles in den richtigen Händen aussehen würde. Frisk auf der Jagd nach zwei Millionen für Aktien, die er nicht bekommen hat. Jetzt müssen Sie aber verdammt noch mal auspacken. Wir können nicht weiterarbeiten, wenn es dann womöglich noch weitere solcher ›Überraschungen‹ gibt. Nicht Moen ist hier das Problem. Welche Vereinbarungen wurden getroffen, wann und worüber? Ein Zeitplan. Der könnte uns verdeutlichen, was passiert ist und wer was getan hat. Wenn Sie das nicht wollen, müssen wir ja direkt die Schlussfolgerung ziehen, dass Sie und Ihre Freunde etwas zu verbergen haben. Die Bullen wissen, dass Sie die Daten der Überwachungskamera gelöscht haben. Und das macht Sie nicht gerade weniger verdächtig.«
Henriksen lenkte ein und gab eine Erklärung ab. »Der schlaue Kopf« hatte im Großen und Ganzen recht. Am Tag vor ihrem Ausflug nach Schweden hatte Linn Fostervoll ihm bestätigt,

Midtsem sr. habe seine fünfzig buchstäblich altmodischen Aktienbriefe der Enkelin überschrieben. Linn hatte mit ihrem ehemaligen Schwiegervater verabredet, sie am Abend nach ihrer Rückkehr aus Schweden abzuholen.
Henriksen begann, die weitere Durchführung des Plans zu erläutern. Linn musste die Übertragung dem hoteleigenen Aktienregister melden und bat um eine Generalversammlung. Henriksen sollte Linns Tochter vertreten.
Hansen unterbrach ihn. Er war ungeduldig, doch bevor er etwas sagen konnte, mischte Moen sich ein:
»War Krokfoss damit einverstanden? Oder haben Sie und Frisk die Sache alleine durchgezogen?«
»Halvdan hatte mit dieser Sache eigentlich kaum etwas zu tun. Das hab ich ja vorher schon erwähnt, doch sollte Ihnen das eigentlich sagen, wer ein wirkliches Interesse an den beiden Todesfällen hatte und es dann buchstäblich genommen hat, dass Halvdans Name auf dem Angebot zum Kauf des Hotels stand. Der Vater wollte verkaufen. Der Sohn und seine Mutter nicht.«
»Woher sollten die wissen, was da vor sich hin gärte?«
»Der Alte kann es ihnen doch im betrunkenen Zustand verraten haben. Das hätte bestimmt zu ihm gepasst.«
»Und wem genau?«
Henriksen zögerte.
»Seiner Frau, würde ich tippen. Und der Sohn hat es dann von ihr erfahren.«
Henriksen erhob sich. »Und jetzt möchte ich Sie noch mal daran erinnern, dass Sie dafür bezahlt wurden, uns die Probleme vom Hals zu schaffen. Haben Sie einen Plan?«
»Ich habe einen Plan, aber etwas daran können Sie selbst erledigen«, sagte Moen.
»Und das wäre?«
»Klären Sie die Angelegenheit mit Frisk. Schaffen Sie eine gütliche Einigung mit ihm, wenn es sein Geld gewesen ist.

Darüber hinaus: Es ist ja gut und schön, wenn Krokfoss exzentrisch und medienscheu ist, aber unter den gegebenen Umständen würde ein Alibi die Situation für ihn und für Sie alle beruhigen. Er und das Auto ziehen die Aufmerksamkeit auf sich. Die Verantwortung dafür tragen Sie alle selbst.«

Henriksen kniff den Mund zusammen und sah Moen an.

»Sie haben also einen Plan, sagen Sie. Worauf basiert der?«

»Bjørn kann versuchen, das Interesse der Polizei auf die Aktien zu lenken. Wenn Frisk sie nicht bekommen hat, wer hat sie dann? Die sollten zu Sverre Midtsem gehen und ihn bitten, das Aktienregister und die Aktienbriefe der Gesellschaft einsehen zu dürfen. Ihn unter Druck setzen. Wir selbst werden die Alibis unserer Verdächtigen im Hinblick auf die beiden Todestage überprüfen, allerdings habe ich in der augenblicklichen Lage keinen Zugang zu Informationen, auf die die Polizei Zugriff hätte.«

»Welche Informationen?«, fragte Henriksen.

»Telefongespräche. Einsatz von Kredit- oder Bankkarten und so weiter.«

Henriksen sah Bjørn Hansen scharf an.

»Ach, tatsächlich?« Dann lächelte Fred Morgan Henriksen zum ersten Mal. »Ich glaube, Halvdan Krokfoss würde sich sehr wohl wünschen, dass Sie über einen solchen Zugang verfügten.«

31

Henriksens Bemerkung schien zu wirken. Am nächsten Morgen stand Moen in der geschäftigen Storgata. Auf dem Bürgersteig liefen Leute verschiedener Nationalitäten umher, und alle möglichen Sprachen wurden gesprochen. Er ging von der Straßenbahnhaltestelle hinüber zum Restaurant *Dovrehallen*. Dort blieb er stehen und betrachtete das Gebäude auf der anderen Straßenseite. Das Haus sah fast leer aus, doch hier hatte Bjørn Hansen seinen Stützpunkt.

Moen lief quer über die Straße, drückte auf die Klingel und stieg in die zweite Etage hinauf. Bjørn öffnete selbst und führte ihn in sein Büro. Draußen im Flur gab es zwei weitere Türen. Die Räumlichkeiten waren nicht gerade schäbig, doch irgendjemand hatte sich bemüht, jede Form von Auffälligkeit zu vermeiden.
Bjørn Hansen ließ ein wenig den Kopf hängen.
»Tut mir leid, aber ich bin nicht ganz in Form.« Er seufzte tief.
»Was hast du eigentlich mit den Alibis gemeint? Du weißt doch, dass es da nichts zu holen gibt.«
Moen sah seinen Freund bekümmert an.
»Und wieso nicht?«
»Bei Linn Fostervolls Verschwinden waren Sverre Midtsem, John Glad und die beiden Handlanger den ganzen Tag in Frogner. Monica Midtsem war von 9.00 bis 17.30 Uhr im Hotel, falls das von Interesse ist. Es gibt Zeugen.«
»Wir wissen nichts über Merete Glad, Johns Schwester.«
Bjørn Hansen lenkte seinen Blick auf das Fenster zur Storgata.
»Gemäß Polizeiinformationen hat sie ihre Karte beim Smart Club und bei Ikea in Slependen benutzt, und zwar genau zu dem Zeitpunkt, als Linn Fostervoll durch Aurskog-Høland gefahren ist.«
In der Gewissheit, dass die Polizei den Kreditkartenverkehr von Merete Glad niemals überprüft hatte, behielt Moen sein Pokerface bei.
»Kann es überhaupt noch hoffnungsloser werden?«, fügte Hansen hinzu.
»Wieso habe ich nichts davon gewusst? Weiß Solvold es auch nicht?«
Bjørn Hansen wich der Frage aus und erwiderte:
»Ich hatte Angst, du würdest aufgeben.«
Moen musste sich beherrschen, um ihm keine Moralpredigt zu halten.

»Es ist unbestreitbar ein Problem, dass alle Rechenschaft darüber ablegen können, wo sie an dem betreffenden Tag waren. Das ist ein wenig auffällig. Nehmen wir zum Beispiel Sverre Midtsem. Wir haben ihn vier Wochen beobachtet. John Glad und die beiden anderen waren sechs- oder achtmal unterwegs, um irgendwelche Nachlässe abzuholen. Sverre Midtsem ist nicht ein einziges Mal dabei gewesen. Was ist seitdem passiert?«

Bjørn Hansen hob den Kopf.

»Erzähl weiter.«

»Ich habe das Vernehmungsprotokoll des Tages gelesen, an dem Linn verschwand. Die Osloer Polizei hat sich aus irgendeinem Grund damit zufriedengegeben, dass Sverre Midtsem einmal morgens und einmal abends auftaucht. Zu diesen Zeitpunkten jedenfalls hat ihn der Nachlassinhaber gesehen – morgens, als er ihnen die Schlüssel gegeben hat, und nachmittags, als er sie zurückbekam. Die beiden Handlanger wurden weder identifiziert noch vernommen. Waren es Kasper und Erlend? Waren alle den ganzen Tag mit dabei? Das müssen wir uns nochmals ansehen.«

Moen blickte auf seine Hände und versuchte, den aufgekommenen Ärger zu verbergen. »Gibt es noch andere polizeiliche Untersuchungen, von denen ich wissen sollte? Telefongespräche zum Beispiel?«

»Sverre Midtsem benutzte seine Bankkarte in einem kleinen Café nahe der Wohnung, wo der Nachlass abgeholt wurde. Es war eine große Rechnung. Sie wurde gegen zwei Uhr bezahlt. Die Telefonate sind eine andere Sache. Seine Tochter rief Midtsem ungefähr zu dem Zeitpunkt an, als er die Rechnung bezahlte. Von den anderen wissen wir nichts.«

»Du hast ›wir‹ gesagt. Meinst du uns oder die Polizei?«

»Die Polizei natürlich«, erwiderte Bjørn Hansen, ohne die Miene zu verziehen.

Moen stand auf und stellte sich ans Fenster.

»Ich muss mit dem Mann sprechen, der Midtsem & Co. das Alibi gegeben hat. Damals wurde das nicht ordentlich überprüft, und niemand außer uns kümmert sich darum.«
Bjørn Hansen saß zusammengesunken auf seinem Stuhl. »Das gefällt mir nicht. Wir könnten dabei auffallen.«
»Das Risiko müssen wir wohl eingehen, wenn wir mit diesem Auftrag vorankommen wollen. Ich halte das für wichtig.«
Bjørn Hansen dachte scharf nach. »Dann nimmst du am besten meinen Sohn Thomas mit. Er kann eine Verabredung arrangieren.«
»Wozu das denn?«
»Er kann den Auftrag besser kaschieren als du.« Bjørn Hansen sah zu Moen auf. »Vielleicht kann er ja auch was lernen?«

Moen traf sich mit Thomas Hansen auf einem Parkplatz in Hovseter. Es war schwierig, dorthin zu finden, doch Moen hatte ein paar Jahre in der einzigen Satellitenstadt des Osloer Westens gewohnt und kämpfte sich schließlich durch. Er sprang aus dem Wagen, und da stand schon ein junger Mann und wartete. In ihm Thomas Hansen zu erkennen war nicht schwer, denn er ähnelte seiner Mutter ungemein. Er begrüßte Moen und lächelte.
»Mama und Papa haben viel über Sie gesprochen. Ich freue mich, Sie zu treffen.«
Thomas Hansen blickte umher.
»Papa meint, ich soll die Einleitung übernehmen. Die wird allerdings nicht ganz wahrheitsgemäß sein. Haben Sie damit ein Problem?«
»Nein. Sicherlich gibt es Grenzen, aber das sehen wir dann später.«
Thomas Hansen lächelte zaghaft und setzte sich in Bewegung.
»Sein Sohn kommt auch. Am besagten Tag war er mit seinem Vater zusammen.«

Sie blieben vor einem Häuserblock aus rotem Backstein stehen. Thomas Hansen klingelte, und sie stiegen in die erste Etage hinauf, wo sie von einem schmächtigen, mittelgroßen Mann mit Brille eingelassen wurden.
»Jørn Gunneng«, sagte er und führte sie durch den Flur und ins Wohnzimmer hinein. »Wir können uns hier hinsetzen«, schlug er vor und deutete auf einen Esstisch, der dicht gedrängt an einer Wand mit Bücherregalen stand. »Das ist mein Sohn Jo.«
Ein kräftiger Teenager um die zwanzig kam aus der Küche. Alle setzten sie sich. Thomas Hansen stellte sich vor und erklärte, die Firma seines Vaters habe einen Auftrag für die Serie »Ungelöste Rätsel« im TV Norge übernommen. Knut Einar Moen sei pensionierter Mordermittler und solle Fragen stellen, um zur Qualitätssicherung der Sendung beizutragen. Es handele sich um den Mord an Linn Fostervoll.
Jørn Gunneng erklärte augenblicklich, er wolle in keiner Fernsehsendung auftreten, und Thomas Hansen erläuterte, die Passagen seiner Zeugenaussage und der seines Sohnes würden von einem Schauspieler gelesen, und er und sein Sohn blieben anonym. Dafür gebe es ein Honorar von tausend Kronen für jeden, in bar, denn dies sei die Summe, die man annehmen könne, ohne Steuerabgaben leisten zu müssen. Moen und Hansen bemerkten, dass der Sohn Interesse zeigte, und das Eis brach, als Gunneng fragte, ob jemand Kaffee wolle. Er selbst wolle nämlich welchen. Thomas Hansen zog schon das Aufnahmegerät hervor.

Am besagten Tag hätten Jørn Gunneng und sein Sohn sich in der Wohnung seiner verstorbenen kinderlosen Tante aufgehalten. Die Wohnung lag in der dritten Etage in einem Haus ohne Fahrstuhl an der Ecke Gimleveien und Elisenbergveien in Frogner. Um neun Uhr seien drei Händler gekommen, um ein Gebot auf den Nachlass abzugeben. Gunneng hatte alles entfernt, was er und seine Familie behalten wollten. Nachdem sich alle ungefähr eine halbe Stunde umgeschaut hatten, hätten der Händler, an dessen Namen er sich nicht erinnerte, sowie sein etwas »zerzauster« Kompagnon ein Gebot abgegeben, das die Konkurrenten augenblicklich ausschaltete. Danach sei es schnell gegangen. Gunneng erhielt einen Umschlag mit dem gebotenen Betrag, und ihm wurde mitgeteilt, dass sie gern gleich anfangen wollten, wenn das für ihn in Ordnung sei. Es gab viel einzupacken, und ein paar ziemlich schwere Möbel standen in der Wohnung. Daraufhin hatte der Händler Gunnengs Sohn gefragt, ob er Interesse habe, gegen Bezahlung mitzuhelfen, und der Sohn hatte eingewilligt.

»Sie waren also den ganzen Tag mit ihm zusammen?«

»Ja. Bis Papa gegen sechs Uhr abends zurückkam und den Schlüssel wieder in Empfang nahm.«

»Und Sie?«, fragte Moen an den Vater gewandt.

»Ich war arbeiten.«

»Es haben also mehrere Leute beim Tragen geholfen, wenn ich das richtig verstehe. Haben Sie sie gesehen?«

»Ja. Als ich ging, standen sie unten auf der Straße.«

»Waren die auch noch da, als Sie zurückkamen?«

»Ja, waren sie.«

»Und Sie waren den ganzen Tag mit denen zusammen?«, fragte Moen den Sohn.

Ja, der Sohn sei den ganzen Tag dabeigewesen. Der Antiquitätenhändler und sein Kompagnon hätten oben gestanden und gepackt, Bananenkartons vollgestopft und Säcke gefüllt, und der Sohn und die beiden anderen hatten dann geschuftet. Es sei wie geschmiert gelaufen. Die erste Tour sei dann mit einem Lastwagen durchgeführt worden, auf dem »Eisenbahnamt« stand. Der Sohn glaubte, es handelte sich dabei um Müll und die Sachen, die der Händler selbst nicht haben wollte. Sein Eindruck war, dass nur noch die etwas besseren Sachen übrig geblieben waren, als es zwölf Uhr wurde.

Der Händler habe dann die ganze Gruppe zum Mittagessen ins *Lille Kafé* geführt. Ob alle dabeigewesen waren, wollte Moen wissen. Der Sohn erwiderte, dass der Kompagnon sich in einen burgunderfarbenen Lieferwagen gesetzt habe und weggefahren sei. Die beiden Handlanger, er selbst und der Händler hätten dann zu Mittag gegessen. Fast zwei Stunden hätten sie herumgesessen und sich bestellen können, was sie wollten. Der Antiquitätenhändler spendierte.

»Können Sie sich erinnern, wie er bezahlt hat?«

Jo Gunneng überlegte.

»Er bezahlte mit Karte. Ich weiß noch, dass ich mich darüber etwas gewundert habe. Schließlich hat er ja mit Bargeld nur so um sich geworfen. Fünftausend Kronen hat er mir für den Job gegeben, und Papa hat …«

Jørn Gunneng unterbrach seinen Sohn. Das habe mit der Sache nichts zu tun.

»Das interessiert uns auch überhaupt nicht«, sagte Moen. »Lieber würde ich wissen, ob der Kompagnon wieder aufgetaucht ist.«

»Kurz bevor wir wieder angefangen haben zu arbeiten.«

»Wann war das ungefähr?«

»Gegen halb zwei, zwei.«

»Das heißt also, dass er zwischen zwölf und halb zwei oder zwei nicht da war?«

»Ja.«

Moen ließ es dabei bewenden und bat ihn fortzufahren. Der Rest war schnell erzählt. Sie hatten die restlichen Sachen nach unten getragen und in den Wagen gepackt. Niemand hatte es sonderlich eilig. Sie ließen es langsam angehen. Der Sohn hatte seine fünftausend bekommen, und der Vater war froh, dass die Wohnung nun leer war. Zum Schluss fragte Moen, ob er sich erinnern könne, wie die beiden Handlanger hießen. Der Sohn erwiderte ohne zu zögern:

»Ich erinnere mich, dass der eine Kasper hieß. Das kann man

sich leicht merken. Bei dem anderen bin ich mir nicht so sicher, aber ich glaube, der hieß Erling oder so ähnlich.«
Thomas Hansen öffnete seinen Aktenkoffer und legte sechs Fotos auf den Wohnzimmertisch. Auf allen Bildern waren Männer zu sehen.
»Welcher ist der Gebrauchtwarenhändler?«
Der Vater zeigte auf das Bild von Sverre Midtsem jr. Danach wählten sie das Foto des zerzausten Kompagnons, bei dem es sich um John Glad handelte. Dann wurden sie gebeten, die beiden Handlanger zu identifizieren. Thomas Hansen und Moen ließen den Vater zuerst wählen. Ohne große Überlegung zeigte er auf die Fotos von Kasper Bull Hansen und Erlend Riismyhr, wobei der Sohn nur bestätigend nickte. »Und die waren die ganze Zeit anwesend?«, fragte Moen sicherheitshalber.
»Ja.«

Thomas Hansen wartete draußen auf Moen und blickte ihn neugierig an, als er zurückkam, denn Moen war wieder zur Wohnung gegangen und hatte noch einmal bei Gunneng geklingelt. Der hatte Moen in den Hausflur gebeten. Dann hatte er gefragt:
»*Off record*. Darf ich fragen, wie viel Sie für den Nachlass bekommen haben? Ich möchte nicht aufdringlich sein, aber meine Tochter interessiert sich sehr für solche Sachen. Wenn Sie es nicht sagen wollen, dann ist das auch in Ordnung.«
Gunneng blickte ihn etwas verlegen an, grinste jedoch.
»Fünfzigtausend in bar. Ich wär' fast umgefallen. Ich wusste gar nicht mal, was ich damit anfangen sollte. Ich hab sie noch.«
»Wie lautete das Konkurrenzangebot?«
»Zwanzigtausend.«
Moen war zufrieden, als er mit dem jungen Hansen zum Wagen zurückging. Er sagte nichts, und Thomas stellte keine Fragen. Als sie zum Parkplatz kamen, fragte ihn der junge Mann, ob ihm das etwas gebracht habe.

»Möglicherweise war das sehr nützlich. Ich muss es erst mal sacken lassen.« Dann legte er eine Hand auf Thomas Hansens Schulter. »Wie geht's Ihrem Vater eigentlich gesundheitlich? Ich finde, er sieht schlecht aus.«
Thomas Hansen verzog das Gesicht.
»Mama macht sich Sorgen. Sie betrachtet diese Sache, mit der Sie sich da beschäftigen, als eine Belastung für ihn. Deshalb wollte ich auch wissen, ob wir heute weitergekommen sind.«
»Ja, vielleicht, aber der Schwachpunkt ist, dass wir nicht von allen sechs Beteiligten Informationen über Telefongespräche und Kartenverwendung haben.« Der junge Mann nickte, und Moen fuhr fort: »Der Tag, an dem der alte Midtsem sich angeblich erschossen hat – die Polizei kümmert sich nicht darum, und somit kann Bjørn auch keine Informationen bekommen. Glauben Sie, es gibt vielleicht noch andere Möglichkeiten?«
Moen versuchte, ganz hilflos auszusehen, und Thomas Hansen blickte ihn ernst an.
»Ich werde mal nachhören und mit Papa sprechen.«
»Was passiert denn, wenn die jetzt TV Norge anrufen?«, fragte Moen, bevor sie sich trennten.
Thomas Hansen lächelte.
»Keine Sorge, ich arbeite manchmal für TV Norge.«

32

Im Parkveien war es dunkel, als Moen zurückkam. Die Straßenbeleuchtung funktionierte nicht. Zügig lief Moen die Straße zum Munkedamsveien hinunter und betrat über den Hintereingang die Wohnung, in der sich das Überwachungsteam aufhielt. Solvold saß an einem Computer, die Jungs aßen Pizza.
»Wollen Sie ein Stück?«, fragte Nazeem Khan, als Moen in die Küche kam. Moen zögerte, und Nazeem fügte hinzu: »Das ist *halal*, das können Sie also bedenkenlos essen.« Er lachte

herzlich, und Mahmood Khan, der für gewöhnlich ein ernster junger Mann war, grinste zur Abwechslung auch einmal.
Moen nahm einen Bissen und bedankte sich. Er ging wieder raus zu Svein Solvold und setzte sich neben ihn.
Solvold öffnete eine Mappe mit Fotos.
»John Glad heute Vormittag. Elf Uhr. Ikea-Parkhaus in Slependen.«
Es waren sechs Fotos. John Glad und ein weiterer Mann tauschen irgendetwas aus, das von einem anderen Wagen verdeckt wird. Ein Bild des anderen Mannes, der die Fahrertür eines weißen Lieferwagens öffnet und den Kopf ins Wageninnere steckt. Er ist Ausländer. Dann drei weitere Fotos. Die andere Person trägt etwas, das wie ein Stilmöbel-Nachttisch aussieht. Auf dem fünften Bild fährt der Lieferwagen weg, und auf dem letzten schließt John Glad die Heckklappe seines Lieferwagens.
Solvold öffnete eine andere Mappe. John Glad im Parkveien. In zweiter Reihe vor dem Antiquitätengeschäft parkend. Er steht auf der Rückseite des Wagens über zwei Nachttische, eine kleine Kiste und einen Teppich gebeugt. Dann ein Foto von Glad und Sverre Midtsem, die alles ins Geschäft tragen.
Solvold schloss die Mappe und wandte sich an Moen.
»Wie hilft uns das weiter?«
»Haben sie das Kennzeichen des entsprechenden Wagens erkannt?«
»Sie konnten nicht voraussehen, dass der Wagen so schnell wieder wegfahren würde. Es war ein relativ neuer VW Caddy. Nazeem und Mahmood glauben, dass er Nordafrikaner war.«
Solvold verzog das Gesicht. »Man denkt sofort an gestohlene Antiquitäten, aber das sah nicht nach besonders wertvollen Dingen aus. Nicht dass ich ein Experte wäre, doch andererseits gibt's ja wohl auch nicht so viele nordafrikanische Antiquitätenhändler. Haben Sie was Neues zu berichten?«
Moen erzählte von seinem Treffen mit Bjørn Hansen und

skizzierte kurz die mit Thomas Hansen durchgeführte Vernehmung. Solvold blinzelte mit den Augen.
»Das ist ja wie verhext. John Glad kann doch bei Ikea gewesen sein und die Karte seiner Schwester benutzt haben.«
»Könnte man annehmen, wenn man die Fotos hier sieht, aber es bleibt trotzdem Spekulation. Wollen Sie mit so was vor Gericht gehen?«
Solvold lächelte resigniert.
»Ich bin als Beamter wohl nicht mehr so ganz auf der Höhe«, sagte er und überlegte eine Weile. »Bjørn hat das doch die ganze Zeit gewusst. Fünf von sechs möglichen Verdächtigen sind an besagtem Tag physisch in der Stadt anwesend gewesen. Der sechste hat elektronische Spuren in Asker hinterlassen, ganz am anderen Ende der Stadt. Nicht sehr aufschlussreich, was unseren Auftrag betrifft.«
»Ich werde in dieser Richtung weiterarbeiten, aber ich benötige weitere Informationen. Die bekomme ich im Lauf der Woche, hoffe ich.«
Solvold schüttelte den Kopf.
»Was wir hier tun, kommt mir allmählich etwas vergebens vor.«
Moen blickte seinen Kollegen ernst an.
»Lassen Sie uns unseren Job hier diese und die nächste Woche noch ordentlich machen, dann sehen wir weiter. Wenn Sie sich so viel wie möglich mit der Überwachung beschäftigen, kümmere ich mich mit aller Kraft um die Alibis. Noch wollen wir das Handtuch nicht werfen.«

*

Der Dienstag und Teile des Mittwochs vergingen. Die aktuellen Beschattungen begannen erst am Donnerstag. Moen pendelte von Wohnung zu Wohnung und lief umher, ohne etwas auszurichten. Eigentlich wartete er nur auf die Informatio-

nen, die er bei Thomas Hansen bestellt hatte, doch die kamen nicht. Aus Angst, das System der Familie Hansen durcheinanderzubringen, wollte er aber auch nicht drängen.
Es war Mittwoch, zwölf Uhr, und nichts Besonderes war passiert. Moen saß mit einer Tasse Kaffee am Wohnzimmerfenster in der Reichweins Gate. Drei halbstarke Jungs spielten auf dem Dach des Transformators an der Bervens Løkke Fußball. Einer von ihnen rutschte auf dem Herbstlaub aus und kam mit einem großen, feuchten Fleck am Hintern wieder auf die Beine. Gerade als Moen darüber nachdachte, wieso sie eigentlich nicht in der Schule waren, sah er Marit Gaasland auf seiner Bürgersteigseite den Parkveien entlangkommen. Moen zog sich etwas vom Fenster zurück. Marit Gaasland war in Begleitung eines relativ jungen Mannes, der für einen Polizisten viel zu elegant angezogen war.
Moen rief Solvold an und berichtete.
»Sie gehen jetzt ins Hotel. Eine junge, blonde Frau und ein gut angezogener Mann. Stimmt das?«
»Haben Sie den Ton aus der Rezeption?«
»Alles in Ordnung. Wissen Sie, wie Sie sich hier bei uns einklinken?«
»Nein.«
»Dann kommen Sie besser hier runter, und ich führ's Ihnen vor.«

Das Spiel lief. Durch die Kamera in der Rezeption konnten sie sehen, wie Monica Midtsem aus ihrem Büro gerufen wurde. Sie nahm die beiden nicht mit in ihr Büro, sondern führte sie in das Restaurant, das vor zwei Uhr immer völlig leer war. Kurz danach tauchte Sverre Midtsem aus dem Korridor auf, der zu den hinteren Gemächern führte. Eine Stunde blieben sie im Restaurant. Mitten in der Besprechung ging Monica Midtsem ins Büro und kam mit einem Papier in den Händen zurück.

Auf diese Weise läuft im Großen und Ganzen eine Überwachung. Man sieht, dass etwas vorgeht, aber was nur?
Auf dem Donnerstagstreffen, bei dem auch Bjørn Hansen anwesend war, erhielten sie die Bestätigung, die Polizei habe den Köder jetzt tatsächlich geschluckt und jage nun den Aktienbriefen nach. Bjørn Hansen konnte jedoch nicht mehr sagen als das, und Moen erhielt ebenso wenig die Informationen, die er Thomas Hansen so dringlich zu beschaffen gebeten hatte.

Am Donnerstag, Freitag und Samstag war es nicht viel anders. Solvold hing mit seinem Team zusammen, und Moen saß im Parkveien und nahm die Berichte entgegen, die nach und nach hereinkamen.
Alle Schnüffler machten ihre Arbeit, mehr oder weniger. Sverre Midtsem fuhr am Donnerstag und Freitag bei Einbruch der Dunkelheit weg. Zunächst zum Parkplatz am Volkskundemuseum auf Bygdøy. Die jungen Pakistaner hatten einen schwierigeren Job als angenommen, denn der Platz war leer, und Pakistaner waren in diesem Teil der Stadt eher selten anzutreffen. Um Vorsicht walten zu lassen, ließen sie die Kamera unberührt, hatten jedoch gesehen, dass Sverre Midtsem einen der beiden Nachtschränke ablieferte, die am Montag vor Ikea abgeholt worden waren. Nächster Halt war Nesøy, wo sie an einer passenden Stelle halten und ein Foto von einer ähnlichen Transaktion schießen konnten, doch das Bild war nicht besonders gut.
Der Freitag war nahezu eine Wiederholung. Zuerst Busserud. Die Jungs hatten nicht anhalten können, da Midtsem und sein Kunde die Einzigen auf dem Parkplatz waren, doch waren die Khans kurz danach in einen Weg eingebogen. Mahmood hatte sich durch den Wald zurückgeschlichen und gesehen, wie ein Teppich in den Wagen des Kunden geschoben wurde und Midtsem einen Umschlag entgegennahm und das Geld

zählte. Eine ähnliche Transaktion wurde hinter dem *Holmenkollen Restaurant* beobachtet.

John Glads Schatten, ein überzeugend wirkender Alkoholiker, hatte sich jeden Tag zur Happy Hour im Thairestaurant am Munkedamsveien eingefunden, wo Glad aß. Verschiedene seiner Kumpels kamen und gingen. Der Schnüffler meinte, es handelte sich bei allen um junge Männer aus guten Familien, allerdings auf dem Weg nach unten. Frogner sei voll von denen, auch junge Frauen seien darunter. Ein einziges Mal war der Schatten Zeuge eines Geschäfts oder einer Transaktion geworden. Am Donnerstag war ein Mann gekommen, der etwas jünger war als John Glad und eine halbe Stunde blieb. Nur die beiden hatten zusammengesessen. Sie hatten einen leisen, offenbar wenig freundlichen Wortwechsel. Bevor der Mann ging, bekam er eine weiße Plastiktüte von Glad, die dieser bei sich gehabt hatte. Als der Schatten den anderen Mann beschreiben sollte, zeigten sie ihm ein Foto von Kasper Bull Hansen, und er stellte sich als derjenige heraus, der mit der Tüte hinausgegangen war.

Merete Glad: Neun Besuche in großen Wohnungen in Skillebekk und Frogner, über drei Abende verteilt – das nahmen sie zumindest an, denn das Team hatte sie während des letzten Besuchs am Freitag aus den Augen verloren. Ansonsten hatten sie mehr Glück als erwartet. In allen Wohnungen fanden Partys statt. Es gab Adressen sowie Fotos der hell erleuchteten Wohnungen mit vielen Gästen. Ausgehend von der grundlegenden Lokalisierung gab es kein geografisches oder systematisches Muster. Keinerlei Zwischenfall draußen vor einem der Gebäude. Sie hielt sich ungefähr eine halbe Stunde in jeder Wohnung auf. Jedes Mal war sie vor neun Uhr fertig.

Dann gab es Monica Midtsem, eine arbeitsame Frau, ständig mit irgendetwas beschäftigt. Jeden Morgen besuchte sie drei Banken: Solli Plass, Elisenberg und Majorstua. Alle Banken hatten Geldautomaten für Geschäftsleute, wo sie die meiste Zeit verbrachte, wenn sie sich in der Bank aufhielt.
Abgesehen von der langen Zeit, die sie im Büro verbrachte, übernahm sie donnerstags und freitags die Spätschichten und begrüßte fast jeden Abend zwei junge Männer, die sie immer mit ins Büro nahm. An beiden Tagen waren es dieselben. Als der Sonntag kam, bereute Moen, dass sie keine Beschattung der beiden organisiert hatten, doch dieses Rennen war bis zum nächsten Wochenende erst einmal gelaufen.

Am Samstag war Monica Midtsem unterwegs. Der pensionierte Polizist und seine Frau folgten ihr über die E 6 nach Norden, wo sie durch Lørenskog und Strømmen fuhr, um schließlich in Lillestrøm zu enden. Erster Halt auf dem Parkplatz am Bahnhof Lillestrøm, wo ein Mann zu ihr in den Wagen stieg und sich neben sie setzte. Es gab ein Foto des Mannes im Profil; er trug einen kleinen Koffer bei sich. Dann ging er zu Fuß weiter in Richtung Lillestrøm Innenstadt, und die Schatten folgten Monica Midtsem zum Stadion Lillestrøm, wo eine ähnliche Transaktion stattfand.
Von dort aus ging die Reise zum Pflegeheim, wo Frau Midtsem den Wagen abstellte und hineinging. Dort blieb sie eine halbe Stunde. Hier beschlossen die Schatten, sich aufzuteilen. Die Frau stieg aus dem Auto und betrat mit einer Schachtel Pralinen in den Händen das Pflegeheim. Sie kam ohne Schokolade wieder heraus, doch mit der Information, dass Monica ihre Mutter besucht hatte, Astrid Løvold, die leider demenzkrank war.
Der pensionierte Polizist folgte Monica Midtsem ein paar Blöcke weiter bis zu einem unansehnlichen, anderthalbstöckigen Haus, von denen es in Lillestrøm so viele gibt. Als seine Frau

sich wieder zu ihm in den Wagen setzte, erzählte er ihr, ein Mann mit einem kleinen Koffer befinde sich in dem Haus. Nach einer knappen Stunde kam er wieder heraus, ohne Koffer. Das Ehepaar hielt ganze zwei Stunden die Stellung. Sie konnten sehen, dass drinnen der Fernseher lief. Schließlich kam Monica Midtsem heraus, mit einem Aktenkoffer, setzte sich ins Auto und fuhr denselben Weg zurück nach Hause.

Am Samstag um Mitternacht verließ Sverre Midtsem nach seiner Spätschicht die Rezeption und ging nach Hause. Mahmood Khan fiel auf, dass sie keinen Ton mehr aus der Rezeption hörten. Der Nachtportier ließ seine Kaffeetasse versehentlich auf den Boden fallen, und alles war über die Kamera in der Rezeption zu sehen, doch es war ein Stummfilm.
Über Mikrofon hörten sie stattdessen Straßengeräusche und eine Tür, die ins Schloss fiel. Dann Schritte auf einer Treppe und schließlich eine Stimme:
– *Bist du noch auf?*
– *Ja, aber es war ein langer Tag. Möchtest du auch einen Drink?*
– *Wie geht's deiner Mutter?*
– *Das Übliche, danke. Sie meinte, ich käme ihr irgendwie bekannt vor. Das immerhin war nett.*
Eine Weile blieb es still.
– *Du, Monica. Mittlerweile gibt es so viel Bargeld im Hinterhaus, dass es langsam schwierig wird.*
– *Ich arbeite an einer Lösung. Wir müssen einen kühlen Kopf bewahren, sonst kriegen wir Ärger.*
– *So kann es nicht weitergehen.*
Monica Midtsem hob die Stimme.
– *Willst du jetzt nachts um zwölf noch Stress machen? Es reicht dir wohl nicht, dass wir jetzt wegen der Aktien die Bullen am Hals haben.*
– *Beruhige dich. Ich kümmere mich darum.*

– Wo hast du den Kugelschreiber her? Hast du den aus der Rezeption?
– Aber nein.
– Du kannst aber auch nicht an einem einzigen Kugelschreiber vorbeigehen, ohne ihn einzustecken. Ich kenne dich, und ich weiß, wie meine Devise ist. Ein Kunde, der bei uns etwas vergisst, soll immer, ich wiederhole, immer, die Möglichkeit haben, es zurückzubekommen. Sofort zurück damit.
– Mach ich morgen.
– Das hatten wir doch alles schon mal. Los, beweg dich.

33

Der sonntägliche Ruhetag war ein ungewöhnlich kalter Wintertag in Oslo. Die Luft stand still, und die Wolkendecke war so dicht, dass kaum Tageslicht hindurchdrang. Knut Moen und Svein Solvold saßen am Wohnzimmertisch in der Reichweins Gate. Von den Kaffeetassen stieg Dampf auf, und Moen war es gelungen, ein bisschen Kaminholz zu beschaffen. So war es gemütlich, und das brauchten sie auch.
Nach dem kleinen Ausflug des Kugelschreibermikros mussten sie nicht weiter diskutieren, ob sie bei ihren Beobachtungen Zeugen dunkler Geschäfte geworden waren. Selbst ohne den kleinen Dialog in der Wohnung von Monica und Sverre Midtsem wäre die Schlussfolgerung dieselbe gewesen. Das kurze Gespräch hatte nur jeden Zweifel beseitigt. Gewöhnliche Bürger trafen sich nicht an verlassenen Orten oder öffentlichen Plätzen, um auf diese verstohlene Art und Weise mit irgendetwas zu handeln. Die einzige Erfahrung, die Moen mit so etwas hatte, stammte aus Ermittlungen über Schwarzbrennerei. Er kannte seine eigenen Grenzen, hoffte jedoch auf Solvold.
»Thomas ist davon überzeugt, dass Merete Glad mit Partydrogen handelt«, sagte Solvold.

»Und was meint er mit Partydrogen?«
»Die Geißel des Osloer Westens ist Kokain. Dann gibt es da noch Amphetamin und Metamphetamin, und obendrein wird natürlich noch Hasch geraucht.«
»Aber ist das nicht trotzdem eine merkwürdige Vorgehensweise?«
»Sicher, wir müssen aber begreifen, dass manche Leute eben auch ziemlich merkwürdig sind.«
»Was ist mit Sverre Midtsem?«
»Vielleicht ist er ein Hehler. Gestohlene Antiquitäten. Es kann ja sein, dass sie verschiedene Geschäfte betreiben.«
»Und Monica Midtsems Koffermänner?«
Solvold rieb sich die Stirn.
»Möglicherweise geht's dabei um Geldwäsche. Zum Beispiel für irgendwelche Gastronomen.«
»Das sind aber seltsame Zeiten, um Geld zu übergeben. Ich denke nur an diese jungen Männer in der Rezeption.«
Solvold nickte.
»Also ich würde das nicht so machen. Die könnten doch genauso gut als Handelsvertreter getarnt vormittags in ihr Büro kommen.« Solvold stützte den Kopf auf die Hände. »Ich bin völlig erschöpft, aber wissen Sie was? Wer in aller Welt außer uns hätte etwas davon bemerken sollen, falls sonst niemand hinter ihnen her war? Keine Menschenseele. Nichts von alledem ist besonders auffällig, mal abgesehen von Merete Glads Stunt. Sie machen irgendetwas Ungesetzliches, aber das hat ja mit unserer Aufgabe nichts zu tun.«
Moen richtete sich auf. »Im Ernstfall können wir zuschlagen.«
»Krokfoss will einen Beweis für den Mord. Er will selbst reingewaschen werden und hat sicher kein Interesse, dass Merete Glad wegen Drogen geschnappt wird. Die nimmt er bestimmt selbst.« Solvold legte den Kopf auf die Arme. »Ich gebe auf.«
»Wir wissen jetzt, dass sie raffiniert sind und im Verborgenen

agieren. Das wussten wir noch nicht, als wir mit dieser Sache angefangen haben. Außerdem wissen wir, dass sie wegen der Aktien unter Druck geraten sind.«
Solvold richtete sich wieder auf. »Die würden bei jeglicher Aufmerksamkeit der Polizei unter Druck geraten, egal welche.«
Moen musste zustimmen. Eine Weile saß er herum und starrte ausdruckslos ins Leere.
»Diese Spioniererei ist doch bloß eine Schattenwelt. Man sieht, dass etwas vorgeht, aber man weiß nicht, was. Wir müssen aktiver werden und weitergehen, sonst sitzen wir hier noch, bis wir Moos ansetzen.«
»Wenn wir losstürmen und ihnen in die Taschen gucken, fliegt unser Plan auf. Haben Sie einen anderen Vorschlag?«
»Heute fällt uns sowieso nichts mehr ein. Lassen Sie uns morgen darüber nachdenken.«

*

Moen fand keine Ruhe. Er ertappte sich dabei, wie er seine Tochter anrief, um zu fragen, ob er zu Besuch kommen könne, und zwang sich, an nichts zu denken und tief durchzuatmen. Er lief den ganzen Parkveien entlang, vorbei an der aufgerüsteten amerikanischen und der ebenso gesicherten israelischen Botschaft, und passierte Schloss und Schlosspark zur Rechten. Der eisengraue Himmel weigerte sich, Feuchtigkeit zu spenden, und die Rasenflächen im Park waren von Reif bedeckt. Er kam an der alten Frydenlunds-Brauerei vorbei, die mittlerweile von ihren Kunden übernommen worden war – die alten Gebäude beherbergten lauter Studenten –, und lief weiter bis zu der kleinen Seitenstraße am Bislet-Stadion, wo seine Tochter wohnte.
Eine Stunde hielt er es aus und bewunderte die neugewonnene Fähigkeit und Absicht seiner Tochter, nicht alle wunden Punkte anzusprechen. Die neue Lampe hing über dem Kü-

chentisch. Moen war richtig zufrieden, als er im Novemberdunkel nach Hause ging. Er nahm dieselbe Strecke zurück, und erst als er ganz unten im Parkveien am Handelsgymnasium vorbeikam, begegnete er dem ersten Menschen auf seinem Weg, einem Hundebesitzer natürlich. Moen ging auf, dass seine Landsleute sich nunmehr alle in den Winterschlaf begeben hatten und erst irgendwann im März des nächsten Jahres wieder hervorkriechen würden, falls das Wetter nicht allzu schlecht wäre. Darauf freute er sich auch schon, doch als seine Höhle in Sichtweite kam, sah er Licht in seinem Wohnzimmer brennen, obwohl er todsicher war, es vor dem Weggehen ausgeschaltet zu haben.

Moen blieb stehen und überlegte, kam aber zu dem Schluss, dass er drauflosgehen musste. Mit großer Wahrscheinlichkeit hatten die anderen einen Schlüssel. Er hoffte sogar, dass vielleicht Thomas Hansen bei ihm saß und mit den Informationen auf ihn wartete, die er brauchte.

Vorsichtig öffnete er die Tür und schloss sie wieder hinter sich. Im Flur war es dunkel, doch im Wohnzimmer brannte Licht. Auf dem Sofa saß nicht Thomas Hansen, sondern dessen Mutter Berit. Sie hatte geweint. Moen blieb mitten im Zimmer stehen und blickte sie an. Sie wischte sich mit einem Taschentuch über die Augen.

»Ich wollte dich eigentlich schon vor einiger Zeit besuchen, aber nicht unter solchen Umständen. Hast du was zu trinken?«

Moen hatte seit über einer Woche keinen Alkohol angerührt. Er fragte nicht, an welche Umstände sie dachte, doch holte er Gläser und Flaschen und setzte sich an den Esstisch im Wohnzimmer. Er goss Berit Hansen und sich selbst Bier und einen Schnaps ein. Schwerfällig setzte sie sich auf einen der Stühle.

»Was ist passiert?«

»Hat Svein dich nicht angerufen?«

»Mein Handy war abgestellt. Ich war privat unterwegs.« Er holte das Handy hervor und schaltete es ein. Fünf unbeantwortete Anrufe, alle von Svein Solvold.
»Bjørn liegt zur Beobachtung im Aker-Krankenhaus.«
Moen musste beinahe ein wenig lächeln.
»Ist das so lustig?«, fragte sie wütend.
»Nur wegen der ›Beobachtung‹. Tut mir leid, aber ich bin total kaputt.« Moen trank einen Schluck und versuchte, beschämt auszusehen. »Er sah nicht gut aus, als ich ihn am Montag getroffen hab.«
Berit Hansen nahm das Aquavitglas und leerte es.
»Was sollen wir jetzt bloß machen? Bjørn hat hohen Blutdruck, diese Sache ist ihm über den Kopf gewachsen. Eigentlich wollte er aussteigen, aber jetzt ist das passiert.«
»Weißt du, wieso Bjørn aussteigen will?«
»Er ist total sauer auf diesen Anwalt Henriksen. Bjørn meint, er spielt ein doppeltes Spiel und dass die Operation nur in Gang gesetzt wurde, um Krokfoss Sand in die Augen zu streuen.«
»Wie kommt er darauf?«
»Ich weiß nicht. Vielleicht weiß Thomas es. Zu Bjørn kann ich kein Wort sagen. Da könnte ich ihm gleich ein Messer in den Bauch stoßen. Wir müssen das alleine rausfinden.«
»Jetzt können wir das nicht, dazu sind wir alle zu mitgenommen. Wir treffen uns morgen um neun in Bjørns Büro. Schlimmer kann's nicht werden.«

34

Moen schaute aus dem Fenster in der Storgata. Es war erst acht Uhr und draußen noch stockdunkel. Die Fenster des altehrwürdigen Restaurants *Dovrehallen* auf der anderen Straßenseite starrten ausdruckslos zurück. Thomas Hansen kam

mit zwei Tassen Kaffee herein und stellte sie ab. Dann zog er mit einem entschuldigenden Lächeln die Gardinen zu, setzte sich und widmete sich einem Papier auf seinem Schreibtisch.
»Wir haben noch eine knappe Stunde, bevor die anderen kommen. Also erst mal die Daten.« Er las sie vor. »Von Samstag auf Sonntag. Stimmt's?«
»Ja, das war die Nacht, in der sich der alte Midtsem angeblich erschossen hat.« Moen zog ein Notizbuch hervor.
Etwas verlegen sah Thomas Hansen Knut Moen an.
»Es ist sehr wichtig, dass Sie diese Informationen auf irgendeine Weise verschlüsseln. Papa hat immer ganz deutlich gemacht, dass solche Daten nicht ohne Weiteres lesbar sein dürfen.«
Moen legte seinen Stift zur Seite, vertraute auf sein Erinnerungsvermögen. Thomas Hansen nickte.
»Ich hab die Informationen beschaffen können, um die Sie mich gebeten haben. Was Erlend Riismyhr und Kasper Bull Hansen angeht, so war keinerlei Kartenverwendung oder Telefonnutzung aufzufinden.«
Moen nickte.
»Das überrascht mich nicht.«
Thomas Hansen sah ihn fragend an.
»Soll ich alles vorlesen, oder wollen wir eins nach dem anderen besprechen?«
»Lesen Sie ruhig alles vor.«
»So viel ist es nicht. Die Eheleute haben beide einen Festnetzanschluss bei Telenor. Merete Glad ist bei Netcom. John Glad konnte ich nicht finden.«
»Er hat ein Handy.«
»Steht möglicherweise nicht im Verzeichnis. Soll ich fortfahren?«
Moen nickte.
»Wenig Verkehr. Ein Anruf von Sverre Midtsem bei seiner Frau. Von Ruseløkka nach Lillestrøm, um zwei Uhr nach-

mittags. Unmittelbar danach ein Gespräch zwischen Monica Midtsem und Merete Glad.« Thomas Hansen blickte auf. »Dann noch ein Anruf von Sverre Midtsems Handy zum Handy seiner Frau, abends um zwölf. Von Ruseløkka zur Aker Brygge.«

Moen beugte sich vor, als wollte er Thomas Hansen in die Papiere sehen.

»Sind Sie sicher?«

»Ja. Natürlich kann sich jemand ihr Handy ausgeliehen haben.«

Moen lehnte sich in seinem Bürostuhl zurück.

»Als die Polizei von Asker und Bærum den Selbstmord ihres Schwiegervaters untersuchte, sagte sie aus, sie und ihr Mann seien die ganze Nacht zu Hause gewesen. Sverre Midtsems Tochter wurde ebenfalls befragt.« Moen rieb sich die Stirn. »Irgendwer kann sich ihr Handy ausgeliehen haben, aber wer?«

»Monica Midtsem hat später am Abend ihre Bankkarte an der Aker Brygge benutzt«, erwiderte Thomas Hansen. »Um drei Uhr nachts, *Beach Club*. Merete Glad hat ihre ungefähr zur selben Zeit eingesetzt. Offensichtlich ein Damenabend.«

»Das ist ja interessant«, sagte Moen. »Wusste Bjørn das auch?«

Thomas Hansen sah ihn leicht beschämt an und nickte.

»Er ist eigentlich davon überzeugt, dass sie ein Alibi haben. Mama sagt, er glaubt, unsere Auftraggeber spielen ein falsches Spiel.«

Moen schüttelte frustriert den Kopf.

»Und sagt keinen Ton, weder zu mir noch zu Svein.«

Thomas legte die Ellbogen auf den Tisch.

»So ist er halt. Da kann man nichts machen, und jetzt zahlt er die Zeche dafür. Wir haben es ja schon kommen sehen.« Thomas sah auf die Uhr. »Mal ehrlich, was glauben Sie?«

Moen überlegte einen Augenblick.

»Unter Ganoven ist ja allgemein bekannt, wie die Polizei elektronische Spuren in einer Ermittlung verwendet. Theoretisch kann das ja auch umgekehrt funktionieren. Man kann solche Spuren auslegen, um Verwirrung zu stiften.«
»Das wäre dann aber ausgesprochen raffiniert.«
Moen blickte leicht verträumt an die Decke.
»Verbrechen sind fast immer eine Domäne der Männer. Frauen sind Opfer, so wie Linn Fostervoll in diesem Fall. Ich bin felsenfest davon überzeugt, dass Ihr Vater aufgeben wollte, weil er genau das dachte. Ich weiß allerdings aus Erfahrung, dass auch Frauen ziemlich raffiniert sein können.« Moen lächelte fast ein wenig verlegen. »Bjørn hat diesen Leuten nicht so dicht im Nacken gesessen wie ich. Die Männer wirken nahezu jämmerlich im Vergleich zu den beiden Frauen, die in jener Nacht in den *Beach Club* gingen. Die sind stahlhart.«
»Glauben Sie, dass sie es waren?«
»Ich sehe jedenfalls keinen Grund, das auszuschließen. Ein Umstand könnte uns allerdings helfen. Die letzten vier Wochen sind für das Ehepaar Midtsem und die Geschwister Glad ja ganz normale Wochen gewesen. Ich würde gerne auch den Einsatz ihrer Bankkarten über diese ganze Periode sehen. Ich bin einfach neugierig, ob sie überhaupt Karten verwenden, und wenn ja, wofür? Denken Sie, das lässt sich arrangieren?«
Thomas Hansen errötete und schnitt eine Grimasse. Dann schüttelte er den Kopf und lächelte.
»Bedeutet das Nein?«, fragte Moen.
»Es bedeutet, dass es etwas Zeit braucht, zumal hier alles auf dem Kopf steht. Wir haben auch noch andere Verpflichtungen.«
»Das verstehe ich, aber scheint Ihnen das die Mühe wert zu sein?«
»Ja.«
»Darf ich Sie mit einer weiteren Sache belästigen? Können Sie rausfinden, ob Merete Glad einen Führerschein für Motorrä-

der hat und mal eines besessen hat? Eventuell einen Scooter oder ein leichtes Motorrad?«
»Das kann ich sofort herausfinden.«

*

»Hier stecken Sie also.« Fred Morgan Henriksen hastete durch die Tür und an Moen vorbei ins Wohnzimmer in der Reichweins Gate. Moen schloss die Wohnungstür und folgte ihm. Er fragte, ob er ihm etwas anbieten könne, worauf Henriksen zurückfragte, ob er Farris Mineralwasser habe. Das hatte Moen nicht, und der Anwalt bat ihn um ein großes Glas Wasser – das habe er ja wohl, fügte Henriksen säuerlich hinzu. Moen stellte das Glas vor den Anwalt auf den Tisch und bat ihn, Platz zu nehmen. Henriksens Gesichtszüge wirkten müde und mürrisch, doch er gab er sich nicht mehr so hochnäsig wie bei den vorherigen Begegnungen.
»Ich habe versucht, Bjørn Hansen anzurufen, aber seine Frau sagt, er sei im Krankenhaus. Stimmt das?«
»Ja, das ist richtig«, sagte Moen. »Gerade heute hatte ich eine Besprechung mit der restlichen Familie, die den Betrieb aufrechtzuerhalten versucht. Sie zieht jedoch in Erwägung, von diesem Auftrag zurückzutreten.«
Moen studierte die Wirkung seiner Worte auf Henriksen. Der Mann verfügte über ein angeborenes Pokerface, er sah weder zufrieden noch gleichgültig aus.
»Wir haben für diese Sache schon viel Geld ausgegeben.«
»Bjørn Hansen ist der Auffassung, dass wir für Krokfoss nur den Lockvogel spielen und dass hinter seinem Rücken Dinge vorgegangen sind und immer noch vorgehen. Er ist sich nicht sicher, wer der eigentliche Auftraggeber ist. Sie bezahlen doch die Rechnungen, nicht wahr?«
»Ja.«
»Sind Sie oder ist Krokfoss der Auftraggeber?«

»Ich und Ihlen, der Hotelmann. Das hatte ich doch letzte Woche bereits gesagt. In gewisser Weise haben wir Halvdan in diese Sache verwickelt. Er erwartet, dass wir die Angelegenheit aus der Welt schaffen, und wenn Sie glauben, dass wir etwas daran verdienen, wenn Halvdan Ärger bekommt, dann liegen Sie falsch. Sie können sich gar nicht vorstellen, wie viel für uns auf dem Spiel steht.«
»Eine Lösung ist für Sie also das Wichtigste?«
»Ja, zum Teufel. Innerhalb angemessener Grenzen tun wir alles, was eine Lösung herbeiführt.«
Moen überlegte einen Moment, wo die angemessenen Grenzen an der Aker Brygge verliefen.
»Das Ganze ist eine Frage des Vertrauens. Sie waren die ganze Zeit nicht bereit, etwas über Ihre Rolle und die der anderen in dieser Sache mit den Aktien mitzuteilen. Für Bjørn war das Löschen der Aufnahme von Haus Nummer 17 der Tropfen, der das Fass zum Überlaufen brachte. Dieser Vorgang lässt sich nur so interpretieren, dass Sie etwas zu verbergen haben. Warum ist es so verdammt schwierig, die Karten auf den Tisch zu legen?«
»Es ist unmöglich, Geschäfte ohne Diskretion zu betreiben, und die Entscheidungen müssen oft schnell getroffen werden. Wir können nicht den ganzen Tag dasitzen und die Vorschriften studieren, dann würden wir heute immer noch fischen und jagen. Mit dieser norwegischen Moral, dass immer alles ganz korrekt laufen soll, kommt man nirgendwohin. Und jetzt ist die Aker Brygge von Bullen überschwemmt, die versuchen, Freunde und Geschäftspartner von uns über alles Mögliche auszuquetschen. Die Fotos, die die Polizei von Halvdan, Frisk und mir gemacht hat, sind bei den Zeitungen gelandet. Das ist doch die reinste Hexenjagd.«
»Aber Bjørn Hansen und ich gehören nicht zu den Bullen. Und selbst nach fünfundzwanzig Jahren bei der Kripo bin ich auch kein Anhänger dieser besagten Moral geworden. Im Au-

genblick haben wir das Problem, dass meine Verdächtigen ein Alibi haben, während Sie, Krokfoss und Frisk, die Sie nun mal auch zusammen auf dem Bild zu sehen sind, keins haben.«

»Was meinen Sie damit? Frisks Anwalt sagt, er habe das beste Alibi der norwegischen Rechtsgeschichte.«

»Und das wäre?«

»Ich kenne die Einzelheiten nicht. Doch die Polizei kennt sie, und dann sollten Sie sie auch kennen.«

»Wir haben keinen Kontakt mehr zur Polizei. Den hatte nur Bjørn.« Moen blickte Henriksen schlecht gelaunt an. »Was ist mit Ihnen? Haben Sie ein Alibi?«

Henriksen gab ein falsches Lachen von sich.

»Ich war in der Leitungskonferenz und der darauffolgenden Generalversammlung bei einer Gesellschaft der Ihlen-Gruppe. Machen Sie sich um mich mal keine Sorgen.«

»Bleibt also nur noch Krokfoss.«

»Der hat ein Alibi«, sagte Henriksen.

Moen schüttelte energisch den Kopf.

»Weder die Polizei noch ich haben auch nur das Geringste davon gesehen, alles Behauptungen.«

Fred Morgan Henriksen starrte mit düsterem Blick aus dem Fenster.

»Es kann gut sein, dass ich Ihnen da zustimme, aber Sie kennen Halvdan nicht.« Er drehte sich Moen zu. »Wo wir übrigens gerade von Vertrauen sprechen. Womit können Sie denn aufwarten? Sie sagen, dass alle über ein Alibi verfügen, wer immer die alle jetzt auch sind.«

Moen erläuterte, was er herausgefunden hatte, und fügte hinzu:

»Was wir vor Beginn des Auftrags nicht wussten, ist, dass Linns Exmann, seine neue Frau und seine Freunde aller Wahrscheinlichkeit nach Kriminelle sind. Das haben Sie sicher auch nicht gewusst, als Sie die Pläne zur Übernahme des Hotels geschmiedet haben.«

Henriksens starrender Blick störte Moen immer mehr.
»Welche Art von Kriminalität?«
»Mir fehlen immer noch ein paar Informationen über ihre Alibis und Aktivitäten. Aus diesem Grund bin ich der Ansicht, dass wir weitermachen sollten, aber so langsam werde ich von Krokfoss' Alibi abhängig, denn sonst können sowohl die Polizei als auch ich nur annehmen, dass Sie eine getarnte Operation für ihn durchgeführt haben.«
Henriksen kniff den Mund zusammen und öffnete ihn wieder mit einem Schmatzen.
»Haben Sie einen konkreten Verdacht?«
»Ja, den habe ich.«
Moen zog ein Bild von Merete Glad hervor.
»Seit ihrer Kindheit war sie mit Linn Fostervoll befreundet.«
Henriksen studierte Merete Glads Foto, auf dem sie im Halbprofil abgebildet war, mit halblangen, blonden Haaren. Ungeschminkt.
»Attraktive Frau. Schwer vorstellbar, dass sie jemanden umbringen könnte.«
»Bis jetzt interessiere nur ich mich für sie. Ich hoffe, dass es bald mehrere Leute tun werden, aber ich bekomme ja nicht sehr viel Unterstützung.«
»Verdammt noch mal«, sagte Henriksen und stand auf. »Ich bin diese ganze Sache verflucht leid. Ich hau den Knoten selbst durch.« Herausfordernd zeigte er mit dem Finger auf Moen. »Wenn Sie sich den Rest des Tages freischaufeln können, dann tu ich das auch.«

35

Sie rasten über den vierspurigen Autobahnabschnitt der E 18 zwischen Holmestrand und Tønsberg. Moen saß auf der Rückbank eines Audi Quattro und schaute verstohlen auf die Tachonadel, die zwischen einhundertfünfzig und einhundert-

sechzig Stundenkilometern pendelte. Zwischen Wolkendecke und Horizont am Osthimmel hing eine blutrote Sonne. Henriksen drehte sich um.
»Jetzt kommt endlich mal etwas Fahrt in die Sache.«
Neben Moen saß der junge Schauspieler, der angeblich Halvdan Krokfoss' Alibi sein sollte. Er hatte den Kopf an die Scheibe gelehnt und schlief. Moens Handy klingelte. Er war etwas unsicher, ob er den Anruf entgegennehmen sollte, drückte schließlich jedoch auf den grünen Knopf.
»Hier ist Thomas. Ich habe die Informationen, die Sie haben wollten. Tut mir leid, dass es etwas länger gedauert hat, als ich dachte.«
»Schießen Sie los.«
»Merete Glad hat einen Motorradführerschein und besaß zehn Jahre lang eine Yamaha 500.«
»Besaß, sagen Sie?«
»Zwei Tage nach Linn Fostervolls Verschwinden wurde sie als gestohlen gemeldet. Ich hab etwas Zeit gebraucht, um die Einzelheiten herauszukriegen. In der Anzeige war zu lesen, dass sie in der Lassons Gate gestanden habe. Das letzte Mal habe Merete sie an dem Sonntag gesehen, bevor Linn nach Schweden fuhr. Ende Juni wurde die Maschine auf einem Kai in Drammen gefunden. Völlig demoliert, wie sich zeigte. Eine Woche später wurde sie abgemeldet, und Merete meldete dann kurz danach so einen kleinen Smart an. Das war sicher das Ende der Freiheit auf zwei Rädern.«
»Interessante Neuigkeiten. So was brauchen wir. Wie geht es denn Bjørn?«
»Sie sind ziemlich sicher, dass er's übersteht. Mama ist jetzt bei ihm. Sollen wir weitermachen?«
»Ich denke schon. Bin gerade unterwegs, um etwas möglicherweise Entscheidendes zu klären. Das besprechen wir dann morgen. Ich melde mich heute Abend noch bei Berit.«
Moen stellte das Handy ab. Henriksen wandte ihm mit fra-

gendem Gesichtsausdruck den Kopf zu, doch Moen bat ihn, den mittlerweile zähfließenden Verkehr im Auge zu behalten. Henriksen konzentrierte sich wieder auf den gelben Streifen.
»Das waren ja schon mal gute Nachrichten«, sagte Moen. »Jetzt hoffen wir noch auf weitere.«
Sie befanden sich im letzten Tunnel, und Henriksen bog in Richtung Tønsberg ab. Der junge Schauspieler war aufgewacht und fummelte an seinem kurzen Bart herum.
»Ich muss vor sieben im Theater sein. Schaffen wir das?«
»Keine Sorge«, erwiderte Henriksen und trat aufs Gaspedal.

Drei Mal fuhren sie kreuz und quer durch das Hafengebiet von Tønsberg. Ratlos blickte der Schauspieler im Dunkeln umher.
»Sind Sie sicher, dass es in Tønsberg war, und nicht irgendwo draußen auf Nøtterøy?«
»Die Insel liegt doch gleich außerhalb von Tønsberg«, erwiderte der junge Mann. »Fahren Sie etwas weiter nach Süden.«
Schließlich kamen sie zu einer Hafenanlage mit Kleinbooten.
»Hier ist es«, rief der Schauspieler. »Der Skipper von Halvdans Segelboot wohnt gleich da vorne, auf der anderen Seite der Brücke. Fahren Sie über die Brücke.«
Henriksen trat wieder aufs Gas und zwängte sich im Kreisverkehr auf der anderen Seite der Brücke dermaßen knapp vor einen anderen Wagen, dass Moen und sein Sitznachbar eine Weile nur schwiegen.
»Da! Da!«, rief der junge Mann neben Moen. »Das gelbe Haus.«
»Sind Sie sicher?«, fragte Henriksen, fuhr jedoch ohne zu zögern in die Einfahrt und bremste scharf.
Im hell erleuchteten Fenster war ein Gesicht zu erkennen.
»Das ist er. Das ist er!« Krokfoss' Alibi war aus dem Winterschlaf erwacht und jetzt ziemlich aufgeregt.

Alle stiegen aus dem Wagen und reckten sich. Ein sonnengebräunter Mann in den Vierzigern öffnete die Haustür und ließ einen Streifen Licht herausscheinen. Hinter ihm stand eine Frau und sah ihm neugierig über die Schulter. Henriksen streckte die Hand aus und stellte sich vor.
»Wir sind uns schon mal begegnet«, sagte er, »auf dem Boot von Halvdan Krokfoss. Ich bin sein Anwalt.«
»Ah«, sagte der Mann und trat zur Seite. »Kommen Sie rein.«
Seine Frau befand sich weiter hinten im Flur und verschlang den Schauspieler mit ihren Augen. Er lächelte ihr zu. Etwas verlassen stand Moen an der Tür und wohnte der Szene bei. Henriksen fragte kurz: »Können wir uns irgendwo ungestört unterhalten?«
»Kommen Sie mit in mein Büro«, sagte der Hausherr.

Krokfoss' Skipper lachte ein wenig in sich hinein.
»Ja, wir können uns gut an den Tag erinnern. Meine Frau auch. Aus verschiedenen Gründen.«
Bevor er weiter erklären konnte, fragte Moen:
»Welche Art Job machen Sie für Krokfoss?«
»Ich bin Skipper auf seinem Boot. Halte es instand. Kümmere mich um einen Liegeplatz und bin die Besatzung, wenn das Boot benutzt wird.«
»Arbeiten Sie nur für ihn?«
»Aber nein. Ich habe auch andere Kunden, allerdings ist er wohl mein wichtigster. Um sein Ferienhaus kümmere ich mich auch und organisiere die Instandhaltung.«
Moen nickte.
»Weshalb können Sie sich so gut an den Tag erinnern?«
»Erstens, weil es der einzige Tag im Jahr war, an dem er das Boot benutzte.« Der Skipper hielt inne und wartete auf weitere Fragen. Moen machte ihm ein Zeichen, fortzufahren. »Zweitens war ja der Schauspieler dabei, und meine Frau war

deshalb ein wenig aufgeregt.« Er lächelte. »Den darf ich jetzt nicht allzu lange mit ihr da draußen alleine lassen, um es mal so auszudrücken. Und drittens hatte meine Frau an diesem Tag Geburtstag. Sie wurde vierzig, und wir hatten eine Menge Gäste eingeladen.« Über das joviale Gesicht des Skippers huschte ein Schatten. Er zuckte mit den Schultern. »Ich bin natürlich zu spät gekommen, aber zu einem Halvdan Krokfoss sagt man nicht Nein. Zu Hause wurde es dann etwas ungemütlich.« Er verzog das Gesicht. »Kurz gesagt, ein denkwürdiger Tag.«

Moen blickte ihn an und nickte.

»Erinnern Sie sich, wann Krokfoss an diesem Tag angekommen ist?«

»Da muss ich gar nicht erst überlegen«, erwiderte er und beugte sich über den Schreibtisch. Er zog ein altmodisches Protokollheft aus einem Fach. »Das gute alte Logbuch.« Er öffnete es und las vor: »Krokfoss mit Gast. Dreizehn null fünf. Zurück in Tønsberg zwanzig dreißig.«

»Das war aber lang«, sagte Moen. »Ist es zu seinem Ferienhaus so weit?«

»Eine knappe halbe Stunde, doch Krokfoss wollte eine Bootstour machen, und wenn Krokfoss sagt, dass wir auf Tour gehen, dann heißt es bloß: ›Aye Aye, Captain.‹ Also sind wir durch die Schären geschippert, vorbei an Verdens Ende und bis hinaus nach Færder. Dann musste ich an der Insel eine ganze Weile an der Anlegstelle warten, während Krokfoss sich überlegte, was er weiter machen wollte. Danach wurde ich entlassen, musste aber erst noch einen großen Einkauf in Tønsberg machen. So verging die Zeit, und meine Frau war nicht gerade sehr milde gestimmt.«

»Wie lange war er hier?«

»Den ganzen nächsten Tag hab ich überhaupt nichts von ihm gehört. Am dritten Tag musste ich ihn dann abholen und zum Arzt bringen. Er sah furchtbar schlecht aus.«

»Und der Schauspieler?«, fragte Moen. »In welcher Verfassung war der?«
»Er war blass, aber gefasst, soweit ich mich erinnere. Als sie wegfuhren, saß er am Steuer.«
»Wessen Wagen war das, können Sie das sagen?«
»Es war der grüne Jaguar«, erwiderte der Skipper ohne zu zögern, während er verstohlen Henriksens mürrisches Gesicht ansah. »Das ist eigentlich alles, was ich weiß.«

*

»Jetzt halten Sie mal einen Augenblick die Klappe«, fuhr Henriksen den Schauspieler an, »ich hab ein Radarwarngerät.« Dann fügte er hinzu: »Wollen Sie vor sieben im Theater sein oder nicht? Ich muss schließlich nicht auftreten.«
Moen verstand den jungen Mann nur zu gut. Er selbst schloss in jedem Tunnel die Augen. Henriksen fuhr kein bisschen langsamer, bevor sie um viertel vor sieben die Mautstation bei Sjølyst erreicht hatten. Plötzlich drehte Henriksen sich um und fragte bissig:
»Was für ein Dreckszeug hatte Halvdan da auf der Insel eigentlich in sich reingepumpt? Können Sie mir das mal verraten?«
»Wovon reden Sie?«, fragte der Schauspieler.
»Was für ein Ausflug war das? Halvdan hat ja geradezu hysterische Angst davor, dass man ihn für schwul halten könnte. Er musste doch einen guten Grund haben, um mit Ihnen alleine dort hinzufahren.«
»Aber ich bin doch nicht schwul.«
»Es gibt viele, die das glauben.«
»Ich möchte meine Bewunderer nicht enttäuschen, deshalb bin ich in dieser Hinsicht vielleicht etwas vage. Außerdem kann ich Sie beruhigen und Ihnen versichern, dass unsere Ärsche unberührt geblieben sind, wenn Ihnen das was sagt.«

Der Schauspieler lachte in seinen Bart hinein und schüttelte den Kopf. »Halvdan wollte LSD ausprobieren. Damit kenn ich mich ein bisschen aus. Er hat die ganze Zeit rumgenervt und keine Ruhe gegeben. Wie ein kleines Kind.« Der Schauspieler blickte zum Autofenster hinaus, als sie die Ausfahrt Sentrum Vest abfuhren. »Ich hab's gleich bereut. Er ist völlig ausgeflippt. Die ganze Nacht musste ich bei ihm bleiben und ihm die Hand halten. Aber es ist gut ausgegangen, Gott sei Dank.«
Moen saß neben Henriksen auf dem Beifahrersitz und sah den jungen Star durch die Hintertür ins Oslo Nye Teater verschwinden. Henriksen sah Moen an. Er wirkte etwas weniger angespannt als bei allen anderen Begegnungen zuvor.
»Na, läuft jetzt wieder alles rund?« Er streckte die Hand aus.
»Ich denke schon«, sagte Moen. »Und da wir uns schon so gut verstehen, würde ich gerne mal wissen, was Frisk eigentlich dazu veranlasst hat, auf Thomas Fostervoll loszugehen. Zunächst mal: War es wirklich sein Geld?«
»Ja. Das war Risikokapital und sollte nicht aufgespürt werden können.«
»Und was glaubte er dafür zu bekommen?«
»Das, wofür er bezahlt hatte: die überschriebenen Aktien.«
»Ging er davon aus, dass Fostervoll sie hatte?«
»Ja. Er glaubte, Fostervoll würde sie zusammen mit den zwei Millionen für Linns Tochter in den Nachlass überführen und dann seine Position als Nachlassverwalter und Bevollmächtigter missbrauchen.«
»Das war ja ein äußerst misstrauischer Gedankengang.« Henriksen lächelte.
»Sie wissen ja, wie es so schön heißt: Ein Schurke hält jeden anderen Menschen selbst für einen Schurken. Ich war geneigt, ebenso zu denken.«
»Wieso?«
»Alle glauben, dass Thomas Fostervoll nur der nette und besorgte Onkel von Linns Tochter ist, dabei ist er vielleicht gar

nicht so unschuldig, wie man meinen sollte. Er war es, der auf die Idee für dieses ganze Manöver gekommen ist. Linn Fostervoll hatte doch von Aktien keine Ahnung.«

36

In der *Aftenposten* las Moen den groß aufgemachten Artikel. Dieser bezog sich auf ein Interview im *Tønsberg Blad,* in dem Halvdan Krokfoss' Skipper fragte, wie sein Arbeitgeber des Mordes an Linn Fostervoll verdächtigt werden könne, wo Krokfoss sich doch am Tag ihres Verschwindens mit einem sehr bekannten Schauspieler zusammen in seinem Häuschen auf Nøtterøy aufgehalten habe. Die Polizei ließ verlautbaren, sie habe den scheuen Finanzmann gebeten, seine Aktivitäten für den besagten Tag offenzulegen, ohne eine Antwort darauf erhalten zu haben. Sie werde nun selbstverständlich die hier ans Tageslicht getretenen Informationen prüfen.

Moen legte die Zeitung beiseite und goss sich mehr Kaffee ein, als es an der Tür klingelte. Als Moen öffnete, stand Nazeem Khan vor ihm.

»Kann ich mit Ihnen sprechen?«

»Ja, natürlich. Kommen Sie rein. Möchten Sie Kaffee?«

»Haben Sie vielleicht Tee?«

Zu Moens Verwunderung fand er Tee im Küchenschrank und setzte welchen auf. Die beiden ließen sich am Esstisch im Wohnzimmer nieder.

»Mahmood und ich haben uns unterhalten. Wir haben auch versucht, mit Svein zu reden, aber der will nichts hören.«

»Worum geht es?«

»Die haben doch mit Drogen zu tun, nicht wahr? Mit Partydrogen.«

»Das wissen wir noch nicht ganz sicher.«

»Ich habe das Foto des Mannes vor Ikea einem ... Bekannten

gezeigt«, sagte Khan zögerlich. »Der sagt, der Typ sei Marokkaner, und die handeln mit Drogen.«
Moen war nicht besonders froh darüber, dass Nazeem Khan Bilder ihrer Ermittlungen herumzeigte, und reagierte etwas unwirsch.
»Das hört sich ziemlich vage an. Was ist das überhaupt für ein Bekannter von Ihnen? Und woher weiß der was über diesen Marokkaner?«
Khan grinste jungenhaft.
»Sie wissen doch, bei uns gibt es viele Cousins.«
»Können Sie sich nicht etwas deutlicher ausdrücken?«
»Mahmood und ich haben kein Vertrauen zu Svein.«
»Wieso nicht?«
»Er ist aalglatt und denkt nur an sich selbst.«
Moen dachte einen Augenblick nach.
»Was Sie mir sagen wollen, muss also unter uns bleiben?«
»Ja«, erwiderte Khan. »Ist das in Ordnung?«
Moen streckte die Hand aus, und der junge Mann schlug ein.
»Hinten im Hotel liegen jede Menge Geld und Drogen. Wir haben uns die Filme angesehen. Montags bekommen sie die Drogen geliefert, und dann sitzen sie dienstags und mittwochs da und kümmern sich um die Drogenbestellungen und das Geld.«
»Und wer genau?«
»Sverre Midtsem und Merete Glad. Und dann gehen sie freitags und samstags mit dem Stoff auf die Straße.«
»Ich weiß viel zu wenig von diesen Sachen. Wie läuft das Geschäft genau ab?«
»Die Marokkaner nehmen die Lieferungen entgegen und packen sie um. Die Leute im Hotel bekommen die Drogen in fertigen Tütchen. Es ist viel Arbeit, das ganze Zeugs aufzuhacken, zu mischen und in Portionen abzupacken. Die Hotelcrew macht so was nicht. Die sitzen nur im Hinterzimmer, bearbeiten die Bestellungen und zählen das Geld.«
»Wie laufen die Bestellungen ab?«

Khan zuckte mit den Schultern.
»Unregistrierte Telefonnummern. Sichere Kontakte, die dann anrufen.«
»Lässt sich damit viel Geld verdienen?«
»Ein Gramm Kokain kostet ungefähr tausend Kronen.«
Moen rechnete im Kopf kurz durch, was ein Kilo mal fünfzig Wochen einbringen würde, und stellte fest, dass es sich um wirklich viel Geld handelte, auch wenn es durch mehrere Leute geteilt werden musste. Dass der Bargeldverkehr an sich ein beträchtliches Problem darstellen musste, wurde ihm auch klar. Nazeem Khan beobachtete Moen, der mit den Fingern auf die Tischplatte trommelte, doch der sagte immer noch nichts. Er konnte sich nur schwer vorstellen, wie die Familie, die er da im Hotel gesehen hatte, mit so etwas zu schaffen haben konnte. Kleine Tricksereien oder vielleicht Schwarzgeld – das hätte er ihnen zugetraut. Doch hierbei handelte es sich um schwere Kriminalität. Kriminalität, die den Tod oder den finanziellen Ruin eines Menschen zur Folge haben konnte. Dann sah er sich wieder mit dem alten Dilemma konfrontiert: Sie saßen zwar am Fenster und schauten zu, stellten ihre Vermutungen an – und hatten doch niemals Gewissheit.
»Sie wissen es nicht, Nazeem. Sie glauben es, oder? Es gibt keine Beweise. Zur Abwechslung hätte ich gerne mal etwas ganz sicher gewusst.«
»Genau darüber wollten Mahmood und ich ja mit Ihnen reden. Wir sind einem dieser Anzugtypen gefolgt. Einem von denen, die ins Hinterzimmer gehen. Mahmood war neugierig und beschattete ihn. Er überquerte das Kindergartengrundstück gegenüber vom Transformator, so dass man ihn nicht mit dem Wagen verfolgen konnte. Dann lief er über die Cord Adelers Gate runter zum Rådhusplass und betrat dann ein Restaurant ganz am Ende der Rosenkrantzgate.«
»Waren Sie beide an diesen Tagen nicht mit dem Auto unterwegs?«

»Ich bin am Freitag alleine gefahren, aber der Punkt ist doch, dass er leicht zu fassen ist. Er geht Risiken ein.«
»Was meinen Sie mit ›leicht zu fassen‹?«
»Wir brauchten nur einen kleinen Überfall zu arrangieren – und voilà.«
»Wenn wir so vorgehen würden, wäre das ganze Netzwerk alarmiert.«
»Nicht wenn wir ihn nahe beim Ziel fassen.«
»Wer sind ›wir‹? Meinen Sie, dass wir selbst das machen sollen?«
»Mahmood und ich kennen ein paar Somalier. Dann glauben sie, dass es ein zufälliger Überfall war.«
Gestern Abend hatte Moen darüber philosophiert, wo die angemessenen Grenzen an der Aker Brygge verliefen, und nun saß er selbst hier wie ein Räuberhauptmann und konnte einen Überfall bestellen. Nicht dass ihn der Gedanke sonderlich schockiert hätte. Das Problem war eher die Verlockung, die er verspürte, es zu tun.

*

Auf dem nachmittäglichen Krisentreffen von Bjørn Hansens Unternehmen ging es wieder etwas moralischer zu. Moen berichtete von seinem Ausflug nach Tønsberg und versicherte den anderen, von der Aker Brygge sei kaum mehr mit weiteren Überraschungen zu rechnen. Er war ziemlich sicher, dass Zusammenarbeit und Verantwortlichkeiten nun eindeutig geregelt waren. Auftraggeber war Henriksen, und der schien sogar zur Zusammenarbeit bereit. Über Frisk wusste niemand etwas, denn Bjørn Hansens Quelle war im Augenblick nicht zugänglich, und die Zeitungen interessierten sich nicht länger für die Geschichte.
»Sollen wir mit den Alibis weitermachen?«
Berit Hansen und Svein Solvold blickten sich ein wenig unsicher an. Thomas Hansen erstatte Bericht. Merete Glad war

die Einzige, die nicht in der Stadt gesehen worden war. Ihre Bankkarte könnte bei Ikea und im Smart Club von John Glad benutzt worden sein, der anderthalb bis zwei Stunden fort gewesen war. Wenn jemand aus der »Familie« Linn Fostervoll umgebracht hatte, dann konnte es nur Merete Glad gewesen sein, unterstrich Moen.

»Sie hatte doch ein Motorrad«, sagte Thomas Hansen. »Welche Bedeutung hat das für uns?«

»Sie musste von Bjørkelangen wieder nach Hause fahren können.«

»Meinst du, sie hat es vorher irgendwo deponiert?«, warf Berit Hansen ein. »Das hört sich für mich viel zu durchdacht an.«

»Trotzdem ist es eine unbestreitbare Tatsache, dass sowohl Auto als auch Pistole irgendwann vorher gestohlen wurden, und heute können wir davon ausgehen, dass dies geschah, um unseren Klienten Halvdan Krokfoss zu schädigen. Natürlich gibt es etwas, wie soll ich sagen, Exhibitionistisches oder Verpfuschtes an der ganzen Geschichte. Nennt es, wie ihr wollt, ich bin einverstanden.« Moen blickte sich um. Niemand kommentierte seine Ausführungen, und so wandte Moen sich Thomas Hansen zu. »Haben Sie was über den Karteneinsatz der letzten Wochen finden können?«

»Das ist schnell erzählt.« Thomas Hansen lächelte matt. »Sie benutzen im Alltag keine Karten.«

»Sverre Midtsem kauft mehrmals täglich ein«, fügte Svein Solvold hinzu. »Die baden ja anscheinend in Bargeld.«

»Ja, und warum sollten beide Frauen ihre Karten plötzlich benutzen, nachts um drei im *Beach Club*? Genau zu dem Zeitpunkt, an dem sie womöglich ein Alibi brauchten?« Thomas Hansen sah seine Mutter an. »Genau in der Nacht, als sich der alte Midtsem mit derselben Pistole das Leben genommen hat.«

»Da regt sich der gesunde Menschenverstand«, erwiderte seine Mutter. »Eins weiß ich aber ganz bestimmt: Es lässt sich nicht beweisen. Das ist doch hoffnungslos, selbst wenn wir sämtliche Ressourcen der Polizei zur Verfügung hätten. Oder glaubt jemand hier, dass sie gestehen, wenn sie unter Druck gesetzt werden? Was meinst du, Knut?«

»Du bringst das Problem auf den Punkt. Ich sehe das auch so. Allerdings haben wir hier eine Ressource, über die die Polizei nicht verfügt: Wir können sie abhören. Ich schlage vor, wir konzentrieren uns auf Merete Glad.«

Die anderen sahen ihn an, und Moen wurde etwas ärgerlich.

»Was ist denn bloß los mit euch? Habt ihr gedacht, dass ich vor euren Methoden zurückschrecke? Aber jetzt bin ich es, der gerne weiterkommen will, und da müssen wir alle Mittel anwenden, die wir einsetzen können.«

Berit Hansen schüttelte lächelnd den Kopf.

»Svein und Thomas werden sich darum kümmern.«

*

Knut Moen studierte die Speisekarte im *Dovrehallen*. Da er schon seit einer Ewigkeit kein Wiener Schnitzel mehr gegessen hatte, bestellte er eins, und als die Kellnerin mit dem Essen kam, bestellte er sich zu seinem halben Liter noch einen Gammel Oppland. Er aß sein Schnitzel und wollte gerade den Schnaps probieren, als sein privates Handy klingelte.

»Hier ist Marit Gaasland«, sagte die Stimme am anderen Ende der Leitung. »Sind Sie in der Stadt?«

»Nein«, antwortete Moen, erschöpft wie er war. Er hatte einen frühen Feierabend geplant.

»So ein Mist aber auch. Ich hätte sehr gerne mit Ihnen gesprochen, bevor wir morgen wieder loslegen.«

»Können wir uns nicht morgen früh treffen? Würde das was bringen?«

Marit Gaasland war einen Augenblick still.

»Ja, das geht. Können wir uns in der Majorstua treffen?«

»Wo denn?«
»Das *Samson* öffnet um acht. Wissen Sie, wo das ist?«
»Ja«, sagte Moen. »Also abgemacht.«
»Ist es okay, wenn ich einen Kollegen mitbringe?«
»Und wen?«
»Jemanden aus der Abteilung für Wirtschaftskriminalität. Wir würden diese Aktiengeschichte gerne mit Ihnen besprechen. Wir glauben, dass da mehr dahintersteckt.«
Moen dachte kurz nach, willigte dann aber ein. Als er das Handy wieder in die Tasche gestopft hatte und das Schnapsglas in die Hand nahm, ließ sich ein Mann auf den gegenüberliegenden Sitz fallen.
»Prost«, sagte der Mann und zwinkerte ihm versonnen zu.
Moen setzte das Glas wieder ab und glotzte den Mann an, als sei er ein Gespenst.
»Kennst du mich nicht mehr?«, sagte der Mann in dem Dialekt, den Moen aus seiner Kindheit kannte.
»Ich werde meinen Nachbarn doch wohl wiedererkennen. Du hast dich nicht gerade verändert. Hast wohl in letzter Zeit weniger zu essen bekommen. Ich hab neulich schon mit Torstein gesprochen und auch überlegt, dich anzurufen, aber deine Nummer stand nicht im Telefonbuch.«
»Mag wohl sein.« Der Mann schob die Hand in die Tasche und zog eine Visitenkarte heraus. »Hier hast du meine Nummer.«
Moen blickte auf die Karte, während Helge Buttingsrud die Unterarme auf den Tisch legte.
»So oder so hätte ich mich in den nächsten Tagen bei dir gemeldet.«
Moen setzte ein schiefes Grinsen auf.
»Du hast mich doch nicht verfolgt, oder?«
»Wieso glaubst du das?«
»Man hört da so Gerüchte.«
»Aha.« Buttingsrud zeigte auf einen etwas weiter entfernt

stehenden Tisch. »Ich sitze hier mit ein paar Kollegen, aber ich habe das ganz ernst gemeint. Ich möchte mich mal in aller Ruhe mit dir unterhalten, doch das ist jetzt weder der passende Ort noch die passende Zeit.« Er sah sich erneut um und senkte die Stimme. »Einige von uns haben sich darüber unterhalten, was mit dir passiert ist, und wir sind der Ansicht, dass man dir einen Job anbieten sollte, falls du Interesse hast.«
»Und wer sind ›wir‹?«, fragte Moen mit einem Grinsen. »Redest du von Nydalen?«
»Ja«, erwiderte Helge Buttingsrud.
»Hast du nicht verstanden, dass ich in der Behörde als *persona non grata* gelte?«
»Bei uns ist das ein bisschen anders. Uns wird schon was einfallen. Ich sage das nicht nur, weil ich dir einen großen Gefallen schulde. Willst du mich nicht mal anrufen? Dann können wir auf alle Fälle über die alten Tage quatschen. Ich muss jetzt zurück zu den Jungs.«

37

Sie trafen sich in der hintersten Ecke der Bäckerei *Samson* in der Majorstua. Noch immer war es ziemlich leer im Lokal, und am Fenster war die Kälte zu spüren, so dass alle ihre Mäntel und Jacken anbehielten. Moen begrüßte ›den schlauen Kopf‹ aus der Abteilung für Wirtschaftskriminalität, der die Bestellung aufgab und Brötchen für alle holte. Moen bemerkte, wie er Marit Gaasland ein wenig extra Aufmerksamkeit zuteil werden ließ und diese sich zum Ausgleich dafür besonders dankbar zeigte. Knut Moen schenkte Marit Gaasland ein väterliches Lächeln, und sie errötete.
Moen stellte zunächst ein paar vorsichtige Fragen. Was war mit Frisk geschehen? Was hielt die Polizei von Halvdan Krokfoss' Alibi? Die beiden jungen Leute blickten sich kurz an,

bevor Gaasland berichtete, Frisk sei auf freiem Fuß. Thomas Fostervoll hatte seine Anzeige zurückgezogen, und Frisk hatte ihm versichert, das Ganze habe auf einem Missverständnis beruht und sei von seiner Seite geklärt. Fostervoll wusste zunächst nichts anderes zu tun, als mit seiner Familie auf unbestimmte Zeit nach Spanien zu reisen.

»Haben Sie Frisk bezüglich des Tages vernommen, an dem Linn Fostervoll verschwand?«

Wieder sahen sich die beiden an, doch Marit führte weiter das Wort.

»Frisk fährt wohl traditionsmäßig am 17. Mai nach Hammerfest und bleibt dort immer eine Weile. Es geht irgendwie um das Erscheinen der Mitternachtssonne am 18. Mai. An dem Tag, als Linn verschwand, geriet er auf dem Heimweg nach Oslo in eine Geschwindigkeitskontrolle in Sennaland. Zwei der drei anwesenden Beamten wussten sehr genau, wer er ist. Da oben scheint er wohl den Spitznamen ›Speed King‹ bekommen zu haben. Und das aufgrund von mindestens zwei Anlässen.«

»Und Krokfoss?«

»Gestern Nachmittag ist die Polizei nach Nøtterøy gefahren und kam dann wohl ganz überzeugt wieder zurück«, sagte der junge Beamte. »Ich habe gestern Abend mit ihnen telefoniert. Mein Kontakt meinte, die Geschichte wirke sehr solide.«

»Und was ist mit dem dritten Mann? Auf dem Bild, meine ich.«

Marit Gaasland kniff den Mund zusammen.

»Henriksen?«

»Ja, Henriksen«, erwiderte Moen.

»Er hat Protokolle einer Vorstandssitzung und einer Generalversammlung vorgelegt.«

Moen schwieg und sah die beiden an. Da sie jedoch nichts sagten, versuchte Moen es erneut.

»Also war meine Idee mit Frisk wohl nicht so gut? Ist das die Botschaft, die Sie mir heute bringen wollen?«

»Ja«, gab Marit Gaasland zurück, »und die Ermittlung ist völlig ins Stocken geraten. Der Polizeipräsident von Oslo tritt heute Abend an die Öffentlichkeit und wird alle Spekulationen um Halvdan Krokfoss zurückweisen. Das ist auch für mich etwas peinlich. Ich hab schließlich das Foto gemacht und das alles in Gang gesetzt.«

»Na, Sie waren ja nicht die Einzige, die sich auf die Aker Brygge und Krokfoss konzentriert hat, nicht wahr?« Moen blickte sie etwas beschämt an.

»Nein, die stehen jetzt nicht mehr unter Verdacht, und es gab sogar jemanden, der das für lobenswert hielt«, sagte der junge Beamte. »Und die Ermittler stehen jetzt sozusagen wieder mit leeren Händen da.«

Moen nickte und äußerte sein Verständnis, doch wieso glaubten sie, er könne ihnen helfen? Er hatte einen Versuch unternommen, und der Verdächtige war ausgeschieden.

»Sie haben doch gesagt«, unterbrach Marit Gaasland seinen Gedankengang, »wir sollten Sverre Midtsem fragen, wo sich die Aktien seines Vaters befinden. Anders meint, dies sei des Pudels Kern. Er würde Sie gerne noch ein paar Dinge fragen.«

Der junge Mann sah Moen flehentlich an.

»Ich weiß nicht genau, ob das wirklich der Kern der Sache ist. Eigentlich bin ich Jurist, Wirtschaftsanwalt ursprünglich. Ich wollte nur gerne mal mit einem erfahrenen Ermittler sprechen.«

»Gibt es nicht genug da, wo Sie jetzt arbeiten?«, fragte Moen. Anders lächelte betreten.

»Da sind nicht alle so aufmerksam, und ich wollte rausfinden, ob ich mir Ihre Erfahrung zunutze machen kann. Marit sagt, dass man mit Ihnen reden kann.«

»Schießen Sie los.«

»Sie glauben doch auch, dass Frisk es auf die Aktien abgesehen hat. In seinen Händen waren die allerdings wertlos, um nicht

zu sagen unbrauchbar, selbst wenn sie überschrieben worden wären.«
Moen lächelte.
»So funktioniert Verbrecherlogik eben. Das Geld oder die Aktien. Selbst wenn Thomas Fostervoll ihm die Aktien gegeben hat, die er nicht benutzen konnte, so war der ursprüngliche Deal doch auf Eis gelegt. Natürlich wollte er das Geld zurückhaben, aber Fostervoll hätte selbst in der Klemme gesteckt, wenn das Geld aus dem Nachlass verschwunden gewesen wäre.«
Der junge Beamte nickte zustimmend. »Meine Theorie ist, dass Midtsem sr. seiner Enkelin die Aktien überschrieben hat, denn es gibt Vorschriften, die ihm untersagt haben, die Aktien an andere als Ehegattin oder leibliche Erben zu veräußern. Linn Fostervoll war keine leibliche Erbin.«
»Der springende Punkt ist doch: Wo sind die Aktien?«, sagte Moen. »Wir sind uns doch wohl einig, dass sie sich nicht an der Aker Brygge befinden. Haben Sie Sverre Midtsem gefragt?«
Die beiden sahen einander an.
»Er sagte«, erwiderte Marit Gaasland, »er wisse nicht, wo sie seien. Anders und ich hatten den Eindruck, dass ihm die Frage nicht gefiel, doch er hielt daran fest, dass sein Vater ihm niemals verraten hätte, wo sich seine Aktienbriefe oder die der Mutter befanden. Er selbst habe zehn Aktien, die die Mutter ihm überschrieben habe und die sich bei ihm zu Hause befänden. Wir haben darauf bestanden, die Aktienbriefe seines Vaters zu sehen, und wollten wissen, wo sie sind. Da gab er uns schließlich den Namen des alten Familienanwalts. Sverre Midtsem glaubte, die Aktien seines Vaters und seiner Mutter hätten sich bei ihm befunden, solange der Anwalt seine Kanzlei und der Vater das Hotel betrieben hatten, doch was danach geschehen sei, wisse er nicht. Wir haben ihn gefragt, wo sich die hinterlassenen Papiere seines Vaters befänden, worauf

er erklärte, die lägen im Hotel. Er habe nicht vorgehabt, die Papiere vor dem Tod seiner Mutter und der Übernahme des Gesamterbes durchzusehen.«

»Dann kam ihm seine Frau mit dem Aktienbuch zu Hilfe«, warf der Kollege ein. »Dort werden Übertragungen registriert, um rechtsgültig zu werden. Im gültigen Aktienbuch sei die ursprüngliche Verteilung der Aktien festgehalten und somit rechtskräftig, unabhängig davon, wo sich die alten Aktienbriefe befinden, betonte sie und fragte uns dann, wieso wir an den alten Aktienbriefen so großes Interesse zeigten. Wir haben sie dann höflich gebeten, die Papiere des Vaters durchzusehen und uns klar und deutlich Bescheid zu geben, ob sich die Aktien darunter befänden oder nicht.« Der Mann aus der Abteilung Wirtschaftskriminalität verzog das Gesicht. »Das endete mit Drohungen. Wir sagten, wir würden mit einem Durchsuchungsbefehl zurückkommen. Eine etwas leere Drohung vielleicht, aber sie reichte aus, dass Sverre Midtsem sich an die Arbeit machte.«

Moen nickte.

»Mit welchem Ergebnis?«

»Er vergeudet unsere Zeit«, bemerkte Marit Gaasland. »Heute gehen wir wieder hin. Deshalb wollten wir mit Ihnen sprechen. Erzähl von dem Familienanwalt«, sagte sie zu ihrem Kollegen Anders. Der räusperte sich.

»Ich habe mit dem ehemaligen Familienanwalt gesprochen. Der ist alt, aber ziemlich fit. Er hat Sverre Midtsems Annahme bestätigt, dass der Vater seine Aktien und die seiner Frau mit nach Hause nach Leangkollen nahm, nachdem der Anwalt seine Kanzlei geschlossen hatte. Demnach müssen sie sich unter den Papieren des Vaters befinden, oder nicht?« Mit den Händen machte er eine dramatische Geste. »Ich habe ihn auch ganz direkt nach dem Verhältnis zwischen Sverre Midtsem und seinem Vater gefragt. Er sagte nur: der arme Junge! Ich bat ihn, seine Aussage näher zu erläutern, doch sagte er nur, dass sich Midtsem sr. dem Sohn gegenüber hart verhalten habe und dass er auch die neue Schwiegertochter nicht mochte. Auf der Türschwelle sagte er noch, Sverres Mutter sei ein Engel, und er hoffe, die Familie würde bald ihren Frieden bekommen. Das hätten sie verdient, wie er meinte. Die letzte Äußerung war natürlich ein Vorwurf gegen uns.« Anders setzte ein schiefes Lächeln auf. »Jetzt müssen wir aber los.« Er sah auf die Uhr.

Marit Gaasland wurde hektisch.

»Was ist, wenn er sie nicht findet? Wo sind sie dann? Das wollten wir Sie fragen.«

Moen beugte sich vor und senkte die Stimme. »Ich hab in den letzten Tagen über etwas Bestimmtes nachgedacht. Sollten Sie nicht auch Thomas Fostervoll überprüfen? Was ist, wenn die Aktien im Nachlass von Linn Fostervoll auftauchen, zusammen mit den zwei Millionen?«

Die beiden Ermittler wirkten etwas geschockt, doch Moen ließ sich nicht beirren. »Er ist Wirtschaftsanwalt und der Bruder von Linn. Sollten Sie diese Möglichkeit nicht auch in Erwägung ziehen?«

Marit Gaasland runzelte die Stirn.

»Ich glaube, wir sollten den Aktien folgen. Könnten Sie nicht ein wenig darüber nachdenken, wo die sonst sein könnten, wenn sie sich nicht in den Papieren des Vaters oder in seinem Nachlass befinden? Genau darum wollten wir Sie bitten. Vielleicht könnten wir endlich mal einen Zug voraus sein?«

*

Im Parkveien saß Thomas Hansen an einem der PCs. Solvold hockte am Fenster und schaute auf das Hotel.

»Die Polizei ist jetzt bei ihnen«, sagte er. »Thomas hackt sich gerade in Merete Glads Computer, einen Mac. Sie ist glücklicherweise online.«

Moen hörte Solvold zu, war jedoch etwas desorientiert.
»Ich dachte, wir wollten sie abhören und nicht ihre E-Mails lesen.«
Thomas Hansen lächelte an seinem PC vergnügt vor sich hin und schob eine CD ins Laufwerk. Solvold drehte sich zu Moen um.
»Wir hören sie über ihren eigenen Computer ab. Das ist das Einfachste. Dann müssen wir nicht reingehen.«
Moen blinzelte mit den Augen und dachte: Meine Güte, wenn ich mit dieser Sache hier fertig bin, bin ich sicher vollends paranoid.
»Wo sind denn die Jungs heute?«, fragte er ins Leere hinein.
»Die sind beide bei einer Vorlesung«, erwiderte Solvold. »Warum fragen Sie?«
»Ich hab noch mal etwas über den Wagen im See nachgedacht, beziehungsweise darüber, wer ihn gestohlen hat.« Moen setzte sich auf einen Stuhl.
»Wenn ich Bjørn richtig verstanden habe, dann hat die Polizei versucht, alles darüber herauszufinden«, sagte Solvold. »Da haben die sicher nicht geschlampt, zumal sie geglaubt haben, Krokfoss deswegen festnageln zu können. Das Problem ist ja, dass das Ganze bereits innerhalb eines Zeitraums von vier Wochen vor dem Fund passiert sein kann, und als sie die Ermittlung aufgenommen haben, war die Spur schon mehr als kalt.«
Moen nickte zustimmend. »Aber«, fügte er hinzu, »wer von unseren Leuten hier hat ihn gestohlen? Sverre, Monica, John oder Merete? Ein Auto, das seit vielen Jahren nicht benutzt und auch nicht gewartet wurde. Zum Schrank zu gehen und sich den Schlüssel zu holen, damit war es nicht getan. Was war mit der Batterie, mit Wasser und Öl? Sieht einer von unseren Leuten so aus, als ob er sich mit Zündkerzen auskennen würde?«
»Eigentlich scheint sich nur Kasper Bull Hansen für so etwas

zu interessieren«, sagte Svein Solvold. »Der fummelt ja fast jede Woche an Glads Lieferwagen herum.«
»Wissen Sie, ob er selbst ein Auto hat, und wenn ja, was für eins?«
»Einen großen BMW, zwar ein älteres Modell, aber absolute Spitze, als er auf den Markt kam. Ich hab hier irgendwo ein Bild.«
»Nicht nötig«, sagte Moen und hob abwehrend die Hand. »Ich suche nur nach Schwachstellen in ihren Plänen. Falls Merete oder John diesen Auftrag übernommen haben, stellt sich die Frage, ob sie vielleicht Kasper zu Hilfe genommen haben. Oder ist Kasper hier mit allem einverstanden, was passiert ist? Wenn nicht, muss ihm auf alle Fälle im Nachhinein klar geworden sein, worin er sich da verstrickt hat.«
Solvold zuckte mit den Schultern.
»John Glad sieht mir zweifellos wie das schwächste Glied der Kette aus. Wenn der den Job übernommen hat, kann es ja sein, dass er etwas Dummes angestellt hat. Ansonsten bin ich der festen Ansicht, dass Merete Glad wie eine patente Frau wirkt. Möglicherweise kennt die sich bestens mit Autos aus.«
»Vielleicht«, stimmte Moen zu.
Solvold wirkte etwas verlegen. »Ansonsten neige ich zu Berits Meinung.«
»Inwiefern?«
»Dass diese Geschichte ein bisschen unglaubwürdig ist. Wir haben doch überhaupt nichts Handfestes, woran wir uns halten können.«
Moen blickte Solvold eine oder zwei Sekunden an und sagte mit Nachdruck: »Dieses Auto hat sich von Krokskogen nach Rælingen bewegt, und irgendwer muss es da hingebracht haben.«
Auf dem Schirm sah Moen Bilder aus der Rezeption. Marit Gaasland und ihr Kollege Anders betraten gerade die Rezeption, dicht gefolgt von Monica und Sverre Midtsem.

»Haben Sie immer noch Ton?«
Solvold sprang auf und fing gerade noch die Abschiedsworte auf.
– *Können wir eine Kopie von einer Aktie ihrer Mutter und einer der Ihrigen bekommen? Und eine vom Aktienregister?*
Es handelte sich um Marit Gaaslands Stimme.
Monica Midtsem ging zurück ins Hinterzimmer.
– *Sind wir dann endlich fertig mit dieser Sache? Oder möchten Sie selbst Vaters Papiere durchsehen? Ich bin bereit, alles zu tun, um diese Angelegenheit aus der Welt zu schaffen.*
Es war Sverre Midtsem, der diese Worte gesprochen hatte. Moen sah, dass Marit Gaasland ihren Kollegen fragend anblickte, doch der Wirtschaftskriminologe schüttelte den Kopf.
– *Das ist wohl kaum nötig,* sagte er und sah dabei etwas frustriert aus. – *Haben Sie wirklich keine Idee, wo sich seine Aktien befinden könnten?*
– *Nein, falls sie nicht in einem Testament auftauchen. Unter seinen Papieren war nichts, was danach ausgesehen hätte.*
Dann kam Monica Midtsem mit den Kopien zurück, und die beiden Ermittler verschwanden von der Bildfläche. Monica Midtsem warf ihrem Mann über den Kopf des Portiers einen Blick zu, und gemeinsam liefen sie die Treppe hinunter und betraten den Flur, der zu den hinteren Gemächern des Hotels führte.
Moen schaute aus dem Fenster, als Marit Gaasland und ihr Kollege schnellen Schrittes über den Parkveien liefen und dann außer Sichtweite waren. Danach hörte Moen Musik aus dem PC, an dem Thomas Hansen saß.
»Wir sind drin«, sagte Bjørn Hansens Sohn. Er hörte angestrengt zu. »Kanal P 4.« Dann drehte er sich zu Solvold und Moen. »Verdammt. Sie ist Radiohörerin.«
»Was hat das zu sagen?«, fragte Moen.
»Dass es schwer ist zu hören, worüber sie sich unterhalten.«

38

Moen setzte sich vor den Fernseher und sah dem Staatsanwalt aus Oslo zu, wie der den Stand der Ermittlungen im Mordfall Linn Fostervoll erläuterte. Als der Jurist die Fokussierung auf Halvdan Krokfoss und das Milieu von der Aker Brygge zu begründen versuchte, schob er einen Großteil der Verantwortung auf die Presse ab und räumte ein, die Polizei verdächtige diesbezüglich niemanden mehr. Jetzt wollten sie jedoch auch andere Möglichkeiten überprüfen.

Moen stellte den Fernseher ab und schaute aus dem Fenster. Der Winter hatte sich entschieden, nass zu werden. Unten im Zentrum hatten die Schneeflocken sich in Regen verwandelt, und die feuchte Dunkelheit verschlang jedes Licht. Er nahm sich ein Bier und atmete auf. Früh wollte er Feierabend machen, doch genau in diesem Moment klingelte sein privates Handy. Er sah auf die Nummer. Weder seine Tochter noch Marit Gaasland.

»Knut Moen«, sagte er kurz angebunden.

Einen Augenblick war es still in der Leitung, dann sagte eine Stimme: »Ich bin's.«

»Ja?«

»Weißt du, wer dran ist?«

»Ja.«

Wieder gab es eine Pause, dann fuhr die Stimme fort. Moen hörte, dass sie bereits lallte, obwohl es erst halb neun war.

»Ich hab hier so dagesessen und an dich gedacht. Es tut mir so leid, was passiert ist, aber ich wusste nicht mehr, was ich machen sollte, und dann ist es einfach so gekommen.«

Moen hörte zu. Er stand aufrecht da, steif wie ein Stock.

»Bist du noch da?«

»Ja. Ich höre.«

Ein Jugendfreund hatte einen Unfall gehabt und saß nun im Rollstuhl. Gudny hatte das Angebot erhalten, sich in eine Ferienanlage einzukaufen, die er in seiner Heimatstadt an der Küste betrieb. Momentan wohnte sie im Haus ihrer Mutter.
»So eine Chance hätte ich nie wieder bekommen. Verstehst du das?«
»Was soll ich denn verstehen?«
»Dass ich mir einen Traum verwirklichen konnte.«
»Ja, gut.« Er hatte zwar noch nie zuvor von diesem Traum gehört, ließ es aber dabei bewenden.
Sie klang etwas weinerlich, als sie fortfuhr:
»Mir ist wichtig, dass du nicht glaubst, ich hätte es aus reiner Bosheit getan. Das war nicht gegen dich persönlich gerichtet. Ich hätte es nur einfach nicht ertragen, noch mal in diese Scheißstadt zu kommen.«
»Geht's dir denn jetzt gut?«
»Ja. Alles in Ordnung. Etwas ruhig jetzt im November, aber es ist einfach nur herrlich.«
Moen ertrug es nicht mehr, höflich zu sein, und schwieg. Gudny Leirvaag war anscheinend auch etwas verlegen, denn eine Weile blieb es still.
»Glaubst du«, sagte sie dann, »dass wir uns mal treffen können, um ordentlich über die Sache zu reden? Es fühlt sich nicht richtig an, dass wir auf diese Weise auseinandergegangen sind.«
Wie vom Donner gerührt stand Moen da und hielt das Telefon ans Ohr. Hörte er richtig? Nüchtern erwiderte er, für ihn fühle es sich auch nicht richtig an, ohne dass Gudny die darin liegende Ironie verstand.
»Könntest du nicht vielleicht mal hierherkommen, damit wir uns unterhalten können? Ich hab sonst niemanden in meinem Leben.«
»Kannst du nicht mit deinem Anwalt reden? Der hat dir doch so schön geholfen.«

Endlich wachte sie in der Wirklichkeit auf.

»Ich hatte gedacht, dass wir uns ernsthaft über unsere Beziehung unterhalten könnten, aber nicht auf diese Weise.«

»Wenn du deinen Anwalt mitbringst, komme ich mit meinem. Wann wollen wir uns treffen?«

Gudny Leirvaag brach das Gespräch ab.

Es wurde eine schlimme Nacht. Als er erwachte, war Moens Körper steif. Stockdunkle Finsternis und Stille. Er schaltete die Nachttischlampe an und sah auf die Uhr. Es war drei, und jetzt saß er in der ärgsten Stunde der Nacht da, hellwach. Er stand auf, bezahlte Rechnungen über das Internet, trank Kaffee, lag auf dem Sofa und lief im Zimmer hin und her. Schaute ab und zu aus dem Fenster und betrachtete die Schneeflocken im trüben Straßenlicht – Schneeflocken, die zu Regen wurden, sobald sie auf den Boden trafen.

Um fünf Uhr war er wieder im Internet, um die neuesten Meldungen zu lesen. Zuerst *Aftenposten*, dann *Dagbladet* und schließlich *Verdens Gang*. Sein mobiler Internetanschluss war langsam und brauchte Ewigkeiten, also stand Moen auf und holte mehr Kaffee. Als er zurückkam, strahlte ihm das Gesicht von Halvdan Krokfoss vom Bildschirm entgegen. Auf dem Bild standen Zahlen. Die beiden ersten lauteten 28-05, und dann weiter 03.00. Hinter ihm war ein teilweise von Haaren verdecktes Frauengesicht zu sehen, doch nicht verdeckt genug, dass Moen es nicht erkannt hätte: Es war niemand anderes als Linn Fostervoll.

Die Schlagzeile lautete ironisch:

DIESE FRAU KANNTE ER NICHT

Der Text darunter war ausführlicher. »Hier ist Halvdan Krokfoss zusammen mit Linn Fostervoll – in der Nacht vor ihrer Ermordung. Weitere Informationen unter VG-TV.«

Moen klickte den Link an und lud das Video herunter. Es war ein kurzer Ausschnitt. Zuerst kam Krokfoss. Er sah erschöpft aus. Linn Fostervoll lief gleich hinter ihm, drehte den Kopf zur Seite und lächelte ihren Nebenmann an, der nun ins Bild trat. Das Wolfsgrinsen von Henriksen glitt vorbei. Eine weitere Person war auf dem Video zu sehen, jedoch ging sie an der Wand entlang und so dicht an der Kamera vorbei, dass nur die Haare in die Linse ragten. Mehrmals ließ Moen das Video ablaufen, hielt das Bild an und nahm die Mähne ins Visier. Sie war dunkel. Die Frage lautete zuallererst: Mann oder Frau? Innerlich zweifelte Moen nicht daran, dass es eine Frau war, doch ließ der Film keine eindeutigen Schlüsse zu.

Moen las den Artikel durch. Die Botschaft lautete, Halvdan Krokfoss habe nach langer Bedenkzeit ein Alibi für den Tag von Linn Fostervolls Verschwinden vorgelegt, und die Polizei schließe aufgrund eigener Ermittlungen Krokfoss und seinen Anwalt aus dem Kreis der Verdächtigen aus. Die Zeitung stellte fest, der vorgelegte Film erschüttere das Alibi nicht grundsätzlich.

»Unsere Quellen besagen, die Polizei habe seit langem gewusst, dass die Überwachungsvideos aus Krokfoss' Hauseingang gelöscht wurden und man dies als verdächtig betrachte. Über den Grund hierfür kann es keinen Zweifel mehr geben. Im Zuge der Ermittlungen haben Halvdan Krokfoss und sein Anwalt Fred Morgan Henriksen betont, Linn Fostervoll nicht persönlich gekannt zu haben. Die Glaubwürdigkeit dieser Aussagen ist durch diesen Film, der unserer Redaktion anonym über das Internet zugesandt wurde, deutlich geschwächt. Doch kann nicht nur die Glaubwürdigkeit dieser Äußerungen in Zweifel gezogen werden, sondern auch die Glaubwürdigkeit des medienscheuen Finanzmanns und seines Anwalts als solche.«

Ein paar Minuten starrte Moen auf den Artikel. Er war durchaus einverstanden, die Aufrichtigkeit der erwähnten Herren geschwächt zu sehen, doch eigentlich war er auch nicht sonderlich schockiert oder überrascht. Wie nun die Polizei reagieren würde, war eine ganz andere Frage. Moen lief eine Stunde umher, bevor er sich in die Arbeit stürzte. Es galt, einiges in Angriff zu nehmen. Um halb sieben rief Solvold an.

*

In der Wohnung im Parkveien fand wieder eine Krisenbesprechung statt. Jedenfalls sahen Moens Mitarbeiter das so. Wie bei so vielen Krisensitzungen der Weltgeschichte verging die Zeit, ohne dass etwas geschah. Man saß zusammen, war krisengeschüttelt und ratlos, hauptsächlich weil die Krise bereits eingetreten war und man nichts rückgängig machen konnte. Man konnte einzig lernen, mit der Situation so zu leben, wie sie war, doch verwies Moen darauf, es sei nicht ihre Aufgabe, Krokfoss und Henriksen aus der Schusslinie zu bringen.

Als Solvold zu bedenken gab, die Geschehnisse erlaubten es der Polizei nun, die Spuren weiter zu untersuchen, denen sie selbst gefolgt waren, erwiderte Moen, dass der Videoausschnitt zwei grundsätzliche Schwachpunkte aufwies. So wie es sich derzeit darstellte, konnte die Aufnahme durchaus computertechnisch manipuliert worden sein. Die Tatsache, dass sie an *Verdens Gang* und nicht an die Polizei geschickt worden war, würde die diesbezügliche Skepsis lediglich verstärken. Doch war die Krisenstimmung in der mittlerweile ziemlich unordentlich und schmutzig gewordenen Wohnung dadurch nicht vertrieben.

»Verdammt, Knut«, sagte Svein Solvold. »Linn Fostervoll! Kommt direkt von einer Party mit Krokfoss und dem Anwalt, die kaum wussten, wer sie war. Genau so haben sie das vor aller Welt verkündet.«

»Sie und ich hätten in der Situation das Gleiche getan. Das ist eine ganz natürliche Reaktion, egal ob sie schuldig sind oder nicht. Alle wollen Problemen aus dem Weg gehen, wenn sie die Möglichkeit dazu haben. Oder sie lügen aus anderen Gründen. Insgesamt sagt das eigentlich nichts über ihre Schuld aus, und beide haben für den Tatzeitpunkt ein Alibi vorgelegt.«

»Aber das wird die Polizei doch nur in ihrer Überzeugung stärken, dass die beiden in irgendeiner Form involviert sind.«

Moen zuckte mit den Schultern.

»Die Möglichkeit besteht leider. Aber nun muss ich Sie fragen, ob Sie selbst auch dieser Ansicht sind? Ich habe das Gefühl, dass Sie sich hinter der Polizei verstecken. Wenn alle anderen auch so denken, dann bricht unser Plan zusammen.«

Solvold schielte zu den anderen Anwesenden herüber.

»Ich kann nur für mich selbst sprechen. Sie sagen, das Ehepaar Midtsem und die Geschwister Glad hätten ihre Alibis konstruiert. Aber was ist mit Krokfoss und Henriksen? Wäre es nicht ein Kinderspiel für Krokfoss, sich ein Alibi zu erkaufen, um eine Dummheit zu vertuschen?«

Moen lächelte verbissen.

»Ich war ebenfalls in Tønsberg, und wenn ich sage, dass alle Beteiligten verlässlich auf mich wirkten, dann stütze ich mich auf meine langjährige Erfahrung.«

»Krokfoss benutzt sein Boot ein einziges Mal in diesem Jahr, und zwar genau zu diesem Zeitpunkt. Ein guter Freund und ein Angestellter bestätigen seine Angaben, lange Zeit danach.« Solvold sah zu Thomas Hansen. »Was sagt Ihr Vater immer noch: ›Alles steht zum Verkauf, wenn der Preis stimmt.‹«

»Und ist es dann vielleicht auch Krokfoss«, warf Moen rasch ein, »der den Videoausschnitt eingeschickt hat?«

Solvold biss sich auf die Unterlippe.

Moen fuhr fort: »Irgendjemand will, dass die Osloer Kripo und wir jetzt genau so dasitzen. Wer könnte das sein?«

»Henriksen vielleicht«, erwiderte Solvold.

Moen setzte sich an den PC und rief die Seite von *Verdens Gang* auf.

»Schauen wir uns das noch mal an. Auf dem Bild gibt es eine weitere Person. Wer ist das?«

Als der Film ablief, zeigte er auf die schwarze Mähne, die genau in dem Moment am Bildrand erschien, als Henriksen als Nummer drei des Grüppchens das Blickfeld der Kamera passierte.

»Vielleicht hat diese Person ja eine Geschichte zu erzählen?«, meinte Moen. »Wer möchte das herausfinden?«

Zum ersten Mal an diesem Abend öffnete Nazeem Khan den Mund.

»Wir sind auf Ihrer Seite.« Unsicher sah er zu Thomas Hansen hinüber. »Mahmood auch.«

Thomas Hansen rieb sich die Stirn.

»Ich weiß, dass Mama so denkt wie Svein, aber sie hat auch gesagt, Sie sollen bestimmen, was wir weiter tun.«

Moen nickte.

»Kann jemand ein Phantombild von Merete Glad als schwarzhaarige Frau anfertigen? Dann werde ich mal sehen, ob ich mit Henriksen irgendwie weiterkomme.«

Eine Stunde später war das gewünschte Bild fertig. Mehrmals rief Moen bei Fred Morgan Henriksen an, ohne Antwort zu erhalten. Aufmerksam beobachtete Nazeem Khan, was Moen sagte und tat. Thomas Hansen ging weg, und Solvold saß schmollend an seinem Wachtposten am Fenster, mit Mahmood Khan, geduldig wie immer, neben ihm. Wie er so dasaß, erinnerte er an die Statue eines indischen Fürsten.

»Da ist unsere Hotelfrau. Sie klingelt an der Tür zum Eckhaus. Das hab ich noch nie zuvor gesehen.« Solvold erwachte zu neuem Leben. Rasch kam er auf die Beine und schaltete den Ton an einem der Computer ein. Sie hörten Musik, dann ein Klingelgeräusch und schließlich:

Ja doch, ja doch. Nerv!

Die Worte waren vor der Hintergrundmusik gerade noch zu hören.

»Verfluchtes Radio«, sagte Solvold verbissen.

39

– *Musst du das blöde Radio anhaben?*
Sie hörten Monica Midtsems Stimme, dann wurde die Musik abgestellt und Solvold nickte zufrieden. Moen und die Jungs waren hellwach und mucksmäuschenstill.
– *Ich höre gern Musik*, kam es aus dem Lautsprecher.
– *Ich kann laute Musik nicht ertragen.*
Ein paar Sekunden blieb es still.
– *Wie komm ich zu der Ehre? Kommst ja nicht gerade oft hierher.*
– *Du weißt, dass ich viel zu tun habe*, sagte Monica Midtsem.
Merete Glad lachte kurz und erwiderte:
– *Na, spuck's schon aus. Du kommst ja nicht her, ohne was auf dem Herzen zu haben. Mittlerweile kenn ich dich.*
– *Ich frage nur ein einziges Mal und möchte eine ehrliche Antwort haben: Hast du was mit dem Video zu tun, das VG heute veröffentlicht hat?*
Von Merete Glad kam keine Antwort.
– *Es heißt: Wer schweigt, stimmt zu*, war Monica Midtsems Stimme zu hören.
– *Was willst du eigentlich? Du bist doch bloß meine Schwester und Sverres Frau, führst dich aber so auf, als wärst du hier unsere Anführerin und müsstest alles kontrollieren.*
– *Ihr könnt sicher alle ganz gut einen Aufpasser gebrauchen*, geiferte Monica Midtsem zurück. *Du hast unseren sogenannten Bruder vergessen. Siehst du nicht, dass er kurz vor dem vollständigen Zusammenbruch steht?* Eine Pause trat ein. Merete Glad würdigte sie offenbar keiner Antwort, und Frau Midtsem fuhr fort:
– *Findest du nicht, dass das ein Problem ist?*

Merete Glad nahm den Faden nicht auf und sagte stattdessen:
– *Selbst wenn ich das Video geschickt habe, was ist, verdammt noch mal, das Problem? Jetzt schmort Halvdan Krokfoss in seinem eigenen Saft. Ist das nicht einfach großartig?* Sie hielt einen Moment inne und fügte dann hinzu: – *Ich finde ganz einfach, dass du undankbar bist. Denk mal daran, was ich alles für dich und Sverre getan habe.*
Monica Midtsem verdaute die Worte eine Zeit lang, bis sie schließlich antwortete:
– *Ich denke jeden Tag daran, möchte dich aber auch an das erinnern, was wir uns zu Christi Himmelfahrt in meinem Ferienhaus versprochen haben. Wir wollten niemals wieder darüber reden, wenn nicht alle anwesend sind. Dann wollten wir uns am selben Ort treffen, und auch nur, wenn es nötig wäre. Ich frage dich, weil ich tagsüber völlig nervös bin. Die Bullen kommen ins Hotel und kramen in unseren Sachen herum, und das hier kam wie ein Blitz aus heiterem Himmel. Ich mag keine Überraschungen, Merete.*
– *Ich weiß, aber das ist nur deshalb, weil du ein Kontrollfreak bist. Das ist dein persönliches Problem, aber kein Problem für uns. Weswegen bist du so nervös?*
– *Überleg doch mal, wenn diese Aufnahme jetzt zu dir zurückverfolgt werden kann. Überleg mal, welche Folgen das für uns alle haben könnte, von unseren Geschäften mal ganz zu schweigen. Ich komme hauptsächlich hierher, um sicherzugehen, dass das nicht möglich ist.*
– *Es ist nicht möglich. Der Ausschnitt war auf einem Stick, und ich hab ihn aus dem größten Internetcafé im Zentrum geschickt. Den Stick hab ich weggeworfen.*
– *Wo kam die Aufnahme auf dem Stick her?*
– *Eine CD, die Tanya bekommen hat. Von jemandem, der nicht weiß, wer Tanya ist.*
In Merete Glads Wohnung wurde es still.

– *Und wo ist die CD jetzt, Merete?*
– *An einem sicheren Ort.*
– *Hier in der Wohnung? Sei um Gottes willen einmal ehrlich.*
Moen lehnte sich begierig vor, während Merete Glad nach einer Antwort suchte.
– *Auf Knien flehe ich dich an,* tönte Monica Midtsems Stimme aus dem Lautsprecher. – *Wenn du nicht antworten willst, will ich nur eins sagen: Es gibt keinen Grund, ein Risiko einzugehen. Wenn du dich hier sicher fühlst, dann gehst du ein solches Risiko ein. Kannst du mir versichern, dass sich die CD an einem Ort befindet, wo sie niemand mit dir in Verbindung bringen kann? Ist es so schwer, mir das zu garantieren?*
Wieder einen Augenblick Stille. Dann:
– *Ja, Monica. Weil du es bist.*
– *Danke, Merete. Du darfst niemals glauben, wir wären undankbar, meine Kleine. Ohne dich hätten wir's nie geschafft.*

Solvold spielte die Aufnahme wieder und wieder ab. Die Worte klangen metallisch durch den Raum. Merete Glad: *Denk mal daran, was ich alles für dich und Sverre getan habe.*
Monica Midtsem: *Ohne dich hätten wir's nie geschafft.* Wie versteinert saß Solvold da und ließ die Sätze ein weiteres Mal erklingen. Moen grinste in seinen Bart hinein. Die beiden Aussagen enthielten zwar keine realen Informationen, doch Svein Solvold hatte offensichtlich das Bedürfnis, sich den Dialog anzuhören, auch wenn er in keiner Weise verriet, *was* getan worden war oder *was* sie geschafft hatten.
Moen beschäftigte sich mehr mit den tatsächlichen Informationen, die aus dieser Aufnahme hervorgegangen waren. Er dachte eher an *du bist doch bloß meine Schwester, zu Christi Himmelfahrt in meinem Ferienhaus* und daran, wer *Tanya* bloß war? Informationen, über die sie bisher nicht verfügt hatten. Waren Monica Midtsem und Merete Glad wirklich

Schwestern, oder hatten sie sich nur zu solchen erklärt? Klar war, dass Monica Midtsem ein Ferienhaus besaß, doch wo? Ein Treffen und eine Vereinbarung an Christi Himmelfahrt – worüber? War Tanya eine neue Person oder Merete Glads Alter Ego? Moen erschienen diese Fragen aus einem nicht näher zu erfassenden Grund ganz wesentlich, und so fragte er:

»Was denken Sie jetzt, Svein?«

»Sie hatten recht. Irgendwas läuft da mit den Frauen. So ein Mist aber auch, dass die nicht Klartext geredet haben.«

»Wir können aber wohl mit Sicherheit davon ausgehen, dass Merete Glad es auf Halvdan Krokfoss abgesehen hat, oder?« Moen schlug die Beine übereinander, legte die gefalteten Hände darauf und wartete auf eine Antwort.

»Ja.« Solvold schüttelte den Kopf. »Das ist ja die reinste Verschwörung hier. Was wir gehört haben, klang unglaublich durchdacht und beherrscht.«

»Aber es sagt nichts über den Inhalt der Verschwörung.«

Solvold lächelte enttäuscht. »Auf alle Fälle sehe ich die Dinge, auf die Sie in letzter Zeit hinauswollten, jetzt mit anderen Augen. Irgendwas steckt dahinter, oder?« Er blickte Moen etwas verwundert an. »Was machen wir jetzt?«

Moen drehte sich zu Mahmood und Nazeem Khan, die der Unterhaltung vom Fenster aus hellwach folgten. Seit der Aufnahme der Unterhaltung hatten sie kein Wort gesagt. Moen wandte sich wieder an Solvold.

»Sind Sie jetzt dabei, oder zweifeln Sie noch? Es ist wirklich wichtig, dass ich eine ehrliche Antwort bekomme.«

»Ich bin dabei, aber weshalb fragen Sie? Ich hab Ihnen doch bereits recht gegeben.«

»Um es geradeheraus zu sagen: Von jetzt an bin ich auf Loyalität und Disziplin angewiesen. Ich habe keine Lust, jeden Tag in einer Besprechung zu sitzen und über die Zweifel von Leuten zu diskutieren, die nicht mal den grundlegenden Ansatz teilen.«

Solvold hatte die Unterarme auf die Beine gestützt und ließ jetzt den Kopf hängen.
»Was steht als Nächstes an?«, fragte er schließlich.
Moen nahm einen Zettel, auf dem drei Fragen standen: »Sind sie Schwestern? Wo ist das Ferienhaus von Monica Midtsem?«, und die dritte Frage lautete: »Wer ist Tanya?«
Noch eine vierte Frage hatte Moen, behielt diese jedoch zunächst für sich.
»Ich kümmere mich um die dritte Frage«, sagte Moen. »Die Antwort auf die beiden ersten hätte ich gerne so schnell wie möglich von Ihnen.«
Solvold blickte verwundert zu ihm hoch, lächelte aber.
»Ja, ja. In Ordnung. Berit und ihre Tochter klären das in kürzester Zeit. Ich fahr sofort los.« Er stand auf, schlug die Hacken zusammen und salutierte.
Die Khan-Jungs sahen Solvold nach, bis er aus der Tür verschwunden war.
»Wie lauten die Fragen?«, fragte Nazeem Khan.
Moen schrieb die drei Fragen nochmals auf einen Zettel und reichte ihn Nazeem. Eine Weile saßen die Jungs über den Zettel gebeugt da. Mahmood Khan drehte sich wieder dem Fenster zu, und Nazeem sagte:
»Gibt es etwas, das wir tun können?«
»Es gibt noch eine vierte Frage. Geben Sie mir den Zettel noch mal.« Moen beugte sich vor und streckte den Arm aus. Er schrieb die vierte Frage auf: »Handeln sie mit Drogen?«
Nazeem nahm den Zettel entgegen und las, grinste und gab ihn dann an seinen Vetter weiter, der ihn mit einem seiner seltenen Anflüge eines Lächelns quittierte. Er stand auf.
»Ich mach mal einen kleinen Spaziergang, wenn es okay ist?«
Moen nickte.
»Viel Glück.«
Im gleichen Moment klingelte Moens Arbeitshandy, und es

gelang ihm auf Anhieb, das richtige Telefon in die Finger zu bekommen. Das Display verriet, dass Henriksen inzwischen in Gang gekommen war.

*

Moens Auftraggeber saß in seinem verdunkelten Büro an der Aker Brygge. Nur die Leselampe war eingeschaltet, und Moen setzte sich an die andere Seite des Schreibtischs und bewunderte wieder die vom Scheinwerferlicht erhellte Festung Akershus.

»Um diese Aussicht beneide ich Sie«, sagte er leise.

Fred Morgan Henriksen hob den Kopf und sah Moen zur Abwechslung leicht verwundert an. Seine Bartstoppeln wirkten schwärzer als je zuvor, und er hatte große, dunkle Ringe um die Augen. Er warf einen Blick aus dem Fenster, doch Moen vermutete, dass er nur sein eigenes Spiegelbild in der dunklen Fensterscheibe wahrnahm.

»Haben Sie mit der Polizei gesprochen«, fragte Moen.

»Ich habe morgen einen Termin im Präsidium.«

»Was ist mit Krokfoss?«

»Der ist in London, zusammen mit seiner Familie, passenderweise.«

»Was sagt er?«

»Gar nichts. Er schreit herum und wird zu keinem Termin kommen.«

»Hatten Sie die Aufnahmen nicht gelöscht?«

Henriksen starrte resigniert auf seine Fäuste vor ihm auf dem Schreibtisch.

»Bjørn Hansen hat gefragt, ob wir die Back-up-CD untersucht hatten, als sie rausgenommen wurde. Also ob es die Originalaufnahme war und nicht eine Kopie. Im Nachhinein betrachtet, war das eine gute Frage.«

»Unter uns gesagt: Die Aufnahme ist also authentisch?«

Fred Morgan Henriksen nickte schwerfällig.

»Unter uns gesagt: Ja. In der Öffentlichkeit werden Sie mich vielleicht etwas anderes sagen hören.«

»Das geht mich nichts an. Ich bin weder Ihr Medienberater noch Ihr Anwalt. Haben Sie sich den Videoausschnitt genau angesehen?«

»Ja.«

»Haben Sie die schwarze Mähne bemerkt, die sich da an der Kamera vorbeischleicht?«

»Ja.«

»Wissen Sie, wer das ist?«

»Sie nennt sich Tanya. Taucht bei allen möglichen Partys im Osloer Westen auf. Viele glauben, sie sei ein Transvestit, ich aber nicht.«

Moen erwiderte nichts, wartete auf die Fortsetzung.

»Sie kam zusammen mit Linn, die behauptete, dass Tanya eine Jugendfreundin sei und dass die beiden sich schon auf dem Gymnasium für irgendwelche Partys zurechtgemacht und dabei viel Spaß gehabt hätten. Linn meinte, ihre Freundin mache das immer noch so.«

»Haben Sie mit dieser Tanya gesprochen?«

»Nein, sie hat sich ein bisschen an Halvdan rangemacht. Ich war mit anderen Dingen beschäftigt.«

»Linn?«

Henrik schnitt eine Grimasse. »Business and pleasure.«

Moen holte sein Aufnahmegerät hervor und ließ die Unterhaltung zwischen Monica Midtsem und Merete Glad abspielen. Wie gebannt saß Henriksen da, bis die magischen Worte fielen: – *Eine CD, die Tanya bekommen hat. Von jemandem, der nicht weiß, wer Tanya ist.*

Henriksen versuchte etwas zu sagen, doch Moen winkte ab und ließ ihn den Rest hören.

»Dann hat sie also die CD«, stieß Henriksen hervor, während Moen das Gerät wieder in die Tasche steckte.

»Vielleicht. Wollen Sie wissen, wer Tanya ist?«

Ohne eine Antwort abzuwarten legte Moen zwei Fotos vor Henriksen auf den Schreibtisch, der sie eingehend betrachtete.
»Glauben Sie, das ist diejenige, die Linn umgebracht hat?«
»Das ist Merete Glad. Sie ist Linn Fostervolls Jugendfreundin. Erkennen Sie die Schwarzhaarige wieder? Ist das Tanya?«
»Ja. Das ist sie.«
Moen legte ein drittes Foto auf den Schreibtisch des Anwalts.
»Dies ist ein Phantombild von Merete Glad, mit schwarzer Perücke und als Tanya geschminkt. Was meinen Sie?«
Zum ersten Mal hob Henriksen den Kopf.
»Soll das ein schlechter Scherz sein?«
»So ist das eben.«
Henriksen stützte den Kopf mit den Händen.
Moen stand auf. »Letzte Frage: Können Sie mir sagen, ob Linn Drogen genommen hat? Ich meine, als Sie sich getroffen haben.«
Henriksen sah ihn mit düsterem Ausdruck an.
»Kokain«, sagte er. »Sonst noch was, bevor wir schließen?«
»Vier Liter Milch und das *Dagbladet* von gestern.«
Moens Kommentar quittierte Henriksen mit dem Hauch eines Lächelns. Aufrecht stand Moen da und betrachtete den Anwalt. In Moens Augen sah er wirklich miserabel aus, und Moen verspürte beinahe etwas Mitleid für den Mann.
»Überlegen Sie gerade, was Sie der Polizei sagen?«
Henriksen hob den Blick.
»Ich sitze hier und überlege, was ich meiner Frau und meinen drei Töchtern sage, wenn ich nach Hause komme.«

40

Knut Moen saß am Fenster der Wohnung im Parkveien. Freitagmorgen, es war fast neun. Draußen war es dicht bewölkt und stockfinster. Seine Aufmerksamkeit war auf das Mietshaus der Geschwister Glad gerichtet.

Hinter ihm saß Svein Solvold und telefonierte.

»Berit hat eine Bestätigung erhalten, dass die Geschwister Glad noch eine Halbschwester haben. Monica Løvold. Der alte Glad hat die Vaterschaft bereits bei der Geburt anerkannt. Dieses Ferienhaus hat Berit aber noch nicht lokalisieren können«, sagte er zu Moen gewandt.

»Ich würde gern das Testament von dem Vater der beiden sehen. Vielleicht findet sich das Ferienhaus ja da drinnen. Fragen Sie, ob Berit Zugang zum Nachlassgericht hat.«

Moen nahm das Fernglas zur Hand und beobachtete einen Wagen unten an der Absperrung zur Eisenbahnbrücke im Munkedamsveien. Zwei Männer saßen darin.

»Sie hat Zugang, sagt sie, aber sie muss selbst hingehen.«

»Bitten Sie sie, dort ein wenig rumzustöbern, möglichst bald«, erwiderte Moen und wandte sich zu Nazeem. »Können Sie mal einen kleinen Spaziergang machen und rausfinden, ob da irgendwo ein schwarzer Range Rover herumfährt? Wenn Sie ihn sehen, rufen Sie mich bitte sofort an.«

Fünf Minuten später rief Nazeem Khan schon an.

»Er steht gegenüber der Reichweins Gate.«

»Konnten Sie sehen, wer drin saß?«

»Der Wagen hat getönte Scheiben, aber ich glaube, es waren drei.«

Moen zog sich eine Jacke über und eilte aus der Wohnung. Die Mühe eines Umwegs sparte er sich. Er entdeckte den Wagen,

rannte über die Straße und klopfte an die Scheibe. Das Fenster auf der Fahrerseite fuhr herunter, und Geir Ove Frisk glotzte ihn mürrisch an.
»Was wollen Sie?«
»Lassen Sie mich einsteigen«, sagte Moen. Eine der hinteren Türen öffnete sich, Moen kletterte in den Wagen und setzte sich neben Fred Morgan Henriksen. Auf dem Beifahrersitz saß ein schwergewichtiger Typ mit kurzen Haaren.
»Wenn sie aus dem Hoteleingang kommt, dann hat sie die CD in den Hotelsafe im Hinterhaus gelegt«, sagte Moen. »Wenn Sie sie hier überfallen, wird sie sich fragen, wieso, und Sie bringen unseren ganzen Plan in Gefahr. Der Schaden ist doch bereits angerichtet.«
Schweigend saßen die drei Männer da.
»Na schön. Ich kann Sie nicht dran hindern, aber ich kann Ihnen verraten, dass sie so früh morgens nicht aufsteht. Sie können hier also noch eine ganze Weile sitzen, und mit Ihnen möchte ich sehr gerne noch ein paar Worte reden, Frisk. Sie können mir bei etwas behilflich sein, was für Henriksen hier auch nicht ganz unbedeutend ist. Am liebsten möchte ich mit Ihnen beiden sprechen. Können wir für ein paar Minuten in meine Wohnung gehen?«
Frisk drehte sich zu Henriksen und sah ihn fragend an. Henriksen war wie gelähmt und starrte nur vor sich hin.
»Was sagst du?«, fragte Frisk.
Ohne ein Wort öffnete Henriksen die Autotür und stieg aus. Frisk überreichte dem Muskelprotz auf dem Beifahrersitz die Autoschlüssel und öffnete seine Tür.
»Was soll ich machen, wenn sie rauskommt?«, fragte der Mann.
»Weiß nicht«, gab Frisk zurück.
Henriksen lief voraus in den Eingangsbereich des Eckhauses in der Reichweins Gate und blieb nicht eher stehen, bis Moen die Wohnung aufschließen musste. Moen ging voran und schloss

die Tür des Mädchenzimmers. Henriksen steuerte direkt auf das Sofa zu, ließ sich der Länge nach darauffallen und legte sich einen Arm vor die Augen. Frisk blickte Moen an.
»Er ist völlig fertig. Ist die ganze Nacht auf gewesen. Soll ich erzählen, Fred?«
Henriksen nahm den Arm vom Gesicht und nickte. Frisk sah Henriksen mitleidlos an und sagte mit einem abgeschliffenen Finnmark-Akzent:
»Die Polizei war in London und hat sich mit Krokfoss unterhalten. Er hat ihnen erzählt, dass Fred eine Beziehung zu Linn hatte. Er hat auch ausgesagt, dass Fred von der Pistole und den Autos seines Vaters wusste.« Frisk lächelte erbarmungslos. »Diese Behauptungen lassen sich ja nicht leugnen, nicht wahr, Fred?«
Henriksen starrte an die Decke.
»Um zwölf muss ich im Polizeipräsidium sein. Ich glaube, sie wollen Anklage erheben.« Abrupt setzte er sich auf. »Am liebsten würde ich verschwinden. Was meinen Sie? Muss ich zu diesem Termin?«
Moen sah ihn ernst an.
»Um ehrlich zu sein, habe ich dazu keine Meinung. Machen Sie es, so gut Sie können. Wenn Sie abhauen, wird man das als Schuldeingeständnis deuten, egal ob Sie schuldig sind oder nicht. Ich nehme an, Sie haben einen guten Anwalt?«

»Er schläft«, sagte Frisk und setzte sich neben Moen. Im Mädchenzimmer hinter der Küche hatte Moen den PC angeschaltet und klickte auf einen Ordner. Der enthielt Bilder von allen, die in die Sache einbezogen waren. Zuerst waren da die beiden gut angezogenen jungen Männer, die Monica Midtsem an den Wochenenden in das Hinterzimmer führte.
»Ich wüsste gerne, was die beiden treiben. Wir fragen uns, ob sie wohl mit Drogen handeln.«
Frisk lächelte.

»Einen von denen kenne ich.«
»Und welchen?«
»Den da«, sagte Frisk und zeigte auf eins der Bilder. »Verkauft Partydrogen in Restaurants am Bogstadveien.«
»Sicher?«
»Ja, aber ich hab nie gewusst, wo er die herhat.«
»Das hier ist Tanya. Kennen Sie die?«
»Verkauft auch Drogen, auf Partys. Überall. Ich wusste nicht, dass Fred sie kennt.«
Moen zeigte ihm eine Aufnahme von Kasper Bull Hansen.
»Und was ist mit dem?«
Frisk starrte auf das Foto.
»Was hat er damit zu tun?«
»Haben Sie Drogen von ihm gekauft?«
Erstaunt sah Frisk Moen an, antwortete aber nicht.
»Es ist nicht wichtig, ob die Antwort Ja oder Nein lautet. Es ist nur wichtig, dass die Antwort wahr ist.«
»Wieso?«
»Es geht um die Frage, ob und wie sehr er in die Geschäfte dieser Leute verwickelt ist. Für ihn da draußen auf dem Sofa könnte das ziemlich wichtig sein. Vor ein paar Wochen habe ich Sie und ihn auf der Straße beobachtet. Sie haben irgendetwas ausgetauscht.«
»Ich müsste ja wirklich blöd sein, wenn ich diese Frage beantworten würde. Sie fragen mich, ob ich eine strafbare Handlung begangen habe. Sie, ein Polizist.«
»Exbulle, dank Ihnen. Sie sind mir was schuldig.«
»Haben Sie mir etwa die Bullen auf den Hals gehetzt?«
»Ja oder Nein?«, antwortete Moen mit einer Gegenfrage. Dann fügte er hinzu: »Die Vergangenheit hat keine Bedeutung mehr. Die haben Henriksen am Haken. Er ist unser Auftraggeber, und ich brauche Ihre Kenntnisse und Kontakte.«
Frisk zögerte, und Moen zeigte auf den Computer.
»Dieser Rechner steckt voller Ungesetzlichkeiten. Ausrei-

chend für ein paar Jahre Gefängnis, und ich bin der Verbrecher.«

»Ja, verdammt. Es waren Drogen. Wollen Sie wissen, was und wie viel, oder reicht Ihnen das?«

»Da hab ich ja die Antwort, um die ich gebeten habe. Wissen Sie noch irgendwas anderes über den Mann?«

Frisk überlegte kurz, bevor er antwortete.

»Wissen und wissen. Es gibt Gerüchte, dass er Fluchtautos für Raubüberfälle besorgen kann. Aber ich betone, dass ich das nicht weiß. Es sind, wie gesagt, nur Gerüchte.«

»Er ist also ein Autodieb?«

»Möglich.«

»Wie ist dieser Handel zustande gekommen, den ich da beobachtet habe? Ist das ein fester Kontakt?«

»Nein. Er hat sich an mich gewandt. Er sagte, er habe mich auf einer Party gesehen, und fragte, ob ich Interesse hätte, was zu kaufen.«

»Nur das eine Mal?«

»Ja.«

»Warum hat er sich an Sie gewandt? Was glauben Sie?«

»In bestimmten Kreisen hat sich wohl herumgesprochen, dass ich Geld habe.«

»War's ein großes Geschäft?«

»Ja, eigentlich schon.«

»Gut«, sagte Moen. »Ich habe einen Plan, und Sie sind derjenige, der einschätzen kann, ob er realistisch ist, und wenn ja, ob es sich durchführen lässt.

Sie nehmen Kontakt zu Bull Hansen auf und sagen, Sie hätten einen Klienten, einen Engländer, der gehört hat, dass da irgendwo in Norwegen ein Rolls Royce Silver Phantom aus den siebziger Jahren herumsteht. Er sei schusssicher und habe früher einem kuwaitischen Scheich gehört. Und dann wedeln Sie mit fünftausend Pfund in bar, die er behalten kann, wenn er rausfindet, wo der Wagen ist.«

»Und wo steht er?«
»In einer Scheune in Ringerike. Er steht neben dem Jaguar, der in Bjørkelangen gefunden wurde. Aus der Sammlung von Krokfoss' Vater.«
»Nach dem, was in den Zeitungen stand, kann ich das selbst nicht machen.«
»Lässt sich das arrangieren? Würden Sie's versuchen?«
»Ich kann's versuchen.«
Moen streckte die Hand aus, und Frisk willigte ein. Beide lächelten.
»Wenn sie aus dem Hoteleingang herauskommt«, sagte Moen, »dann heißt das, dass sie die CD in einen Safe im Hinterhaus des Hotels gelegt hat.«

*

Als Merete Glad schließlich aus dem Hotel kam, war sie zu ihrer üblichen abendlichen Tour als Tanya verkleidet. Zu diesem Zeitpunkt waren Geir Ove Frisk und seine Männer schon lange verduftet, einschließlich Anwalt Henriksen. Ob sie den Weg ins Polizeipräsidium gefunden hatten, wusste Moen nicht. Zur selben Zeit erhielt Solvold eine eingescannte Kopie des Testaments vom gemeinsamen Vater der Geschwister Glad und Monica Midtsem. Monicas Erbteil bestand aus einem Ferienhaus im Blefjell und der Wohnung im Parkveien, wo das Ehepaar Midtsem jetzt gemeinsam wohnte. Zudem kam eine große Geldsumme hinzu, um den Erbteil der Halbgeschwister auszugleichen. Im Testament standen Grundstücks- und Registrierungsnummer des Ferienhauses vermerkt, das von Berit Hansen exakt lokalisiert worden war.
Moen sah Solvold an.
»Tja, Svein. Jetzt wissen Sie, was Sie zu tun haben.«
Solvold nickte.
»Soll ich sofort losfahren?«

»Es ist schon etwas spät. Wie wär's mit morgen in aller Herrgottsfrühe? Wollen Sie jemanden mitnehmen?«
»Nein, nicht nötig. Es fällt weniger auf, wenn ich alleine operiere.«
»Und wie sieht Ihr Plan aus?«
»Ich werde Sie aufschrecken, wenn es mir gelingt. Sie wissen ja, wie wichtig es ist, dass Ihr Teil des Plans ebenfalls gelingt.«
»Und, kriegen Sie Ihren Part hin?«
»Keine Ahnung. Es ist noch zu früh, darüber was zu sagen.«

41

Moen hoffte auf einen Anruf von Marit Gaasland. Er wollte selbst nicht aktiv werden. Um sich die Zeit zu vertreiben, hatte er einen Spaziergang zum Egertorg unternommen. In seiner exklusiven, aber alternden Winterjacke hatte er ein Loch entdeckt, und nun stand er draußen vor dem Laden, der einst das Herrenausstattungsgeschäft der Brüder Amundsen beherbergt hatte. Ein Reklameschild der Dressmann-Kette leuchtete ihm entgegen, und er sah sich etwas ratlos um, bis ihm Follestad in der Akersgata einfiel.
Kurze Zeit später trat er wieder aus dem Laden, gekleidet in eine neue Jacke, die wasserdicht war und über ein herausnehmbares Innenfutter verfügte. Dann schlenderte er langsam über die städtische Prachtstraße, die Karl Johans Gate – im Volksmund nur Karl Johan genannt, nach dem französischen Marschall und Republikaner Bernadotte, der Norwegen als König von Schweden der schwedischen Krone einverleibt hatte.
Moen dachte oft an solche Dinge. Nach den langen Jahren, die er im Akersveien gewohnt hatte, und all den Spaziergängen über die sich anschließende Akersgata bis hin zur Festung Akershus, war er zu der Auffassung gelangt, dies war die his-

torische Achse der Stadt. Vom alten Gut Aker über die alte Aker-Kirche bis hinunter zur Festung Akershus – und einen Moment lang stellte er sich genau diese Achse als Prachtstraße der Stadt vor. Wie wäre das wohl gewesen?
Er betrachtete die Menschen, die in der Dunkelheit vorbeihasteten. Es war windig, die Temperaturen lagen unter null, und die Passanten verschanzten sich hinter ihrer Winterkleidung. Die Gesichter wirkten wie weiße Flecke, unter Mützen und Schals verborgen. Moen blieb stehen und blickte die Karl Johan hinunter. Die Vorweihnachtszeit war gekommen, doch in allen Schaufenstern war bereits Weihnachten, obwohl draußen noch schneefreier November herrschte.
Knut Moen bewunderte das von Scheinwerfern beleuchtete königliche Schloss, am Ende der Hauptstraße auf einem Hügel thronend und von den Bürgern des Landes erbaut, um den schwedischen König zu beherbergen, wenn der zu Besuch kam – wohl das einzige Schloss im gesamten Königreich Norwegen. Die Reihe der dänischen Könige, so lang wie ein ganzes Jahr mit trüben Tagen, hatte sich in ihrer norwegischen Provinz ohne ein einziges Schloss zurechtgefunden, auch wenn man in Dänemark von einem Schloss zum nächsten laufen konnte.
Von einem Klingeln in der Tasche wurde Moen in seinen Gedanken unterbrochen. Einen Augenblick musste er überlegen. Wo waren die Taschen in der neuen Jacke? Schließlich schaffte er es noch, das Gespräch rechtzeitig anzunehmen.
»Ja, hallo?«
»Hier ist Marit.«
Moen antwortete nicht sofort, und sie wiederholte.
»Marit Gaasland. Hallo? Sind Sie noch da?«
»Ja, hallo. Hier ist Moen.«
»Sind Sie in der Stadt?«
»Ja. Ich erledige hier gerade einen Auftrag.«
»Sind Sie beschäftigt?«

»Nein, ich laufe über die Karl Johan und suche nach Weihnachtsgeschenken. Zur Abwechslung versuche ich mal, die nicht im letzten Moment zu besorgen.«
»Sie sind ein Glückspilz, wenn Sie für so was Zeit haben. Haben Sie vielleicht auch Zeit für eine Unterhaltung mit Anders und mir? Ich hatte Sie doch gebeten, über die Sache mit den Aktien nachzudenken. Ist Ihnen da was eingefallen?«
»Ja, aber wie ist es denn bei Ihnen gelaufen? Hatte Midtsem die Aktien? Hat Thomas Fostervoll etwas gesagt?«
»Können wir uns darüber nicht in Ruhe unterhalten? Wir sitzen hier bei mir zu Hause. Können Sie nicht bei uns vorbeikommen?«
Moen überlegte kurz und sah auf die Uhr. Er war völlig ausgehungert.
»Eigentlich wollte ich etwas essen.«
»Ich bestelle Pizza.«
Nach dem Essen brachte Marit Gaasland das Geschirr in die Küche. Ihr Kollege Anders Rimestad erklärte Moen, es sei Sverre Midtsem nicht gelungen, die Aktien seines Vaters zu finden. Beim Nachlassgericht war kein Testament von Sverre Midtsem sr. deponiert, demnach wären die Aktien dort nicht zu finden, würde der Nachlass von Sverre Midtsems Eltern eines Tages überführt werden. Im Besitz der alten Frau Midtsem befanden sie sich auch nicht. Sie hatten mit ihr gesprochen. In einem Telefonat hatten sie auch Thomas Fostervoll, der sich in Spanien aufhielt, ordentlich zugesetzt. Das Ergebnis war ein Fax aus Spanien, eine Kopie der Nachlassbestimmung seiner Schwester Linn Fostervoll, wie sie der Steuerbehörde auch vorgelegen hatte. Darin waren keine Aktien enthalten.
Als Marit Gaasland wieder hereinkam, setzte sie sich an den Esstisch.
»Sollen wir es ihm erzählen?«, fragte sie ihren Kollegen.
Anders Rimestad öffnete einen Knopf seines weißen Hemdes.

»Ja«, sagte er. »Wissen Sie, Marit und ich sind ein wenig ins Abseits geraten. Im Polizeipräsidium sitzen sie jetzt da und überlegen, Krokfoss' Anwalt Henriksen wegen des Mordes an Linn Fostervoll anzuklagen. Die Beamten sind in London gewesen und haben Krokfoss vernommen, der nun etwas mehr Bereitschaft zur Zusammenarbeit zeigte als früher. Er sagt, Henriksen und Linn Fostervoll hätten ein Verhältnis gehabt. Die Staatsanwaltschaft denkt vielleicht, dass das Geld im Nachlass aus einer Erpressung stammt und Krokfoss jetzt begriffen hat, dass es Henriksen ist, der ihm an den Kragen will.« Anders Rimestad blickte zu Marit Gaasland hinüber, bevor er fortfuhr: »Marit und ich halten das für etwas abwegig, aber die Kollegen glauben wohl, dass Henriksens Gefolgschaft zu reden beginnt, wenn er unter Brief- und Besuchsverbot in Untersuchungshaft sitzt.«

»Was glauben Sie?«

»Vielleicht ist es auch unsinnig, aber bei Monica Midtsem bekomme ich eine leichte Gänsehaut. Sie ist kalt wie ein Fisch, und sie und ihr Mann haben sich sichtlich unwohl gefühlt, als wir sie wegen der Aktien unter Druck gesetzt haben. Wir würden die Sache gerne weiterverfolgen, aber es sieht so aus, als ob sich der Fokus bei dieser Sache erneut verschiebt.« Marit Gaasland lächelte unsicher und sah Moen an. »Was glauben Sie?«

»Wegen Henriksen oder der Aktien?« Moen erwiderte ihr Lächeln.

»Beides.«

»Henriksen hat die Aktien nicht«, sagte Moen. »Was er haben wollte, hat er nicht bekommen. Er und Linn hatten ein Verhältnis, das ihnen gemeinsamen Nutzen und Spaß versprochen hat. Ich glaube überhaupt nicht an irgendein Erpressungsmotiv. Irgendwer hat die Übertragung der Aktien verhindert, indem er oder sie Linn Fostervoll und möglicherweise auch ihren Schwiegervater umgebracht hat.«

»Und wer soll das sein?«
»Diejenigen, die ein Interesse daran hatten, dass die übertragenen Aktien verschwanden. Vielleicht diejenigen, die sie heute nicht beibringen können? Für Monica und Sverre Midtsem stand womöglich viel auf dem Spiel.«
»Wo sind die Aktien jetzt?«, fragte Anders Rimestad. »Was meinen Sie?«
»Meiner Meinung nach wurden sie vernichtet«, erwiderte Moen.
»Ja, aber wo?«
»Ich glaube, Sverre Midtsem sr. hatte sie auf seinem Boot. Er hat dagesessen und die Aktien mit seinem alten Parker Füllfederhalter von Hand überschrieben. Auf dem Boot wurde ja auch eine leere Aktentasche gefunden.«
»Junior hat den Vater auf dem Boot gefunden«, erwiderte Marit Gaasland unumwunden. »Die Mutter hatte angerufen und ihn gebeten, nach ihm zu sehen. Er kann sie ja aus der Tasche genommen haben, bevor er die Polizei anrief.«
Moen nickte. »Das ist natürlich eine Möglichkeit, aber warum legt er die Karten nicht auf den Tisch? Das Problem ist ja, dass der Schwiegervater, falls er am Leben geblieben wäre, hätte erzählen können, was er gemeinsam mit seiner verstorbenen Schwiegertochter geplant hatte. Dass er das nicht sofort getan hat, resultierte wohl aus dem Umstand, dass sie einfach verschwand. Eine Geschichte, die sich früher oder später aufgeklärt hätte. Also wartete er und bibberte vor Angst. Bei beiden wurde dieselbe Waffe verwendet. Das ist eine Tatsache.«
Die jungen Beamten sahen einander an.
»Es klingt ganz logisch, bleibt aber hypothetisch oder spekulativ, solange uns keine weiteren Tatsachen zur Verfügung stehen.« Marit Gaasland seufzte tief.
»Ja, und die Ursache dafür liegt darin, dass überhaupt nicht richtig versucht wurde, dem Ehepaar Midtsem und den Geschwistern Glad in die Karten zu gucken. Unter anderem

etwa ist Monica Midtsem eine geborene Løvold und die Halbschwester von John und Merete Glad. Sie haben denselben Vater. Nur um mal ein Detail herauszunehmen. Sie wissen doch, dass deren Geschäfte ineinander verwickelt sind, und Linn Fostervoll hat vielleicht eine Bedrohung für die ganze Konstruktion dargestellt.«

»Woher wissen Sie das? Betreiben Sie Ihre eigenen Nachforschungen?« Marit Gaasland blickte ihn leicht schockiert an.

Moen starrte auf die Tischplatte und begriff, jetzt war die Gelegenheit gekommen – jetzt oder nie. Er war bereit, das Risiko einzugehen.

»Ich habe doch gesagt, dass ich einen Auftrag in der Stadt erledige. Vor einiger Zeit wurde ich von dem Sohn eines alten Freundes kontaktiert. Er hatte einen Job für TV Norge übernommen. Sie wollten einen Bericht über den Fall bringen. Als erfahrener Polizist sollte ich so eine Art Qualitätssicherung für dieses Projekt übernehmen. Meine erste Aufgabe war es, die Alibis von Sverre Midtsem und John Glad zu untersuchen. Der Sohn meines Freundes hat noch mal mit dem Vater und dessen Sohn gesprochen, die den Nachlass verkauft haben, den Midtsem und Glad abgeholt haben.

Es waren natürlich ausgezeichnete Alibis. Alle vier Männer in diesem Clübchen waren den ganzen Tag mit einem Nachlass beschäftigt. John Glad war im Lauf des Vormittags zwei Stunden abwesend, was aber nicht genügend Zeit war, um nach Bjørkelangen zu fahren. Monica Midtsem ist an dem Tag, als Linn ermordet wurde, von Zeugen bei der Arbeit im Hotel beobachtet worden. Die Einzige, die an diesem Tag überhaupt nicht gesehen wurde, ist Merete Glad.«

Moen hielt inne und setzte eine leicht entschuldigende Miene auf.

»Ich begebe mich jetzt etwas aufs Glatteis. Ich habe Jugendfreunde und alte Kollegen, die Zugang zu Daten über Bankkartenverwendung und Telefongespräche haben. Obwohl es irregulär war, konnte ich der Versuchung nicht widerstehen. Kurz gesagt, ich habe Blut geleckt. Merete Glad benutzte ihre Bankkarte bei Ikea und dem Smart Club in Slependen, interessanterweise genau zu dem Zeitpunkt, als John Glad sich gerade kurz von dieser Nachlassgeschichte abgeseilt hatte. Nach Pfingsten wurde Merete Glads Motorrad aus der Lassons Gate gestohlen, angeblich zwei Tage bevor Linn Fostervoll verschwunden ist. Ein paar Wochen später wurde es in Drammen wiedergefunden und von der Besitzerin sofort verkauft.« Moen sah die beiden fragend an. »Sehen Sie die Verbindungen?«

Sie nickten etwas zögerlich.

»Ich erzähl schnell weiter, Sie können dann im Anschluss lieber graben und nachfragen. Ich werde ein paar Behauptungen aufstellen, aber nicht notwendigerweise etwas über die Quellen verraten. Ist das okay für Sie?«

Marit Gaasland sah etwas verdattert aus, doch Anders Rimestad hatte die Ohren gespitzt.

»Zunächst einmal«, fuhr Moen fort, »der Nachlass wurde zu einem überhöhten Preis erstanden, so dass sie auch sichergehen konnten, den Job zu bekommen. Zweitens ist Sverre Midtsem seit diesem Tag nicht ein Mal mehr dabei gewesen, wenn der Trupp irgendwo einen Nachlass abgeholt hat. Es waren immer nur John Glad und zwei Handlanger namens Kasper Bull Hansen und Erlend Riismyhr. Als Sverre Midtsem von Linns Verschwinden erfuhr, hat er ganz bestimmt bei ihr zu Hause nach den Aktien gesucht. Er hatte ja den Schlüssel der Tochter. Sie waren aber nicht da. Wahrscheinlich hat er auch bei der Mutter in der Leangbukta nachgesehen.

Der zweite Teil meiner Überlegungen betrifft den Selbstmord des Vaters. Die einzigen Bankkarten der Verdächtigen, zu denen am Abend und in der Nacht Bewegungen registriert wurden, als der Vater sich angeblich das Leben genommen hat, sind im *Beach Club* an der Aker Brygge aufgetaucht. Monica

Midtsem und Merete Glad waren die Kartennutzerinnen, um drei Uhr nachts, kurz vor Schließung.«

Moen sah Marit Gaasland an.

»Erinnern Sie sich, was Monica Midtsem Ihnen über diese Nacht erzählt hat?«

»Sie sagte, sie und ihr Mann seien zu Hause gewesen, was von der Tochter bestätigt wurde.«

Moen nickte.

»Alles Weitere skizziere ich nur kurz, damit sie überlegen können, ob es noch andere interessantere Möglichkeiten als Henriksen gibt.«

»Woher sollten Sverre und Monica denn wissen, dass der alte Midtsem die Aktien überschreiben wollte?«, gab Marit Gaasland zu bedenken. »Hätten Sie davon gewusst, dann wäre das ein klares Motiv gewesen, aber es passierte doch hinter ihrem Rücken.«

»Ich behaupte mal, es war eine Person. Wem gehört die schwarze Mähne auf dem Video mit Linn, Krokfoss und Henriksen? Haben Sie die bemerkt?«

Beide nickten.

»Das ist Tanya, die auf den Partys im Osloer Westen Drogen verkauft. Ein junger Journalist wusste, wer sie war, und hat sie fotografiert, als sie aus Midtsems Hotel kam. Wenn Sie Henriksen fragen, antwortet er Ihnen vielleicht.« Moen öffnete seine Tasche und legte ein Foto von Merete Glad auf den Tisch. Dann legte er das Phantombild von Merete Glad mit schwarzer Perücke und dick aufgetragener Schminke daneben. »Marit, Merete Glad hat Ihnen gegenüber beteuert, dass sie mit Linn nicht mehr auf freundschaftlichem Fuße stand, obwohl sie Jugendfreundinnen waren und im selben Mietshaus wohnten. Können wir sicher sein, dass Linn Fostervoll nicht jemandem etwas erzählt hat, von dem sie glaubte, es handele sich um ihre Busenfreundin?«

Gaasland und Rimestad begutachteten die Fotos.

»Apropos Drogen. Ich habe meinen Kontaktmann die Kartenverwendung aller hier Beteiligten für den ganzen Oktober überprüfen lassen. Niemand von denen benutzt Karten für die alltäglichen Erledigungen. Alle bezahlen mit Bargeld, was Sie, Herr Rimestad, ja ohnehin interessieren dürfte. Offensichtlich benutzen sie nur dann Karten, wenn etwas passieren soll. All diese Informationen sind Ihnen ebenfalls zugänglich, sofern Sie die Erlaubnis bekommen, dem Ganzen nachzugehen. Sind Sie interessiert?« Moen ging zum Fenster und blickte hinaus.

»Glauben Sie, die Frauen sind die Täter?«

Moen drehte sich um und sah Anders Rimestad an.

»Sie hätten das Zeug dazu. Merete Glad ist durchtrainiert, kampfsporterfahren und äußerst gewalttätig. Ich hab gesehen, wie sie einem Mann den Arm gebrochen hat, als wäre er ein Streichholz.«

Marit Gaasland gaffte. »Da gibt's aber einiges, was Sie hier nicht erzählen.«

»Ja, ich versuche lediglich, Ihr Interesse zu wecken. Sind Sie interessiert, oder soll ich auf eigene Faust weitermachen?«

»Was können wir tun, ohne uns zu kompromittieren?«, wollte Rimestad wissen.

»Niemand auf meiner Seite weiß, dass ich mit Ihnen spreche. Ich gehe davon aus, für Sie gilt dasselbe. Alles, was ich sage, deutet auf Dinge, die Sie selbst untersuchen können. Diese wiederum bilden die Grundlage für Fragen, die Sie allen vier Beteiligten stellen müssen. Es hat niemand bisher festgestellt, welche Bewegungen unsere Verdächtigen in der Nacht ausgeführt haben, als der alte Midtsem sich erschoss und die Aktien vielleicht verschwanden.«

Moen ging zurück an den Tisch, an dem die beiden saßen.

»Wenn Sie Henriksen zu einem Geständnis bringen, wonach er sich Midtsems Aktien aneignen wollte, und wenn er bezeugen kann, dass diese Mähne auf dem Video zu Tanya gehört, dann sind Sie schon ein großes Stück weiter. Wenn wir diese Sache hier wirklich beschleunigen wollen, dann sollten Sie alle vier zu einer schriftlichen Vernehmung ins Präsidium laden. Stiften Sie ein bisschen Panik, dann werd ich sehen, was ich tun kann.«

»Aber wonach sollen wir denn fragen?« Marit Gaasland wirkte etwas frustriert.

»Überlegen Sie noch mal, worüber wir jetzt gesprochen haben. Die Fragen stehen nur so Schlange.«

Rimestad lächelte beruhigend.

»Die Fragen stehen tatsächlich Schlange, Marit. Das werden wir schon hinkriegen.« Mit einem munteren Glitzern in den Augen blickte er Moen an. »Ich wüsste eigentlich viel lieber, was Sie jetzt machen werden.«

»Das werde ich Ihnen nicht verraten. Glauben Sie, Sie können die Genehmigung bekommen, alle zur Vernehmung zu laden?«

»Es gibt keine Garantie, aber ich sehe da einen Ansatz. Wie wichtig ist das Ganze?«

»Möglicherweise ganz entscheidend. Sie wissen, wie kompliziert die Beweisführung in diesem Fall ist, selbst wenn ich recht habe. Auf der anderen Seite: Wenn ich recht habe und Sie dieser Spur folgen, wird Sie das später in ein sehr vorteilhaftes Licht setzen. Wenn es nirgendwohin führt, glaube ich, dann befinden Sie sich da innerhalb der Behörde in guter Gesellschaft.«

Bereits auf dem Weg über den Antiquitätenmarkt Vestkanttorvet bereute Moen, was er getan hatte. Die Ungeduld hatte ihm einen Streich gespielt, und ihm wurde klar, dass er ein ziemlich großes Risiko eingegangen war. Vielleicht fühlten sich die jungen Leute an der Nase herumgeführt? Vielleicht war er es, der in den nächsten Tagen vernommen werden würde?

In der Reichweins Gate angekommen, gerieten diese Gedanken zu einer immer stärker werdenden Gewissheit. Noch bevor er sich hinsetzen und durchatmen konnte, klingelte es an der Tür. Moen öffnete mit einem leichten Zittern, doch vor der Tür stand Nazeem Khan, der sein breitestes Lächeln aufgesetzt hatte und einen kleinen Koffer in den Händen hielt. Moen ließ ihn eintreten, und Khan ging voraus und legte den Koffer auf den Wohnzimmertisch. Er öffnete die Schnappschlösser, klappte den Deckel auf und sagte triumphierend: »Hier ist der Beweis. Sie handeln mit Drogen.«

42

Nach einer unruhigen Nacht wachte Moen am nächsten Morgen auf. Er fürchtete, dass Marit Gaasland sich verquatscht hatte, und ganz unten im Schlafzimmerkleiderschrank stand ein eleganter kleiner Lederkoffer voller Partydrogen. Nazeem Khan hatte ihm versichert, alles sei wie geschmiert gelaufen. Der Kurier hatte im Dokkeveien nahe dem alten Westbahnhof eins über die Rübe bekommen und war dann über den Zaun gehievt und in die Büsche gezerrt worden. Er hatte wohl kaum verstanden, was ihn da getroffen hatte. Nazeem fügte hinzu, es sei aber auch äußerst unvorsichtig gewesen, sich mit einer solchen Lieferung allein an einem verlassenen Ort herumzutreiben.
Moen hatte den unwiderstehlichen Drang verspürt, zu erfahren, was im Hotel vor sich ging. Nun hatte er die Beweise sozusagen auf dem Schoß liegen und war diesbezüglich erhört worden, doch begriff er, dass er jetzt nicht nur einfach ein Exbulle war, sondern ein Exbulle, der sich illegale Rauschmittel mit einem Verkaufswert von mehreren hunderttausend Kronen angeeignet hatte. Der Preis, den er für seinen Wissensdurst womöglich noch zu entrichten hatte, war hoch. Mehrere

Jahre Gefängnis für Beweismaterial, das in einem norwegischen Gerichtssaal nicht präsentiert werden konnte.
Er dachte an den ersten Tag in der Vermisstenabteilung zurück. Als er damals den Aktendeckel geöffnet hatte, der nur mit Linn Fostervolls Namen beschriftet war, hatte er gedacht: Bin ich derjenige, der alles ausbaden muss? Als Sündenbock für ein System, das sich gegen Kritik zu schützen versucht? Jetzt war er selbständiger Unternehmer, und wenn er nun die Schlinge um den Hals liegen hatte, war das die Folge seiner eigenen Handlungen. Er hatte sich weit hinaus bewegt – in kurzer Zeit, das begriff Moen.
Ihm blieb genügend Zeit zum Philosophieren. Im Radio hörte er, dass Fred Morgan Henriksen vernommen wurde und die Polizei die Gerüchte über eine bevorstehende Anklageerhebung nicht kommentieren wollte. Später am Tag rechnete er mit einer möglichen Anfrage von Henriksens Verteidiger, doch erfolgte eine solche nicht. Kein Ton von Marit Gaasland und Anders Rimestad, ebenso wenig von Geir Ove Frisk. Das hätten gute Zeichen sein können, wäre Moen zum Abschalten in der Lage gewesen, doch jedes Mal, wenn er sich aufs Sofa legte und die Augen schloss, übermannten ihn unzählige Sorgen.
Am späten Nachmittag rief Solvold an, der das Ferienhaus von Monica Midtsem im Blefjell ausfindig gemacht hatte. Laut Solvold handelte es sich um ein recht stattliches Häuschen, groß, aber alt. Die guten Neuigkeiten lauteten, dass es von den anderen Wochenendhäusern abgeschirmt lag. Er rechnete damit, im Laufe der Nacht eindringen zu können, um ein Mikrofon anzubringen. Sein Problem bestand darin, in Abhörreichweite einen Ort zu finden, an dem er sich aufhalten konnte, ohne dabei in der winterlichen Kälte zu erfrieren, doch hatte er bereits eine Idee.
»Glauben Sie, dass Sie sie hierherscheuchen konnten?«, fragte Solvold schließlich.

»Ich weiß nicht«, erwiderte Moen. »Die Mühlen des Gesetzes mahlen langsam. Ein paar Samen hab ich ausgesät, doch ich weiß nicht, ob sie angehen oder wie lange es dauert.«
»Glauben Sie wirklich, dass sie hier mitten im Winter zu einer Zusammenkunft hochgefahren kommen, wo sie doch alle so nahe beieinander wohnen?«
»Sie wissen doch, was Monica Midtsem über das Ferienhaus gesagt hat. Ich will ganz sichergehen.« Moen war unbeugsam. Am anderen Ende der Leitung kaute Solvold eine Weile darauf herum.
»Ja gut, Chef«, sagte er schließlich und ergänzte: »Ich finde, es ist ein Fehler, dass wir nicht auch in Monica Midtsems Wohnung sind. Sie könnten sich doch genauso gut dort treffen, aber ich melde mich, sobald ich die Ausrüstung installiert und einen Horchposten gefunden habe.«
»Sie haben genügend Zeit. So schnell passiert erst mal nichts. Die Bullen sind jetzt im Wochenende.«
Als Moen das Handy in die Tasche steckte, kam ihm seine neue Angewohnheit zu Bewusstein. Bullen. Er bezeichnete sie als Bullen.

*

Um fünf Uhr verließ Moen das Haus, um etwas zu essen. Die Temperatur war im Vergleich zum Vortag etwas angestiegen, und ein paar große Schneeflocken schwebten durch die Luft. Sein Arbeitshandy klingelte. Es war Nazeem Khan.
»Die Bullendame und der andere sind gerade ins Hotel reingegangen.«
Moen blieb stehen. Er befand sich gleich oberhalb des Hoteleingangs und blickte einen Moment die Straße hinunter, dann rannte er über die Straße und verschwand im Eingangsbereich zum Haus der Überwachungswohnung. In der Wohnung angekommen, hörte er die letzten Takte eines Klavierstücks. Nach all diesen Wochen erklärte er sich durchaus

einverstanden, dass Sverre Midtsem jede Gelegenheit nutzte, um auf dem Klavier zu spielen, das gleich neben der Rezeption stand.

Moen setzte sich neben Nazeem Khan und blickte auf den Bildschirm. Dort sah er den Rücken von Marit Gaasland und Anders Rimestad und wie Sverre Midtsem sich auf den Weg vom Klavier zum Tresen machte.

– *Was verschafft mir heute das Vergnügen?*, fragte Sverre Midtsem. – *Kann ich Ihnen ein Zimmer anbieten, vielleicht ein Doppelzimmer?*

Die Miene des jungen Paares ließ sich nicht erkennen, da sie weiterhin mit dem Rücken zur Kamera standen. Anders Rimestad antwortete:

– *Wir haben versucht, mit einer Bekannten von Ihnen in Kontakt zu treten. Merete Glad. Sie wohnt in dem Haus gleich hier unten. Haben Sie eine Ahnung, wo sie sich aufhalten könnte?*

– *Wieso fragen Sie mich das? Woher sollte ich wissen, wo sie sich die ganze Zeit herumtreibt?*

– *Wir haben gehört, dass sie eine enge Freundin der Familie sei.*

– *So eng, dass ich alles von ihr wüsste, nun auch wieder nicht,* sagte Midtsem lächelnd.

Jetzt war Marit Gaaslands Gesicht im Halbprofil zu sehen.

– *Unseren Informationen zufolge*, sagte sie, *ist sie die Schwester Ihrer Frau, oder besser gesagt Halbschwester. Oder sind wir da falsch informiert?*

Midtsems Gesicht entwich das Lächeln.

– *Sie reden nicht so gerne darüber, außerdem bedeutet das keineswegs, dass ich Ihnen sagen könnte, womit sie sich beschäftigt.*

Anders Rimestad legte die Hände auf den Tresen.

– *Langer Rede kurzer Sinn: Fred Morgan Henriksen, der Anwalt von Halvdan Krokfoss, sitzt bei Brief- und Besuchsverbot*

in Untersuchungshaft. Leider nicht länger als eine Woche. Er hat uns ein paar Informationen gegeben, die die Aktien Ihres Vaters und die Halbschwester Ihrer Frau betreffen, außerdem noch im Hinblick auf ein paar andere Umstände, die wir gerne in kürzester Zeit bestätigt oder am liebsten entkräftet hätten. Wir müssen so schnell wie möglich mit Ihnen und Ihrer Frau sowie den Geschwistern Glad sprechen, aber wir können sie nicht erreichen.
Sverre Midtsem blickte nervös in der Rezeption umher.
– *Und wie schnell?*
– *Montag.* Marit Gaasland war kurz und bündig.
Midtsem sah die beiden verzweifelt an.
– *Oh, bitte. Am Montag haben wir die Weihnachtsfeier für die Angestellten. Merete soll an der Bar bedienen, und John haben wir auch dazugebeten.*
– *Weihnachtsfeier an einem Montag?* Anders Rimestad klang skeptisch.
– *Ich bitte Sie. Das hier ist ein Hotel. Die ganze restliche Woche richten wir Feiern für andere aus. Kann das nicht bis Dienstag warten?*
Die Kamera fing den Blickwechsel zwischen Marit Gaasland und Anders Rimestad auf. Schließlich traf Rimestad die Entscheidung.
– *In Ordnung. Können Sie mir garantieren, dass alle zur Vernehmung kommen? Sagen wir um zwölf Uhr?*

Mit großen Augen saß Moen am Fenster und sah den beiden Ermittlern nach, die den Parkveien hinaufliefen. Die Schneeflocken wurden jetzt dichter und legten sich wie ein feiner Teppich auf die Straße, beinahe wie Löwenzahn. Moen und Khan sahen einander an.
»Wo ist Mahmood?«, fragte Moen.
»Er ist zu Hause bei seiner Mutter. Er hat seine Mutter sehr gern. Musste sich ein bisschen betüddeln lassen.«

Moen nickte. »Wir haben noch eine lange Nacht vor uns. Wir müssen abwechselnd Wache schieben.«
Dann rief er Solvold an.
»Wo sind Sie?«
»Ich hab eine Hütte ergattern können. Da gibt es einen Campingplatz in der Nähe.«
»Gott sei Dank. Sind die Mikrofone an Ort und Stelle?«
»Ja, aber ich werd mir hier noch den Hintern abfrieren. Morgen komme ich zurück.«
»Ich fürchte, Sie müssen bleiben, wo Sie sind. Es ist was im Gange.«

43

Am Sonntagmorgen wachte Moen um vier Uhr auf. Nazeem Khan schlief mit dem Kopf in den Händen an der Fensterbank. Moen schaute hinaus auf die Straße. Sie war mit fünf Zentimetern feuchtem Schneematsch bedeckt. Er blickte umher und bemerkte Licht in Merete Glads Wohnung. Einen Augenblick lang sah er ihre Gestalt im erleuchteten Fenster. Er drehte die Lautstärke am Abhörcomputer auf und hörte, dass sie eine Nachtsendung im Radio eingestellt hatte.
Moen ging hinaus auf die Straße, schlich sich zum Eingangsbereich des Nachbarhauses und sah zur Wohnung von Monica Midtsem hinauf. Dort brannte ebenfalls Licht. Er ging zurück in die Wohnung und rüttelte Nazeem wach.
»Behalten Sie die Straße im Auge, dann mach ich uns Kaffee. In beiden Wohnungen sind sie wach.« Gerade als er den Einschaltknopf der Kaffeemaschine betätigte, hörte er eine Klingel läuten. Das Geräusch kam aus der Wohnung von Merete Glad. Nazeem stellte die Lautstärke am Computer noch ein wenig höher, und sie hörten, wie das Radio abgestellt wurde.
– *Ich bin in einer Stunde startklar,* sagte Merete Glad, *aber ich kriege John nicht wach. Der liegt im totalen Koma.*

Es wurde still, und Moen stand mucksmäuschenstill an der Kaffeemaschine und lauschte.

– *Ja, aber was soll ich denn machen, verdammt noch mal? Er kann ja nicht mal aufrecht stehen.*

Ein Geräusch. Es klang, als ob ein Stuhl umfiel.

– *Was los ist? Ich werd dir sagen, was los ist. Ich hab ihn zwar hier in meiner Wohnung, aber weißt du, was passiert ist? Ich hab eine Spritze an seinem Bett gefunden. Er kann jetzt unmöglich irgendwohin fahren. Das hätten wir uns schon lange denken können. Was soll ich jetzt machen?*

Offenbar nahm Merete Glad Instruktionen entgegen.

– *Okay*, sagte sie schließlich. *Dann machen wir es so. Also, in einer halben Stunde.*

Wieder war die Musik zu hören.

Zwei Tassen Kaffee später starrte Moen in den Schneematsch hinaus, wo Sverre Midtsem zwei Reisetaschen in den Mercedes lud. Monica Midtsem lief hinunter zum Eingang des Eckhauses, in dem Merete und John wohnten. Inzwischen hatte Sverre Midtsem den Mercedes zum Hauseingang hinuntergefahren, saß bei geöffnetem Fenster da und rauchte eine Zigarette nach der anderen, während er wartete. Als sich die Eingangstür des Eckhauses öffnete, sprang er aus dem Wagen und blickte umher. Er nahm eine Reisetasche und verstaute sie im Wagen, derweil die Frauen John Glad halb zwischen sich herschleiften, halb trugen. Die Schwestern bugsierten den Mann auf den Rücksitz, setzten sich links und rechts neben ihn, und Sverre Midtsem klemmte sich hinter das Steuer. Im nächsten Moment fuhr der Wagen die Straße hinauf. Der Schneematsch spritzte nach allen Seiten, und die Rücklichter verschwanden.

Dann hieß es wieder warten. Moen war besorgt. Alles war viel schneller passiert, als er berechnet hatte. Sie hätten einen Wagen für die Verfolgung einsetzen müssen. Moen stellte

sich vor, dass sie vielleicht woandershin wollten. Was wäre, wenn sie zu Monica Midtsems Haus nach Lillestrøm führen? Er holte eine Straßenkarte hervor und studierte die Strecke zum Blefjell, berechnete die Ankunftszeit und rauchte eine Zigarette, um die Zeit totzuschlagen. Eine Stunde später dachte er, die Zeit wäre gekommen, um Solvold zu alarmieren. Das Telefon klingelte lange, und als am anderen Ende schließlich abgenommen wurde, klang Solvolds Stimme rau und heiser.
»Das schlägt mir hier langsam auf die Gesundheit«, sagte er.
»Sie sind jetzt seit einer Stunde unterwegs. Wahrscheinlich sind sie jetzt in Kongsberg. Haben Sie denn keine Decke im Wagen?«
»Nein.«
»Jetzt klappen Sie mir bloß nicht zusammen.«

Moen nickte einen Moment auf dem Stuhl ein, und als er wieder erwachte, war sein Nacken steif geworden. Eine weitere Stunde war vergangen, als Solvold anrief.
»Sie stehen jetzt draußen vor dem Ferienhaus. Ich kann von hier aus nicht so gut sehen, aber anscheinend tragen sie jemanden hinein.«
»Das ist John Glad. Den Damen nach hat er wohl ein Heroinproblem.«
»Scheiße. Dann ist der wohl ziemlich fertig.«
»Hören Sie was?«
»Noch nicht. Bleiben Sie mal dran.«
Längere Zeit war es still.
»Jetzt hör ich was, aber ich verstehe nicht genau, was da vor sich geht. Sie haben John Glad in ein Schlafzimmer verfrachtet, und dann wurde es still. Ich höre Geräusche aus der Küche. Ich rufe lieber wieder an, wenn etwas passiert.«
Moen saß auf seinem Stuhl, und Nazeem Khan legte den Kopf wieder auf die Fensterbank. Auf dem Wohnzimmertisch lag ein Päckchen Zigaretten. Moen ging hinüber und zündete

sich eine an. Rastlos lief er in der Wohnung umher, und ehe er sich's versah, war eine halbe Stunde vergangen. Plötzlich klingelte es wieder.

»Sie unterhalten sich. Ich schalte euch zu.«

Moen hörte Merete Glads Stimme.

– Er schläft jetzt. Monica räumt auf, und dann fahren wir sofort los. Pack deine Tasche.

– Was ist mit John?

– Der bleibt hier.

– Sollen wir ihn einfach hier liegen lassen? Was passiert, wenn er aufwacht? Ohne Geld, ohne Auto oder sonst was.

– Mach dir keine Sorgen. Monica und ich kümmern uns darum.

Sie hörten das Geräusch einer Tür, die zugeschlagen wurde.

– Wir legen den Schlüssel hier hin und lassen die Tür offen. Wir müssen hier weg, solange es noch dunkel ist. Dann erklang Monica Midtsems Stimme. *– Setz deinen Hintern in Bewegung, Sverre! Trag die Taschen raus.*

Jetzt war nichts mehr zu hören.

»Shit«, ließ Solvold vernehmen. »Sie fahren zurück in die Stadt. Was soll ich jetzt machen?«

»Packen Sie zusammen und fahren Sie hinterher.«

Zwei Minuten später klingelte das Telefon wieder.

»Ich hab Ton!« Solvold schrie fast in den Hörer. »Midtsem hat den Kugelschreiber mitgenommen.«

»Können Sie sie hören?«

»Das hat keinen Zweck. Zu viel Lärm drumherum. Die Straßenverhältnisse sind wahnsinnig. Zehn Zentimeter Schneematsch und tiefe Fahrrinnen. Midtsem fährt, als hätte er Auto und Benzin gestohlen. Ich muss beide Hände am Steuer lassen, sonst lande ich im Graben.«

Dann wurde es still.

44

Solvold saß zusammengesunken und in eine Bettdecke gewickelt auf einem Stuhl in der Wohnung im Parkveien. Beide Hände umklammerten einen Becher Kaffee. Khan saß vor dem Computer.

»Ich höre was«, sagte er. »Sie sind in der Wohnung.«

– *Was machen wir denn jetzt bloß mit John,* meldete sich Sverre Midtsems Stimme. – *Überleg mal, wenn er morgen da am Blefjell herumtaumelt und irgendwas erzählt. Es wäre wohl besser gewesen, wenn jemand auf ihn aufgepasst hätte.*

Nach einer Weile sagte Monica Midtsem:

– *Hast du nicht gehört, was ich gesagt habe? Ich glaube nicht, dass John überhaupt jemals wieder wach wird. Er muss sich eine Überdosis gespritzt haben. Er ist gestorben, als Merete und ich neben ihm gesessen haben. Es war nicht zu verhindern.*

– *Verdammte Scheiße. Ihr hättet doch einen Arzt rufen können. Ich hab John seit der Grundschule gekannt.*

Auf dem Parkett waren Schritte zu hören. Jemand lief im Wohnzimmer hin und her.

– *Soll er da einfach nur rumliegen und verrotten? Was tun wir denn?*

– *Merete wird ihn in zwei Tagen als vermisst melden,* erklärte Monica Midtsem. *Wir wussten natürlich nicht, dass er Heroin nimmt. Merete wird sagen, dass sie mehrmals versucht hat, ihn anzurufen, ihn aber nicht erreichen konnte. Wir befürchten dann, dass irgendwas passiert ist.*

– *Und wenn uns jemand gesehen hat?*

– *Und wenn, und wenn. Im Dunkeln, an einem Sonntag um acht Uhr morgens. Jetzt beruhige dich, Sverre. Du musst kühlen Kopf bewahren. Geh lieber zur Tankstelle und besorg uns*

Zigaretten und was zu essen. Danach besprechen wir alles noch mal in Ruhe.

Eine ganze Weile sagte im Nachbarhaus niemand etwas.

– *Hast du gehört?*

– *Ist ja schon gut.*

Moen lauschte aufmerksam, doch längere Zeit war es ganz still. Dann hörten sie wieder die Stimme von Monica Midtsem.

– *Hast du was zu schreiben?*

– *Hier.*

– *Hast du etwa wieder den Kuli aus der Rezeption geklaut? Du bist echt unverbesserlich.*

– *Den hier hab ich gekauft und bezahlt. Ein ziemlich guter Kugelschreiber übrigens. Wenn du mir nicht glaubst, kannst du ja runter in die Rezeption gehen und selbst nachsehen. Ich hab jetzt keine Lust mehr auf diesen Blödsinn. Hast du Bargeld?*

Kurz danach knallte eine Tür, und sie sahen Sverre Midtsem auf den Wagen zuhasten, der vor dem Hotel geparkt war.

– *Bist du sicher, dass John nicht mehr aufwacht?*, fragte Merete Glad.

– *Das kann ich dir versprechen.*

– *Hast du denn gar kein Gewissen?*

– *Gerade du musst mir mit Gewissen ankommen.*

– *John war mein Bruder. Wir sind zusammen aufgewachsen.*

– *Ich wusste gar nicht, dass du so sensibel bist. Hast du auch so viel geheult, als deine alte Freundin im See gelandet ist?*

Es kam keine Antwort, und wieder durchschnitt Monica Midtsems Stimme die Stille.

– *Wir haben jetzt keine Zeit für so einen Quatsch. Ich wollte noch was loswerden, bevor Sverre zurückkommt. Ich hab schon die ganze Zeit gesagt, dass dein Stunt mit dem Auto ein großer Fehler war. Und das Letzte, was ich aus John herausbringen konnte, hatte ich ohnehin schon vermutet. Es war*

Kasper, der den Wagen gestohlen hat. Wie alle Drogenabhängigen war John durch und durch unfähig und dazu ein notorischer Lügner. Als Kasper begriff, worauf er sich da eingelassen hatte, hat er Geld und Drogen von ihm erpresst. Weißt du, was das bedeutet?

– *Was soll das schon groß bedeuten?* Merete Glad hörte sich kleinlaut an. – *Wir können ihn ja zu unserem Partner machen.*

– *Kasper Bull Hansen? Partner? Nur über meine Leiche. Er ist ein unbrauchbarer Parasit und Taugenichts. Du begreifst doch wohl, dass wir den nicht einfach so herumlaufen lassen können. Du und ich, wir müssen uns darum kümmern. Wenn die Polizei erfährt, dass Kasper den Wagen geklaut hat, ist die Hölle los.*

– *Und was machen wir jetzt?*

– *Ich weiß es noch nicht, verdammt. Sverre kommt gleich zurück. Ich möchte hier jetzt in Ruhe sitzen und aufschreiben, was wir bei der Vernehmung sagen werden. Das muss alles zusammenpassen.*

Moen und Solvold saßen da und blickten sich eine Weile an. Moen sank auf seinem Stuhl zusammen.

Dann hörten sie Merete Glads Stimme wieder.

– *Bist du auch wirklich ganz sicher, dass John meine Karte bei Ikea benutzt hat?*

– *Sverre ist sich ganz sicher. Auch beim Smart Club. Jetzt beruhig dich erst mal. Das Einzige, was nicht sicher ist und was wir auch nie erfahren werden, ist, ob dieser Dummkopf unsere Karten im* Beach Club *benutzt hat. Wir werden es nie erfahren.* Monica Midtsem hielt inne. – *Aber das spielt sowieso keine Rolle. Keiner hat irgendwen in der Nähe vom Boot dieses alten Trottels gesehen. Ich war zu Hause mit Sverre, basta. Du musst dir selbst was ausdenken. Alles kein Problem.*

Eine Stunde später saßen sie immer noch schweigend und wie gelähmt da, bis Solvold die Stille durchbrach.

»Sechs Richtige«, sagte Solvold trocken. »Wir sind am Ziel.« Er schüttelte den Kopf und lächelte. »Sie hatten verdammt noch mal recht.«
Moen atmete schwer.
»Wir sind überhaupt noch nicht am Ziel. Wollen Sie mit dieser Aufnahme zum Polizeipräsidium gehen? Wir müssen Berit und Thomas herbestellen, und zwar so schnell wie möglich.«

*

Berit Hansen und ihr Sohn Thomas saßen mit offenem Mund da und hörten sich die Aufnahme an.
»Das ist völlig unglaublich«, sagte Berit Hansen. »Volles Geständnis innerhalb von zehn Minuten. Wenn du mit dem Material jetzt allerdings zur Staatsanwaltschaft gehst, dann hat Familie Hansen bald nichts mehr zu beißen, und wir werden alle Mann vor Gericht gezerrt – Frauen auch«, fügte sie hinzu.
»Es kann sowieso nicht als Beweismaterial vor Gericht verwendet werden, da es auf ungesetzliche Weise beschafft wurde«, gab Solvold zu bedenken.
»Und welchen Sinn haben euer Betrieb und eure Methoden dann, wenn man die Ergebnisse nicht gebrauchen kann?«, fragte Moen säuerlich. »Wie geht ihr denn gewöhnlich vor? So was Ähnliches habt ihr doch bestimmt schon mal gemacht.«
»Für gewöhnlich verhandeln wir am Rande des Gesetzes. Normalerweise reichen unsere gesammelten Informationen aus, damit die Leute zur Besinnung kommen und sich die Situation von selbst auflöst«, erwiderte Berit Hansen. »In einer Situation wie dieser sind wir vorher noch nie gewesen.«
»Hier geht es um Mord. Ihr habt es übernommen, einen Mord aufzuklären. Eine Sache, die nach geltendem norwegischen Recht vor Gericht gebracht werden muss«, sagte Moen. »Oder wollt ihr mit der Aufnahme etwa die Straße überqueren, um

dann mit Monica Midtsem und Merete Glad eine gütliche Einigung zu erzielen?«

Berit Hansen war zwar in der Position, das weitere Vorgehen zu bestimmen, doch eigentlich war sie ratlos, und daher schnitt sie nur eine verächtliche Grimasse, so dass Moen fortfuhr: »Henriksen ist derjenige, der jetzt in Untersuchungshaft sitzt, und es ist so, wie Monica Midtsem sagt: Wenn sie gute Miene zum bösen Spiel machen, sind sie nicht so einfach zu schnappen. Das schwache Glied war John Glad, aber der ist jetzt tot, und ich kann mir nicht vorstellen, dass Kasper Bull Hansen seine Beteiligung an etwas gestehen wird, das schließlich zu zwei Morden führte.«

Berit Hansen lächelte. »Die Polizei wird kaum beweisen können, dass Henriksen der Täter ist. Das ist doch schon mal etwas.«

»Henriksen wird damit kaum zufrieden sein. Der Verdacht wird ihm ewig anhaften, auch wenn er freigelassen wird. Er kann sogar verurteilt werden, selbst wenn er unschuldig ist. So etwas ist früher auch schon vorgekommen.«

Berit Hansen sah Moen mit einer Spur von Herablassung an.

»Wieso solltest du Henriksen gegenüber solche Skrupel haben? Er hat doch dafür gesorgt, dass du bei der Polizei rausgeflogen bist. Und er war derjenige, der sich auf deine Kosten um Gudnys wirtschaftliches Chaos gekümmert hat. Obendrein hat er Gudny die Wohnung zu einem guten Preis abgekauft und sie an seine Tochter weitergegeben. Wenn das kein Dreckskerl ist, dann weiß ich's auch nicht. Bjørn nennt Henriksen einen verdammten Psychopathen. Der Mann hat immer recht und scheut keine Mittel, seinen Willen durchzusetzen. Er genießt es.«

»Dann wusstet ihr also die ganze Zeit Bescheid?«, fragte Moen verbissen.

»Bjørn hat versucht dich zu warnen, oder etwa nicht? Aber er konnte ja nichts ausrichten.«

»Warum nehmt ihr solche Klienten?«
»Wir dachten, dass wir für Krokfoss arbeiten.«
Frustriert schüttelte Moen den Kopf.
»Haben wir jetzt so viel geschafft, nur um es dann zu archivieren? Was ist mit den Leuten da drüben? Zwei Morde, drei, John Glad eingerechnet.«
»Sind Sie sicher, dass er tot ist?«, bemerkte Solvold. »Sollten wir nicht irgendwen alarmieren?«
»Er ist tot«, erwiderte Moen missbilligend. »Haben Sie das nicht kapiert? Sollen sie doch wie geplant anrufen. Ich mache mir eher Sorgen, weil sie noch einen weiteren Mord planen und Drogen verkaufen. Ich glaube nicht, dass Henriksen hier der einzige Psychopath ist.«
Berit Hansen beugte sich vor.
»Knut. Denk doch mal so. Henriksen glaubte, er könnte diesen Leuten mit einer Hand auf dem Rücken einen Schlag versetzen. Aber die stellten sich dann verrückter, rücksichtsloser und resoluter als er selbst heraus.«
»Was ist mit Linn Fostervoll und Midtsem sr.? John Glad? In diesem Krieg gibt es viele Opfer.«
»Ich will für diese Leute nicht meine Existenz opfern, nur dass du's weißt. Die Behörden sollen das selbst rausfinden. Wir ziehen uns zurück.«
»Henriksen hat die Rechnungen doch bezahlt, oder nicht?«
»Ja, aber er weiß nicht, was wir herausgefunden haben. Wenn er es erfährt, sind wir gezwungen, uns zu kompromittieren.«
Moen erhob sich.
»Es gibt eine Möglichkeit, das alles zu regeln, ohne alle anderen mit hineinzuziehen.«
»Und was wäre das, wenn ich fragen darf?«, wollte Berit Hansen wissen.
»Ich kann zur Polizei gehen, aber ich brauche etwas Hilfe bei dem Material, das ich verwenden kann. Ich brauche eine Mappe mit allen Informationen, die ich alleine oder sonst wie

auf der Straße eingeholt haben kann. Solvold soll mir dabei helfen, damit nichts zu euch zurückverfolgt werden kann. Wenn das getan ist und das Material anerkannt wird, brechen wir den Kontakt ab, und ich übernehme die Verantwortung für meine eigenen Handlungen. Ihr könnt euch dann ganz in Ruhe zurücklehnen und alles in der Zeitung lesen.«
»Und wenn sie es nicht anerkennen?«, fragte Berit Hansen.
»Du kannst mich nicht aufhalten. Ich habe selbst alles, was ich brauche. Aber ich dachte, es wäre dir vielleicht lieber, wenn Solvold mit dabei ist, wenn er sozusagen aufpasst, was ich da in die Welt hinaustragen will. Aber vielleicht lieg ich da auch falsch?«

45

Solvold saß in Moens Wohnung in der Reichweins Gate im Mädchenzimmer und bereitete vor, was er als Moens »Misthaufen« bezeichnete.
»Das hier wird richtig gut«, sagte er. »Sie werden als privater Ermittler phänomenal dastehen, und niemand kann Ihnen was anhaben, oder uns, meine ich.«
»Müssen Sie noch viel machen?«, fragte Moen.
»Geben Sie mir zwei Stunden.«
»Ich muss was erledigen«, sagte Moen und sah auf die Uhr. »Bin in einer Stunde zurück.«
Moen zog sich die Jacke an und holte den Koffer hervor, der ganz unten im Schlafzimmerkleiderschrank lag. Er lief den Parkveien hinunter und über den Munkedamsveien in Richtung Skillebekk. Vor dem Haus, in dem Geir Ove Frisk wohnte, blieb er stehen. Der Wagen stand an seinem üblichen Platz, und in Frisks Wohnung war das Licht eingeschaltet. Moen trat an die Eingangstür und klingelte. In der Sprechanlage knisterte es.
»Wer ist da?«

»Knut Moen. Kann ich raufkommen?«
Frisk zögerte.
»Es ist wichtig. Es geht um ein Geschäft.«
Im Türschloss summte es, Moen drückte die Tür auf und stieg in die erste Etage. In der geöffneten Tür stand Frisk und sah ihn skeptisch an.
»Um ehrlich zu sein, ich habe Besuch.«
»Schicken Sie die Dame nach Hause, Frisk. Sie werden sehen, es ist die Mühe wert.«
Frisk trat zur Seite und bat ihn in ein Zimmer auf der linken Flurseite.
»Warten Sie hier, bis sie gegangen ist.«
Moen setzte sich auf ein Bett und wartete. Er hörte, wie sie sich im Flur murmelnd verabschiedeten, dann fiel die Tür ins Schloss.
Dann trat Moen auf den Flur und folgte Frisk ins Wohnzimmer. Frisk blieb stehen. Er schien sich unwohl zu fühlen.
»Kriege ich jetzt Scherereien?«
»Ich habe zwei Probleme, bei denen Sie mir vielleicht helfen können. Der Gewinn ist groß, falls Sie interessiert sind. Es geht um ein Geschäft, bei dem Sie sich besser auskennen als ich. Darf ich mich setzen?«
Frisk nickte und nahm ebenfalls Platz. Moen legte den Koffer auf den Tisch, öffnete ihn und drehte ihn zu Frisk herum. Mit großen Augen glotzte Frisk auf den Inhalt.
»Kommt jetzt die Polizei reingestürmt und verhaftet mich?«
»Nein. Das hier stammt von einer der Personen auf den Bildern, die ich Ihnen gezeigt habe. Für mich stellt das jetzt nur noch eine Belastung dar, und ich kann es zu nichts Vernünftigem verwenden, es sei denn, Sie sind an einem Deal interessiert.«
»Da ist 'ne Menge Geld in dem Koffer«, sagte Frisk. »Was wollen Sie dafür haben?«
»Beantworten Sie mir eine Frage im Zusammenhang mit der

Episode an der schwedischen Grenze. Wer hat Sie darüber informiert, dass ich in Charlottenberg war?«
»Henriksen natürlich. Wer sonst?«
»Woher wusste der es?«
»Von Ihrer Freundin, nehme ich an.«
»Wissen Sie es?«
»Nein.«
»Wie kam es, dass da sechs Kartons Wein in meinem Auto lagen? Wein, den ich nicht gekauft habe.«
»Ich hab die da reingelegt, als Sie im Einkaufszentrum waren. Ihren Wagen kann man ja mit 'nem Schraubenzieher aufbrechen. Den Rest kennen Sie.« Frisk grinste. »Das Lustige ist, dass ich den Wein in Norwegen gekauft habe. Er war also, rein technisch betrachtet, gar nicht geschmuggelt.« Frisk beugte sich vor und lächelte verschlagen. »Das hier bleibt unter uns, nicht wahr? Ich werde über diese Sache öffentlich nichts sagen, damit Sie womöglich Ihre Genugtuung bekommen oder so etwas. Da können Sie Ihr Zeug gleich wieder mitnehmen und verschwinden. In Verbindung mit Henriksen möchte ich nicht erwähnt werden, so wie die Situation augenblicklich steht.«
Moen lächelte. »Für mich wird es keine Rehabilitierung geben, aber danke für Ihre Antwort.«
»Gibt es sonst noch was?«
»Kasper Bull Hansen.«
»Der ist nicht in die Falle getappt. Ein Freund von mir hat es versucht.«
Moen lehnte sich in sein Sofa zurück.
»Diejenigen, die hinter Linn Fostervolls Ermordung stehen, wissen jetzt, dass Kasper Bull Hansen den Jaguar gestohlen hat. Laut ursprünglichem Plan sollte ihr Bruder diesen Job übernehmen, doch der überließ es einem Außenstehenden, ohne dass die anderen davon wussten. Kasper kann also zu einem entscheidenden Zeugen werden, doch ich fürchte, er wird aus dem Weg geräumt, bevor es dazu kommt.«

»Henriksen ist also unschuldig?«
»Überrascht?«
»Vielleicht. Was kann ich tun?«
»Können Sie versuchen, Kasper Bull Hansen aus dem Verkehr zu ziehen?«
»Ich kann's probieren. Mehr kann ich nicht versprechen.«
»Arbeiten Sie noch für Henriksen?«
»Gewissermaßen.«
»Das hier ist wirklich wichtig für ihn.«
»Man sagt, Undank ist der Welten Lohn, und einer der Gründe, warum die Leute das sagen, heißt Henriksen. Aber ich mache trotzdem gerne einen Versuch. Er ist ein nützlicher Kontakt.«

Moen war gerade auf dem Weg zurück in die Wohnung im Parkveien, als sein Arbeitshandy klingelte. Es war Fred Morgan Henriksens Anwalt, der augenblicklich mit ihm sprechen wollte.
»Es ist schon ziemlich spät«, erwiderte Moen.
Der Mann insistierte.
»Wo?«
»Henriksen sagt, Sie wohnen irgendwo in der Reichweins Gate. Er hat's mir beschrieben. Kann ich Sie dort treffen? Es ist doch bestimmt auch ganz diskret dort, oder?« Moen dachte an Solvold.
»Kommen Sie in einer Stunde.«
»Gut, abgemacht.«
Moen trottete weiter durch den Schneematsch und betrat die Wohnung im Parkveien durch den Hintereingang, wo Thomas Hansen und Nazeem Khan die Ausrüstung abmontierten und das Verlassen der Wohnung vorbereiteten.
»Danke für die Zusammenarbeit, Nazeem. Das Gleiche gilt für Sie, Thomas. Wie geht es Bjørn übrigens?«
»Er ist wieder zu Hause und hat glücklicherweise keine Ah-

nung, dass Sie die Sache jetzt anpacken. Mama sitzt an seinem Bett und kaut auf den Nägeln rum. Wissen Sie auch, was Sie da tun?«

»Ich glaube schon«, sagte Moen und ging.

In der Reichweins Gate war Solvold so gut wie fertig. Moen berichtete über den Anwalt, und Solvold beeilte sich hinauszukommen.

»Das Spiel läuft also«, sagte Solvold zum Abschied. »Schade, ich hätte Sie gerne auf einen Schnaps eingeladen, bevor Sie sich mit der ganzen Geschichte kompromittieren.«

»Den hab ich dann bei Ihnen gut. Für Sie ist es wohl am besten, wenn wir uns in nächster Zeit nicht zusammen sehen lassen. Hier ist das Arbeitshandy. Damit sollte ich mich wohl besser auch nicht erwischen lassen.«

Gegen elf Uhr abends tauchte der Anwalt auf. Moen hatte ihn schon oft im Fernsehen gesehen. Ein irgendwie unfertiges, nicht sonderlich ausgeprägtes Jungengesicht und eine weiche, etwas kurzatmige Stimme.

»Mein Mandant sagt, sie hätten in seinem und Halvdan Krokfoss' Auftrag eine private Ermittlung geleitet. Er ist natürlich äußerst erpicht darauf, zu erfahren, wie weit Sie gekommen sind.«

»Wir hatten einen Durchbruch in der Sache und wissen jetzt, wer die Täter sind. Wir haben das nötige Material, um Henriksen aus der Untersuchungshaft zu holen.«

Der Anwalt strahlte.

»Das sind ja wirklich gute Neuigkeiten. Haben Sie das Material hier? Kann ich's mir mal ansehen?«

Moen machte eine einladende Geste.

»Setzen Sie sich. Es gibt allerdings einen Haken an der Geschichte.«

Der Anwalt setzte sich und blickte Moen wachsam an.

»Wo liegt das Problem?«

»Das Material wurde auf illegale Weise zusammengetragen und kann vor Gericht nicht verwendet werden. Es würde sowohl den Auftraggeber als auch die mit der Ermittlung betrauten Personen kompromittieren. Den Rest können Sie sich selbst denken. Sie sind schließlich der Jurist.«

»Das Material ist doch streng genommen Eigentum meines Mandanten«, sagte der Verteidiger mit überaus sanfter Stimme, »und es wird meine Aufgabe sein, die weitere Verwendung zu bestimmen.«

»Tut mir leid. Bjørn Hansen und seine Familie wollen das Ganze nicht mal mit der Zange anfassen. Wenn herauskommt, dass sie sich mit diesen Unterlagen befasst haben, wären ihre geschäftlichen Aktivitäten ein für alle Mal zerstört, und es könnte sogar zu einer Gefängnisstrafe kommen, nicht nur für sie, sondern für alle Beteiligten. Wenn Henriksen als Auftraggeber in Erscheinung tritt, muss er für die angewandten Methoden Rechenschaft tragen. Sie können ihm gerne das Angebot unterbreiten.« Moen lächelte, machte eine Pause und ließ seine Darlegung wirken, bevor er fortfuhr: »Ich hingegen stehe völlig frei. Ich bin bereit, auf eigene Rechnung und eigenes Risiko ein Geschäft einzugehen. Henriksen hat die Wohnung in der Westye Egebergs Gate gekauft, in der ich mit meiner Partnerin gewohnt habe. Die will ich für den halben Preis zurückhaben. Wenn die Wohnung auf meinen Namen im Grundbuch eingetragen ist, gehe ich zur Staatsanwaltschaft und zeige denen das Material, das Henriksen reinwäscht.«

Der Anwalt verzog das Gesicht. »Das hört sich nach Erpressung an. Was ist denn so Besonderes an dieser Wohnung?«

»Henriksen weiß es. Diese Sache hat mich viel gekostet und wird es auch weiterhin tun. Sie müssen nur zurückgehen und fragen, ob er bereit ist, einen Handel einzugehen.«

46

Ein Herr im Anzug, dünnes blondes Haar und ein gewinnendes Lächeln. Jetzt stand er auf, ging um den Schreibtisch herum auf Moen zu, drückte ihm fest die Hand und stellte sich vor: »Ole Christian Ihlen.«

Mit dem Arm gestikulierte er in Richtung der zweiten im Raum befindlichen Person. »Rechtsanwalt Eldøen haben Sie ja schon kennengelernt, soweit ich weiß.«

Moen nickte und sah sich in dem großen Büro um. Wieder einmal war er am Stranden, Aker Brygge, gelandet.

»Eldøen hat gewisse Probleme mit seinem Mandanten Henriksen und hat sich nun an mich gewandt, in der Hoffnung, dass wir eine Lösung für das entstandene Problem finden. Ich möchte mich erst mal bedanken, dass Sie so kurzfristig herkommen konnten, und hoffe, dass wir diese schwierige Sache endlich aus der Welt schaffen. Kaffee?«

»Ja, danke.«

Sie setzten sich. Ihlen bat die Sekretärin, Kaffee zu bringen, und lehnte sich auf seinem Chefsessel hinter dem Schreibtisch zurück.

»Eldøen sagt, Sie hätten Material, das Herrn Henriksen entlasten kann. Stimmt das?«

Moen bestätigte.

»Er sagt auch, dass Sie gestern noch nicht Auskunft darüber geben wollten, worum es sich handelt. Haben Sie das Material jetzt bei sich?«

Moen holte sein Laptop hervor. Er gab Auskunft über die einzelnen Personen und spielte die aufgezeichnete Unterhaltung in der Wohnung des Ehepaars Midtsem ab.

Eldøen beugte sich über das Laptop und hörte mit offenem Mund zu. Ole Christian Ihlen sank mit halb geöffneten Augen auf seinem Sessel zusammen. Auf seinem Gesicht machte sich ein kleines Lächeln breit.

»Wir haben ebenfalls Beweise, dass sie kriminelle Geschäfte betreiben.«

»Was sagen Sie? Um welche Art von Geschäften geht es?«

»Sie beliefern die Partyszene im Osloer Westen mit Drogen. Falls die Polizei anrückt und das Hotel auf den Kopf stellt, wird sie dort Drogen und große Mengen Bargeld finden.«

»Aber das hier«, protestierte Eldøen, »wurde auf illegale Weise beschafft, und die Aufnahmen können vor Gericht nicht verwendet werden. Wie wollen Sie das machen?«

»Ich werde direkt zum Staatsanwalt gehen und ihm das Material vorlegen. So ungesetzlich und unbrauchbar es auch sein mag – mein Auftrag bestand darin, Krokfoss und Henriksen zu schützen. Der Staatsanwalt wird Henriksen ohnehin freilassen, womit die Kreise von der Aker Brygge nicht länger im Rampenlicht stehen. Dagegen werden Sie ja wohl nichts einzuwenden haben.«

Ihlen setzte ein professionelles Lächeln auf. »Nein, selbstverständlich nicht.«

»Rein geschäftsmäßig könnte es auch sehr günstig ausgehen. Die an dem Mord Beteiligten werden jahrelang im Gefängnis sitzen und können kein Hotel mehr betreiben. Möglicherweise muss es ja zum Verkauf angeboten werden.« Moen sah Ihlen freundschaftlich an, während er auf diesen Umstand verwies. Ihlen nickte und Moen fuhr fort. »Das gesammelte Material kann nur auf mich zurückgeführt werden. Ich habe natürlich Freunde und alte Kollegen, die mir hier und da vielleicht einen Gefallen getan haben, aber ich kann und will meine Quellen nicht offenbaren, und es ist ja eine Binsenweisheit, dass das System leckt wie ein Sieb.«

Moen legte eine kleine Kunstpause ein.

»Außerdem wollen Sie sicher auch nicht wissen, welche Methoden in der Sicherheitsbranche der Privatwirtschaft ange-

wendet werden. Sollte so eine Sache vor einem norwegischen Gericht zur Sprache kommen, wäre das jedenfalls ein denkwürdiger Augenblick.« Moen wandte sich Verteidiger Eldøen zu.
»Wenn Henriksen darauf besteht, dass ich diese Dienste in seinem Auftrag geleistet habe, so kann er das gerne tun.«
Bevor Eldøen etwas erwidern konnte, hob Ihlen eine Hand.
»Augenblick. Henriksen hat hier einen wirklich wichtigen Punkt. Er sagt, Sie und ihre Mitarbeiter seien äußerst gut bezahlt worden, und dass es sich um beträchtliche Ausgaben handelte. Ist es nicht üblich, die Ware zu liefern, für die bezahlt wurde?«
»Es gibt keine andere Möglichkeit, als dass ich die Verantwortung für das vorliegende Material übernehme – nämlich als Resultat meiner ganz persönlichen Ermittlung. Es wird mir zwar niemand glauben, es kann aber auch niemand das Gegenteil beweisen. Was ich vorlege, kann nicht als Beweis verwendet werden, doch es beinhaltet alle erforderlichen Informationen, um diese Leute dingfest zu machen und die Unschuldigen zu entlasten. Die Staatsanwaltschaft wird es nicht ignorieren können. Sind Sie da nicht auch meiner Meinung?«, sagte er zu Eldøen.
Der Anwalt nickte.
»Was Ausgaben und Bezahlung betrifft, so habe ich dafür gearbeitet. Die Ergebnisse liegen hier vor Ihnen. Sie können sie gerne selbst einbringen und das Risiko tragen. Im Vertrag steht übrigens nichts darüber, dass ich bereit wäre, für das erhaltene Honorar ins Gefängnis zu gehen. Womöglich möchte der Staatsanwalt ein Exempel statuieren, insbesondere da ich ein ehemaliger Polizeibeamter bin, also riskiere ich eine ganze Menge. Oder möchte Herr Eldøen sich selbst darum kümmern?«
»Das würde mir im Traum nicht einfallen.«
Ihlen lächelte.

»Eldøen kam zu mir, weil Henriksen sich weigert, Ihren Forderungen nachzukommen. Es gab da irgendwas mit einer Wohnung. Verstehe ich das richtig?«

»Nachdem Henriksen in mein Leben getreten ist, wurde ich nach fünfundzwanzig Jahren quasi mit Schimpf und Schande aus dem Polizeidienst gejagt. Ich habe meine Partnerin und meine Wohnung verloren und weiß, dass Henriksen eine entscheidende Rolle bei diesen Geschehnissen gespielt hat. Henriksen ist jetzt im Besitz meiner Wohnung. Ich habe um Kompensation für den entstandenen Schaden sowie das Risiko ersucht, das ich jetzt eingehe. Finden Sie das nicht gerechtfertigt?«

»Henriksen war nicht sonderlich kooperationsbereit«, erwiderte Ihlen ruhig. »Er hat die Wohnung einer seiner Töchter versprochen. Daher muss ich Sie fragen, ob es unbedingt diese Wohnung sein muss. Gibt es da etwas Persönliches oder Symbolisches in Ihrer Forderung, oder könnte es auch eine andere Wohnung der gleichen Größe sein? Meine Firma besitzt zwei Wohnungen in der Lassons Gate, die auswärtigen Angestellten und Geschäftspartnern aus dem In- und Ausland zur Verfügung stehen. Sie stehen die meiste Zeit leer. Ich biete Ihnen eine davon an.«

Moen stand auf und packte seine Sachen zusammen.

»Diese Angelegenheit ist in höchstem Maße persönlich. Ich möchte meine eigene Wohnung zurückhaben, und das zum halben Preis. Wenn meine Forderung nicht erfüllt wird, haben wir nichts mehr zu bereden.«

Ihlen hob erneut die Hand.

»Bitte setzen Sie sich wieder.«

Moen nahm Platz.

»Ich will ganz aufrichtig sein«, fuhr Ihlen fort. »Diese ganze Sache ist schlecht angegangen worden, und Henriksen hat seine Hand offenbar in ein Wespennest gesteckt. Wir wickeln unsere Geschäfte lieber diskret ab, was immer Sie jetzt auch darüber denken mögen. Ich habe Henriksen massiv unter Druck gesetzt. Wenn Sie absolut keine andere Lösung akzeptieren, bin ich von Henriksen bevollmächtigt, Ihnen die Immobilie zu übertragen – für den Preis, den Sie verlangt haben.« Ihlen lächelte entwaffnend und stand auf. »Aber Sie baden die Sache aus, koste es, was es wolle. Haben wir einen Deal?«

»Ja.«

»Was ist, wenn der Staatsanwalt nicht mitspielt«, warf Eldøen ein. »Was passiert dann?«

Moen lächelte.

»Der Fuchs hat immer zwei Ausgänge. Es gibt noch einen Plan B, und der ist idiotensicher.«

Wieder lächelte Ihlen.

»Ihr Stil gefällt mir. Krokfoss hat eine gute Wahl getroffen, als er sie an Land gezogen hat.« Die Tür öffnete sich, und eine Sekretärin kam mit dem Kaffee. Ihlen machte eine einladende Geste. »Genießen Sie Ihren Kaffee, dann bereite ich die Papiere für die Wohnung vor und schicke sie ans Grundbuchamt.« Eine Viertelstunde später lagen die Papiere auf dem Tisch. Moen las sie durch. Fred Morgan Henriksen übertrug Grundstücksnummer/Registrierungsnummer soundso zum vereinbarten Preis an Knut Moen.

Ihlen stand auf und schob eine Hand in die Tasche.

»Hier sind die Schlüssel.« Dann legte er Moen einen Finger auf die Brust. »Nur der Ordnung halber. Die Eintragung ins Grundbuch ist in drei Tagen offiziell. Ich will Henriksen noch vor Ablauf dieser Zeit auf freiem Fuß sehen.«

47

Moen stellte das Aufnahmegerät ab. Eben hatte er einen Ausschnitt der Unterhaltung aus der Wohnung des Ehepaars Midtsem abspielen lassen.

»Das war ein kleiner Appetithappen. Sind Sie interessiert?«
Lange sah der Staatsanwalt zu seinem Kollegen von der Osloer Kripo hinüber und fragte dann säuerlich: »Sind wir das?«
Der Polizeijurist rieb sich die Stirn und nickte.
»Ja, das sind wir wohl. Können Sie den Rest abspielen?«
»Ich habe hier eine Transkription aller Aufnahmen, aus der hervorgeht, wer was gesagt hat.« Moen schob die Bögen über den Tisch. »Sie sollten Sie gleichzeitig lesen.«
Moen ließ das Gerät wieder laufen, und erneut füllten die Stimmen der Konspirateure den Raum. Als die Aufnahme zu Ende war, saß der Staatsanwalt da und starrte an die Decke.
»Haben Sie noch mehr?«
Moen packte eine weitere Mappe auf den Tisch.
»Hier habe ich alles an Informationen zusammengefasst, was ich habe: wie sie ihre Alibis konstruiert haben, Verwendung der Bankkarten und so weiter. Ein paar Aufnahmen, die zeigen, dass es hier um ein organisiertes Netzwerk für den Handel mit Partydrogen geht. Wenn Sie schnell vorgehen, werden Sie im Hinterhaus auf Drogen und große Mengen Bargeld stoßen. Falls Sie Kasper Bull Hansen fassen und ihn über den Wagen ausquetschen, in dem Linn Fostervoll gefunden wurde, können Sie den ganzen Fall neu aufrollen. Sehen Sie sich die Unterlagen jetzt an, dann können wir später darüber sprechen.«
Die beiden Juristen überflogen den zusammenfassenden Bericht und sahen einander an.
»Haben Sie überhaupt eine Ermittlung gegen diese Personen eingeleitet?«, fragte der Staatsanwalt.
»Wir haben zwei neue und sehr ehrgeizige Ermittler, die sich sehr für diese Personen interessiert haben. Wir haben sie diese Spur ein wenig verfolgen lassen. Sie werden die Beteiligten übrigens in kurzer Zeit vernehmen«, erwiderte der Jurist von der Osloer Polizei.
»Wird sie das nicht alarmieren?«
»Sollen wir es abblasen?«

»Gehen Sie und überlegen Sie sich genau, ob das Material, das wir als Beweis vor Gericht anführen können, für eine Anklage ausreicht. Wenn ja, sollten Sie schnell handeln. Das Abhören ist ein krimineller Tatbestand, und wo Moen die Informationen über den Bankkartenverkehr und die Telefonate herhat, darüber will ich gar nicht erst nachdenken.«
Der Polizeijurist stand auf, nahm die Papiere an sich und ging hinaus. Moen erhob sich ebenfalls.
»O nein. Wir beide sind noch nicht fertig.«
Moen nahm ruhig wieder Platz.
Der Staatsanwalt beugte sich vor. »Was Sie da gemacht haben«, sagte er leise, »erfordert eine öffentliche Anklage wegen ungesetzlicher Überwachung und Belauschung, einschließlich des Einholens von Bankinformationen ohne Vollmacht. Was Sie uns da gezeigt haben, ist sicher nur die Spitze des Eisbergs. Selbstverständlich werden wir auch untersuchen, wer Ihr Auftraggeber und Ihre eventuellen Mitarbeiter sind.« Der Staatsanwalt schüttelte den Kopf. »Wenn das der Polizeipräsident zu hören bekommt, dann landen sie am erstbesten Fahnenmast. Für die Politiker ist es ein großes Anliegen, solche Methoden unter polizeilich-juristischer Kontrolle zu wissen, und dass ausgerechnet Sie sich auf so etwas eingelassen haben, ist eine der größten Enttäuschungen, die ich in meiner Karriere erlebt habe.« Ein wenig sackte er in sich zusammen. »So, jetzt ist es gesagt.«
Moen blieb friedlich sitzen und erwiderte nichts.
»Wollen Sie wirklich zu einer Gesellschaft beitragen, in der derartige Methoden völlig außer Kontrolle geraten?« Energisch schüttelte der Staatsanwalt den Kopf. »Können Sie irgendwas zu Ihrer Verteidigung vorbringen?«
»In der Gesellschaft, die Sie da beschreiben, lebe ich bereits. Diese Dinge sind schon seit langem außer Kontrolle, in Norwegen und überall sonst auf der Welt. Die Heuchelei überlasse ich Beamten und Politikern.«

»Sie verstehen doch, dass Sie sich für Ihre Taten verantworten müssen? Ich sitze hier und kann überhaupt nicht glauben, was ich sehe. Ich begreife nicht, wie Sie es überhaupt wagen können, hier mit so einem Material aufzutauchen.«

»Mir war an einer Aufklärung dieses Falls gelegen, an dem ich zu arbeiten begonnen hatte. Als Vermisstensache nahm er seinen Anfang, doch zeigte sich, dass alles viel komplizierter war, und ich habe die Methoden angewendet, die mir zur Verfügung standen. Ich werde mich selbstverständlich vor Gericht verantworten, wenn das gewünscht wird. Natürlich wird die Osloer Polizei dann in einem schlechten Licht dastehen, das wird sich leider nicht vermeiden lassen. Äußerst bedauerlich in einer Zeit, in der Oslos Bürger mit ansehen müssen, wie das Justizministerium sich ein Viertel ihrer Stadt nach dem anderen einverleibt, während die Polizei von der Straße verschwindet und die Beamten von ihren Gewerkschaften gesteuert werden.«

»Sie wissen sehr wohl, welche Gefängnisstrafe Sie erwarten könnte, oder? Und Sie wissen auch, wie beliebt Polizisten im Gefängnis sind.«

»Ja, das weiß ich. Doch das Geld, das ich mit dem Buch verdiene, was ich dann im Gefängnis schreibe, und das Honorar für das Material, das einer unserer größten Fernsehsender erhält, wird mir immer ein Trost sein.« Moen ließ seine Worte nachwirken. Dann fuhr er fort. »Auch Sie haben eine Wahl. Sie können es zwischen uns belassen, damit die Osloer Polizei sich mit der Ehre schmücken kann, den Fall aufzuklären. Ich bin bereit, zu den Ermittlungen beizutragen, so sehr es in meiner Macht steht. Denken Sie darüber nach«, sagte Moen und stand auf. »Und wenn Sie glauben, dass ich hier wie ein geprügelter Hund herumlaufe, irren Sie sich. Wegen einer Bagatelle wurde ich aus der Behörde geworfen, nach fünfundzwanzig tadellosen Dienstjahren. Das werde ich niemals vergessen.«

Moen eilte zur Tür und knallte sie hinter sich zu. Gaffend stand der Jurist von der Osloer Polizei gleich neben der Tür, und im Vorbeigehen sagte Moen: »Wenn ich Sie wäre, würde ich mich beeilen. Es besteht große Gefahr der Verschleierung.« Moen grinste sarkastisch. »Und dann noch etwas: Denken Sie daran, dass Henriksen nicht nur ein wohlhabender Wirtschaftsanwalt ist. Er ist ein durch und durch rachsüchtiger Drecksack. Sie sollten ihn umgehend freilassen.«

Es war später Abend, als Moen die Tür zu seiner alten Wohnung aufschloss. Er stellte den Koffer im Flur ab und blickte mit großen Augen umher. Hier waren Polen am Werk gewesen. Wohnzimmer und Küche waren leer. Nur die nackten, ungestrichenen Wände waren übrig. Er betrat das Schlafzimmer, das nach allen Regeln der Kunst renoviert und neu gestrichen worden war, was seine Laune aufheiterte. Auch der Flur sah gut aus, mit einer neuen Spiegelgarderobe versehen. Schließlich öffnete er die Tür zum Badezimmer, das ebenfalls völlig neu hergerichtet war.
Sehr schön, dachte er.

48

Zwei Tage später saß Moen in seiner alten Küche. Das Inventar war spartanisch. Ein Tisch und zwei Klappstühle, ein kleiner Kühlschrank und eine Kochplatte. In einer großen Plastikwanne lag ein Ikea-Startpaket. Auf dem Tisch vor ihm stand ein Teller mit Eiern und Speck, und sein Becher war mit Kaffee gefüllt. Moen war frisch geduscht und fühlte sich gut gelaunt. Als es an der Tür klingelte, fuhr er zusammen. Er öffnete, und ein etwas zerzauster Mann in den Fünfzigern fragte:
»Knut Moen?«
»Ja.«

»Ich habe Blumen für Sie«, sagte er und gab seine Lieferung ab. »Können Sie hier unterschreiben?«
Moen gab ihm einen Hunderter, der in seiner Jackentasche gesteckt hatte, und ein verblüffter Blumenbote verschwand die Treppe hinunter. Moen nahm das Bouquet mit in die Küche und wickelte es aus. Eine Karte lag dabei.

Lieber Knut Moen,

Henriksen ist jetzt frei, und ich erlaube mir, Ihnen zu dem erfolgreich durchgeführten Auftrag zu gratulieren. Ich fürchte, Henriksen verspürt nicht dieselbe Dankbarkeit wie ich. Und im Nachhinein neige auch ich zu der Ansicht, dass das Honorar üppig ausgefallen ist. Nichtsdestotrotz: Ein Mann ist ein Mann, und ein Wort ist ein Wort. Ich freue mich daher, Ihnen mitteilen zu können, dass eine Kopie des Grundbucheintrags für die Wohnung noch vor Ablauf der Woche per Bote an Sie zugehen wird. Für Ihren neuen Hausstand wünsche ich Ihnen alles Gute.

Mit freundlichen Grüßen
Ole Christian Ihle

P. S.:
Aus steuerlichen Gründen bitte ich Sie, den fälligen Betrag bis zum 31. Dezember dieses Jahres zu überweisen.

In den darauffolgenden Tagen war es vollkommen ruhig. Beinahe jede Stunde schaute Moen ins Internet. Er wartete darauf, dass es an der Tür klingelte und uniformierte Polizisten ihn abholten, doch nichts dergleichen geschah. Schließlich erhielt er eines Abends Besuch von seiner Tochter und ihrer

Familie. Sie war durch die Wohnung gelaufen und hatte alles genauestens unter die Lupe genommen.
»Da hast du ja mit Küche und Wohnzimmer noch ordentlich zu tun. Die Möblierung ist auch noch recht sparsam, wie ich sehe. Aber ansonsten sieht es gut aus. Schönes Badezimmer.«
Moen lächelte, zuckte mit den Schultern und murmelte: »Alles zu seiner Zeit.« Trotz allem war er sich noch nicht sicher, ob er in den nächsten Jahren hier oder auf Staatskosten wohnen würde.
»Du siehst ziemlich erschöpft aus. Die Arbeit?«
»Es gibt viel zu tun mit dem Umzug. Du weißt ja – Bankkredit und alles Mögliche.«
Schwiegersohn und Enkelin saßen auf den beiden einzigen vorhandenen Stühlen. Es klingelte an der Tür. Zwar wartete er auf den Pizzaboten, aber immer noch war er angespannt. Glücklicherweise war es das Essen. Moen ließ seine Tochter das Servieren übernehmen, und als sie sich an den Tisch setzten, klingelte sein Handy.
»Geh nicht dran«, sagte seine Tochter, doch Moen hatte gesehen, dass Marit Gaasland anrief. Er drückte auf den Knopf und ging ins Schlafzimmer.
»Na, wie geht's denn?«, fragte Moen.
»Meinen Sie mit dem Fall?«
»Ja. Passiert irgendwas?«
Marit Gaasland wurde für einen Moment still.
»Ich wünschte, ich könnte was sagen, aber wir haben alle einen Maulkorb verpasst bekommen. Sie müssen in den nächsten Tagen Zeitung lesen. Ich kann nur andeuten, wie schrecklich dankbar Anders und ich Ihnen sind, so ganz allgemein. Aber weshalb ich anrufe: Anders und ich sind zusammengezogen, und wir möchten gerne, dass Sie zur Einweihungsparty kommen.«
Moen musste sich etwas sammeln.

»Sind Sie noch dran?«

»Ja, ja. Ich freue mich selbstverständlich für Sie und fühle mich geehrt. Aber da gibt es ein Problem. Es ist einfach ungünstig für Sie oder mich, wenn wir in nächster Zeit zusammen gesehen werden. Ich kann Ihnen das nicht näher erklären. Sie müssen mir einfach nur vertrauen.«

Am anderen Ende war Marit Gaasland zunächst sprachlos, sagte aber schließlich:

»Da sollte ich vielleicht noch drüber nachdenken. Ich werd's erst mal sacken lassen. Auf alle Fälle hab ich mich jetzt in Anders' und meinem Namen bei Ihnen bedankt.«

»Ich danke auch Ihnen, Marit. Und viel Glück.«

Moen ging zurück in die Küche, wo ihn die Familie etwas verlegen ansah. In ernstem Ton sagte seine Enkelin: »Da ist noch ein Stück für dich, Opa. Papa wollte es nehmen, aber ich hab's ihm verboten.«

Als sie gegangen waren, stand Moen lange am Fenster und sah auf die Stadt hinaus. Er hatte keinen Auftrag. Aufgrund einer möglichen rechtlichen Verfolgung mussten sich alle, die in diesem Herbst mit ihm zusammengearbeitet hatten, von ihm fernhalten.

Nach und nach kamen ihm die Gedanken in den Kopf, und er ging noch einmal alles durch, was er zugelassen hatte, um diesen Fall aufzuklären. Ein paarmal zwischendurch hatte er die skrupellose Vernachlässigung der Gesetze und Regeln hinterfragt, die das Privatleben der Bürger schützen sollten. Doch das einzig Erstaunliche war, dass er keine Spur von Reue empfand.

Auf der anderen Seite war er auch nicht gerade stolz auf sich. Ein von Kopf bis Fuß anständiger Mann hätte so etwas nie getan, dachte er, und wenn er anständig genug wäre, täte er so etwas auch nie wieder. Bevor er seine Gedanken weiterverfolgen konnte, klingelte das Telefon. Er sah aufs Display und

erkannte sofort, dass es sich um eine interne Nummer des Bereitschaftsdiensts der Osloer Polizei handelte. Er zögerte eine Sekunde, dann nahm er das Gespräch an.
»Knut Moen. Mit wem spreche ich?«
»Ich bin ein Freund von Bjørn Hansen. Es gibt zwei Dinge, die Sie sicher interessieren. Erstens hat die Osloer Polizei einen Durchbruch in der Fostervoll-Sache erreicht. Das zweite geschieht morgen um drei Uhr ganz unten im Parkveien.«
Der Anrufer legte auf. Moen stand einen Augenblick da und starrte das Telefon an, dann lächelte er seinem Spiegelbild in der dunklen Fensterscheibe zu. Ein Durchbruch für die Osloer Polizei, dachte er. Nicht schlecht.

49

Es war an einem dieser eiskalten Osloer Wintertage. Minus neun Grad und windstill. Die Sonne verschwand hinter den Bærumer Hügeln, und obwohl es erst drei Uhr nachmittags war, zog die Dämmerung bereits im Parkveien auf. Moen saß ganz am Ende der Straße im Auto und hielt die Schlüssel der Überwachungswohnung in der Hand. Dort wo sein Wagen mit laufendem Motor stand, in Sichtweite des Hotels und des Eckhauses, fühlte er sich wie auf dem Präsentierteller.
Natürlich wäre es am besten gewesen, der Vorstellung vom Logenplatz aus in den geheizten Räumen beizuwohnen. Moen wusste, dass die Wohnung leer stand, doch wenn er sich dort hineinsetzte, fürchtete er, er könnte womöglich in eine Falle tappen. Einen Augenblick überlegte er, ob er sich nicht am besten gleich ganz aus dem Staub machen sollte.
Er bemerkte einen Wagen, der vor dem Billigladen Bunnpris am Eckhaus parkte. Der Motor lief, und die Abgase breiteten sich wie ein Fächer hinter dem Wagen aus. Ein dunkelgrauer Volvo V 50 Kombi mit vier Männern in Zivil. Wenn Moen

das Wort »zivil« in Gedanken benutzte, dann natürlich, weil die Männer und der Wagen schon von weitem nach Polizei rochen.
In der Lassons Gate tauchte ein Einsatzwagen auf, und Moen fiel ein, dass an diesem Wochentag und zu dieser Tageszeit das Ehepaar Midtsem mit Merete Glad zusammen im Restaurant aß. In den nächsten fünf Minuten geschah nichts.
Im Wagen war es kalt, und Moen zündete sich eine Zigarette an. Durch den Qualm hindurch entdeckte er Marit Gaasland und Anders Rimestad. Sie kamen zu Fuß von der Bervens Løkke den Parkveien hinunter und gingen in das Hotel. Im selben Moment kamen zwei Streifenwagen und hielten vor dem Eingang. Aus beiden Wagen sprangen bewaffnete Beamte in Uniform und stürmten in das Hotel. Im zweiten Wagen blieb ein Fahrer zurück. Unten an der Ecke liefen die vier aus dem Volvo auf den Eingang des Eckhauses zu.
Der Einsatzwagen kam aus seinem Versteck in der Lassons Gate gefahren, stellte sich unten an der Eisenbahnbrücke mitten auf die Kreuzung und sperrte die Einfahrt in den Parkveien. Weiter oben an der Reichweins Gate stand ein Streifenwagen quer auf der Straße. Ein paar Schaulustige und erschrockene Fußgänger wurden von uniformierten Polizisten umgeleitet.
Als Erster kam Sverre Midtsem heraus. Er hatte die Hände hinter dem Rücken gefesselt, ein Beamter führte ihn am Arm.
Während Midtsem sich hinunterbeugte und ruhig auf die Rückbank setzte, legte der Beamte ihm eine Hand auf den Kopf. Monica Midtsem kam gleich danach. Sie bewegte sich steif und unwillig, und der Beamte musste sie fast hinter sich herziehen. Als sie sich ins Auto setzen sollte, wollte sie sich nicht bücken, und ihr Begleiter brauchte Unterstützung, um sie auf den Rücksitz zu bugsieren. Sowie das Ehepaar sicher verstaut war, fuhr der Wagen ohne Blaulicht und Sirene davon.

Ein paar weitere Minuten vergingen, bevor zwei bewaffnete Beamte Merete Glad durch den Hoteleingang herauszogen. Sie kämpfte wie ein Raubtier, und obwohl ihre Hände gefesselt waren, hatten die Polizisten ihre liebe Not, sie festzuhalten. Sie trat mit den Füßen nach ihnen, und einer wäre fast hingefallen.

Moen glaubte einen Moment lang, sie könnten die Kontrolle verlieren. Ein dritter Beamter stand hinter ihnen, betrachtete die Vorstellung und kam anscheinend zu der gleichen Auffassung wie Moen. Er blickte nach rechts und links, zog einen Gummiknüppel und schlug Merete Glad ohne viel Federlesens auf den Schädel. Dann schleppten sie sie in den Wagen, und so wurde schließlich auch sie über den Parkveien davongefahren.

Ein paar Sekunden lang war Moen davon überzeugt, dass jetzt alles überstanden war. Plötzlich kamen zwei Polizisten in Zivil mit Erlend Riismyhr aus dem Eckhaus. Er trug, obwohl es nicht ganz der Jahreszeit entsprach, ein kurzärmeliges Hawaiihemd. Ihm hatten sie keine Handschellen angelegt, und er hatte sein bestes Service-Lächeln aufgesetzt. Riismyhr schloss die Bar auf und überreichte den beiden Polizisten den Schlüssel.

Was war mit Kasper Bull Hansen? Lag der womöglich im Bett, gestorben an einer Überdosis? Kaum hatte sich Moen diese Frage gestellt, da erschien Bull Hansen auf der Außentreppe des Eckhauses. Der Verhaftete lief gebeugt und hatte die Hände hinter dem Rücken gefesselt. Als er die Treppe hinunterstieg und über den Bürgersteig zur Kreuzung Munkedamsveien und Parkveien lief, wurden die Straßenlaternen angeschaltet und beleuchteten den Ort des Geschehens wie eine Theaterbühne. Bull Hansen blieb abrupt stehen und weigerte sich weiterzugehen. Er drehte den Kopf in Richtung Eckhaus, musterte die versammelten Zuschauer und versuchte halbherzig, sich aus dem Griff der Polizeibeamten zu befreien.

Die uniformierten Polizisten, die den Parkveien absperrten, kamen aus dem Wagen. Einer der beiden ließ seinen Gummiknüppel schwingen. Der andere, ein älterer Polizist, winkte seinem Kollegen ab und redete mit Kasper Bull Hansen, der sich augenblicklich beruhigte. Ein paar Minuten später saß er auf dem Rücksitz des Wagens. Als er abgefahren war, kam Erlend Riismyhr mit den beiden zivilen Beamten aus der Bar. Er hatte eine Winterjacke über den Schultern liegen und trug noch immer keine Handschellen. Er setzte sich bereitwillig in das Zivilfahrzeug, und so war nur noch der Einsatzwagen übrig.

Als die Kriminaltechniker und die Spurensicherung mit ihren Autos auftauchten und danach Hotel und Mietshaus an der Ecke betraten, bereitete sich Moen auf den Heimweg vor. Gerade als er den ersten Gang einlegte, kam Marit Gaasland aus dem Hotel. Sie hatte die kleine Nicoline an der Hand. Langsam gingen sie zur Wohnung der Familie auf der anderen Straßenseite. Die ganze Zeit hielt die zarte Kindergestalt Marit Gaaslands Hand fest. Moen sah ihnen nach, bis sie im Haus verschwunden waren. Das Mädchen hatte er ganz vergessen – das hatten sie sicherlich alle.

Ein trauriger Gedanke, und die Straße war leer. Die Vorstellung war vorbei, doch Moen verspürte keinerlei Triumph über die erfolgreich erledigte Arbeit. Hätte ihn jemand gefragt, ob die Wahrheit jetzt ans Licht gekommen sei und die Gerechtigkeit gesiegt habe, dann hätte er wahrscheinlich Ja gesagt. Hätte ihn jemand gefragt, ob Oslo jetzt eine sicherere Stadt und die Welt ein besserer Ort zum Leben geworden seien, wäre er die Antwort schuldig geblieben. Ihm schauderte, und er schüttelte die Gedanken ab. Aus Erfahrung wusste er, dass es nutzlose Spekulationen waren.

Der Wagen lief immer noch im Leerlauf, und Moen ließ die Kupplung kommen. Oben an der Bervens Løkke war die Straßenbeleuchtung wieder außer Betrieb. Nur die Frontscheinwerfer erhellten den eiskalten schwarzen Parkveien, und er konnte nicht mehr als ein paar Meter weit sehen. Was nun?, dachte er plötzlich, wusste jedoch im selben Moment, dass die Antwort da draußen im Dunkeln lag.